最高密令

ZUIGAOMILING

孙淑章 著

天津出版传媒集团
天津人民出版社

图书在版编目（CIP）数据

最高密令/孙淑章著．--天津：天津人民出版社，2018.1（2025.4重印）

ISBN 978-7-201-12247-2

Ⅰ.①最… Ⅱ.①孙… Ⅲ.①长篇小说-中国-当代 Ⅳ.①I247.5

中国版本图书馆CIP数据核字（2017）第228100号

最高密令
ZUIGAO MILING
孙淑章 著

出 版 天津人民出版社
出版人 黄 沛
地 址 天津市和平区西康路35号康岳大厦
邮政编码 300051
网 址 httpc//www.tjrmcbs.com
电子邮箱 tjrmcbs@126.com

责任编辑 张 凯
装帧设计 杨泽江

制版印刷 三河市天润建兴印务有限公司
经 销 新华书店
开 本 660×960毫米 1/16
印 张 23
字 数 250千字
版次印次 2018年1月第1版 2025年4月第3次印刷
定 价 59.80元

目 录

生死抗战

生也抗战，死也抗战。

1937 年 11 月 13 日，上海《申报》刊登“日本政府改派司令官柳川平助率领第十师团、第十一师团从杭州湾及浏河登陆，从两翼包围国军，国军在敌人的猛烈炮火轰击下，艰苦御敌至十一日晚十一时，奉令撤退，大上海被敌人占有。”

不日日军南下攻克武康。

全长一千四百五十多米的钱塘江大桥，上层是公路下层是铁路的双层两用大桥，中国人自己设计和施工的现代化钢铁大桥，造价六百万银圆，诞生于风雨飘摇之时，屹立在凄风苦雨之中。

铅灰色的天空飘着细细的雪末，远处的高塔上已经撤走了军队，隐藏在山谷里的高炮团已随军南下，横亘在江面上的十五孔铁桥没有了往日的雄风，底层的铁路桥已经没有了中国人自豪的咯嗒咯嗒的脆响，上层的公路桥除了潮水般逃难的人群，除了哭声、叫声，就是周围弥漫的惨淡的愁云。

下午三时，国防部少将丁克走到高团长面前，请高团长拉好警戒线，禁止行人车辆通过大桥。

高团长望着桥上拥挤的人流，听着不绝于耳的哀求的声音，看着携带着大包小包的老弱病残，想着后面追赶的烧杀抢掠的日本禽兽，不忍下令堵死弱者逃难的生道。

“快跑呀，日本人的骑兵来了。”不知人群里谁喊了一声。公路上的人们顿时乱作一团，有跌倒的，有扔包裹的，后面还有向上拥挤的，惨烈声耳不忍听。

“警卫员，拿枪来。”高团长接过冲锋枪，朝空中扫过一串子弹，瞬间的闪耀照亮惨淡的天空，顿时桥面恢复了寂静。

“高团长，警戒大桥。”丁少将重复着，“如果日本人抢占桥头，我们将成为抗战的罪人。”

“再等一等，你看我们的父老，我们的百姓。”

“执行国防部1205号命令。”丁少将掏出枪来，逼着高团长。

“老子是黄埔一期的，又是‘力行社’杭州特训班的，你敢用枪指着我，找死，下了他的枪。”

两个警卫员用枪指着丁少将，缴了他的枪。

“我们的部队都撤走了，我们留守的任务是保护大桥至最后一刻，是协助桥工处工作的。”

他们押着丁少将来到桥工处，王处长在屋里踱来踱去，嘴里含着一个偌大的烟斗，看着桥上流水一样的人群，1205号命令怎么执行呢？

“下午三点是1205号命令的截止时间，国防部的命令你们也敢违抗吗？”丁少将歪着头，盯着王处长的脸。

“我们忍心陷百姓于水火吗？我们是否再等等看看，日本人不会很快就追上来的。”漂亮性感的卜如虹，微卷的秀发，配上面部清美的笑容，现任桥工处副处长，看着处长，对着丁少将说。

天色渐渐暗了下来，远处的高塔已变得若有若无地模糊起来，空中传来轰隆隆的飞机马达声，警报再一次响了起来，可是奇怪的是飞机围着大桥转了几圈，若无其事地飞走了。

“难道它也是来炸桥的？正合我意。执行国防部1205号命令，难呀。”丁少将想着，嘴角露出了微笑，“即使现在和桥共存亡，我也是党国的英雄。”

“它来干什么？是侦探敌情？为什么没有像前几次一样，对着大桥扔炸弹呢？怪了！”高团长正在思索着，脑子里闪过一丝想法，“不好，可能为桥而来。”

“警卫员，快去看看连接桥墩的一百多根引线是否完好？”

“报告，引线已被人用刀齐刷刷地割断。”

“什么？”

丁少将对着高团长声嘶力竭地喊：“我们不是一起上军事法庭，就是一起跳钱塘江。”

“快找工兵，接好这一百多个线头，需要二十多分钟。”王处长自言自语。

“各营搞好警戒，防备敌人偷袭，一营在桥北头警戒，二营在桥南岸警戒，三营在桥工处警戒。”高团长下令。

连接炸药的一百多根引线终于接好了，人们松了一口气。

下午四时，天色暗了下来，已经看不清对岸的人群。

“再不执行国防部 1205 号命令，一切就完了。”丁少将盯着高团长，“我们从上海撤出的近五十万国军就完了，淞沪抗战国军抽调全国三分之一的精兵强将，与敌人决战，牺牲近三十万，现在刚刚从上海撤出来，还没有休整，而且伤员过半，辎重损失大半，大量的武器弹药还没有来得及运出，整库整库的粮食弹药都被敌人占有了，如果我们的军人再被敌人追上消灭，我们拿什么抗战。老弱病残妇女是我们应该保护的对象，可是我们保护得过来吗？战争是需要代价的。”

“国防部刘部长吗？铁桥保卫团高团长拒绝执行代号 1205 命令，我们怎么办？”

“执行战地命令，可以就地枪决，代号 1205 关系到党国的存亡大计，可以有效地阻止日军南侵，同时使国军能够短暂休整，补充供给以及配备装备，不可大意，立即执行。”

“高团长，执行 1205 号命令。”丁少将脸上带着杀机。

“我到北岸查看，立即封锁桥面，禁止行人通过。”高团长说着，带领警卫人员离开了桥工处。

远处灰色的阴云缓缓地铺展开来。

“现在开始禁止行人通过，一营营长朱富，派十人立在桥上，过去的尽快走到桥的南侧，没有过去的返回北岸。”

“老总呀，让我们过去吧，我们被日本鬼子赶到这里，已经回不去家了。”

“这我不管，快走，再不走就枪毙了。”

“往回走也是死，在这里也是枪毙，你们枪毙我吧。”

“真是草菅人命。”一营长朱富带领弟兄们用冲锋枪口对准了高团长。

“一营长，你这是干什么？”

“我的家乡是上海郊区的，我的父母和妹妹也许就在这逃亡的行列，这座桥不能堵，给乡亲们留条生路吧。”

“朱营长，你想想，我们执行国防部 1205 号命令，1205 号命令的内容只有国防部丁少将知道，我也不知道，我的任务是在桥上截断人流。”

“高团长，实话和你说吧，我是‘低调俱乐部’的，我的上峰是陶议员，陶议员给我下达了汪主席的命令，认为中国处于凄风苦雨、愁云惨淡之中，根本没有力量对抗日本的进攻，中国只有一条出路，那就是对日本‘和平’。”

“弟兄们，继续放行南行逃难的父老乡亲。”朱营长命令。

“你上军事法庭，会判死刑的。”

“我不会看着老百姓的生死不管的。”

天色更加阴沉了，影影绰绰地看不清远处的人了。

远处零零乱乱的枪响越来越近了。

“嘭的一声枪响，朱营长倒下了，”丁少将对高团长说，“快下命令，阻断公路。”

高团长拿起冲锋枪，对着远处的江水，猛扫一阵子，江里溅起一串漂亮的白光。

“弟兄们，有谁敢再向前迈一步，就地枪决。”

一千多米的公路大桥，南去的老弱病残走到南岸，需半个小时至一个小时，日军冲上大桥怎么办？

“高团长，你带领一营在桥上阻击。”

“是！”

国防部密令给丁少将，第三战区辖 77 军 82 军还有三十辆军用物资将要通过铁桥，暂缓三十分钟后执行 1205 号命令，如有异常，可立即执行 1205 号命令。

桥上的人们拥挤着缓缓地离开了桥面，南去的人们除了惊慌、惊恐，还有惊喜，北去的只有惊慌和无奈，他们要绕道渡船，南下避难。可是南下逃难的人们也不知道他们究竟能多活多少日子，国破家在哪？

公路上已经没有了逃难的行人，只有高团长警卫的人员。

枪声骤然大作，桥北头的声音。

“报告，敌人的骑兵已到桥北头，和高团长一营接上火了。”卫兵向丁少将报告。

轰隆轰隆的火车声由远及近。

“执行 1205 号命令！”丁少将下令给王处长。

“即将上桥的一列军用物资怎么办？桥北头的一营士兵怎么办？”

“你问我，我问谁？淞沪抗战我们牺牲了三十万国军，撤退的命令一下达，我们沿途丢掉的物资数以亿计，有的整座整座的盛满军需物资的物资转运站，一点也没有运出来，就落入敌手，我们还没有得到撤退命令的数以万计的国军士兵还在抵抗在战斗，生死未明，这点牺牲算什么?”

“执行1205号命令。”王处长青年英俊，留学美国，学成后回国报效国家，这是他亲手设计的公路铁路上下双层两用桥，亲自孕育的第一个婴儿，现在要亲手扼死它，他泪流满面，这是他心血的毁灭。

“合闸。”丁少将走到电闸旁，举起了手。

“砰的一枪”，丁少将胸前中了一枪，他倚在了墙上，瞪着大大的眼睛看着王处长，这一枪是他身旁的卜如虹打的。

“你?”

身材匀称面色娇艳的卜如虹举着短小漂亮的勃朗宁手枪，“谁敢扼杀处长的杰作，这就是下场。”

“如虹，你这是?”王处长不认识似的打量着这个女人。

“斐济，亲爱的，我不允许有人这样对你，我们是技术人员，打仗是军人的事情，我不同意把战争的灾难嫁祸给手无寸铁的人们，这是不人道的。”

枪声越来越近了。

豆大的汗珠从王处长的脸上流了下来。

再不执行1205号命令，将没有执行的时间了。

“亲爱的，斐济，这是六百万银圆呀，这是一千多个日日夜夜，你忍心吗?”

“你是?”

“我是喜欢你的那个人。”

王处长在最后关键时刻，走到电闸旁边，举起了手。

“砰的一枪，又是那支漂亮的勃朗宁手枪，打在了王处长的右手上，鲜血顺着袖子流了下来，王处长想回头又没有回过来，他不相信这颗子弹会从她的枪膛里射出。

“别动。”多么熟悉的声音，多么温柔的声音。

“哎呀。”一个熟悉女人的惨痛叫声，卜如虹倒在了地上，一根木棍砸向了她的头。

“王处长，快，合闸。”敌人越聚越多，一营的战士们坚持不住了，北面桥头被敌人占领了，一营的战士边打边退，快到桥中心了。

“快执行1205号命令。”王处长回过头来，惊魂未定，原来是看门的哑巴老张袭击了卜如虹。

“你不是哑巴?”

“我是本地区‘力行社’负责人，少将军衔，是协助你完成1205号命令的秘密人员，是不能随便暴露的。”

“桥上的一个营的战士怎么办?”

“就当他们为国捐躯了。”

桥上的战士阻击着敌人，他们与数百倍的敌人在桥上对决。

“我们已经没有时间了，国家利益和个人利益孰轻孰重，孰大孰小，这就是中国人的选择，生与死的抉择。”

“好吧。”

“请你不要为难卜如虹。”

“好的，我会把她放到适当的地方的，她的伤没有什么大碍，一会儿就会清醒的。”

“这是1205命令的全部内容，你带走吧。”

一个带着密码的蓝色铁皮箱递到了哑巴的手里。

“合闸。”

一声巨响，几十吨黄色炸药把十五孔铁桥的南边第二个桥桩炸掉了，行走在铁桥上的一列军用火车，长长的身子趴在了桥上，火车头带着一二节车厢冒着浓重的黑烟消失在黑夜里，六百吨重的铁桥趴在了水里，偌大的水面裂开了一个六十米长的大口子，只听见哗啦啦的水声。

桥上一营的战士，打出最后一颗子弹后，跳入江中，像一只只水鸟，只听见扑通扑通的涛声。

这真是生也抗战，死也抗战。

通过封锁线

日军第十军团长官吉野龟井大佐来到桥头，登上公路桥，这里已经没有了抵抗，有的只是愉悦的心境，扶着栏杆，听着下面哗哗的涛声，呼吸着江中潮湿的腥气，想象着国民党军队丢盔弃甲逃走时的狼狈相，不由得内心澎湃。

“呦西，敌人真是不堪一击。”

他慢慢地踱着步子，在宪兵的簇拥下，向桥南岸走去，检阅胜利的果实。

“报告，南岸第二个桥墩已被敌人破坏，桥墩已没入水中。”

“不要紧，这已经是大大的胜利，用不了一个星期就会修好的。”

（事实是 1937 年 12 月 24 日杭州陷落，下午五时炸桥，此后日军用三年时间修复公路桥，又花四年时间修复下层铁路桥。）

“我命令，一百门迫击炮排列桥上，向空中各发一百发炮弹，我要使这里成为水上不夜城。”

顿时空中爆发出连续不断的响声，夜空被炸弹的光亮照得如同白昼，寂静的夜晚声音更加响亮，吉野龟井自言自语，用有点僵硬的汉语背诵着古诗。

“山外青山楼外楼，西湖歌舞几时休，暖风熏得游人醉，直把杭州作汴州。我们马上就要享受这美景美味美人了，哈哈哈……”

“中国是个古老文明的国度，中国人只会作诗，不会打仗的。”

“和樱花秀美小姐联系上了没有？”

“报告，暂时还没有。”

“侦缉队，封锁杭州城，搜索杭州城及其周边村镇，料想他们插翅也飞不出去，全部下通缉令，配发照片，搜捕桥工处工作人员，上至工程技术人员，下至看门老头，统统逮捕，明白？全部要活的。”

“嗨。”

寂静的夜空死一般沉寂，偶尔传来一声两声的榴弹声，除了潮湿寒冷的空气，还有一声两声凄厉的狗叫声。

宽阔的江面上，敌人的游艇上架着机枪，雪亮的探照灯在江上游来游去，像只没有目标的萤火虫，撞来撞去的。

一艘小船在江边的芦苇荡里摸索着前进，突然一群野鸟扑棱扑棱地飞向了空中。

敌人的灯光照着野鸟飞起的方向，这样的夜晚还有谁在芦苇荡里？

“游击队，一定是共产党的游击队。”花田秀男小队长站在游艇上，挥着刀。

“杀——”

军刀所向之处，一阵机关枪的响声，只听见芦苇荡里传来嗖嗖的哨声，惊起的野鸟争先恐后地飞向空中，有的在机枪的拦截下，掉头落在了水中。

游艇不敢贴近芦苇荡。

“不用怕，鬼子不敢轻易钻进芦苇荡里，如果进来，棵棵芦苇就是射向敌人的子弹，片片苇区就是敌人的坟墓。”游击队女队长水里浪悄声说。

敌人的游艇渐渐靠近芦苇边，探照灯的灯光已经照到小船上，他们趴在船舷里，侧着头，已经能够看清楚敌人的游艇。

“有三个鬼子，干掉他。”负责撑船的游击队员，络腮胡子老王咬着牙说着，拔出了枪，瞄准前面的鬼子。

水里浪用手压低了他的枪筒。

“你忘了我们的任务了，消灭他们容易，可是我们怎么把建桥工程师王处长安全地送出敌人的封锁线，就让他们多活几天吧。”

老王抑制不住内心的仇恨，“天杀的，他杀了我的妻子和孩子呀。”

“他们杀了我们多少人的父母妻子和儿女呀，国恨家仇，我们会让他们加倍偿还的。”

“那天鬼子扫荡经过我们村庄，两个鬼子端着刺刀踹开我家大门，我妻子藏好游击队收集的粮食，没有来得及跑出去，鬼子堵住了她，我的妻子虽然用锅底灰抹了整个脸部，还是被认了出来，鬼子嘻嘻呵呵地冲上去，我的妻子假意顺从的时候，从身后拿起一把刀，捅死了前面的鬼子，第二个鬼子用枪击杀了我的妻子，用刺刀把她肚子里的孩子挑了出来，六个月了，我的孩子，两条性命呀。”

络腮胡子老王哭成了泪人，但是又不敢出声。

水里浪摇了摇老王的肩膀，手指攥的生疼。

“这仇我们记在心里，不是不报，时候不到。”

“我父亲当年是这条江的老大，从我记事时起，就在这条江里钻，雨里跑。因为和苏南军统站长争夺这条江码头的收益权，被站长扣上通共的帽子，骗去杀害了。

那是一个阴天的下午，父亲的一个小喽啰慌里慌张地撞开家里的门，抱起我就跑，吓得我哭了，我们刚拐过一个墙角，就听见家里响起了两声枪响，我想母亲已经被害了。

从此我被扔在了一个长年下江打鱼的老人夫妇手里，老人没有孩子，对我很好，从小教我怎样捕鱼，怎样游泳，怎样用鱼叉叉上鱼来，怎样用双手在江水里飞快地捉到鱼，怎样吃香甜的烤鱼，可是我的心里有一个永远解不开的疙瘩，我一定要亲手宰了杀我父母的仇人，可是现在毕竟不是时候，既然我们是共产党的人，就要服从共产党的领导，完成党布置给我们的任务。

“敌人不会想到我们游击队去完成这样艰难的任务，我们的武器不行，枪械不行，我们的枪械打打兔子，打打野鸟，站岗放哨可以，真正真枪真刀地和鬼子干，还是不行。”

“天一亮鬼子就会加强搜查的力量，我们要通过鬼子的哨卡就不那么容易了，因此，天亮以前我们必须走出这片芦苇荡，在牵牛山密林里交给接应我们的人。”

他们划着船，慢行在芦苇荡里。

东方已经露出了鱼肚白，天很快就要亮了，他们好不容易跑出了鬼子的伏击圈，把小船拴好，上岸，准备走陆路。

他们爬上岸，深一脚浅一脚地走在茂密的树林里，弯弯曲曲的小路像一条蛇，不知道弯向哪里。突然隐隐约约地看见前面树丛中有黑乎乎的东西在移动，是人，什么人呢？她学了三声夜猫子叫声，没有人回应，她知道不是自己人，看样子，事情比想象得复杂多了。

“钻山胡，你到前面侦察一下，看看到底是什么人。”

络腮胡子老王是游击队的老把式，同志们都叫他钻山胡，上树爬屋，攀岩蹿洞，是他的强项，走到近前，他看到了几十个穿着整齐的人，嘴里叽里呱啦地说着日语，这么多鬼子，消息怎么这么快。

“鬼子这么快就占领了这个两山之间的必经路口。”

钻山胡回来了，“有一个鬼子中队几十个人在路口上，说话的其中有一个女的。”

“鬼子的速度怎么这么快，在这条江里，没有比我划船快的，鬼子这么快就占领了我们必经的路口，我们怎么翻过路口两边陡峭的山呢？”

“路倒是有一条，是我年轻打兔子、野鸡时走过的小路，其实，根本不是路，踩着后一棵树，抓着前一棵树，还有十米多的高崖，空手经过几乎是不可能的。”

“怎么过去呢？”水里浪自言自语。

“怎么过去呢？”钻山胡自言自语。

除了三个人外，还有一个几十公斤重的黄色柳条箱子。

“走吧，车到山前必有路，走到跟前再说吧。”老王说着，背起了箱子。

他们走到山前，碰到了以打猎为生的逃难的老驼子和他十几岁的孙子，老驼子腿脚不灵便，但是枪法极好，天上飞的，林子里跑的，只要在他的视线里，响声到枪弹到动物倒，只是现在他比以前收敛了很多，不太滥杀了。

有一次，他看见一个模糊的东西在山上跑着，挥枪打去，击中了，当他走到跟前时，看到的是一只即将咽气的母山羊，两只眼睛瞪着他，像有很多话要说，眼睛里不断地流着泪水，它的后屁股里淌着血水，老山羊像是哀求，又有许多可怜。

老驼子迅速地掏出刀子，拉开它的肚皮，两只颤颤巍巍的小羊出来了。

老山羊安详地闭上了眼睛，现在老驼子虽然以打猎为生，但是很少打猎。

“老伯，送我们过山吧。”

老驼子拿出了打猎用的自制云梯，钻山胡先上，王处长次之，水里浪提着柳条箱断后，他们谢过了老驼子，翻过了山头，扶着山上的棵棵歪七歪八的古树，腿上的衣服不断地被荆棘刷破。

当他们来到挡在路上的一块大石头前，吃力地爬上去，几支乌黑的枪口对准了他们。

“扔出枪来，把箱子放下，转过身去。”

黄色柳条箱

水里浪放下了箱子，从腰间掏出两把手枪，扔了出去，慢慢地举起了手。

钻山胡扔出了两把手枪，举起了手。

“中间那个穿西服的人，往前走，快。”有一个人用枪指着王处长。

“这些穿着便衣，荷枪实弹的人到底是哪一部分的？”水里浪想着，这是日军占领区，是国民党的军队，还是占山为王的地方武装呢，怎么一直没听说这里有人占领呢？

“我是钻山胡，弟兄们，你们听说过吧，你们是哪一部分的，有事好商量。”

“闭嘴，我们是正规的国军部队，听说有人劫持了桥工处王处长，我们正在各路口缉拿。”说着，一个便衣拿出了画有王处长的大幅画像，在朦胧的晨曦中，仔细地辨认着。“对对对，就是这人，标准的模样，漂亮的西装革履。”

“我命令，上车，你和箱子上第一辆车。”那人用刺刀指着王处长。

王处长向前挪动着，水里浪趁势想拎起箱子，跟着上第一辆车，那人用刺刀止住了她。“你上第二辆车。”

王处长和箱子上了第一辆黑色轿车，许多便衣押着。

水里浪和钻山胡上了第二辆大卡车，在后车厢里，许多便衣看管着。

两辆汽车在起伏不平的弯弯曲曲的小路上行驶着。

沿途没有遇到任何的口令对答和盘问。

钻山胡疑惑了，“这到底是哪一部分人呢，谁的人这么厉害，可以畅通无阻呢？”

水里浪明白了，“这是日本人，我们该怎样逃脱呢？”

王处长心里咯噔一下，“谁会抢我们呢？抢我们技术人员有什么用？是为了这个柳条箱吗？”

水里浪用脚踩了一下钻山胡，意在告诉他这是日本人，他们的处境很危险，得想办法逃出去。

钻山胡明白了，他们走迟了一步，没有抢在敌人的前头，上当了。

“可是怎样逃出去呢，我和钻山胡出去比较容易，王处长和柳条箱怎么办呢?”

时间一分一秒地过去，远远望见城市的轮廓，高大的城墙上已经站立着警戒的鬼子。

水里浪一低头，后腿一伸，踹倒了一个鬼子，前腿踩到了鬼子的脖子上，鬼子当场毙命。

与此同时，钻山胡用尽全身力气，用肩膀一扛，右腿一扫，一个鬼子头朝下，跌到了车外，趴在地上不动了。

后车厢里还有两个鬼子，在没有回过神来的情况下，四个剩下了两个，车厢里用不了枪，一个鬼子摆开架子，挥拳向前的当口，钻山胡趁势左手接鬼子右手，右手掀鬼子左腿，顺势将鬼子抛到了车外。

水里浪更是以迅雷不及掩耳之势，双手毙鬼子命门，鬼子顿时口吐鲜血如注，归天矣。

水里浪和钻山胡相视一笑，“太过瘾了，好长时间没有这么痛快杀敌了。”

驾驶室里还有两个鬼子，“怎么办?”

“我们分别从驾驶室左右两个方向袭击鬼子。”

“好。”

车飞快地向城里奔去，听得见鬼子的谈笑声，“这次大获全胜。”

“你们高兴得太早了。”钻山胡心里想着，“我叫你高兴。”

钻山胡探出半个身子看了看司机，司机没有发现，只顾吹着口哨，朝前开车，钻山胡右手把住车帮，左手抓住司机的头，狠狠地朝方向盘撞去。

水里浪从右边攀住车帮，将手伸向了鬼子，这边的车窗玻璃没有摇下，救了这个小鬼子。

“手——”鬼子惊恐的叫声。

驾驶汽车的鬼子朝右侧看的瞬间，脑袋已经在方向盘上裂开了。

汽车向左打弯，跌入了左边的深沟。

钻山胡没有准备，跌在岩石上，想站起来，腿已经不听使唤了。

水里浪随着汽车跌入了深沟。

第一辆车的司机从反光镜里看到后面的车跌入深沟，不敢停住，加快速度，一溜烟窜了。

日本陆军驻华司令部川畑俊二大佐的办公室里，摆放着一只黄色的柳条箱。

吉野的嘴上翘着人字胡，双手抱在胸前，黑色小巧的眼睛瞅着这只柳条箱。

“呦西，你们的功劳大大的，感谢你们对天皇陛下的忠诚。”

“忠于天皇，军人的责任。”日军司令部特高科中国课课长豆鞘滑川应和着。

“传樱花秀美少佐。”吉野说道。

“报告!”樱花秀美白皙的脸庞，清丽的五官，纯美而稍带甜蜜的声音。

“进来。”

“帝国的美女真是越来越漂亮了，你对这只柳条箱有什么看法?”

“从外表看，这是中国南方千万只柳条箱中极为普通的一个，他的目的是装装衣物，盛盛书籍，但是往往这些极为普通的外表，可以掩饰中国人罪恶的交易。”

“说得好，说得太精辟了。”

“你看看，这只箱子是怎样盛下中国人的那些精髓。”

“嗨。”

“中国人的精髓，被我们大和民族的美女一眼看穿，那就不是精髓。”

“谢谢大佐。”

樱花秀美打开了箱子，呈现在眼前的是她预料中满箱子的建筑用图纸。

“就是它。”

等他们一页一页把图纸摆开的时候，樱花秀美惊奇地发现，全是奇数图纸，而且1－9这五个数字中，缺少7和9这两个数字，这样的图纸没法用呀。

“中国人这么聪明，是我想不到的，这是什么原因呢?”樱花秀美思索着，她没有发现异常呀。

她回忆着，“国防部丁少将和王处长以及机要主任刘少尉三人在装图纸的时候，她严密注视着进出的人群及其物件，只是一只普通的柳条箱呀，难道摆在门口的不被常人注视的蓝色铁皮箱，嗷，肯定这里面有秘密。”

“报告大佐，还有一只箱子。”

“什么?”

“你看，大佐，这里的图纸号码是1、3、5、11、13、15，等等全是奇数，而且缺少7和9，更重要的是没有偶数，说明敌人的狡猾，我看见了另一只箱子，蓝色铁皮箱子。”

“呦西。”

“照你这么推断，可能有第二只箱子，也可能有第三只箱子，中国人实在是太坏了。”豆鞘滑川分析着，这位东京帝国大学的高才生，为配合日本“大东亚共荣”，又进德国陆军军事院校学习，是位优秀的军事谍战人才。

“命令，宪兵队配合侦缉队全城搜寻蓝色铁皮箱。”川畑俊二大佐对着豆鞘滑川，一脸的严肃，不容置疑。

“嗨。”

“报告大佐，我们还是尽快提审王处长。”豆鞘滑川说着。

“呦西，这件事情由特高科和侦缉队处理，秀美少佐要全力配合豆鞘滑川，尽快搜到铁皮箱，完成天皇陛下“大东亚共荣”的任务，打通交通线，铲除异己，天皇陛下会给你们记功的。”

“嗨。”

“浦岛君，担子不轻呀。”川畑俊二走到豆鞘滑川面前，替他整理了一下衣领，“帝国的军人永远都是最优秀的。”

“嗨。”

七八米高的城墙上，到处是电网，到处是炮楼，这里没有火力点的盲区，这里到处警戒着荷枪实弹的日本宪兵，这里连一只小鸟都很难飞进飞出，这里的确是一座监狱，一座坟墓。

豆鞘滑川望着自己设计并建造的关押抗日异己的铜墙铁壁，会心地笑了，如果在和平年代，自己的作品将会成为世界的佳作，后人引以为豪的楷模，他给自己的监狱起了一个漂亮的名字，叫作“源氏物语”，这是大和民族的故事，这里面盛着很多惨不忍睹的故事，爱好和平人的惨剧。

豆鞘滑川和樱花秀美下了车，走在“源氏物语”的小路上，听着皮鞋下发出的响亮咔咔声，一股油然而生的自豪感撞击着天空。

“秀美，你忘了春天漂亮的樱花故事吗？”

“大学里那一段美丽的交往吗？”

“那时，学校的樱花多美呀，簇簇粉红的花瓣，映衬着你美丽的脸庞，叽叽喳喳的鸟鸣，暖暖柔和的阳光，草坪上的情侣，多美呀！”

阳光下的樱花，
是那默默含笑的你呀；
粉红的花瓣，
是那娇艳欲滴的唇呀；
风中滴落的鸟鸣，
是花和叶心灵的约定呀。

她朗诵着日本诗人的诗，在这监狱的小路上，“如果不是战争，不是天皇建立“兴亚院”，我们在自己的国土上，现在会怎样呢？”

豆鞘滑川圆滑的小眼傲慢地凝视着铁桶一般的“源氏物语”，迈着轻快的步伐进了审讯室。

中日文化博弈

特高课侦缉队的囚禁室里，关押着各种各样的反日抗日分子，三步一哨，两步一岗，宪兵荷枪林立，这里密不透风，唯一能换气的是紧锁的厚重铁门上留下的眼珠大小的小孔。这里有课长室、刑讯室、行动室、策反室、防谍室、电讯室，这里的刑讯室，摆放着各种各样的刑具，这里设计有超过人的生理忍耐程度的各种酷刑，还有世界上独一无二的能够一次腐化掉近百人尸体的腐化池。

豆鞘滑川面带军人的严肃，走进了刑讯室，豆鞘滑川是审讯犯人的老手，他能够让李士群、丁默村调转枪口，从抗日的队伍里拉到拥日的队伍里，确实不是一天两天的功夫。

“浦岛君，我能回避一下吗?”樱花秀美看了一眼豆鞘滑川。

“不不，招待尊贵客人，能在刑讯室里吗?我过来是满足一下虚伪的自尊呀。”

“那我们在什么地方提审犯人呢?”

“走，我要在我的办公室以及设计室招待这位尊贵的客人。”豆鞘滑川不屑一顾的神气。

“那是犯人可以去的地方吗?”

“不不，你有点幼稚，幼稚呀，你看，才多少日子，我们已经占据了大半个中国了，我们的‘黑龙会’已经遍布整个中国，中国东三省建满洲国，华北马上要自治，我们要让王处长为我们效力，效力，明白吗?孙子曰，‘夫兵形象水，水之形，避高而趋下，兵之形，避实而击虚。’对待此人，不可以肉刑而击之。”

“浦岛君，我看我还是回避一下吧，斐济毕竟是中国传统的知识分子，流着中国传统的血液。”

“好吧，樱花少佐，随你的便，当然，你还有比这更大的用处。”

“请王处长。”

王处长穿着一身橘红色的西服，里面配着蓝色的衬衣、黑色的领带，英俊潇洒的外表，出现在课长办公室的门前时，所有的人都惊呆了。

“王处长，你好，我自我介绍一下吧，我叫豆鞘滑川，听说过吧？”

“岂止是听说呀，简直是如雷贯耳。”

“那好，我就直说吧，你们中国和我们大和民族都有悠久的茶文化，请，到屋里体验一下我们大和民族的茶文化，以茶会友如何？”

“我们中国的茶文化，是在自己家里邀请尊贵的客人，共同品尝，而你们大和民族的茶文化，是带着刀枪，强行到主人家里邀请主人品茶，可笑之至。”

“王处长，你知道吗，天下大乱，能者居之，能者分之，能者用之。”

“知道，全世界都知道，您呀，您是帝国大学建筑系的高才生，到臭名昭著的德国军事学院学习间谍技术，到中国设计建造了人间地狱‘源氏物语’，也就是这座红房子，您是屠杀仁义之士的杀人魔王。”

“王处长，你留学美国学习建筑，你学的是建筑桥梁，而我学习的是建筑楼房，我们在专业上是相通的，当时我在帝国大学读书的时候，看到你为国际桥梁界做出的贡献，被国际桥梁界誉为最年轻的工科博士，我发愤要在建筑楼房方面超过你，按你们中国人的说法，就是造化弄人，看看，我们相遇了。”

“我们相遇不是在你们国家，不是主人邀请你们来的，是你们强行到主人家的，你们是带着刀枪过来的。”

“不不，王处长，为主人站岗放哨有什么错吗？你看西方和北方的强盗已经在你们这里安营扎寨了，我们再不把狗赶出去，狗会咬人的。”

王处长环视了一周，周围洁白的墙壁，一张宽大的办公桌摆在一边，茶几的周围摆着几个沙发，好一个高雅的场所。

“多优雅的环境呀。”王处长叹着气。

“优雅的还在后头呢，可以邀请你到隔壁参观一下我的建筑设计室吗？”

“当然愿意。”

王处长随着豆鞘滑川走到了内室，这间房子更加宽大，中间摆着宽约两米，长约六米的建筑设计桌，桌面上铺着带有黄色纹饰的明亮的贴面。

“好想有一张这样的桌子呀。”王处长咋了咋舌头。

“如果你愿意，这张桌子就是你的了。天才没有天才的饰物，如何让天才发挥他应有的效能?”

“我拥有这张桌子的代价呢?”

“没有代价，王处长，如果按俗语我们是惺惺相惜，如果我们结合，将在世界建筑史上，挥写浓墨重彩的一笔，是真正的珠联璧合，你造桥梁，我造楼房，世界之少有呀。”

“可是你是到主人家里给主人提供这样的设计室吗?”

“难道主人自己拥有这样的设计室吗?”

“建造桥梁的，设计室应该在沙滩上，在河道旁，在丛林边，在风雨里，在寒风中，这样才能设计出真正的大桥。”

“不不不，王处长，你是世界少有的建筑界奇才，应该得到更好的重视，你看出我的诚意了吗?”

“我们中国有句俗语，黄鼠狼到鸡窝里去给鸡拜年，黄鼠狼到鸡窝里去有什么诚意吗?”

“王处长，我们握手言和吧，我们大和民族是尊重知识的，尊重人才的。”

“你们强行到主人家里去尊重知识、尊重人才吗?”

“王处长，现实点吧，推动历史前进的是社会上少有的精英，那些历史的垃圾多一个少一个，无所谓的，只会给国家增加负担，浪费粮食，最好在他们青壮年时利用完后，接着消灭，这样才能使利益最大化。”

“我们信仰不同，不相为谋。”

“你们还有信仰?”

“一个五千年生生不息的民族，会没有信仰?”

“王处长，我们谈一个轻松的话题吧。”

“好呀，在我们国不是国，家不是家的土地上谈轻松的话题，有吗?”

豆鞘滑川掩饰住傲慢的神情，他在王处长的面前，内心显得有点自卑，因为他的专业太优秀了，使他望尘莫及。

“我们很小很小的时候，有一次做游戏，我们要造一座五孔桥，造好桥墩后，再摆上木棍，然后把它推倒，再摆起来，再推倒，这样不断地重复，直到太阳落山，你有这样的境遇吗?”

“你也会有儿时的回忆?”

“人呀，真是奇怪，带着貌似天真的回忆，舞刀弄枪，到别人家谈儿时的回忆。”

“天真的儿时多美呀，现在只有回忆的份了，我们的国毁了，家没了，桥断了。”

“我们可以谈点浅层次的问题吗？”

“国家是政府考虑的事情，家是我们个人考虑的事情，桥是我们人人考虑的事情。”

“豆鞘滑川，出于专业的考虑，你这座红房子，外表像一摊血，而名字却叫‘源氏物语’，出于什么考虑呢？”

“因为这座红房子需要用鲜血筑成。”

“一个民族值得另一个民族去毁灭吗？”

“不是毁灭，是共荣。”

“你还没有回答‘源氏物语’的故事呢，源氏的故事是厚重的，是你们日本古代的骄傲，是日本古代文化烂熟阶段开出的一朵妖艳之花，作者着力描写源氏的宽容与博爱，与各主人公分分合合的感情纠葛，是一朵厚重之花，宽容之花，美丽之花。”

“学工科的，了解我们古代文化这么多，不易呀。”

“可是你理解我们厚重而美丽的古代文化吗？”

“正是因为理解，我们才零距离地接近，近距离地感受。”

“国弱受欺呀。我在国外求学时，遭受的是冷眼和歧视，但我用非凡的毅力证明了炎黄子孙的聪明与才智，美国人在不屑的外表下，也怀着些许的肯定。但是现在人家居然欺负到家了，我们作为炎黄子孙的后代，应该怎样用自己的肉体对抗外来的刀枪？”

“王处长，有些问题我们是解决不了的，我们是战争年代的军人，有的是为国立功，为国尽忠的想法，你看呢？”

“你为刀俎，我为鱼肉，我能有看法吗？”

“对了，王处长，识时务者为俊杰嘛。你不与我合作，他不与我合作，早晚有合作的中国人，是吗？”

“是的，有脊梁的中国人，有的是，没有脊梁的中国人，也有的是。”

“这就对了嘛。中国人也是人，也有皮肉，也有七情六欲，也需要养老婆孩子。”

“不是所有的中国人，都会干些对不起自己祖国的事情。”

“王处长，我可以邀请你到钱塘江上去玩玩吗？”

“在我们自己的家里，你邀请我去玩？”

“你认为你现在还有能力自由自在地在钱塘江上玩吗？只有我可以保护你到处去玩，不只在钱塘江，甚至可以在中国的任何一个地方，甚至可以到国外去玩，你相信吗？”

“当然相信。”

“好吧，一言为定。”

豆鞘滑川伸出了手，王处长看也没有看，就走出了房门。

设计修复桥墩

冬日的钱塘江上，枝枝枯干的芦苇在风中低吟着悲惨的笛音，偶尔一两只野鸟飞起飞落，钱塘江在西风中战栗着。

没有轮船的轰鸣，没有喧嚣的乡音，只有阴沉的天气，沉闷的空气。

六和塔耸立在高高的云雾中，像中国人的一只拳头，无奈地伸向了天空。

这座造价六百万银圆的公路铁路两用桥瑟缩在寒风中，巨大的身子趴在北岸，上面还有几十节火车车厢，南岸是一个巨大的桥墩，像一个巨大的惊叹号，隔开的是一段空白，一段伤心的空白，至今无法愈合的空白。

这里是中国的土地，这里已经没有中国的军队，桥的北岸驻扎着鬼子的一个大队，南岸驻扎着鬼子的一个中队和从德国聘请的“桥梁建设处”八名技术人员，要求在一个月内通车。

豆鞘滑川身穿帝国军人的服装，身戴佩刀，和身着橘红色西装的王处长，一边说着话，一边走到桥的南岸，查看桥梁建设处的工程进度。

“桥梁的勘探设计情况怎么样?”豆鞘滑川笑着问德国工程师。

“中国人炸掉了从北岸数第十四个桥墩，从南岸数第二个桥墩，桥墩水上部分全部炸掉，水下部分还不清楚，炸掉一个桥墩，毁掉两座钢梁，现在北岸的河边只有一座六十多米的钢梁，还少一座，现在是枯水期，即使能够建好桥墩，以我们现在的能力，要将六七百吨重的桥梁架在桥墩上，恐怕没有把握。”

“难道我们没有办法？你们可是世界上顶尖的桥梁、力学、建筑等等各方面的专家。”豆鞘滑川轻微张了张嘴，轻蔑地笑了。

“当然有，除非找到当年设计图纸或者建造时的专家。”

“难道没有别的替代办法?”

“除此之外，暂时没有别的办法。”

“什么专家，简直是一群饭桶！这么简单的问题还用你们教我？我命令，抓紧搜索，找几个附近村的中国人来问一问。”

“嗨。”

“王处长，作为朋友，能否给我们献一计呢?”

“朋友，啥时的朋友，旧有的，还是新交的?”

“不不，啥时的朋友都算朋友，大日本帝国是不会忘记有贡献的朋友的。”

“可是我们的国家呢?”

“难道你不想把这座铁桥重新建起来?”

“当然想，学桥梁建造的，还有不想建造桥梁的？做梦都想呀。”

“那么，现在你给我们什么意见呢?”

“我的意见有那么重要吗?”

远处，侦缉队的几个人，歪歪扭扭大汗淋漓地抬着一副担架走了过来。

“报告课长，附近村的中国人都跑了，只抓住这个瘫在炕上的老头。”

课长的脸都气歪了，他是军人，还想拥有绅士的文雅。

“瘫在炕上的人还用捉吗?”

“我们无能。”

“呦西，老头，你知道这条江水的下面是什么吗?”

“流沙。”

“呦西。”

“流沙的下面是什么?”

“淤泥。”

这些是谁都知道的日常现象，侦缉队的秃头挥起了枪托，要砸向瘫老头。

“巴格。”豆鞘滑川情急之下露出了凶相。

“呦西，这个老头说的是事实。”

“我命令桥梁建设处，你们用常规办法，弄清楚这个桥墩的宽、长、高，以及地表流沙层及其淤泥的厚度。”

“嗨。”

“桥梁建设处，你们的工作没有成效，连一个瘫痪的老头都不如，这个老头对帝国大大的友好，现在就把这个老头放在这里，给你们桥梁建设处当顾问。”

豆鞘滑川走了，留下了一个瘫痪的老头，也留下了他悲惨命运的结局。

（事实是，1940 年，日本鬼子用了三年时间才修复了上面的公路桥，公路桥通车之日，这个老头被军统局苏南站作为汉奸枪决了，因为老人在严寒冬季下江捕鱼，腿受风寒致残，关于老人所知道的水下的情况，是否构成汉奸，我们留待后人评说。）

“通知召开修桥专家会议。”

“王处长也在专家之列吗？”樱花秀美问道。

“当然，他是建造这座桥梁的专家，少了他算是专家吗？”

“我们不怕他知道帝国的秘密吗？”

“他在我手中，按照中国人的话，知道又奈我何？你还是回避一下，你是我手中的王牌，樱花。”

中国、日本、德国的桥梁建设、楼房建设、力学基础等等方面的专家，围坐在一起，前面悬挂着日本的太阳旗，豆鞘滑川课长开始讲话。

“各位朋友，我们今天坐在一起，为了日本中国德国建立世界经济军事新秩序，为了‘大东亚共荣’，今天我们讨论的话题是如何尽快修复大桥，尽快通车，各位发言吧。”

日本专家提出的构想，这条江以凶恶著称，此江上游，山洪暴发，汹涌澎湃，势不可挡，下游，海潮倒涌，浊浪排空，在此战乱之时修桥，绝非易事。不如利用我们现有的信息，尽快找到中国人修桥的图纸，以便尽快修复大桥。

德国专家的构想，修复此桥，也绝非难事，采用“大套筒法”，现在桥墩水上部分已被炸掉，我们可以测量其他桥墩的周长，做一个更大的套筒，做一个比中国人设计得更加结实的桥墩，然后接上钢梁，恢复通车。可是现在只有一架钢梁，那么另一架钢梁呢，从我们德国或者丹麦运进来的话，至少六个月时间。

“王处长，你的意见呢？”豆鞘滑川歪着头，盯着王处长。

“我赞成德国专家的看法。”

“很好，德国专家的建议很有意义，桥梁修好后，不但我们现在可以用，以后可以用，甚至百年之后还可以用，是这个意思吗？”

豆鞘滑川说完，头也不回就离开了这个屋子。

各国专家面面相觑。

课长来到了自己的建筑设计室。

课长站在镜子前，双手交叉抱着臂，思索着什么，他的心里有点烦。

“什么专家，巴格。”豆鞘滑川咬着牙，一字一顿地说着。

“浦岛君，不要生气嘛！浦岛家族何等显赫，很多人都是帝国的功臣，何必为了几个专家的话伤了自己呢？”

“什么专家，拿不出意见的拿不出意见，拿出意见的要修成万世桥梁。”

“可是你要理解我们日本的专家，他们不敢下结论呀，修不坚固，万一我们的军列掉到江里怎么办，谁能承担起责任，万一修坚固了，战事结束，岂不留给敌人了？这个责任谁又能担？”

“樱花，还是你理解我呀。”

豆鞘滑川伸出手，搭在樱花秀美的肩上，望着她一起一伏的胸脯，望着她美丽的双眼，性感挑逗的双唇，感受着她美丽的气息。

“樱花，可以让我拥抱一下吗？”

“浦岛君，别这样。”樱花把豆鞘滑川搭在她肩上的手挪开，推开了豆鞘滑川。

“樱花，你变了。”

“浦岛君，这座桥要修，难呀，现在我们军事急用，能通行就行，天知道我们在这里待多少年，设计年限多少年？设计时间短了，对我们不利，设计时间长了，又不是我们的意愿，这个度不好把握呀。”

“还是你理解我。”豆鞘滑川回想起以往的岁月，想着过去单纯的樱花，现在除了思维的相同一样，单纯的眼睛里已经没有了清纯，没有了清澈，有点莫测的高深。

“浦岛君，世界总是太小，你从帝国大学到了德国，我从帝国大学到了美国，而你回了日本，参加了外交部组织的公职人员考试，你被录取了，而我去了台湾，随后到了中国，我们又不期而遇了，为了帝国的事业，你说，人生有点神秘吧。”

“樱花，神秘的事情多了，我觉得你变了。”

“浦岛君，人都有可能变化，如果我们没有出国，也许是双宿双飞的鸳鸯了。”

“樱花，难道现在不是吗？”

“浦岛君，多少年了，也许我们各人都发现了更合适的。”

“樱花，等战争结束以后，我们作为功臣，回国后立即结婚。”

“浦岛君，到那时，你也许会成为别人的丈夫，而我也可能成为他人的妻子。”

城中脱险

日本陆军驻华司令部川畑俊二大佐的办公室里，川畑俊二大佐站在地图旁，思索着如何更快地追击敌人，消灭敌人，如何速战速决，如何三个月消灭敌人，三个月让敌人全部投降，这是帝国天皇的战略决策。

“浦岛君，你分析一下，我们如何更快地追击和消灭敌人?”

“皇军分四路追击和消灭敌人，敌人如丧家之犬，三个月逼迫敌人投降，没有问题。”

“樱花少佐，你看呢?”

“从整体形势上看，对方派别林立，有国民党，有共产党，还有什么第三党，我们的四路军队对付国民党，已经没有什么问题，因为国民党内部都想保留实力，易于攻破，而共产党的游击队，他们习惯于深山老林作战，鞭长莫及呀。”

“现在皇军形势一片大好，皇军分四路纵深插入，一路沿平绥、同蒲路进攻山西，一路沿平绥路进攻绥远，一路沿平汉路进攻河北、豫北，一路沿津浦路进攻山东，我们以不到四万人的代价，消灭了美国人装备的国民党正规军三十万人，缴获他们的辎重、军械数不胜数，天皇万岁!”川畑俊二哈哈哈地笑着说着。

“天皇万岁!”川畑俊二的办公室里传出了一阵又一阵的口号声。

“现在渡口的渡船已经被游击队破坏了，皇军只搜索到八艘大船，如果用渡船运送一个师团的兵力和军械配备，要用二十天的时间，如何实现天皇三个月逼迫敌人投降的计划?你们的修桥计划怎么样了?”

“报告大佐，帝国专家的意见，没有人敢最后拍板，怕承担责任。德国专家的意见，是修建成坚固无比的桥梁，除了供我们帝国军用之外，还可以后世长存。”豆鞘滑川说着，显得有些不屑。

“樱花少佐的意见呢?”

“报告大佐，现在更好的是能够找到修桥用的图纸，那样简单便利。

能修成供我们短时间军用的更好，如果不能修成短时间军用的，也可以按照德国专家的意见，如果我们将来一旦弃之不用，可以仿效中国人的做法，就地炸毁。”

“聪明，浦岛君，以后可以学学樱花，长长脑子。”

“嗨。”

“现在已经找到了黄色柳条箱，那只蓝色铁皮箱呢？你们找到了吗？”

“走，我们去看看。”

豆鞘滑川和樱花秀美走进川烟俊二大佐的档案室里，昏黄的灯光下，成奇数的 1、3、5 这些简单的数字，还有点点横横的简单图形，像一只只小虫，又像飞来飞去的蚊蝇，代表什么呢？

“樱花，你发现了什么？”豆鞘滑川瞅着图纸，像是问她，又像是问自己。

“浦岛君，中国人并不是我们想象的那么笨，中国人的设计超出我们的想象，一个可行的办法就是找齐图纸，然后找到密码本，破译这个建桥计划。”

“樱花，说来容易，做起来难，现在我们能做的就是两条路，一是继续搜寻建桥有关人员和图纸，二是下水勘探，就地取材，开始建桥。”

“浦岛君，我才发现你非常聪明，不愧是帝国大学的高才生，你也许在建筑方面有所建树，可惜的是做了帝国的间谍。”

“中国有句古语，叫作人在江湖，身不由己。”

“报告，南门抓到了一个携带铁皮箱的人。”宪兵报告。

“走，看看去。”

豆鞘滑川开着军用的越野轿车，樱花秀美坐在副驾驶上，风驰电掣地赶到南门，后面跑着一队背着长枪的日本宪兵。

一位戴着草帽的老人，推着一辆独轮车，车的左边放着一个很大的铁箱子，右边放着一些镐头大镢耙子之类的铁器，后面跟着一个学徒小生。

“干什么的？”豆鞘滑川上前想掀开箱子。

“打铁器的，混口饭吃。”那个老人抬起脚，把脚踩在铁箱上。“打铁器也犯法吗？”

“对了，现在我们为了中国人的安全，对于铁器之类的东西，一律予以收缴，打铁匠人，拒不缴出，格杀勿论。”

“知道了，老总。”

“打开铁箱。”豆鞘滑川命令宪兵把铁箱打开，果然除了铁器工具之外，什么也没有。

“滚。”宪兵说着，挥了挥手。

“慢着。”樱花秀美举起了手，凭着女人的敏感，这个打铁器的老人，脖子上没有喉结，衣服的胸脯处尽管做了装饰，但仍能微微看出有高耸的饰物，而且臀部的宽大远远大于肩部，凭直觉，还有这样的男人?

樱花秀美少佐右手握着手枪，用枪筒伸向这个老人的草帽，她想用枪筒挑开这个老人的草帽。

跟在打铁老人后面的小生，脸上沁出了一层汗珠。

“你也是个男人?”樱花秀美把枪口挑在帽檐上，看着面前涂黑的脸。

“你也是个女人?整天杀人放火的。”

“带走，押回红房子。”

“不许动，动就打死她。”只见这个老人一伸手，一转身，把草帽扔向豆鞘滑川，这个德国人训练的间谍果然厉害，为躲避草帽，迅速闪到一边，豆鞘滑川后面的一个宪兵哎呀一声，口吐鲜血，倒地身亡。

就在这个老人转身扔草帽的瞬间，顺手夺过樱花秀美的手枪，手枪触到她的脑袋上，漂亮的长发披到了脑后，脸上虽然抹满了灰垢，但是依然看出青春靓丽的容颜。

“啊——”

日本宪兵和皇协军都瞪大了眼睛，他们不知道这个浑身灰垢的老头怎么一下子变成了漂亮的女人。

“不要伤害樱花。”豆鞘滑川大声喊着。

“把车开过来，快。”那个女人大声喊着。

“不要伤害樱花，你就是跌入悬崖的那个人吧，你就是水里钻的水里浪吧。”

“姑奶奶行不改名，坐不改姓，正是姑奶奶。”

“你想让她活着，赶快把车开过来，停在那里。”

豆鞘滑川把车开到离他们五米远的地方。

“快下命令，让他们向后转，齐步走，不然，我就枪毙她。”

“向后转，齐步走。”豆鞘滑川声嘶力竭地喊着。

“快上车。”水里浪说着，“你敢搞什么花样，今天就是你的死期。”

水里浪和打铁的小生两个人夹住樱花秀美，让她动弹不得。

打铁的小生其实是游击队的大张，他把樱花秀美拉进车厢。

“别搞花样，否则今天就是你年轻生命的终结。”

水里浪驾驶着汽车，飞也般的向荒郊野外驶去。

“快，发动车，追。”豆鞘滑川命令。

一个宪兵中队，几车全副武装的宪兵向城外追去。

疾风刮着尘土向远处飞去。

这是游击队的计划，王处长被俘，国防部大为不满，连美国人都大为恼怒，蒋介石责令戴笠立即实施营救方案，要不惜一切代价救出王处长，刚刚成为抗日功臣就被日本人捕获，国防部向八路军办事处提出抗议，游击队口口声声要保证王处长的安全，能够安全地送出敌占区，可是呢，送到了敌人手里。

现在“力行社”已经改组，变成军统。

军统站新任站长哑巴老张找到水里浪。

“水里浪呀，水里浪，你借助江水侥幸逃生，而王处长和钻山胡呢，钻山胡，钻山胡，从山里钻到了地里，就是一个胡子，不但没有保护住王处长，而且自己也差点丢了性命，丢人呀。”

“你说话注意点分寸，我没有完成任务，我已经向组织要求处理我，保证三天之内把王处长分毫无差地送出敌占区。”

“你们如果没法完成任务的话，营救王处长的任务就由我们军统做吧，我们调来了从美国特训回来的四名美女间谍，你看，是你们独自完成任务呢，还是我们合作完成呢?”

“我们能丢，我们就能救。”

“你们游击队势单力薄呀，你们就是两只土枪，两把铁锹，两把镐头，这样能到森严壁垒的红房子去完成任务？笑话呀!”

“你们国军从东北撤到了关里，跑得比兔子还快，桥不就是你们炸的吗?”

“委员长说，我们这是战略撤退，以后还要曲线救国，现在我们国军组织了几大战役，牺牲精锐近百万，你们共军呢，牺牲了多少呢？尤其是游击队，游而不击，到处占山为王，抢占地盘。”

“我们在国军和日本鬼子的夹缝中生存，我们按照军事委员会的统一指挥，有效地打击鬼子。”

“你们到处鼓吹，到处宣传，抗战好像你们是主角，我们是配角。”

“按照你的意思，我们是君子，只知动口。”

“对了，按照事实，我们是小人，只知动手，用肉体抵抗敌人，百万国军，百万长眠地下的英灵呀。”

“好了，不争了，将来历史会证明一切的。”

“历史将会证明你们将是历史上的跳梁小丑。”

“好了，我们游击队也接到了上级的指示，上级派来了刚从苏联培训回来的青年才俊史都亚，指导这次营救活动，力争万无一失，成败与否三天后见效。”

“好，三天后无效，再换我们。”

“好，一言为定。”

换俘中计

川畑俊二的办公室，在“武运长久”的匾牌前，站着气得歪着头的川畑俊二，豆鞘滑川毕恭毕敬地站着。

“浦岛君，你是皇军的间谍精英，怎么会失败在一个中国女人的身上，皇军的颜面哪里去了？皇军一日千里，势不可挡，已经占领大半个中国，消灭敌人有生力量近百万人，你的失误大大的，让我怎样向土肥原贤君交代。”

“大佐，事情来得太突然，我怕误伤了樱花少佐。”

“帝国的高级间谍还会被感情左右吗？”

“帝国的高级间谍是没有感情的利器。”

“浦岛君，不要托词，不要诡辩，这是帝国军人的做法吗？”

“嗨。”

“浦岛君，你看，满洲国情报搜集活动搞得有声有色，‘一进会’又在朝鲜搞得轰轰烈烈，帝国的经济军事工作正在蒸蒸日上，特高科二课的川岛芳子功绩大大的，已被授予天皇勋章，是满洲的圣女贞德，现在还是汪氏政府的座上客，如果汪氏政权将来成功，川岛芳子就是第一功臣，浦岛君，你要加倍努力呀。”

“嗨。”

“浦岛君，特高科一课课长南造云子，以她女性特有的美丽和机智，出入大上海的英法租界，逮捕了大量的共产党员和抗日反动分子，挫败了军统特务的一次又一次的军事行动，使军统退出大上海，功劳大大的，她是真正的帝国之花，浦岛君，我们要向帝国献礼呀。”

“嗨。”

“浦岛君，我们的欧洲战场，也是谍报频传，上任美国的外交官吉川猛夫已破格升为大佐，他一个人的力量可以抵得上几十个师团，他们是帝国的功臣，我们不能居后呀。”

“嗨。”

“浦岛君，皇军如此大好的形势，说说你的修桥计划?”

“大佐，修桥计划多管齐下，毁掉十四号一个桥墩，两架近七十米的钢梁，是中国人撤退时破坏的，北面桥头的四号五号两个桥墩，是敌人修桥时，皇军的飞机炸坏的，但是我们完全可以应用，中国人毁掉两架钢梁，河边只有一座钢梁是备用的，还差一架钢梁。”

“浦岛君，修好十四号桥墩，需要多少时间?”

“我看至少一个月时间。”

“浦岛君，把那架钢梁架到桥墩上，需要多少时间?”

“至少需要半年时间，现在是枯水期，要把近六百吨重的钢梁架到桥墩上，除了利用夏季的涨潮期，几乎没有可能。”

“浦岛君，中国人是怎样装上去的呢?”

“恐怕也是利用夏季的涨潮期。”

“浦岛君，缺少的那架钢梁呢?”

“到时可以根据实际情况，用木板或者铁板，设计简便的桥面。”

“浦岛君，天皇的‘大东亚共荣’，等得了吗?”

“嗨。”

“浦岛君，可以提审王处长，中国人的骨头，软着呢，可以动动刑。”

“大佐，王处长这样在国际上颇有身份的专家，随便动粗，可以吗?”

“浦岛君，有什么不可以，他就是一块肉。”

“大佐，对中国有信仰的知识分子，动粗有用吗?”

“浦岛君，难道中国人的骨头是铁打的，就是铁打的，你也要把他放到煤炉里，烧红，变软，熔化，然后打造成我们需要的一块钢铁，明白吗?”

“嗨。”

“报告。”司令部门口的宪兵手里拿着一样东西，慌里慌张地走进来。

“什么事?”

“有人送给川畑俊二大佐一封信。”

“帝国的军人，怎么能如此慌张，不要慌张。”川畑俊二呵斥道。

川畑俊二接过信，仔细地看了看内容，顿时脸色铁青，两只不大的眼睛在他不对称的脸上闪烁了几次。

“中国人的良心大大的坏了，小脚女人的做法。”

川畑俊二把信拍到了桌子上，眼睛里放着凶光。

豆鞘滑川拿起信来，哈哈笑了起来。

“吉野大佐，敌人想用樱花秀美换回王处长和钻山胡，这正是我们设计消灭敌人的好时机，现在主动权在我们手里，由我们选择交换的时间和地点，那就好说，那就好说呀。”

“送信的人走了没有？”豆鞘滑川问道。

“没有，现在正等着回信呢。”宪兵报告。

“哟西，让他等等，现在我们就写回信。”

“大佐，你看我们在哪里交换战俘？共产党游击队要交换战俘，游击队善于爬山沟，钻树林，这点雕虫小技，我们早已领教，我们要选择平原开阔地带，一举全部消灭共产党游击队。”

“地点吗，就选择南门外那一片开阔地，方圆二百米以内，我们可以在城墙上架设机枪，南门外左右各排列五十门迫击炮，叫敌人有来无回。”

一个恶毒的计划在吉野大佐的内心产生了。

芦苇荡的一条游船里，游击队的战士们，正在筹划用樱花秀美交换王处长和钻山胡的事情。

“营救计划是我亲自起草的，八路军军部也同意了我们的计划，可是敌人选择的时间和地点，对我们非常不利，在一片开阔地，敌人选择这里，是要一举端掉我们。”史都亚坐在船里，严肃地说道。

“鬼子的阴谋非常明显，在这种地方，我们的长刀短枪都派不上用场，营救计划，险呀。”水里浪附和着。

“同志们，我们需要重点分析的是，樱花秀美到底在敌人的天平上，值几两几钱，万一敌人来个玉石俱焚，怎么办？不但我们的同志救不出来，而且带来了更大的牺牲。”

史都亚显得有些保守。

“难道我们就放弃救援计划吗？”有的同志问道。

“当然不能。”

“放弃救援计划是我们游击队员该干的事情吗？不但敌人笑我们无能，也给了国民党内部想搞分裂的人一个口实。军统特务老张一直主张由他们营救王处长，如果他们营救，只是营救王处长，而我们营救的是两个人——王处长和钻山胡，同志们，这笔账我们要算呀。”

“好，面对强势的敌人，我们要仔细研究每一步的作战计划。”

“现在需要面临的问题，一是如果敌人看重樱花秀美，该怎么办？我们可能会主动一些；二是如果敌人抛弃樱花秀美，可能最糟糕的是我们，我们可能面临更大的牺牲，同志们，我们要有牺牲精神呀。”

“是。”

南门外的老槐树上，挂着懒洋洋的太阳，乌鸦站在树上，间或嘎的一声叫得阴森，城墙上五步一哨，十步一岗，城门外的左右两侧，排列着荷枪实弹的日本宪兵，王处长的身边各有两名身强力壮的日本宪兵，钻山胡的两臂被绳索绑着，腿上戴着锁链，脸上沾着血污，身旁两名年轻力壮的便衣架着，显然受过敌人的重刑。

豆鞘滑川课长穿着崭新的日本军服，配中将军衔，手握天皇陛下赠送的佩刀，两腿叉立，有一种高高在上的感觉。川烟俊二大佐站立在城楼上，手拿望远镜观察着事情的发展，导演着自己颇为自豪的戏剧。

“该来了，约定的时间已过。”豆鞘滑川抬起手腕，望着天皇陛下赠送的金表，“这帮钻林爬山的土匪，不按常规出牌的乡巴佬，食言是正常的。”

“撤。”

“慢，再等一等。”城楼上的川烟俊二用手势告诉豆鞘滑川。

远处影影绰绰走来一队人马，樱花秀美被反绑双手，两个游击队员在后面用一根长长的绳子牵着她，史都亚骑着黑色的骏马，水里浪骑着火红色的骏马，慢慢地走近城南门。

“慢——”豆鞘滑川高声喊着。

“一个穿西服的人和一个被绑的人。”史都亚拿起望远镜，仔细地瞅了瞅这两个人，可能这两个就是我们要救的人。

他把望远镜递给了水里浪，“你确认一下，是不是他们两个人？”

水里浪坐在马上，仔细地搜寻着这两个人的面目，“王处长，像极了，是他，笔挺的西服，是他，钻山胡，脸上带着血污，身材像，面貌不太清楚。”

“不要过来，同时释放战俘。”豆鞘滑川重复着。

王处长昂着头，缓缓地一步一步地朝着游击队走来。

钻山胡低着头，像要磕倒的样子，一步一跌，莽莽撞撞地向游击队走来。

“快呀，快走呀。”史都亚大声喊着，水里浪大声喊着。

“快呀，快跑!”同志们吆喝着。

樱花秀美虽然被反绑双手，但是绑她的绳子依然很紧，游击队员不得不紧紧地攥住绳子，防备她走得太快。

王处长和钻山胡怎么走得这么慢，同志们心里焦急地期盼着。

快要到达中心点，王处长、钻山胡、樱花秀美抬起头，互相望了望，没有说话，没有言语，不知什么原因，他们三人同时趴下了。

“这是怎么了?”水里浪疑惑着，大声叫着。

“同志们，快点前去营救。”水里浪命令着。

“不好，我们上当了，快趴下。”史都亚叫道。

城墙上的川畑俊二挥起手，作起下达命令的手势。

突然，水里浪的眼里闪起了火花，从南门左右两侧走来四个穿着时髦的美丽少女，身着红色的绸子，像四团火，蹦蹦跳跳向南门口舞来，一切来得突然，川畑俊二和豆鞘滑川看傻了眼，日本宪兵呆呆地看着这四团火，不知是哪方神圣。

“不要过来，快开枪。”川畑俊二的手还没有放下，就被一颗子弹射中，被宪兵簇拥着躲进了炮楼子。

南门两旁的几百名迫击炮手，没有来得及反应过来，纷纷倒下，成为枪下之鬼。

豆鞘滑川不愧为间谍老手，几番滚爬挪腾，逃进了城门。

倒在地上的假王处长掏出手枪，瞄准水里浪，子弹朝着水里浪飞来，在这紧要关头，史都亚跃马飞腾，扑向水里浪，水里浪抱住史都亚，感觉到他浑身松软，鲜血从胸前溢出，没有来得及抬头，这位优秀的士兵已经阵亡了。

“快放枪，快放炮。”

“快关城门。”

零零落落的机枪声响作一团。

迫击炮声在游击队消失的树林里，左一炮，右一炮，前一炮，后一炮地爆炸着。

粗大的榆树下，坐着刚从城南门逃出来惊魂未定的游击队战士，那匹火红的战马和那匹黑马，正依偎着头，沉思着什么。

水里浪低着头没有说话，也说不出话。

树林里响起了簌簌的响声，那几团火红的火焰蹦蹦跳跳地越来越近了。

“该怎么感谢我？”哑巴老张的声音。

没有回音，风在树叶中来回地穿梭着。

游击队炸桥墩

皇军陆军医院的病房里，川烟俊二大佐躺在病房里，惊魂未定。

豆鞘滑川课长看着医生给川烟俊二大佐上药，樱花秀美少佐侍立在病床前，失去了原先的傲慢和自尊，这朵帝国之花像是被雨霜扫打过似的。

“浦岛君，你对这次人质交换事件，有何评价？”

“报告大佐，这次事件虽然死去了几个宪兵，但是我们以极小的代价取得了辉煌的胜利，据调查，共产党游击队从苏联伏龙芝集训回来的高级间谍史都亚被我们当场击毙，无论什么时候他都顶得上一个师团的兵力。”

“樱花少佐，你的看法呢？”

“报告大佐，我没有什么看法，我辜负了天皇的厚爱，换俘事件都是我的过错。”樱花秀美的脸美丽而疲倦，苍白的神情夹杂着悔丧。

“樱花少佐，你回去好好休息一下，抓紧时间搜出那只铁皮箱，为帝国的‘大东亚共荣’做出贡献。”

“嗨。”

“浦岛君，那几团火是什么意思？”

“那是国民党军统局的特务，她们是从中国中央大学精心挑选来的学生，在杭州由美国特工精心训练，又到美国哈德逊河西岸西点军校进行魔鬼训练的中国特工，她们被誉为美女间谍，代号为‘红樱桃’，听说大樱桃专攻爆破，二樱桃专攻译电，三樱桃专攻狙击，四樱桃专攻暗杀。”

“打听到红樱桃的任务了吗？”

“没有。”

“你是帝国的优秀特工，尽快弄清楚红樱桃的目标是什么，进而取缔红樱桃。”

“报告大佐，我们帝国的特工美女阿菊可以诱捕军统男间谍，女间谍我们用什么办法呢？男间谍有用吗？”

“浦岛君，只要是人，我们就能找到他的弱点，你和樱花的弱点不是被人利用了吗？”

“嗨。”

“浦岛君，你看，四团火就把我们烧成这样，城墙上这么多人，城墙左右这么多迫击炮，还有你带领的特别行动小队，马上就可以把游击队全部消灭，这时出现了四团火，打乱了我们几百人的阵脚，而且枪法之准确，就连我们帝国优秀的特工，也不过如此，我们只换回了一个樱花秀美，可是牺牲了的帝国精英呢，怎么计算，他们毕竟只死了一个人，虽然这人很有用，但是以我们战争的特例看，帝国的精英以一伤对九伤甚至十伤的比例，消灭美国人装备的国民党的精锐部队，这是战争史上的奇迹，天皇的骄傲，现在我们牺牲这么多英雄，只消灭了一个敌人，怎么向天皇交代？”

“大佐，这次我们虽然有所牺牲，但是我们换回了一个帝国的精英，况且，我们也摸到了游击队的实底，游击队不堪一击，简直就是游兵散勇。”

“不不不，浦岛君，这次原计划是玉石俱损的，以樱花少佐一个人的代价，消灭全体游击队，用迫击炮把他们的尸体轰成肉饼，将来樱花会是帝国的战斗英雄，我们的骄傲。再说游击队的短处，我们也找到了，他们善战于山沟树林，不是正人君子所为，我们要及时调整策略，利用有利机会全歼游击队。”

“嗨。”

“那么对于国民党的军统特务呢，现在的策略是枪杀第一，诱捕第二。”

“嗨。”

“浦岛君，修桥计划怎么样了？这几天抓紧时间，天皇的‘大东亚共荣’是个巨大的工程，等不得呀，把西村宪兵大队也派到大桥上，二十四小时严密搜索，发现可疑人员就地枪决，确保日德建桥工程专家的安全，同时提防游击队从江上夜间破坏其他桥墩，确保建桥计划顺利进行。”

“现在我们暂时按照德国专家的意见，修建桥墩。”

“呦西。”

夜色朦胧的钱塘江上，探照灯晃来晃去的，照得像白昼一样光亮。

远处的芦苇荡里，游击队的爆破小组划着小船，把制造好的几十个炸药包放在船舱里，他们准备了两条小船，试图靠近桥下的桥墩，但是交叉扫射的探照灯的灯光，使整个江面没有一个盲点。

“该怎么办呢?”水里浪有点急躁。

他们用那只没有装载炸药的小船，慢慢地划出芦苇荡，船头在探照灯的光亮下，暴露无遗。

梆梆梆，就是一梭子子弹，幸亏他们站在水里，缓缓地推出船头，否则小船及炸药就会消失殆尽，游击队员的生命更是无法保障了。

“这怎么办呢?”

“收兵，”水里浪命令着，“回去商量对策，让桥墩多在水里站几天吧。”

盛满炸药的小船藏在芦苇荡里，另一只小船载着他们消失在夜里。

天色渐渐地亮了，游击队员疲惫地倒在炕上。

“炸桥，炸桥，这样谁能炸得了桥。”游击队员大张埋怨着，“敌人都是正规的部队，我们的武器装备也太差了。”

“一夜未睡，没有结果，搞得太累了。”游击队员小李说着。

“想炸桥，哪那么容易，我们军统局经过特别训练的特工也不是说想炸就炸。”哑巴老张不知道什么时候走了进来，颇为得意地说着。

“你们干你们的，我们干我们的，有话就说，有屁就放，什么事?”水里浪烦躁地说道。

“话不能这么说，交换战俘如果不是我们红樱桃出面，你们今天就用不着在这里商量炸桥的事情了，水里浪，你说，是不是应该感谢我们?”

“你说，让我怎么谢呢?”

“不用你谢了，营救王处长的任务由我们军统来做吧。”

“不行，时间才过去一天多，还有近两天呢。”

“你觉得你们游击队几把短枪，几把长矛，能有几分把握，不是自己送死?”

“你看鬼子出来扫荡，怕你们，还是怕我们，我们叫鬼子闻风丧胆，不敢随意骚扰百姓，我们叫他们有来无回，我们以极小的代价消灭了鬼子的有生力量，你们国军跑得比谁都快，从东北跑到了关里，从关里快要跑到南海去了。”

“你们游击队就是嘴不饶人，这么着吧，你们小船上的那些黑炸药能干什么呢，能炸掉什么呢，老百姓盖房子炸炸石头还可以，炸炸人还可以，要真正炸掉王处长设计建造的十几个桥墩，是没有用的，不信你们看看。”

“不用你怎么知道不管用呢？”

“不信，你们用用看，是你们的黑色炸药管用呢，还是我们的黄色炸药管用？你们的黑色炸药能否炸掉德国人建造桥墩的外围铁皮，我看够呛。”

“你回去听我们的好消息吧。”

“要不要我们的红樱桃带着炸药给你们帮帮忙。”

“不需要。”

“我听说三国时，诸葛亮借东风，把曹操的战舰烧得一塌糊涂，曹操一败逃回北方去，我们何不学学诸葛亮，也借借东风。”游击队员老吴帮着出主意。

“好，我们也学学诸葛亮，借借东风。”

月亮藏到海底去了，月夜一片漆黑。

一艘小船载着满满的一船炸药，导火线吱吱地冒着黑烟，借着微风，慢慢地向桥墩飘去。

一小团微弱的光亮，像海上的灯塔上的亮光，那么耀眼。

敌人的探照灯追寻着这一团灯光，子弹火药弹齐刷刷地射向灯光。这一团火光在桥墩外围的铁皮处爆炸了，火光、江水抛向了高空，一切都是那么绚丽耀眼。

简陋的房间里，坐着激动的游击队战士。

“同志们，今天能把小船送到敌人的眼皮底下，而且掀起了很高的波浪，炸毁了铁皮，延长了修桥墩的时间，这就是胜利，大张、小李、老吴你们今天做得很好。”水里浪总结着。

“我说对了吧，你们的黑色炸药只是撕开了铁皮，偌大的铁桶被水冲到了桥下六七十米的远处，没有大的破坏，敌人一猜就知道是你们干的。”军统站站长老张说着。

“你是耻笑我们吗？”水里浪应道。

“不是。”

“那你来干什么？”

“我来和你商议一下，我们接到戴局长的指示，要不惜一切代价营救王处长。”

“你们要进入那座红房子？”

“对。”

“你们知道王处长关在里面的什么地方吗？那可是敌人重兵把守的地方，敌人很有可能利用王处长作为诱饵，诱捕我们的同志，听说红房子里面的地下室更是森然壁垒，就是里面的守卫也不能随便走动，只能在一个区域活动。”

“你了解的还挺详细，还有什么内容呢？”

“什么内容，你们军统特务不比我们更清楚吗？”

“这是实话，红房子的前边是一条宽大的马路，对面的二层楼上，已经被宪兵队租下，老百姓只能住一层，而且不准搬走，后面是著名的日本商人佐佐木和子办的古董商行‘在水一方’，左面是一个水湾，有一亩多地，右面是一片私人住宅，红房子的周围都被鬼子租用，要进去，难呀。”

“今天我来的意思是求你们游击队弄一条或者两条小船，隐蔽在左边的水塘里，一旦我们营救成功，敌人发现后，一定会追击小船，你们在船上装扮王处长，而王处长通过水底嘴含芦苇逃生，你们的任务就是把敌人引开，可以吗？”

“当然可以，不过我们的要求是你们也要把钻山胡救出来。”

“可以。”

“这次等于我们游击队和你们军统合作共同活动，共同对抗日寇。”

“好，就算我们的共同活动。”

军统苏南站办公室在一所民房的后院里，从后院的地道进入侧房，从侧房里向东西南北四个方向，各有一条暗道，如果一有风吹草动，几分钟内同志们都会转移出去。

老张正和红樱桃商议如何营救王处长的事情，“同志们，上峰要求我们尽快救出王处长，可是，难呀，那座红房子至今只见我们的人活着进去，没有见到我们的人活着出来，所以我们要去救人，就是用我们的生命换取同志们的生命，同志们，我们商议一下，责任重大呀。”

“只要是人把守的地方，我们就有可能救出来。”大樱桃说着。

“上墙爬屋，飞檐走壁，我们啥时怕过？”二樱桃说着。

“杀人放火，打家劫舍。我们啥时失手过。”三樱桃说。

“同志们，你们将用你们青春的热血为祖国而战，戴老板是会为你们记功的。”老张握着手说，“厨师阿健是我们的人，他已经绘好了地图，红樱桃们，商议商议吧。”

“樱桃们望着天衣无缝的地图，高矮房屋的设计，长短火力的配备，简直难以下手，如果劫狱，无论从哪个角度来说，都没有一个死角，而且借用了中国的八卦阵式，以正常的思维，无论走哪一条路，都很难转出来。”

“如果不智取，简直就是不可能。”樱桃们眼里看着，心里想着。

“日本人也有这样的精英。”老张感叹着。

浦岛计放钻山胡

川畑俊二看着参谋本部发来的电报，陷入了深思。

“帝国空军、海军势如破竹，取得辉煌胜利，陆军也长驱直入，节节胜利，帝国军人追击中国敌人的步伐，将要阻碍在钱塘江上。”

“浦岛君，你发表一下意见，帝国天才的军人，你的优秀在哪里？”

“报告大佐，也许我们的思路存在问题？我马上组织人手重新勘探‘中国人的桥工处’，认真分析每一处疑难，争取有大的突破。”

“浦岛君，我不希望这是一句空话。”

“嗨。”

“樱花少佐，你也是我们帝国军人的骄傲，屡破大案要案，你这朵毕业于帝国大学的妖艳之花，又进陆军士官学校集训，你我毕业于同一所学校，按说应该是校友，你忘了我们的校训吗？你的辉煌难道要终止在钱塘江上。”

“报告大佐，‘效忠天皇’和‘为大日本帝国不惜肝脑涂地’，这些校训每时每刻都萦绕在我的心里，日夜不敢有丝毫懈怠，帝国万岁！”

“呦西。”

天空凝聚着阴云，嗖嗖的北风擦在人们憔悴的脸上。

沉闷的天地间，一棵棵无奈的柳树孤独地站在河沿上，苍老浑浊的树皮见证着岁月的风雨。

豆鞘滑川课长和樱花秀美少佐站立在桥工处的门前，这里三间房屋，隐藏着多少秘密呀，他们一间屋一间屋仔细地观察着，观察着地上铺着的每一块地转，墙上的每一块墙皮。

“这里可能有我们要的东西吗？”

豆鞘滑川抱着双臂，撅着嘴，要从没有问题的地方找出问题来。

“我们不能小觑中国人和我们藏猫猫的技法。”樱花秀美自言自语。

“这里是我工作过的地方，可是我的范围仅限于门口和第一间房子，第二间房子和第三间房子，我始终没有权利进去过，王处长呀王处长，你的温柔与体贴让我感动，可是你从来没有正眼看过我，为什么？公平吗，我这朵耀眼的樱花，在日本，我正眼看过谁？我的身高，我的体型，我的肌肤，中国人有谁比过我？”

“中国人的秘密为什么隐藏得那么深呢，为什么会抵抗‘大东亚共荣’呢？中国人从辛亥革命开始群雄并起，我提出的‘中国吞并论’，受到了国内朝野人士的一致同意，可是到中国推行先进的思想和方法，真是难呀。”

“樱花少佐，这儿有几幅画，画的是哪里呢？”

“这幅高大的六角琉璃塔，顶端上飘着几朵云彩，云彩是黑色的。”

“太阳呢？怎么没有太阳呢？春天的六角琉璃塔，夏天的六角琉璃塔，秋天的六角琉璃塔，还是冬天的六角琉璃塔？大日本帝国的太阳不是普照大地吗？”

“这幅画是随便画的，还是有什么深意呢？”樱花慢慢地思考着。

另一幅画，一条延绵不断的长岭面前，厚厚的荆棘树旁，一条小河向远方流去，小河上三块石块叠成小石桥，三间房屋坐落在树下，好美的情调呀。

“樱花少佐，谁这么喜欢优雅的环境呢？”

“还能有谁，王处长呗。”

“樱花少佐，难道没有别的意思吗？”

“很难说。”

第三幅画，隐隐约约的就是一个村庄，只是一条小路，题着三个字：狼家庄。

“樱花少佐，三幅画，六角琉璃塔，三间房屋，延伸的小路，能说明什么？”

“浦岛君，字面意思是风景画，好惬意呀，国破家亡时期，还有人向往田园生活。”

“难道是愚昧的中国人的变态心理。”

“我们研究一下，看有什么深层意义。”

“琉璃塔，琉璃塔，难道是桥北头的高塔，还是附近的白龙山上的龙塔？”

“小石桥边的三间房子，没有院墙，周围一米高的荆棘围住房屋，这是谁的房子，如此设计，将来战争胜利了，我也要设计这样的房子，坐落在山边，林旁，战争使一切都变了味。”豆鞘滑川陷入了深思。

“浦岛君，浦岛君，你在想什么？”

“想我的老房子。”

“浦岛君，优秀间谍的可贵之处，不按常理出牌，我们下一步的工作重心，按图索骥，这是中国人惯用的伎俩。”

桥北头的六和塔，高高的耸入云端，这里驻扎着帝国军人的一个宪兵大队，大队长柴山木村以凶狠著称，他曾经在南京为汪政权和日本的顺利联手，做出过贡献，被升为上尉，如今他的宪兵大队负责桥北岸的安全。

豆鞘滑川和樱花秀美驱车来到塔前，受到了柴山木村的热烈欢迎。

“报告课长，您有什么吩咐？”

“随便看看，不要任何人打扰。”

“嗨。”

“樱花小姐，中国人的做法，初看比较容易，不就是炸毁了一个桥墩吗？任务是修复一座桥墩，两架钢梁，可是，桥上面通过的是我们帝国的军列和汽车，承载着的是帝国无数的优秀军人和战略物资，任务巨大呀，弄不好不但立不了功，还会赔上一身罪呀，这个烫手的山芋，不好拿呀。”

“是呀，得考虑退路了，”樱花转身问上尉，“塔上最近来过什么人没有？”

“有几个前来上香的老头老太太，被我们赶走了。”

“这个塔，你们发现有什么奇怪之处没有？”

“没有注意，我们现在在一层及其周围用作休息和睡觉，二层和三层用作警戒，上面的几层安装了机枪火炮，预防敌人偷袭，我们昼夜警戒。”

“很好，柴山君，大帝国有你这样优秀的军人，‘大东亚共荣’指日可待。”

“嗨。”

职业的敏感让豆鞘滑川一层一层地查看。

樱花秀美也在思索着那个一点也不让人注意的蓝色铁皮箱子，“它会装着什么呢，它会被藏在什么地方呢?”

豆鞘滑川时而伸手摸摸烧香的香灰，时而用手指敲敲厚重的墙壁，“中国人的狡猾，是我们所不敌的，我们这样做，是不是思路出了问题?”

樱花默默地从塔基走到了塔顶，透过窗户，看到远处隐隐约约的小山，模模糊糊的树影，微风吹乱了她的头发，好久没有像女人那样打扮过自己了。

“樱花少佐，你应该好好打扮一下自己，女人嘛，应该吸引住男人的目光。”

“浦岛君，我们是否请求南造云子派大陆阿菊支援一下，这些飘落到大陆的樱花花瓣是与日月同辉的明星，是最崇高的爱国者，没有哪一个国家的年轻女人能和我们的阿菊相比。”

“樱花少佐，对呀，我们马上就办，兵法上云，瞒天过海，避实就虚，方能立于不败之地。”

豆鞘滑川和樱花秀美开着车，风驰电掣地赶回红房子。

“樱花少佐，马上提审钻山胡。”

钻山胡的左腿已经跌断，拄着拐拖拖拉拉地过来了。

插着烙铁的火炉喷着红红的火苗，老虎凳上的血还在一滴一滴地往下滴，沾着血的皮鞭散发着腥臭的味道，两个肥壮的日本武士，交叉着手，站在凶器前。

“钻山胡，是只假虎，今天我要把你的胡子一根一根地拔掉。”

“你看，我是怕死的人吗?”

“钻山胡，中国人的骨头我是知道的，中国人的骨头是泥土做的，不是钢筋做的。”

“上刑。”

钻山胡双手被吊在了吊环上，豆鞘滑川走到了跟前，“现在给你小试一种最简单的刑法，把你的胳膊调离空中，用你的脚尖着地，看你能坚持多少分钟？是你的骨头硬，还是我的吊环硬，你的肺真的不怕水呛，尤其是辣椒水？”

“今天我要是喊一点痛，我就是你养的。”

“好样的，你知道，我喜欢真正的硬骨头，咱们交个朋友吧。”

“人和狼有交朋友的吗，狼的本性是瞅准你的喉咙，一口咬断，你瞅准我的喉咙在哪里？”

“你说呢？你的喉咙是钢筋水泥做的？”

“要剐就剐，何必屁话。”

“钻山胡，你的胡子多么漂亮，按你们的话说是美髯公，我就是喜欢结交奇人异士，今天是和你演一场戏，吓唬吓唬你，马上就放你。”

“这座张着血盆大口的红房子，放出过生人吗？”

“那是过去，有些人不理解‘大东亚共荣’的意义，现在我的理念是团结不是征服，你明白吗？”

“你们什么时间放我？”

“会放的，不是现在。”

“樱花少佐，传我的命令，今天午饭后放人。”

午饭后的红房子，宪兵们个个神情严肃，他们知道这好像是行刑的时间，宽阔的马路上，摆着一张桌子，豆鞘滑川端坐在桌旁，钻山胡拄着拐杖，慢腾腾地走来，后面跟着荷枪实弹的宪兵卫士。

“钻山胡，喝碗酒，今天你就自由了。”

“我知道，我要上路了。”

钻山胡端起碗，咕咚咕咚地喝了下去。

“好爽呀，老子二十年后又是一条好汉。”钻山胡把碗摔向高墙上的士兵，士兵应声倒下。

“好身手。”豆鞘滑川赞叹道。

“以往枪毙犯人都是五花大绑，今天怎么了？”宪兵们议论纷纷。

“今天这是怎么了？”看样子是杀人，而传出来的消息是放人，厨师阿健想不明白。

警车拉着钻山胡向城外跑去，到了僻静无人的地方，宪兵们把钻山胡扔在了地上，随后扔出他的两把手枪，警车一溜烟跑了。

厨师阿健挑着菜筐，把一封密信交给了接头人，接头人交给了老张，请转交水里浪。

老张看了看，没说什么，水里浪看了看，泪水涌出了眼眶。

“同志们，先走一步了，为我报仇。”

暗箭难挡

钻山胡躺在地上过了很久，才渐渐清醒了过来。

他的头像炸裂了似的疼痛，他不知道自己怎么会在这里，他的下身湿透了，他想象不出以前发生了什么，“不是在红房子里么，怎么会在这里？”他捋了捋思绪，原先在红房子里，被宪兵拉到这里，后来扔在这堆土上，身边还有自己的两把枪。

“到哪里去？游击队可能在哪里？现在马上找个熟人，先填饱肚子再说。”

他沿着小路漫无目的地走着，他猛一回头，看见了两个鬼鬼祟祟的人。

“是谁呢？”他想不起来，他头痛得很。

我先到打鱼的二顺子那里凑合着吃顿饭吧。

他一瘸一拐地走到二顺子家里，说是家，就是河边的大户人家看树的两间房子。

二顺子用两根长条穿着几条小鱼，翻来覆去地烤着，当他抬头看见钻山胡时，愣住了。

“你是谁？是死的还是活的？”

“我是大胡子，看把你吓得。”

“你还活着？”

“命大，活着。”

“你怎么出来的。”

“跑出来的。”

“你能跑出那座红房子？”

二顺子扔下了烤鱼，到墙根处拿起了鱼叉。

“二顺子，干啥？”

钻山胡拿起二顺子扔掉的烤鱼，大口大口地吃了起来。

“胡哥，你投靠了日本人。”

“放屁。”

“那你咋跑出来的?”

“实话告诉你，日本人放我的。”

“日本人会放你，你听说过红房子里有放出来的人吗?”

“你过来，我慢慢和你说。”

“我不过去，你把枪扔过来，我才过去。”

“好。”钻山胡把枪扔了过去，二顺子抬着头，不敢眨眼，左手拿着枪，右手拿着鱼叉，站得离钻山胡近了一点。

“你能和我说说水里浪在哪里吗？我要找她。”

“不告诉你。”

“为什么?”

“不为什么。”

“那么你能不能把水里浪找到这里来。”

“胡哥，别难为我，恐怕难以做到。”

“我的枪都给你了，你还不相信我。”

“好吧，我暂且相信你一次。”

二顺子深一脚浅一脚地来到游击队的暂住地，把钻山胡出来而且要见水里浪的事情，一五一十地告诉了水里浪。

水里浪疑惑道，“这是什么事呀，从红房子里活着出来的有几人呢，我们正在组织营救，王处长没有出来，倒是钻山胡出来了，这里面有什么猫腻，是钻山胡叛变了，还是敌人的阴谋，斗争复杂呀，不行，我要见见他。”

她临时组织几位党员，开了一个紧急会议。

“同志们，斗争的形势是复杂的，敌人是狡猾的，在我们想方设法组织营救的关键时刻，钻山胡出来了，到底是怎么出来的，还不好预料，谁救的他，现在他要见我，你们分析一下，看看怎么办。”

“我看八成是叛变了，不能见他。”大张说着。

“不可能，他的老婆孩子被敌人杀害了，肯定是硬骨头。”小李反驳着大张。

“按说他不可能叛变，可是谁的骨头能熬住敌人的凶器呢，我看，临时不要去，如果他真的叛变了，要去的话，凶多吉少，要是没有叛变，敌人为什么会放他呢，王处长为什么没有放出来呢？敌人放他有什么阴谋，是为了把我们一网打尽，还是让我们互相内讧。”游击队员老吴分析着。

“同志们，不管怎样，只有见到钻山胡，才能了解真实的情况，现在你们立即转移到老岭坡，我见到他以后会立即去找你们。”水里浪命令道。

水里浪远远地观察着这两间房子，确信没有人埋伏后，她悄悄地走了出来。

“你好呀。”

“吓死我了。”猛然的一句话，把钻山胡吓得倒在了地上。

“爬山越岭的老手，怎么会吓成这样？”水里浪心里的怀疑增加了几分。

“出来了？”

“出来了。”

“同志们正在组织营救你，你出来了，王处长呢？”

“王处长我也不知道，我们关押的不是一个地方，我从来没有见过他。”

“那敌人怎么放了你，没有放他呢？”

“我也不知道。”

“那你腿上的伤是敌人打的吗？”

“不是，是我们在车上时翻车砸的。”

“敌人没有对你用刑？”

“要我说真话吗？”

“是的。”

“敌人没有对我用刑。”

“凶残的敌人会没有对你用刑，你是敌人的什么？父亲？兄弟？儿子？”

“我以一个共产党员的党性发誓，敌人确实没有对我用刑。”

“我相信你，同志们会相信你吗，国民党的军统、中统，以及其他特务机关会相信你吗？”

“你怀疑我，你不相信我的骨头是铁打的吗？”

突然周围响起了一阵枪声，“抓活的，别让敌人跑了。”

水里浪用枪指着钻山胡，“你把敌人引来了。”

“你快走，我掩护，敌人既然把我放了，就不可能很快枪毙我。”钻山胡说着，把头上的枪筒移开。

“如果你没有叛变，你不可能再回游击队了，同志们不可能相信你了，自己找个地方躲着，不要让军统老张和四樱桃看见，不要让游击队的其他同志看见，自己证明自己吧。”

豆鞘滑川和樱花秀美带着宪兵队虚张声势地追了一会儿，来到了茅草屋前，钻山胡无奈地站在树丛中，豆鞘滑川眼睛斜着钻山胡，围着他转了一圈，“钻山胡呀，真正的仁义之师是不会丢下自己的伤员的，你想想自己的未来吧，弃暗投明是唯一的出路，现在国民党的军统已经弃暗投明三十多人，中统也弃暗投明二十多人，按照中国人的话是‘识时务者为俊杰’，你明白吗?”

豆鞘滑川和樱花秀美高傲地走了。

草地上留下一阵军靴的嗒嗒声。

军统站站长哑巴老张的办公室里，老张和四樱桃正在商议厨师阿健送出来的消息，鬼子把钻山胡释放了。

“我们和游击队共产党的关系，联合抗日，我们要仔细盯着游击队的队伍，不能让他们随便占领地盘，对于钻山胡，不管是否投降，如果见到，就地枪决，格杀勿论。”

“是。”

高耸入云的六和塔，现在成了日本宪兵大队保护大桥的屏障了。

远处慢慢走来一队日本宪兵，走在前边的几位日本军官说说笑笑，走近了六和塔。

“报告长官，通行证。”两位日本宪兵拦住了去路。

“巴格。”随从挥起手掌要打两个日本鬼子。

“慢着，我叫南造云子，是陆军军部要我来任职的，我是皇军特务机关特一课课长，今天两个任务，一是奉命报到，二是顺便检查一下大桥的安保工作，你们明白吗?”

“长官，请出示证件。”

“叫你们大尉柴山木村来。”

柴山木村跑步到来，仔细看着面前的几位清秀的军人，有点丈二和尚摸不着头脑。

“请问，阁下是哪几位?”

“听说过南造次郎的大名吧。”

“久仰大名，你是——？”

“那是家父。”

“你是南造云子小姐，久仰久仰，你是帝国的骄傲，我们的骄傲。”

“知道就好，今天奉军部之命，检查大桥的安保工作。”

“一定配合。”

“好了，现在没有你们的事情了，我要和帝国的女军人帝国之花一层塔一层塔地检查，顺便体验一下塔上的风光，不要有人打扰我们。”

“嗨。”

几位女军人及其随从沿着台阶向塔上走去。

柴山木村拿起电话，“给我接川畑俊二大佐。”电话的那头没有回音。

“给我接豆鞘滑川课长。”同样电话的那头还是没有回音，难道电话线被人割断了。

“电讯班，给我沿途检查电话线。

“嗨。”

军统四樱桃中计

“给我接川畑俊二大佐。”电话通了，“报告大佐，帝国之花南造云子已经来到桥北头的六和塔检查工作。”

“什么?”

“南造云子已经来到六和塔。”

“云子小姐今天晚上十二点的火车，现在是下午三点钟，不可能，那是假的，给我立即逮捕，反抗者格杀勿论。”

“她们已经乘坐两辆轿车走了。”

“什么？为什么不早报告?”

“报告大佐，电话线刚刚接通。”

“他们有什么动作没有?”

“她们从塔上带走了一个蓝色的铁皮箱子。”

“巴格。”

“嗨。”柴山木村脸上惊起了一脸冷汗。

“那个蓝色的铁皮箱里有我们大日本皇军想要的秘密。”

“嗨。”

“宪兵大队一小队二小队紧急集合，追击两辆轿车。”

几辆军车载着几十名日本宪兵风驰电掣般地追去。

“浦岛君吗，你和樱花少佐赶快奔赴六和塔，有什么情况，立即向我汇报。”

“嗨。”

豆鞘滑川神情凝重的脸上，露出了不满，洁白的手套，在三层的窗户前，用力擦着灰尘。

“一个窗户，掩住了一个秘密，帝国军人的失职。”

“是从这里取走了箱子吗?”樱花秀美问道。

“是的。”

“我们太被动了。”

“临走前，云子小姐没有说什么话吗?”

“说如果时间允许的话，想在塔上和樱花秀美少佐下盘围棋，今天没有时间了，以后再下。”

“呦西。”

“浦岛君，这一定是四樱桃干的，我一定在塔上把樱桃的根抽掉，樱桃的叶摘掉，樱桃的花揉碎，把樱桃含到嘴里，化掉，把核吞进肚里，变成垃圾。”

“呦西。”

川畑俊二大佐的办公室里，太阳旗前，吉野厉声呵斥着豆鞘滑川和樱花秀美。

“你们这些特高科的顶尖人才，竟然让军统的四樱桃盗走了铁皮箱，而且逃之夭夭，我们天天找，没有想到的是，秘密竟然藏在了我们的眼皮底下，我们的间谍与反间谍工作让人失望呀。”

“嗨。”

“离云子小姐的到来还有几个小时的时间，云子到来的消息是谁散布出去的? 说明我们的队伍里有敌人的间谍，否则敌人怎么会知道云子小姐要来?”

“嗨。”

“浦岛君，要宪兵大队、侦缉队、警察大队、特高科以及其他便衣人员，速到火车站，进行警戒，确保云子小姐的安全。”

“嗨。”

高大的时钟伫立在火车站前的高塔上，滴答滴答的钟声传到很远很远的地方，火车发出强劲的汽笛声，刺破了夜晚的宁静。

火车站的周围站立着荷枪实弹的日本宪兵，豆鞘滑川和樱花秀美身着便衣，混迹在人群里，他们警惕的眼光透过人们的面目和衣着，搜索着一个又一个可疑的目标，拉黄包车的车夫被他们赶到一百多米的警戒线外，警察大队的士兵散落在警戒线外，严格盘查着过往行人。

大钟当当当地敲了十二下，远处警车开道，一辆黑色轿车和拉着鬼子一个中队的卡车开进了火车站，人们睁大了眼睛，发现川畑俊二站在卡车车厢里，向沿路行人招手。

“朋友，借个火用一下。”拉黄包车的人凑近另一个拉黄包车的人。

“吉野没有坐中间的轿车，而且明目张胆地暴露在我们的面前，是否有什么阴谋，我们该怎么动手？”

“我们离吉野最近，现在动手是最佳时机。”

“我们既要保证完成任务，又能果断地功成身退。”

“今晚的动手可能有点困难，看来敌人早有准备，也许我们被包围了。”

“怎么办？现在没有撤退的命令，而且站长已进入火车站站台里面，我们一时联系不上。”大樱桃拿毛巾擦了擦额头的汗珠，对着二樱桃笑了笑。

“在外面接应的三樱桃四樱桃进入阵地了吗？”

“如果没有特殊情况的话，都已经准备好了。”

一切都在悄悄地进行着。

特高科侦缉队化妆的便衣在外围悄悄地缩小着包围圈。

今晚的行动已经不是秘密，一对青年恋人偎依在路旁，旁若无人地拥抱着，他们用眼角仔细观察着每一个过往行人，突然他们的腰部被顶上了硬硬的东西。

“枪口，谁这么大胆，敢顶姑奶奶？”三樱桃骂骂咧咧地说着。

“不要声张，侦缉队的，跟我们到宪兵司令部走一趟。”说着，围上了一群人。

“上车。”他们两个人夹着一个，向停在路边的轿车走去。

“不要嘛，老总，你们夹痛我了，好痛呀。”三樱桃撒着娇。

“不要说话，再说毙了你。”

第一个已经上车，三樱桃眼疾手快，马上关闭车门，回头一拳打在后面人的头上，那人像块石头，闷声闷气地倒在地上。

几乎是在同时，四樱桃一拳打倒一个，抬起右腿踹倒一个，被踹的那个人往后倒地的一刹那，砰的一枪，打向了空中，正好击中四樱桃的肩膀，鲜血顿时湿透了四樱桃的衣衫，四樱桃应声倒地。

“三……”四樱桃倒地时只说了一个字。

三樱桃不敢恋战，背起四樱桃就跑。

“外面有枪声，说明我们的人和敌人遭遇上了，收网。”川畑俊二命令。

宪兵队、警察队、特高科侦缉队四面出击，热闹的火车站顿时大乱。

“枪杀川畑俊二，我们将是有功之人，会被授予中正奖章的。”大樱桃提议着。

“对，一定要枪杀他。”

她们冒着敌人的枪林弹雨冲了进去，拉着鬼子的卡车后车厢里，机枪架在上面嘟嘟地响着，川畑俊二站在机枪手旁，沉着指挥着。

“格杀勿论。”

“为天皇立功的时候到了。”

大樱桃双手各拿着德国造的快慢机手枪，把仇恨的子弹射向敌人。

二樱桃和大樱桃形成犄角之势，敌人一时没有占多大的便宜。

“我们被包围了，后面的敌人快要上来了，我们撤吧。”二樱桃说着。

“不行，今天是次难得的机会，一定要枪杀川畑俊二，你掩护我。”大樱桃说着，走向了路中心，挥动着仇恨的火舌向川畑俊二冲去。

“大姐……”二樱桃喊着。

“抓活的。”川畑俊二命令道。

子弹朝着大樱桃的腿部扫来，大樱桃跌坐在地上，鲜血染红了大地，她要站起来，又倒地了。

她的枪膛里还剩一颗子弹，她要留着，射杀川畑俊二。

“她没有子弹了。”

川畑俊二走下车子，慢慢地走到大樱桃的跟前。

“呦西，今天是我导演的一幕戏剧，云子小姐十二点乘坐的是汽车，不是火车，你们对抗我们，是没有好结果的。”

“好家伙，姜还是老的辣，你赢了。”

“哈哈哈哈。”

“我输了，我投降。”大樱桃慢慢举起右手，枪口朝下，把手枪扔出去，在往外扔的一瞬间，枪口朝上，同时扣动扳机，击中川畑俊二面部，一米的距离，鲜血喷在了大樱桃的脸上，一股难闻的气味，使她想吐出来。

一声巨响，有人朝鬼子扔下了炸弹，浓烟消散以后，大樱桃不见了。

“命令全城戒严，各街道、各小巷严格盘查，不让一个敌人漏网。”

“嗨。”

汽笛声、脚步声、凌乱的枪声，不绝于耳。

军统站在城里的暂住地，是贸易公司的一个废旧仓库。

大樱桃躺在黄包车的后座里，脸上带着骄傲，“师傅，我多加钱，快点，把我送到贸易公司仓库。”

“知道了，我还要躲着到处搜索的敌人，现在只能走小巷。”

“你的这个车子怎么一高一低的，我的下肢痛得很。”

“现在知道痛了，你没有感觉我的腿伤了，走路一高一低吗？”

“师傅，谢谢你救了我。”

“不用谢。”

“你的名字呢？”

“一个不怕死的中国人。”

他们到了贸易公司大门口，门开着，当黄包车进入大门后，大门迅速地被关上了。

“师傅，你扔下车子，一个人走吧，明天我送你一辆最好的车子。”

“谢谢。”

“师傅，你摘下帽子，我看看你的模样。”

“不必了。”

二樱桃在师傅弯身拉车的时候，摘掉了他的帽子，他慢慢抬起头来。

所有的人都惊呆了，“原来你是钻山胡。”

“你不是投靠了日本人了吗？”

“谁说的？”

“全城人都知道了。”

“今天你为什么救我？是为了一网打尽？”

“好了，不解释了，我要走了。”

“不行，不能让他走，他走我们会完蛋的。”二樱桃拿着枪，枪口对着钻山胡。

“我敬重你们打日本人，才救你的。”

“二妹，让他走吧。”

“他走了，我们会暴露的。”

“他能救我，说明他还有一点中国人的良心，放他走吧。”

“我们是经过美国人精心训练的，这么轻易相信一个人？”

“我们轻易相信的是一个救人的中国人。”

“大姐？”

“我们暂且相信他一次，给人机会，给自己机会。”

“好吧，为了大姐，暂且相信你，以后注意最好别让我撞见你，撞见你，就杀你。”

“我是中国人，我没有投降。”一句坚定的话语扔在了天空。

“投降的中国人还少吗?”

迷雾拨开

军统站站长哑巴老张正在拟定向军统局邀功的电文“近日我站成功在火车站击毙日军大佐川畑俊二，全城军民欢欣鼓舞。”

“巾帼英雄们，我们的行动，将会在中华民族的历史上留下光彩的一笔，我们的站点将会提升为全国一类站点，届时戴老板将会隆重表彰我们这些抗战有功的英雄们。”哑巴老张自豪地说。

“谢谢站长。”四樱桃鼓起掌来。

“现在我们应该乘势而进，破坏大桥的桥墩，破坏敌人的修桥计划，尽快救出王处长，是我们重中之重的任务，大樱桃说说你的看法。”

“报告站长，破坏桥墩，破坏修桥计划，相对来说比救出王处长要容易得多。”

“这也算是看法?”其他人有异议。

“其他人，发表一下看法。”

“那座红房子的设计师是日本著名的间谍豆鞘滑川，他是建筑方面的专家，在国际上，他的名声仅次于王处长，又到德国军事院校进行过间谍训练，他设计的房子，在火力配备上，没有盲区。”二樱桃说着。

“要进入这样一所红房子救人，如果强攻的话，可能玉石俱焚，唯一的办法就是智取。”三樱桃附和着。

“说一下，强攻的话，我们的优点和缺点。”

“强攻最好的武器是迫击炮，迫击炮过后，等我们冲进去的时候，王处长也就不存在了，如果我们乔装打扮混进去，再进攻的话，成功的可能性也许大一些。”大樱桃说着。

“说一下，智取的话，什么样的策略最好?”

“四樱桃，你说一下？”

“报告站长，我临时想不出来。”

“三樱桃，你说一下？”

“报告站长，说不好。”

“说一下？”

“报告站长，现在投伪的人这么多，如果找一部分人投伪进去，取得了豆鞘滑川的信任，然后里应外合，不但可以救出王处长，而且还可以端掉红房子。”

“好主意。”

“可是这部分人到哪里去找呢？”

“报告站长，我们四樱桃全部投伪，可以吗？”三樱桃说。

“你说呢？”

“报告站长，开个玩笑，组织那些占山为王的土匪，投降日寇，否则鬼子是不会相信的，取得鬼子的信任后，里应外合，一举拿下红房子。”

“此计甚好。”

“可是到哪里去找那样一些人呢？”

“到处是游兵散勇，一介武夫，真正能担当此种大任的人，必须是经过特殊训练的，像我们军统的战士，可是鬼子一下子就会看出来的，听说牛泰山有一群占山为王的人，大樱桃，你能不能去策反他们呢？”

“当然可以。”

孤独的路灯灯光懒洋洋地洒在灰暗的路面上，路上的行人已经很少了，现在已经到了封街的时候了，这样的夜晚，如果在街上游荡的话，会被拘捕的。

霞飞路上的“天外天”大酒店门口，已被戒严，水里浪和游击队员大张远远地观察着。

“今天鬼子不知道要耍什么花样？”水里浪说。

“看门口的宪兵这么多，鬼子一定是把整个酒店都包下了，看来有重大活动。”

在墙角拐弯处的水里浪和大张静静地隐蔽着。

“我们看看鬼子要什么鬼花样。”水里浪小声地说。

远处驶来了一行车队，前面的三辆轿车依次驶入，太阳旗在微风中飘着，后面的卡车上架着机枪，拥挤着鬼子。

第一辆轿车的车门打开了，走下来矮小的戴着眼镜的人，穿着日军军装。

“咦，怎么好像是川畑俊二？”水里浪疑惑着，“他不是被军统枪杀了吗？”

第二辆车下来的是穿着中国旗袍的漂亮女士，乌黑的秀发，飘逸而泻，紫色的旗袍配着白色的披肩，凸显出苗条的身材。

“好漂亮的女人呀，端庄的面容，浓黑的眉毛，高耸的鼻尖，细长的脸庞。”水里浪心里有点嫉妒。

“这是谁呢？难道是南造云子？”只见她缓缓地走上台阶，然后回过头来，等待着欢迎仪式的开始。

穿着便衣的浦野古雄和樱花秀美站在门口的两边，乐队分列两边，战争年代，真是隆重的欢迎仪式。

“天皇帝国的勇士们，我，川畑俊二没有那么容易被敌人击败，今天我们欢聚一堂，庆祝我们的胜利，敌人想借我们迎接云子小姐的机会，歼灭我们，我们按照中国人的兵法，叫作将计就计，导演了这出歼灭反日力量的戏剧。”

热烈的鼓掌声顿时响遍门口，嘶哑的小号也哑着嗓子吼了起来。

“现在，我们进入正题，热烈欢迎云子小姐来监督我们戡乱反日分子，云子小姐，是天皇帝国的骄傲，云子小姐和中村少将，获得了中国人蒋介石要毁灭我们海军战船的计划，让敌人的计划落空，这是帝国军人的骄傲，要不是云子小姐，我们大日本帝国的军事战舰将毁于一旦，几十万海军军人感谢你。”

一阵又一阵的掌声，不伦不类的军号声又响了起来。

随后他们进入天外天，酒足饭饱之后，在优美的舞曲中，人们翩翩起舞。

“云子小姐，可以邀请你跳一支舞吗？”川畑俊二伸出了右手。

“谢谢。”

云子小姐和川畑俊二步入了舞池。

“云子小姐，你可不要让我们失望。”

“轻松的场合，能否让我们谈点愉快的话题？”云子的嘴唇凑到川畑俊二的耳朵边。

“那好呀。”声声舞曲撩拨着男人的心。

“樱花小姐，可以邀请你跳一会儿舞吗？”豆鞘滑川醉眼蒙眬的脸上，挂着对爱的饥渴。

“浦岛君，今晚我想一个人静一静。”

“我想我的樱花瓣，会落在哪条小溪上？”豆鞘滑川伸着双臂，挥动着双手，边唱边舞，最后转到樱花秀美的面前，强硬地抱起了她。

“松开，满嘴的酒气。”樱花秀美生气地说道。

“我想我的樱花瓣，会落到哪条小溪上？”浦岛唱着，流下了泪水。

“他喝醉了，快扶他回去休息。”几个人架着豆鞘滑川，走了。

“晚会结束，加强警戒。”川畑俊二命令。

汪伪政权控制的喉舌《中华日报》头版刊登大字标题《吉野大佐略施小计，全面摧毁抗日分子》，军统站站长老张拿着那份报纸，傻了眼，明明击毙了川畑俊二，怎么这个家伙没有死，难道是替身？

紧急召开军统站骨干分子会议，老张神情严肃地说着。

“如果像报纸宣传的那样，我们的小命快要完蛋了，我们请求嘉奖的电文已经发往重庆，戴老板很有可能上报蒋总统，到时不但我们的小命完蛋，戴老板也很可能被CC派抓了辫子，上次军统枪杀了孔二小姐的男朋友，戴老板差一点被调换工作岗位，现在，你们说说，我们怎么办？”

“速给戴老板发报，此份材料是否上报，如果没有上报，还有回旋的余地，如果上报，我们只有隐瞒真相，如果上面怪罪下来，再找顶雷的。”大樱桃说着。

“只有这样了。”

“戴老板吗？我们刺杀吉野大佐的事情，是否已经上报？”

“我正在准备前往总统府，向老师当面汇报。”

“现在我们这里出了点小小的差错，我们的失职，恳求您看看今天的《中华日报》，一切就明白了。”军统站站长老张脸上的汗水刷刷地淌了下来。

一阵急促的电铃声，吓得军统站内的全体人员内心颤抖。

张站长不敢接电话，用眼睛示意了一下大樱桃。

大樱桃走过去，拿起了话机。

“是张站长吗？”

“报告局座，我是大樱桃。”

“张站长呢？”

“外出布置任务去了。”

“好，传我的命令，如果再一次失职，就地法办，上海的多处军统站皆被敌人破坏，投降日伪的人员多达三四十人，总统正在考虑我是否办事得力，加上别人的谗言，这把椅子我还能坐几天，如果不是委座的学生，早就滚蛋了。告诉哑巴张，我能叫他说话，也能叫他闭嘴，尽快制订计划，给我争脸。”

“好的。”

“这一关临时看算是过去了。”老张的脸变成了紫色。

军统站的主要人员松了一口气。

“我命令，大樱桃、二樱桃乔装改扮，前往牛泰山收编土匪。

“坚决完成任务。”

弯弯曲曲的小路通往山底，现在已经到了挖山菜的时节了。

北风在山涧嗖嗖地刮着，阵阵的松涛传到很远很远的地方。

山前一片片泛黄的柞树散落在山间，绿色的松树点缀在半山腰，牛泰山的山顶以及山坡上坐落着一座座的房子，牛泰山是由后蹄山、牛泰山、牛嘴山组成的一组山系，听说大龙、二龙领着几百个打家劫舍的光棍，在此落草。

山前的半山腰上，附近老老少少的村民在山间挖着野菜，人们用手掐着山菜的前几片叶子，放在口袋里，回去拌上少许的面粉，勉强度日，甚至整日以山菜为食。

在山前的弯曲小路上，走来两个妖艳的女子，她们描眉画眼，血色的嘴唇挑逗着原始的野性，扭捏的姿态吸引着路上的行人。

两个在山下站岗的喽啰瞥见了扭捏作态搔首弄姿慢慢走来的两个女人，顿时来了精神。

“好甜的妹妹，能够让哥啃一口吗？”

“好呀，等妹妹上来你试试。”

她们慢慢走到他们中间，他们两个还没有回过神来的时候，已经捂着肚子躺在地上哎呀哎呀地叫个不停了，“打死你们这些祸害百姓的混蛋，敢对老娘出言不逊，小心你们的狗命。”

“大龙、二龙在不在山上？”

“在。”

“前面带路，快。”

军统美女硬闯牛泰山

阵阵的松涛掠过空中，小路的两旁，碗口粗的松树错落在山腰上，有的圆圆的，像个硕大的棉球，有的歪着身子好像很费劲似的往远处看着什么，山前的空地上，排列着几排房子，原来是香客拥挤的寺庙，大龙、二龙撵走了主持的和尚和几个徒弟，领着几十个弟兄在这里打家劫舍，称霸一方。

半山腰上，到处挂着捕捉鸟类的大网，有的网上还挂着灰色的猫头鹰，老老实实地趴在网上，没有一点反抗的迹象，山腰到处拴着吊兔子的圆扣，以及各种各样的陷阱。

大龙、二龙坐在屋里的长凳上，悠闲地嗑着瓜子。

“报告大哥、二哥，有两个娘们找上门来。”

还没有等到话全部说完，两个女人已经站在大厅里了。

大龙、二龙的眼睛顿时直了，怔怔地半天说不上话来。

“这等好事，说来就来。”大龙心里想着。

“牛泰山也不是一般的山了，我们弟兄可能时来运转了。”二龙张着嘴，只顾看了。

“瘦削的高个，五官排列得还算匀称的两个人，怎么和杀人放火，打家劫舍的土匪联系在一起了。”大樱桃一时没有回过神来。

“还有这样的土匪，长的干头净脸的?”二樱桃心里想着。

“两位美人，来到山寨有何贵干?”大龙抢先打破了僵局，他的心里知道能闯牛泰山的女人，绝不是平庸之辈。

“请。”二龙忙着打招呼。

“明人不说暗话，我们姊妹俩是军统站的大樱桃和二樱桃，来到此处是想让两位兄弟为党国效力。”大樱桃说着。

“不瞒你说，我们弟兄之所以能在这里混这么久，就是因为从不靠近任何党派，不为任何一方效力，我们就是绑绑富人的票，弄几个小钱，让弟兄们混口饭吃。”大龙说着。

“现在日本人打到家门口了，你们还能悠闲地混口饭吃?”二樱桃说着。

“打到家门口，赶走日本人，是你们政府和国军的事情，与我们小百姓无关。”大龙说着，“再说，我不想让战火引向这座山，弟兄们好不容易有了这块藏身之处，不容易呀。”

“这座牛泰山是五个小山，要数这个牛腚最大，其他的后蹄、牛嘴、牛的两个前蹄都离这儿不远，而且西面三公里外有一条贯通南北的交通要道，这里的战略位置非常重要，你们弟兄不靠任何一方是说不过去的，日本人是不会同意的，你们说呢?”大樱桃说着。

“到哪山砍哪柴，你们、日本人，还有共产党游击队，我看看再说。”大龙说着。

“如果你们拥护国军，我们会给你们配备全新的美式冲锋枪、机枪、服装以及所有的供给，而且还会有国防部给你们的委任状，弄个司令干干。”大樱桃开出了条件。

“什么？还有这等好事，你们在这儿稍等，让我和二龙商量商量。”

“好，敬候佳音。”二樱桃说着。

大龙、二龙进了内室。

一会儿，大龙、二龙走了出来，眼睛盯着大樱桃、二樱桃傻傻地笑。

“你们答应我们的条件了吗?”大樱桃看着大龙。

“我们弟兄基本答应你们的条件，我们还有两个基本条件。”

“什么条件?”

“最低十条大黄鱼。”

“可以，可是有点高。”

“再就是……”大龙有点难为情。

“什么?”

“你们两个人留在山寨，做我们弟兄的压寨夫人。”

两樱桃名牌大学毕业，到美国接受间谍训练，到杭州特训班集训，怎能看得上这两个土匪，而且差距太大了。

“可以，只要你们兄弟俩能配得上我们姐俩。”大樱桃想也没想，就答应了。

“你们姐俩什么条件?”大龙说。

“瞧你们哥俩那个熊样，长的人模狗样的，还想吃天鹅肉？”二樱桃心里想着。

“这么着，我给你们兄弟一周的时间，我们进行三样比赛，枪法、格斗和三公里穿越。如果你们赢了，我们就留在山上不走了。”大樱桃说着。

“一言为定。”

“好。”

“我们兄弟马上就要结束做光棍的日子了。”

“你们兄弟好好练练拳脚，做做美梦吧。”

风一阵比一阵大了。

川畑俊二和豆鞘滑川慢慢地在河边走着。

“浦岛君，坚壁清野，清除抗日分子的计划弄出来了没有？”

“报告大佐，马上就要弄出来了。”

“浦岛君，为了帝国‘大东亚共荣’，说说你的看法？”

“报告大佐，清乡计划，投诚的警察大队、警卫队、警备大队、宪兵队、侦缉队，全部参加，重点是小溪边的用荆棘围成的三间房屋，那里也许有我们需要的秘密。”

“浦岛君，修桥计划弄得我彻夜未眠，我们要尽快解读王处长留下的秘密。”

“嗨。”

“浦岛君，游击队破坏的四号、五号桥墩现在怎么样了？”

“报告大佐，游击队的炸药只是把四号、五号两个桥墩炸去了外皮，丝毫不影响四号、五号桥墩的正常使用，现在我们集中精力修建被损坏的那个桥墩。”

“浦岛君，方案拿出来了吗？”

“方案已经出炉，但是有关钢铁合金的材料，到现在也没有找出哪个国家什么公司生产的。”

“浦岛君，尽快制定沿途搜寻的路线。”

“报告大佐，本次清乡，以山村溪边居住的地方为主，我们要找到我们需要的东西。”

“哟西。”

“报告大佐，本次清乡，樱花秀美少佐参加吗？”

“不不不，浦岛君，樱花秀美少佐现在要和云子小姐制定诱捕军统间课的‘云计划’，还要研究红房子地下工厂的国防机密，她们的工作比我们的工作重要，你知道吗。”

“嗨。”

刚刚下了一夜的雨，空气中散发着泥土的清新气息。

城门打开了，“清乡”的队伍浩浩荡荡地出来了。

前面是警察大队，后面是宪兵队，吉野古雄佩戴着军刀，走在宪兵队的中间，后面是侦缉队的队伍。

“报告课长，是沿着河边搜索前进吗?”

“哟西。”

突然前面响起一阵枪声。

“前面发生了什么事?”吉野古雄问道。

“报告课长，有几个鬼鬼祟祟的人跑到前面的林子里去了，追还是不追?”

吉野古雄拿出望远镜，看见四周茂密的森林，两面高耸的陡坡，“‘兵法’云，此乃设伏的理想之地，一定是游击队，他们是想诱敌深入，打我们的冷枪。”

“我们稳扎稳打，步步为营，前后兼顾，擅自追击者，格杀勿论。”

“嗨。”

队伍有条不紊地继续前进。

“报告课长，前面发现了几间茅屋。”

“就地卧倒。”吉野古雄命令。

警察大队宪兵队、侦缉队的所有人员都趴在了地上，吉野古雄找了一个斜坡，举起望远镜，仔细观察着前面的房子以及周围的荆棘。

“怎么这么面熟呢，在哪里见过这样的房子，对了，就是它。”吉野古雄的内心一阵高兴。

“课长，这就是我们要找的房子?”

“哟西。”

“警察大队从正面往前，宪兵队从左侧，侦缉队从右侧，包抄过去，明白吗?”

警察队长、宪兵队长和侦缉队长三人一个劲地点头。

“日本鬼子，让我们正面出击。”警察队长的心里骂着吉野古雄，“谁叫我们是二鬼子呢?”

他们悄悄地走到门口，一行荆棘围住了三间茅屋，谁也不肯从门口进去。

“为了大日本帝国，前进。”吉野古雄命令警察队长。

“前进，为了大日本帝国。”警察队长命令眼前的两个警察。

门口的两个警察犹犹豫豫地不想进去，被警察队长一脚踢了进去。

进入院内的两个警察双手抱头，趴在地上，好长时间没有听到一点动静。

小雨簌簌地溅在石板路上，在一片古色古香的巨大宅子前面，一个人右手举着一把伞，紫红色的旗袍下面露出细长白皙的两条长腿，不高不低地抬着黑色的皮鞋，嗒嗒的声音敲击着雨水，也敲击着后面一个人的心。

“真是天造尤物呀。”后面的人羡慕着，嘘出了一口长气。

突然，前面的人伞一仰，往后倒了下去，就在倒地的一刹那，后面的人冲了上来，双手抱住了肉肉的上身，他们的脸贴在了一起。

“走路要小心呀。”

“谢谢您。”女人嗲嗲的声音充满着磁性的诱惑。

“紧凑而迷人的五官、细长的眉毛、血红的嘴唇，这么漂亮的女人。”男的心里一阵澎湃。

男女站立起身，正好在一所房子门口，门口上三个大字“鹤鸣村”。

“先生，这是我的家，谢谢您，您过来喝杯水吧。”

“不用了，举手之劳嘛。”

“先生，到了家门口，认识认识家门嘛。”女的低着头，显得有点羞涩。

“不了，今天有点晚了，我还有别的事情。”

“哎呀，”女的刚要抬脚，又蹲下了，“我的脚扭了。”

“麻烦你，先生，扶我进去吧。”男的架着女人的胳膊，女人哎呀哎呀地还是不敢走。

男人扶着女人的胳膊，触摸到柔柔的细白的肌肤，感觉到女人的重力一点点地往这边沉，他的呼吸随着女人起伏的胸脯，也在剧烈地跳动着，女人的身体快要躺在男人的怀里。

“先生，把我抱进去吧，我男人在淞沪抗战中死去了，现在兵荒马乱的，只剩下我和一个丫鬟了。”

他抱着她，走进屋去，他感觉自己的鼻孔像骡马的鼻孔一样，圆圆的喷着粗气，一股热流从体内喷出，通过鼻孔，要发出骡马一样的吼叫。

他克制住自己，把她慢慢地放到柔软的床上，他的脸憋得通红，他无暇顾及床顶上悬挂着的巨大的帷幕，只注意眼前的像糖一样的含在嘴里立即化掉的东西。

“小姐，怎么了?”

“腿上受了点伤，这是我的丫鬟莲花。”

男人回头看时，亭亭玉立般的少妇，男人顿时傻了眼。

“我该走了。”嘴上说着，腿没有动。

“有空来玩呀。”

这个男人一步一回头地消失在雨雾中，他恨自己，灌铅的心在潮湿的胡同里游荡着，他脱掉外套，扔掉鞋子，剩下背心和短裤，赤着脚，在这个城市的古老街道的墙根处，让清凉的小雨浸遍自己的内心。

男人需要女人，原始的饥渴，他就是哑巴老张。

军统张乐中美人计

军统站接到戴老板的指示，要尽快救出王处长，荡平红房子。

“说来容易，做起来难呀。日军特务已经摧毁了我们军统一个又一个的站点，我们军统有二三十人替他们卖力了，戴老板亲自到这里坐镇指挥，也可能收效甚微。”

哑巴老张看着面前站立的四个樱桃，“她们有点年轻，是刚露骨朵的月季，刺太多，太嫩，没有丰满女人鲜亮的魅力。”

“大樱桃、二樱桃说说你们到牛泰山的收获。”

“站长，原则上接受我们的收编，可是要价太高，十条大黄鱼。”大樱桃说。

“这还算高?”

“还有要我们姊妹俩做他们兄弟的压寨夫人。”二樱桃接着说。

“痴人说梦，你俩是我的部下，我还没有动动你俩，他们兄弟就想打你们的主意，不想活了。”

“我们临时答应，也是权宜之计。”大樱桃说着。

“好，祝贺我们的巾帼英雄旗开得胜，今天中午一醉方休如何?”

“耶。”四樱桃伸着指头，跳了起来。

“今天我们到‘惠宾楼’吃海鲜。”

“耶!”四樱桃蹦蹦跳跳地去换便衣了。

军统站站长老张和四樱桃围坐在圆桌旁边，很久没有这么放松了。

另一个房间，透过缝隙仔细观察着的樱花秀美和云子小姐，在确定了老张的军统站站长的身份后，嘴角露出了笑容。

“樱花少佐，需要拘捕他们吗?”

“不不，拘捕没有什么意义，要他们归顺，你明白吗?”

“知道，没有哪个男人不吃腥的。”

雅间里的笑声传到了门外。

哑巴老张一边喝着纯正的高度顺河老烧，一边瞅着四个活蹦乱跳清纯可人的姑娘，不听话的嘴角，涎水流了出来，他用手悄悄地放在离他最近的大樱桃的屁股后面，手指慢慢地揉着大樱桃的屁股，眼睛瞅着三樱桃。

“谁的咸鱼手?”大樱桃顺势左手反转手指，老张不知怎的一下子倒在了地上。

“站长，怎么了？喝醉了？”

“醉了。”站长扶着墙，歪着头，唱了一句京剧，“公主——”，踉踉跄跄地走了。

“我已成年妻未娶。”嘶哑的唱腔吓得树上的小鸟扑扑地飞走了。

老张酒过三巡，长久的谍报生涯使他压抑的心情好长时间没有放松了，过了今天，不知道明天在哪？他沿着古朴的小巷，踩着地上宽大的石条，走了一条街又一条街，望着门口的一只只红灯笼，有时从背后看见门口袒胸露背，露着细长美腿的女子，可是走到眼前，正面一看，除了血红的嘴唇，就只见奇丑的相貌，心想，找下一家，他漫无目的地走着，在街上游荡着，像个野鬼，他醉酒的神经里，老是想象着那幅奇特的画面，一份沁人心脾的芳香，在哪里？雨中的石板路，飘落的纸伞，滑倒的美人？

他想起来了，一条黑色狼狗趴在笼子里，闭着眼睛，旁若无人地睡着小觉，他轻轻地抬起脚，深一脚浅一脚地往里挪，他忘不了她身上散发的撩人心怀的香味，那渴望的嘴唇，挑逗的鼻尖，含羞欲放的诱人的睫毛，三拐两拐，不觉走到了‘鹤鸣村’的跟前。

老张迷迷糊糊地推开了门，望了望两旁有没有狂吠的狗，挪步走进了院子，隐隐约约地听见屋内有撩水的声音，他悄悄地走过去，眼睛透过门缝看见一个人坐在木盆里，弯曲的长发搭在后背上，落到木桶的外沿，看到这些，老张心跳加速，血液顶着他的头嗡嗡作响，他忘不了她那迷人的甜笑。

他知道她已经没有男人了，他生硬地撞开两扇木门，又迅速地关闭了。

“拿浴巾。”

老张把浴巾放在床上，像包婴儿似的擦干了这位美人。

老张久渴的冲动泼洒在这位女人身上。

河边的三间房前，豆鞘滑川和警察大队、宪兵队、侦缉队正在严密搜索着房子里的一切。

“就是这里，宪兵大队门外警戒，警察大队搜索院内，侦缉队搜索屋内，不放过任何一个疑点。”豆鞘滑川命令道。

“嗨。”

“院内没有搜出什么东西。”警察大队报告。

“屋内没有搜出什么东西。”侦缉队报告。

“继续严密搜索。”

“嗨。”

突然门外传来几声枪响，门口两个宪兵的钢盔被击透。

“杀。”豆鞘滑川从院内冲了出来，挥刀指向前方。

一阵激烈的机枪声在林中穿梭着。

“停。”豆鞘滑川命令，“怎么只有我们一方的枪声？”

他拿起望远镜，望见一棵棵的树木挡在他的眼前，他有一种不祥的预兆，在这里我们的长枪利剑将发挥不到作用，甚至可能无谓的牺牲。

他还在想象之中，一颗子弹打中了他的左肩。

“中国人很聪明，是我们糊涂了，我们以自己的短处对着敌人的长处，兵法大忌呀。”

“全体卧倒。”

“在那里。”突然前面一个人跑动起来，有人喊起来。

“机枪预备，向左面、前面、右面射击。”

只听见嗖嗖的声响，穿梭在树林中。

“撤，快撤，有敌人的狙击手。”

吉野古雄在警察大队、宪兵队和侦缉队的护拥下，机枪乱扫一阵后，悄悄地撤回了城里。

牛泰山这一阵出奇的安静，大龙、二龙的喽啰们正在到处张贴告示，山下以及周围的村庄都在传说着大龙、二龙比武招亲的事情。

大龙、二龙兄弟俩在一起商量如何取胜，虽说女人比不上男人，但是从古代就有很多出色的女人，他们兄弟俩从小就听杨家将的故事，杨家将的烧火匠都能上阵带兵打仗。

“哥，你看，这次我们能够有把握吗？”

“二弟，我也说不好，两个女人敢闯牛泰山，说明不是一般的本事。”

“哥，如果她们俩嫁给我们兄弟俩，我们的祖坟可是冒了青烟了，她们漂亮的模样可能给我们老龙家生一群龙子龙孙呢。”

“太好了，兄弟，好好练习，让她们心服口服。”

“哥，我们打个兔子、打个狗的还可以，要我们真正和她们比赛，我看把握性不大。”

“不要小看自己，毕竟我们从小在山上长大，她们是城市的女人，爬过几座山，体力上我们肯定比她们好。”

“哥，古代打仗有三局两胜的故事，比赛枪法不一定是我们的强项，可是格斗女人不行，三公里穿越，爬山也是我们的强项，这样我们可能两胜一负，不久就会搂上漂亮的娘们了。”

“哈哈哈。”

“大龙、二龙比武招亲的告示贴满了大街小巷。

约定的时间到了，阳光照耀下的牛泰山，山头上聚集着一团又一团的祥气，松涛声越过林间，四面八方的老百姓像赶庙会似的，向山前聚集，山口的必经之路，有喽啰把守，任何人不准携带武器进山，否则格杀勿论。

大字横幅挂在殿前，“大龙、二龙比武招亲”的红色大字格外显眼，大龙、二龙的喽啰们今天穿着新式的服装，腰扎红绸子，站在周围维持秩序。

这一带名声最高的要数绅士刘大爷，他主持今天的比武仪式，各方人士心服口服，刘绅士捋了捋花白的胡子，慢慢地从长衫的袖筒里，拿出了预备好的主持仪式草稿。

“各位乡邻，各位好友，今天我们有幸相聚牛泰山，共同见证大龙、二龙兄弟两个比武招亲的事情，现在进行第一项，请男女双方上前共同亮相。”

大龙一米八几的大个，身穿白色的长衫，腰扎火红的绸带，乌黑的头发上缠着红色的丝绸，大龙一亮相，全场顿时响起了口号声。

“好。”

二龙和大龙一样的装束，比大龙稍微矮一点，和大龙不同的是脸稍微短一点，颧骨有点高，嘴巴有点大。

“好。”

两位女士款款走上台来。

大樱桃上身着红色的短装，下身黑色的裤子，脸部细长而匀称，淡淡的红唇，淡淡的红腮，像一朵漂亮的云彩落到了松林边，尤其是爆炸型蓬松的头发，真是惹人喜爱。

“哇，这么牛。”一片赞叹声。

二樱桃也和大樱桃一样的装束，周正的鼻梁，喜人的双眼皮，亮丽的平头，男人们除了赞叹以外，还真想咬她一口。

比赛正式开始，第一项，枪械，步枪，中正式或者汉阳造，中正式仿毛瑟98，表面射程两千米；汉阳造，纯系国产，有效射程一千米，目标，二百米之外跑动的野兔，野兔放手二至五分钟之内举枪击毙，既打着兔子还不能把兔子打烂，枪匣里各有五发子弹，一是中正式，二是汉阳造，谁先开始，抽签决定，男女队各派一位选手抽签。

大龙和大樱桃互相对视了一下，大龙掀了掀嘴角，不怀好意地笑着，大樱桃蓬松的头发晃了几次，用长长的睫毛示意了一下，看把你美的。

大龙让大樱桃抽，大樱桃抽出了“二”，大龙自然是“一”了。

二百米外的山坡旁，蓝旗红旗交叉示意了一下，小喽啰手中拿着的兔子，慢慢地放在地上，人消失了，兔子一蹦一蹦地前进着，不像要逃跑的样子，这个兔子，怎么傻乎乎的，怎么像家中饲养的家兔呢？

人们议论纷纷。

大龙站着，转了一圈，举起枪，瞄准，勾手，砰的一声，兔子往前窜了一下，不见了。

“好。”

接着，远处的喽啰举起了兔子。

“太好了。”一枪就命中了兔子，真是了不起，周围的人欢呼起来。

“还有这样的傻兔子？”大樱桃心里想着。

远处的鼓声又响了起来，人们看见远方的红旗蓝旗交叉示意了一下，一只兔子放到了地下。

现在轮到大樱桃了，大樱桃款款地伸出双手，用眼角瞅着蹦蹦跳跳的兔子，兔子蹦了几蹦，像一阵烟没入草丛，大樱桃像红色的火焰在人们的眼前转了两圈，猛地抽出枪，双手端着，瞄准远方，就在兔子越过沟壑往上一跳的时候，大樱桃扣动扳机，枪响兔倒。

“好。”人们更激烈的喝彩声。

刘绅士高声喊道，第一局，大龙和大樱桃，一比一平。

现在由二龙和二樱桃比赛，比赛开始。

二龙精神抖擞地拿着枪，在场地上转了一圈，“朋友们，老少爷们，今天你们来捧个人场，二龙感谢了。”

“二龙，加油。”

“慢着。”这也叫比赛，“这样的比赛谁不能做，不就是打兔子吗？打兔子找老婆吗？”说着，从人群里走出来一个穿着浅蓝色旗袍的中国女人，高挑的个子、细长的曲线、漂亮的脸蛋、朱红的嘴唇。

“请问小姐，你是干什么的？”刘绅士问道。

“我是干什么的，并不重要，关键我是未婚，我是否也可以参加？”

“按照规则，任何未婚的女人都可以。”

“我现在要求打兔子，别人打兔子找老婆，我打兔子找老公。”

大樱桃、二樱桃顿时傻了眼，她们望着大龙、二龙，大龙、二龙望着她俩，古代有富贵小姐比武招亲，有能力的男人争相在台上展示拳脚功夫，现在哪有女人主动送上门来的。

这个女人就是云子小姐。

比武招亲

军统站站长老张沉浸在温柔香里，一丝不挂地像个“大”字写在床上，旁边云子的丫鬟莲花故作姿态地一会儿搂着老张的头，一会儿头发贴着老张的脸，一会儿红色的嘴唇舔着老张的腮帮，还有一些不可入目的裸体的照片，闪光灯的快门不时地闪烁着。

“让他起来清醒清醒。”云子小姐说着，“莲花，你做得很好。”

“哎，哎，起来，快起来，我家先生回来了。”莲花急促地说。

“老张睁开了眼睛，这是在哪里？”低头一看，自己床前站着一个貌美如仙的女人，“我怎么在这里？”

老张一下子站了起来，吓出了一身冷汗，赶紧穿好衣服。

“先生，我家先生回来了，他在客厅。”老张摸了摸枪，没有，什么也没有，“不是说她家先生死了吗？”

“无非是讹诈我点钱，可是以我现在的身份，也不是那么好讹诈的。”

老张慢慢地走进客厅，看见一个男人正在倒茶水，这个留着一小撮胡子的男人突然说道：“张先生，过得舒服吗？”

他走近一看，倒吸一口冷气，“这不是豆鞘滑川吗？日本人，这是圈套。”

“你好呀。”接着一个女人拍着手从侧室里走出来，“欢迎朋友品尝我们日本传统的茶道。”

“这不是云子小姐吗？”

古朴的茶具，烦琐的程序，慢慢地品味，这就是日本茶道。

“时间越长越有味，张先生，这就是我们日本的茶道。”豆鞘滑川细声细气、一字一顿地说道。

老张瞅了瞅面前的两个人，慢慢坐下，仰着头，把手搭在沙发背上，端起了茶杯，呷了一小口，“好茶。”

“张先生，你是聪明人，你愿意看看我们给你拍摄的写真集吗？”

“不用不用，你们要干什么?”

“张先生，真是聪明人，现在你们中国人都在做聪明人，你知道六和塔上的铁箱子的故事吗?”

“知道一点。”

“是你们军统的四樱桃弄走的吗?”

“可能是。”

“藏在什么地方了?”

“可能是在河边三间屋附近，具体我也不太清楚，在这里我只是行动组的负责人，桥工处的秘密具体由王处长负责，关于铁箱子的秘密由大樱桃具体负责，敏感时期，不能过问，否则，就是越权，戴老板亲自制定的。”

“如果你搞什么小游戏，你的写真集马上会放到戴老板的办公桌上，你信吗?”

“我信，当然信。”

“好吧，张先生，我们做一桩交易，你只要告诉我们铁箱子的具体位置，我给你十条大黄鱼，这可是你一辈子都不能得到的东西，如果找到，我再给你加五条黄鱼，你看，怎样?”

“好吧，让我想想。”

“好，张先生，祝我们合作愉快。”豆鞘滑川端起茶杯和老张碰了一下。

老张的嘴凑近豆鞘滑川的耳朵嘀咕了一阵，豆鞘滑川哈哈地点着头。

牛泰山的比赛依旧激烈地进行着，云子小姐穿一身传统的淡黄色旗袍，白皙的皮肤，细长的大腿，飘逸的长发，一走一晃之间，旗袍的下摆处时而露出雪白细长的大腿，雪白细长的大腿时而藏匿在淡黄色旗袍下面，真是美轮美奂。

“真是美人相聚。”旁边的人啧啧议论着。

远处的鼓点声又响了起来。

小喽啰刚刚撒下兔子，兔子像受了惊一样，耸了耸身子，向上抬了抬头，就在后腿蹬起跃向半空的时刻，二龙看也没看，挥枪击去，兔子应声倒下。

“这不算数，兔子还没有跑动起来，等于打个死兔子。”人群里有人吆喝。

“这样打兔子也算本事。”

“好，这样也算，机会自己把握。”刘绅士说道。

“下一个，二樱桃。”

二樱桃拿着枪，看见草丛里的兔子，一会儿露头，一会儿藏头，晃动的草弯弯曲曲像一条长蛇急速地向山顶爬去，在小山坡急转弯的时候，兔子露出了身子，如果这时再把握不住机会，将找不到要枪击的兔子，就在人们心里想着，有点惋惜的时候，枪响了。

“好。”人群里爆发出长久的声音。

“这才是本事。”

“这是本事吗?”云子小姐一边拍手，一边走到台前。

她单手握起枪，瞄准镜连望都没有望，高声喊道，“撒兔子。”

兔子钻进高高的野草中，只看见野草梢在速速地晃动，云子小姐的枪口顺着晃动着的野草，不断地挪动，单手扣机，一枪过去，晃动的草不动了。

“打中了。”喽啰用蓝旗示意了一下。

“太棒了。”人群里一阵欢呼声，大龙、二龙对这个新出现的娇艳欲滴的美人刮目相看。

“好吧。”刘绅士宣布，现在的比赛，一比一比一，平局。

“平局，我看要数云子小姐枪法最准。”人群里有不平的声音。

进行第二项，“格斗”，格斗本来是同性之间，现在是异性之间，有点略显不公，但是这是他们之间同意的，点到为止，不可逾越，按照规则来办。

现在由大龙和大樱桃进行比赛。

大龙和大樱桃走到台前，抱拳施礼，一条白色的胳膊和一条红色的胳膊相互交织的一瞬间，白色的长衫和火红的上衣快速地躲闪腾挪，像两根缠绕在一起的藤一样，互相扭打着，向着天空生长。大龙哪里敢用心去打，只是迅速地躲闪，大樱桃也是一样，既要胜他，又要不使他为难，远处看，转动的白色花瓣里包围着火红的花蕊，大龙身着白色的长袖被大樱桃红色的衣袖吸引，大樱桃用手抓住大龙的手，来了个小鸡打滚啄食，顺势躺在大龙的怀里，大龙顿时心跳加速，面色红赤。

“好。”人群里爆发出阵阵掌声。

还没等大龙从迷魂阵里明白过来，大樱桃的右手已经死死地扼住大龙的喉咙。

“停停。”刘绅士一声高喊。

“这一局。大樱桃胜，大龙败。”

“哎，英雄难过美人关呀。”有人悄悄议论。

“大龙，宁为花下死，做鬼也风流。”大龙的表弟在远处吆喝着。

接下来二龙和二樱桃进行比赛。

二龙翻着跟头来到台前，像一条白色的圆弧在台上转圈，一阵阵的喧哗声、口哨声、击掌声此起彼伏。二樱桃从另一侧也翻着跟头，像一个红色的圆圈，让人们眼花缭乱。

“真是大开眼界呀。”人们赞许着。

风声从空中掠过，大厅前的空地上，挤满了看热闹的人们。

白色的长衫和火红的上衣你来我往，进退有据，谁也不敢轻易动手，二龙不敢失败，失败了媳妇没有了，但是又不忍心拳击女人的身体，二樱桃心中有数，她是经过严酷的格斗训练的美女间谍，调戏一下二龙不在话下，她假意趔趄，火红的高高的胸脯朝上，将要倒下，二龙好意要牵她的手，她用脚尖钩一下二龙的腿弯，二龙的脸顺势贴在她的胸脯上。

“好。”又是一阵喝彩。

二龙羞得满脸通红，心想一定给她点颜色看看，他惯用的绝招，闪电式的跟头翻到她的背面，用脚直踹后背而来。等他的跟头还没有落地的时候，二樱桃已经占据他的落脚点，二龙没有了落脚点，二樱桃用手轻轻一拨，二龙坐在了地上。

“好。”又是一阵喝彩声。

“这一局二樱桃胜。”刘绅士高声喊道，“知道天外有天吧。”

“这样就算胜利了，也太简单了，胜之不武。”

“好吧，现在我不和大龙二龙比赛，我要和两位小姐比赛，刘绅士，是否可以？”

“因为男子比武娶媳妇，不是真正意义上的强弱胜负比赛，所以根据规则，不可以，你只能选择和大龙或者二龙比赛。”

“我可以同时和大龙、二龙比赛吗？”

“姑娘，一个姑娘对两个男的，不是欺负你吗？我看还是不可以。”

“让我试试嘛，刘绅士。”

“你们兄弟俩的意见呢？”

“不算我们欺负人吗？我们兄弟俩怎么忍心欺负一个女人呢，何况你这样一个美人呢。”大龙眨着眼，坏坏地笑着。

“如果你们胜了我，随便你们兄弟两个，谁娶我都行。”

“此话当真。”

“有牛泰山作证。”

“比赛开始。”

淡黄色的旗袍夹杂在两个白色的长衫之间，时而分开，时而合拢，淡黄色的旗袍穿梭在长衫之间，好一幅潇洒飘逸的图画，飘逸的旗袍和大龙不时地擦肩而过，难以抵住的俊俏的脸蛋又偎依在大龙的脸庞，撩起的欲火使大龙飘飘然，一会儿又转到二龙的身旁，出手迎拳之间，显得亲昵无比，二龙完全是配合云子的表演而已。

“停停，这哪是比赛?”大樱桃抢着说。

“刘绅士，你看这到底是干什么?”二樱桃接着说。

“大龙，你这是干什么?”大樱桃逼近大龙。

“二龙，太不像话了。”二樱桃说。

“走，妹妹，我们下山，不看这些跳梁小丑。”大樱桃生气地说道。

“别介，我们不是来赌气的。”张站长走出来，拦住了她们俩。

“刘绅士，你快宣布吧。”老张说着。

“大龙对大樱桃，二龙对二樱桃，大龙、二龙对云子小姐，一比一比一，平局。”

“我不服。”大樱桃、二樱桃喊着。

云子智斗军统女

川烟俊二大佐的办公室里，站着豆鞘滑川课长、樱花秀美少佐、云子小姐、莲花小姐，川烟俊二大佐笑容满面，站在办公桌前，发表着激昂热烈的讲话。

“浦岛君、樱花少佐、云子小姐、莲花小姐，本大佐已向军部发去密电，奖赏我们的英雄，你们是帝国的功勋，我们‘大东亚共荣’的天才，继续努力，我们会很快实现天皇陛下的理想。”

“嗨，为了天皇陛下，我们定会赴汤蹈火。”他们的笑声在空荡荡的房间内回旋着。

“浦岛君，你是搞建筑的，你要尽快弄懂蓝色铁皮箱内密码的意义，尽快建造好我们军用的铁路公路两用桥，让中国人心服口服，让天皇的‘大东亚共荣’尽快结出丰硕成果，努力，加油!”

“嗨。”

“樱花少佐、云子小姐、莲花小姐，你们看，蓝色铁皮箱内的材料，所有的页码是二四六，十二十四十六，没有一三五七八九十，而黄色柳条箱是一三五，没有二四六七八九十，你不觉得奇怪吗？从密码专业的角度来看，这里面藏着非常多的秘密，现在从两个箱子的材料看，已经有了一三五二四六，你们看，顺起来就是一二三四五六，缺少七八九十，是否还有一个箱子？这里面藏有秘密，你们的担子不轻呀，继续逼迫中国人交出另外一只箱子。”

“嗨。”

“报告大佐，牛泰山的大龙、二龙兄弟俩，看样子有归顺军统的意思？”云子小姐说道。

“什么？云子小姐，你可是我们帝国的骄傲，连考试院长戴季陶这样的国民党元老都不在话下，何况大龙、二龙两个土包子，你要下一番力气，搞定大龙、二龙。”

“嗨。”

“这次搜寻铁皮箱子，我们虽然阵亡了几十个帝国的精英，但是我们值得骄傲，我们在‘大东亚共荣’的事业上又进了一大步。”

一阵长短不齐的鼓掌声。

“现在可以告诉大家的是，我们的土木桥梁专家正在夜以继日地工作，很快就有可行方案。”

日军宪兵司令部里一派欢呼声。

牛泰山这几天像过节似的，树林间不时地传出一阵阵喜鹊的嘎嘎声。

刘绅士总结前两场的比赛成绩，都是平局，如果大龙、二龙第三局胜了，还可能娶到媳妇，如果第三局大龙、二龙败了，娶媳妇的美梦暂时告一段落。

“第三局，到达三公里外的牛嘴山，不准走山上现成的路，每人配一把砍柴刀，从半山腰到达牛嘴山的聚义厅，路途虽近，却是沟壑遍地，荆棘丛生，陷阱到处都是，碰到情况，各人解决，先到者为胜。”刘绅士宣布。

“大龙、二龙在这座山上，对这座山的沟壑，陷阱布局了如指掌，我们怎能和他们相比呢?”大樱桃、二樱桃向刘绅士提出异议。

“我看这样，此次比赛分为两组，大龙、大樱桃一组，二龙、二樱桃一组，云子小姐呢，你愿意到她们哪一组呢?”刘绅士颇显公平地说道。

我愿意和大龙一组。”

“对于这个方案你们还有什么意见，如果没有的话，我就宣布开始了。”

“没有意见。”

“好，我宣布，牛泰山比武招亲第三局开始，遇到沟壑、陷阱、荆棘，男人首先要排除障碍，女人随后，如果没有前面的情况，男女应该奋力争先，否则，不要吃后悔药。”

最后这句话明显是对大龙、二龙说的，言外之意娶不上媳妇活该。

大龙带着两个女人走山后的路，山后的路险，以刺槐为主，羊肠小道上到处是拴着的铁丝扣儿，弄不好要把脚弄断，二龙带着二樱桃走山前的路，山前到处是马尾松，还有一片片黄色的灌木丛，夹杂着凸出利刺的荆棘丛，弄不好就会划破口子。

大龙带着两个女人在山后的树林间穿梭着，大樱桃瞅着大龙，火辣辣的眼光带着挠人的钩，大樱桃就想依在大龙的身上，大龙浑身像散了架的公鸡，耷拉着翅膀，也想顺势靠过去。

云子小姐看在眼里，心里酸楚楚的。

大樱桃走在前面，大龙走在中间，云子小姐走在后面。大龙看着前面的，想着后面的。

云子假装脚下不稳，一下子扑在大龙的后背上，大龙向前一扑，双手抱住了大樱桃，他的前胸贴住大樱桃后背的一刹那，感觉前面的身子软软的，像没有骨头一样。

“好香的身体呀。”

“干啥呀？”大樱桃没想到大龙会来这么一手，不过她并没有真正生气地回过头。云子让自己的前胸慢慢地贴在大龙冒着热气的后背上，这样的感觉，大龙从来也没有体会过，只觉得心跳加快，脸上发烧，血液噌噌地往脑袋上撞。

“龙哥，我有点支持不住了，今天身体不好，你要帮帮我呀。”云子小姐酸酸地恳求着。

大龙感觉到背后火热的身体，他不知道说什么好。

“龙哥，今天我承认败了。”云子的小眼眯成一条缝，看着大龙。

“不行，你承认败，我还不承认败呢，”大樱桃回过头，汗津津的脸蛋红扑扑的，像个小母鸡团着翅膀，站在小树枝上，“谁不说我和大龙天生一对呢。”

“好了，现在谁也不准嚷嚷，我们来真的，你们俩输了，你们俩都来当我的压寨夫人，包袱剪子锤，决定谁当大的，谁当小的，愿意不？”

“哟，龙哥，你想得挺周到的。”大樱桃轻蔑地笑着说。

“臭美，看你这个架子，不是为了完成任务，你那个熊样的，我连正眼也不瞧你一眼，你连碰我皮肤的资格都没有，否则，叫你死无全尸。”云子小姐心里骂着。

“那，你们两个，我总得有一个吧。”

“大龙你真是傻呀，你也不看看，我们俩有一个是嫁给你的吗？你够资格吗？”大樱桃心里想着。

他们来到了沟壑旁，这条沟壑宽几十米，两边用绳子攀着，在岸边双脚一蹬，飞跃过去，一条几十米的绳索，透过滑轮，送往着来去的人群，他们三人犹豫着谁先过的问题，大龙过的话，两个女人不可能做手脚，如果单个女人过的时候，都怕另一方做手脚。

“大龙，我可以和你一块过吗?”大樱桃提议。

“我倒是同意，另一方会同意吗?”

“完全同意。”云子小姐说。

“如果我和你过到沟壑中心的时候，断了缆绳，我们将会死无葬身之地。”

“那怎么过呢?”大龙说道。

“我和云子小姐先过，大龙随后过。”大樱桃说道。

“的确是个好主意。”云子小姐说道。

大樱桃和云子小姐捆绑好自己，大龙抓住缆绳，往后一拉，飞快地往前一推，她们俩向沟壑中心驶去。

二龙和二樱桃听到出发的命令后，周围遍地是簇簇的荆棘，长着细长的刺，带着倒钩，不知不觉就会刺进肉里，如果用手拔掉的话，就会带出一块肉来。

“二哥，你就饶了我吧。”二樱桃可怜兮兮的快要掉眼泪了。

“妹妹，不哭。”二龙天生是怜香惜玉的主儿，一看女人掉眼泪，心就动了。

“这种鬼地方，我们有什么办法呢?”

“办法是有的，不过你想一想，万一你赢了或者我们是平局，我怎么办?”

“二哥，你到现在还不相信我吗?”

“相信是相信，可是我怎么相信?”

“哎哟，你看我的手出血了。”

“拿来我看看。”

二龙拿过二樱桃细长白嫩的小手，浸出的血迹，沿着二龙的心，哗哗地淌着，这正是二龙表现的好机会。

“妹妹，你等着，我去找点山菜来。”

二龙找来了山菜，放在两个手掌里揉了揉，然后用拇指和食指用劲捏着，青色的汁液慢慢从指缝间流出，滴在伤口上，不一会儿，血就不流了。

二樱桃看着二龙的脸，“二哥，你真有办法。”

二龙望望带着汗珠、白里泛红、让人爱怜的脸蛋，心里不忍起来。

“好吧，我们走近路，走地道去。”

二龙拉着二樱桃的手，沿着台阶，走进了地道，他们点上了一根火把，向着牛嘴山的方向奔去。

豆鞘滑川的办公室里，摆着两个箱子，一个是黄色的柳条箱，一个是蓝色的铁皮箱，他的脸上带着胜利者的微笑，很久没有这样微笑了。

樱花少佐抱着双臂，穿着帝国军人的服装，成熟而可爱。

豆鞘滑川伸出双臂，想抱住樱花少佐。

“亲爱的，我想你。”

“浦岛君，别这样，叫我樱花少佐，你忘记我们上前线时的誓言吗？”

“为了天皇，为了战争，舍弃家庭，舍弃婚姻。”

“浦岛君，这就对了嘛。”

“樱花少佐，现在我们开始工作，你看这些点画构成的密码，意味着什么？”

“浦岛君，是否还有一个箱子？”

“樱花少佐，至少还有一个。”

“浦岛君，是否提审王处长？”

“樱花少佐，可以，在王处长还没有确定你的身份以前，你是一张王牌，不可轻易暴露，由我单独审理吧。”

“浦岛君，好吧。”

“带王处长。”

王处长倦怠的脸上显得疲惫，头发胡子长长的。

“王处长，请请，多日不见，让你受委屈了。”豆鞘滑川有点气势凌人地笑着。

“浦岛君，没有，到你这座红房子，像我这样，胳膊腿等身上的零件齐全的不多了，多谢照顾。”

“王处长，明人不做暗事，你看这两个箱子，你认识吗？”

“浦岛君，认识。”

“王处长，你可以帮我解读一下这两个箱子的符号吗？”

“浦岛君，这些长长短短的点画，我也不懂，这是密码专家设立的。”

“王处长，这是大桥设计的材料吗？”

“浦岛君，当然是。”

“王处长，好，我们是朋友了，我可以放出风去，是你帮助我们找到了这两个箱子。”

“浦岛君，这种小儿科的游戏，他们会相信吗?”

“王处长，你再说一下，是否还有箱子?”

“浦岛君，当然有。”

“王处长，太好了，你很善良，也不枉费我的关心，我的特别关照，没有我的命令，任何人不得对你用刑，因为知识分子的皮肉是软的，知识分子的大脑是用来解决问题的，不是来受刑的。”

“浦岛君，那就谢谢你了。”

“王处长，作为回报，应该的。”

三个女人一台戏

大樱桃和云子小姐飞快地向对岸划去，云子小姐飞快地掏出刀片，向着大樱桃的缆绳割去，说时迟，那时快，大樱桃举起左手，手掌背用力地向云子小姐的手腕砍去，只听哎哟一声，刀片飞向沟底。

“你算计我?”大樱桃不屑地说道。

“你参加比武招亲的目的单纯吗?”

“你来的目的单纯吗?”

“快点过去，我还要娶媳妇呢。”大龙在沟壑边喊道。

“不就是找个老婆吗？天下女人有的是。”云子小姐回敬道。

“云子小姐，你的父亲是南造次郎，你是日本在中国的大陆阿菊，说得名副其实的话，就是日本在中国的妓女间谍，曾经凭你的姿色俘虏过国民政府行政院主任秘书黄浚及其的儿子外交部副科长黄晟，他们爷俩被国民政府以间谍罪判处死刑并已执行，你也被国民政府判处死刑，你是怎么出来的?”

“你认错人了，我是云子小姐，我不知道谁是南造次郎，我是中国人，我的父母在战乱中被鬼子杀害了，没有办法，才来招亲的。”

“云子小姐，别装了，你又俘虏了我们的哪位高官？否则死刑犯能这么轻而易举地出现在牛泰山?”

“大樱桃小姐，不要咄咄逼人。”

“云子小姐，告诉我，我们的蓝色铁皮箱你们是怎样找到的。”

“谁也没有告诉，我们捡到的。”

“捡到的，开什么玩笑?”

“大樱桃小姐，我实话告诉你，世界上很多国家的间谍都是双面间谍，你可以为我们提供情报，我们也可以给你提供一些有价值的情报，当然，只为你们的军统服务，你能挣到几个小钱？在这里，我们可以提供终生无后顾之忧的保障。”

“云子小姐，你只能用美色和金钱收买小人，决不能收买正直之士，为国献身的热血青年。”

“什么样的国家值得你这样付出？”

“我们的国家怎么了？”

“大樱桃小姐，想想我是怎么出来的？他们不愿意我死，因为我还有用处，你们有一句古话，叫作‘秀色可餐’，人之常情，不要执迷不悟了，多留几条路，总不是坏事吧。”

“别说了，等我有机会一定会代表政府执行对你的死刑。”

“大樱桃小姐，不要意气用事，你可以不用立即回答我，等什么时候想清楚了，再来找我。”

“收起你这套骗人的把戏吧。”

“想一想我们给你开出的条件，你一辈子甚至几辈子，凭自己的努力都达不到，大把的金钱，国外舒适的生活，无后顾之忧的吃喝玩乐，想想吧。”

大樱桃看着云子小姐，垂下了向上卷起的眉毛。

“是呀，这么大的林子，什么鸟没有。”

“不是林子大了什么鸟都有，而是人必须实际地活着，你说呢？”

“有奶便是娘。”大樱桃和云子互相注视着，面面相觑。

二龙和二樱桃在牛泰山的地道里走着。

“二龙，这是什么时候挖的地道呀？”

“天然形成的，这是我们躲避外来人的侵害逃生的，我们只是稍加修理，多修了几个出口，注意，这个洞不要对任何人说起，这是牛泰山所有弟兄们的生命洞呀。”

“你看，不相信我了吗，我也是中国人。”

“不是不相信，任何人不准向外人泄露牛泰山的逃生洞，不管是谁，谁泄露就是死罪。”

“二龙，你看我也是外人吗?”

“你愿意留在牛泰山吗?”

“你有本事让我留下吗?”

二樱桃的脸上沁出了一层薄薄的汗珠，像一朵粉红的桃花，会说话的眼睛看着二龙，二龙嘿嘿地傻笑着。

“我们坐下来休息一会儿，如果我们到得太早，我哥会考虑出来的。”

“这个洞有几个出口呀?”

“你问得太多了，我告诉你的东西已经很多了。”

“我说过不跟你了吗，我还是那句话，你有本事让我留下吗?”

“说不上，真好看。”二龙腼腆地笑着。

“二龙，前面是条岔路，我们往右还是往左?”

“当然往右，往左的出口是条江，而且布满陷阱，往右的出口是聚义厅。”

“好了，走吧。”二樱桃拉着二龙的手，二龙的全身涌动着热流，头脑有些发胀，机械地挪着步子。

“二龙，你说我们俩走地下通道，对与不对暂且不说，你愿意我赢呢，还是你赢?”

被热浪冲昏头脑的二龙，大脑显得有点迟钝。

“你说呢?”

“我说你赢与不赢对结果都没有什么改变?”

“什么?”

“你想呀，二龙，第一局平局，第二局我赢，这局你赢了整体平局，你输了或者我赢了，都是你输，也就是说，第三局无论怎样，你想通过比赛让我做老婆的可能性都很小。”

“我还有什么办法吗?”

“没有办法。”

“我后悔带你走地道。”

“不后悔，你的诚实我会记住的，如果我没有外出学习之前，还是会考虑找你这样的老实人做老公的。”

“以后没有机会吗?”

“以后的事情以后再说。”

“你以后不会出卖我和地道吧。”

“不会。”

凉爽而又潮湿的风有点生硬地吹打着灰黄的江水，江水从远处涌来，迫不及待地摔碎在岸边的沙石上。

插着太阳旗的轿车，从远处鸣着汽笛，后面的卡车上，站满了全副武装的日本宪兵，车队来到桥的南岸，停住了。

“你看，王处长。”车门开了，走下来穿着西服，戴着眼镜的王处长。三樱桃拿着望远镜，仔细地观察着。

“你看，豆鞘滑川下来了。”四樱桃用手指着豆鞘滑川。

“我看见了。”

“你看，他们这么亲热，不会有什么问题吧。”四樱桃小声地嘟囔着。

“闭住你的嘴，王处长留学美国，为抗战回到祖国，是国际知名的桥梁专家，不可能吧。”

“怎么会有这么亲热的举动。”

“仔细观察，站长要我们查看一下，从哪个地方下手炸掉桥墩容易。”

“你看，王处长和豆鞘滑川说着话，走向工地了。”

“先看看如何炸桥墩。”

“北面的桥面和水面隔着将近二十米的距离，周长一百多米的桥墩，坚固异常，在日本鬼子的严密看管之下，要炸掉绝非易事。”

“最好是炸掉日本鬼子要修的桥墩，他们修多少，我们炸多少，这样容易。”

“可是日本鬼子看管这么严密，桥北头高塔上的鬼子监视着整个江面，火力配备齐全，桥北头一个鬼子大队，桥南头一个鬼子大队，怎么炸?”

“你看，豆鞘滑川和王处长手拉着手，豆鞘滑川的另一只手在比比画画。”

“真是奇怪。”三樱桃哼了一声，“难道这是豆鞘滑川的阴谋?”

“四妹，你看这是怎么回事?”

“看不出来，按常理，如果王处长配合他们的工作，这座桥墩不是早就修好了吗? 听说王处长也非常佩服豆鞘滑川，他也是建筑方面的专家，不过名声不如王处长。”

“豆鞘滑川在帝国大学学习时，王处长已经是世界著名的桥梁专家了，哎，该死的战争，该死的日本鬼子，如果不是该死的日本鬼子，说不定王处长和豆鞘滑川是很好的朋友了。”

“肯定是，你看，进入红房子的人有几个不是断胳膊断腿的，王处长身上连点灰尘也没有。”

“听说一个女日本间谍罩着他。”

“怪不得这样，日本女间谍也看上王处长。”

“不要乱传，我们只是私下说说。”

曲折而狭窄的街道，错落地布满着商铺和一户又一户的人家。

一个人一瘸一拐地走在高低不平的街道上。

“你看，前面那身衣服好眼熟呀，黑色的宽大上衣，黑色的宽大裤子，戴一个鸭舌帽。”

她们俩同时张大了嘴。

“钻山胡。”她们俩同时说出了口。

“听说他是从红房子里出来的，只是腿有点瘸。”四樱桃说着。

“这家伙投靠了鬼子?”

“站长说他叛变了，如果碰到他，就地枪决。”

“土匪就是转变得快，中国革命，难。”

“我们俩商议一下，代表政府，除掉叛徒。”

“好，你看他在加速。”

四樱桃和三樱桃稍微拉开距离，不紧不慢跟在他的后面，他快她们也快，准备找个地方结果了他。

“你从这边穿过去，我在后面跟着，我们堵住他。”三樱桃在四樱桃的眼前晃了晃手指，四樱桃心领神会。

钻山胡朝后看了看，隐约感到有个尾巴，发现两个女人，跳了跳高，扬了扬手，顺手扔了一块石头，吓得三樱桃赶紧贴在墙上，手捂着枪，脸往前看着。

钻山胡快速地往前跑，拐过墙角，蹲在墙根处。三樱桃迅速掏出枪，猛地拉动枪栓，脚不点地地拐过墙角。

“哎哟，”三樱桃还没有回过神来，已经躺在路边上，“大男人使用暗绊子。”

“我蹲着系鞋带，谁让你跑到我身上去的。回去，跟哑巴张学一学功夫，再出来混。”

“你这个叛徒。”

“谁是叛徒？我要是叛徒，今天我就杀了你了。”钻山胡说完，一瘸一拐地走了。

“你敢杀我？”三樱桃站起来抖了抖身上的土，噘着粉红的上嘴唇，“狗样！”

“土匪、叛徒，日本人也不敢随便把我们怎么样。”

“人呢？”四樱桃气喘吁吁地跑了过来。

“跑了。”

“让个瘸腿跑了？”

“等我再次见了他，我一定杀了他，死叛徒，敢给老娘下绊子。”

美女戏二龙

川畑俊二大佐双手抱着膀子，在屋里慢慢地踱着。

他薄薄的眼皮透过玻璃的窗户，看见远处的楼房，高耸的树木，他薄薄的嘴唇镶嵌在略带黑色的脸皮上，他的嘴唇上下翕动着，自言自语着。“‘大东亚共荣’我们为了谁？我们漂洋过海，我们远离家乡，还不是为了这群落后愚昧的中国人，中国人怎么就不理解呢？”

“浦岛君，你们的修桥计划策划得怎么样了？”

“报告大佐，进展顺利，日德专家正在日夜研究，江面十多米的水流以下，是五十多米深的流沙，而且江水湍急，根据日德专家的意见，最好最快的办法，是从中国人破坏的桥墩上进行复建，从流沙以下，我们的办法几乎不可能。”豆鞘滑川油黑的脸上，狭小的眼睛陷在凸出的眼眶里，已经没有了往日的傲慢和不屑一顾。

“樱花少佐，你怎么看呢？”

“我看也许我们搞复杂了，像中国人砌墙的办法，用高标号的水泥在水下的桥墩上往上垒即可。”樱花洁白的脸上，扑闪着黑色的睫毛，美丽而成熟的嘴唇写满了自信。

“呦西，太好了，也许我们太过谨慎，浦岛君，你亲自监督，尽快建好桥墩。”

“嗨。”

“大佐，建桥的灰号、石子的硬度、桥墩的高度，是多少呢？”

“浦岛君，你是专家，中国人的最简单的办法是‘照猫画虎’，懂吗？”

“大佐，懂了，从前中国人听说老虎，没有见过老虎，就画了个猫当作老虎，可是帝国的军列，如果在这个桥墩上出了事，或者掉到了桥下面，这个责任谁负？”

“浦岛君，‘大东亚共荣’的重任是不允许出纰漏的。”

“大佐，如果出了纰漏呢，这个责任如果你担，你们吉野家族的命运也许就会一败涂地，如果我担，将来我在世界建筑史上，将比你更惨，我还年轻呀，我的政治生命就此终结。”

“呦西，我没有考虑那么久远，浦岛君，稳妥，稳妥，稳妥呀。”

“樱花少佐，谈谈感受。”

“大佐，感受没有，现在是枯水期，假设我们建好了桥墩，六七十米长几百吨重的钢梁怎么往桥上安装？”

“呦西，你们研究研究，制定详细方案，向我汇报。”

“嗨。”

豆鞘滑川和樱花少佐一前一后走出了办公室。

阳光洒在牛泰山上，激情和活力荡漾在牛泰山上。

大龙拿起绳子，往后退了几步远，双脚一蹬，嗖的一声，跃到了对岸。

大樱桃夸张蓬松的头发，落在了她的高鼻子大眼睛上，有一种让人感觉夸张的漂亮；云子小姐短俏的头发，周正的脸庞，藏在旗袍里面那两个硕大的东西，一起一伏的，着实给大龙一种难以自持的诱惑感。

“大龙，别比了，你娶不到媳妇的！”

“咋了？”

“大龙，你想呀，三局两胜，纯粹是骗人的，第一局平局，第二局是大樱桃胜，第三局如果你胜了，整体是平局，你还是娶不到大樱桃。”

大龙挠着头，他的眼睛有些迷惑，汗水顺着他狭长的脸，伴着灰尘，滚落着。

“那怎么办？不比了，让人笑话！”

“比完更让人笑话。”

“堂堂牛泰山大当家的，比武招亲，输给女的，不但没有娶到媳妇，还落下一堆笑话。”

“那我怎么办？”

“你问大樱桃呀。”

“我该怎么办？”大龙的声音在山谷里回荡。

“大龙，你听我说，比赛是有规矩的，愿赌服输是吧，第三局无论你赢或者是平局，整体看，你都输，是娶不到我或者云子的。”

“我该怎么办？”大龙一字一顿的声音回响在山谷里。

“大龙，别那么沮丧，抬起头，看着我。”

那夸张的头发，随风飘散的香味，散发在大龙的心里，大樱桃飘逸的发尖似乎挠着大龙痒痒的鼻尖。

“大龙，我和云子，你喜欢哪一位？”

大龙看着飘逸夸张的头发下面掩藏着白皙端正的五官，尤其是富有挑逗性的嘴唇，心想着，这辈子贴上这样的嘴唇肯定一辈子值了。

又看着短俏的头发，高耸的鼻子，绷紧的旗袍，完美的体型，夜晚搂着这样的美人，死也心甘了，老在山上，简直白活了这二十几年。

大龙没有做出回答，其实答案写在了大龙的眼睛里，坏坏的，怪怪的。

“真是条死龙。”大樱桃心里骂着，不说比说更坏。

“我是什么家族，在日本，我也是名门望族，能看上这山野村夫？”云子嘴上带着笑。

“大龙，你说呀。”大樱桃提示着。

“大龙，快说呀。”云子附和着。

“我说，你们不反悔。”大龙还是有点不敢说。

“不反悔。”两个女人的声音。

“我还是不敢说。”大龙望着两个女人，怕失去她们。

“快说呀。”大樱桃说着，但是又害怕大龙选到自己，一旦得罪了大龙，怕完不成任务。

“你不说哦。”云子脸上带着笑，怕大龙倾向大樱桃，牛泰山的匪徒倾向了国民党。

“我不说，你们抓阄。”大龙扔下一句话，走了。

大樱桃和云子面面相觑，怔怔愣了好几分钟，才缓过神来。

“好。”两人同时鼓起了掌。

“不必和大龙搞僵了。”大樱桃晃了晃长发，舒了一口气。

“终究没有和大龙弄僵。”云子掀了掀旗袍的下摆，露出了白生生的嫩肉。

大樱桃和云子在大龙的见证下，开始抓阄。

大龙找了两片圆形的树叶，一片是完整的，一片带着缺口，这两片树叶被两片更大的叶片包着，挪了几次以后，大龙拿到跟前，放在左右手里，不管谁先拿，只拿一次，第二个人就不准拿了，圆片跟大龙，缺片不跟。

“和老娘玩阴的。”大樱桃心里想着，有可能全部都是齐全的叶片，有可能全部都是残缺的叶片，也有可能是真实的。

“大龙一点也不笨呀。”怕找不到老婆，也可能左手齐全，右手是残缺的，也可能都是齐全的，也可能都是残缺的。

大龙的心思，两个女人都猜到了。

谁先抓呢？采用传统的办法，包袱剪子锤，赢者开始。

大樱桃抬起头，眼睛不转眼珠地注视着云子，试图从云子小姐的眼睛中读出她的意思，云子小姐俊俏的脸上，写满了微笑，清澈的眼睛看不出清纯与浑浊，还是城府很深。

云子小姐正耐心地解读着大樱桃的满脸内容，除了纯情少女的一丝不愿之外，看不出别的意思。

“包袱剪子锤，开始。”

“云子可能要伸包袱。”大樱桃心想，“我伸锤子。”

“大樱桃可能要伸锤子，她猜我伸包袱。”云子的眼睛看了看大樱桃。

云子稍微迟钝了一下，明眼人一看就知道有点耍假，她伸出了剪子。

大樱桃的脸唰地红了，亏她眼疾手快，慌乱中把锤子改成了包袱。

“好了，云子小姐赢了。”大龙说着，“云子小姐，抓阄吧。”

“抓呀。”大樱桃催促着。

云子小姐抬起头，弯下腰，把手伸向了左手，看了看大樱桃，又伸向了右手，又伸向了左手，来回倒腾了好几回。

“再不抓，我走了。”大樱桃说完就要走了。

“慢着，我要抓了。”

她慢慢地用两个纤细的手指夹起了大龙右手的叶片当她正要抬头往嘴中送的时候，大樱桃一把抢了过来。

“大龙，圆的。”大樱桃哈哈地笑了起来。

大龙顺势把左手的叶片填在嘴里，嚼了嚼，“好甜呀。”

“祝贺你，云子小姐。”大樱桃跑过去，真诚地祝贺着。

然后拿起大龙的右手，又抓起云子的左手，“大龙，快拿住，别让她跑了，快拜堂吧。”

大樱桃嘻嘻笑笑地跑了，为了怕云子小姐反悔，飞快地报告喜信去了。

二龙悄悄地扒开草丛，坐在竖直的井岩上，望了望周围没有人，站了起来。

二龙弯着腰，伸着手，把二樱桃拉出了竖井，“咦，这个牛嘴怎么没有人呢，大龙他们回去了？”

“二龙，大龙他们回去了吧？”二樱桃笔直的鼻梁上沁出了层层的汗珠。

二龙望了望周围，棵棵粗壮的大树排列在山坡上，按时间来说，他们应该到了。

“大哥。”二龙双手围成喇叭状，吃力地吆喝着。

声音渐行渐远地传到远方去了。

“大龙。”还是没有回音，他们回去了。

“我们回去吧。”身材高大瘦削的二樱桃对着二龙说。

“你看，今天我们谁胜谁负呢？”二龙浑黑的眼睛盯着二樱桃。

“二龙，简单说吧，不是我看不上你，其实你挺好的，如果你能做出一番成绩，到时候能娶得起我，我还是愿意嫁给你。”

“真的?” 二龙嘴咧开了。

“真的。”

“那是什么样的成绩呢?”

“比如，为国家做点事情，我也是响应国家号召，先在国内培训，后来又到国外培训，就是为了为国家服务。”

“国家，我们还有国家?”

“好了，你以后在你哥这里，有什么事情及时向我汇报，我会教你文化，等你表现好了，可以进我们的军事院校学习，等你毕业了，和我一样，可以娶我了。”

“真的?”

二龙蹦了起来，没想到他的前途会那样好。

四樱桃互疑

阳光洒在牛泰山上，一切都披上了金色的霞光，牛泰山好久没有这么欢乐了，像过年一样迎接着四方的来客。

老树的枝丫间站着喜鹊，抖着翅膀，嘎嘎地叫着，不知名的小鸟在树丛间，飞来飞去，蹦上蹦下地欢乐着。

刘绅士整理了一下已经非常干净的长衫，清了清嗓子，“我宣布‘大龙、二龙比武招亲活动结束’。”

“比赛结果，大龙已经和云子小姐达成协议，择日完婚。”

人群里爆发出一阵热烈的掌声。

“二龙和二樱桃已经协商好，相处一段时间后，再行完婚。”

“好。”人群里响起阵阵掌声。

“根据大龙的意见，牛泰山从今天开始，高灯亮烛，狂饮三天。”

“好。”又是一阵狂叫声。

天上掉下这么大的馅饼，大龙、二龙见了谁都乐呵呵的。

川畑俊二在天皇“武运长久”的匾牌前，思考着刚刚发生的一幕。

“浦岛君、樱花少佐，还是云子小姐呀，这位特高科一科课长一出手，真是与众不同，她是你们的榜样。”

“是呀，大佐，我们的帝国之花不但人长得漂亮，做事更漂亮。”豆鞘滑川深陷的眼窝里闪烁着狡黠的黑光。

“大佐和云子小姐亲自坐镇，我会有更好的学习机会的。”樱花少佐真诚地笑着。

“大佐，为了我们帝国的利益，这是我应该干的，天皇的‘大东亚共荣’是我们崇高的使命，我愿意赴汤蹈火，效忠天皇。”云子小姐会心地笑着。

“呦西，天皇会记住我们的。”

“大佐，下一步的任务是什么？”云子小姐说道。

“争取牛泰山的土匪尽快投降我们，接受我们的改编，配发枪支弹药，协助皇军清剿抗日分子，同时改编完成之后，牛泰山的部队听从浦岛君的指挥，为天皇的‘大东亚共荣’服务。”

“嗨。”

“浦岛君，你看我们下一步的计划应该怎样安排?”

“大佐，修桥和找到另外的修桥图纸是目前的任务之一，改编牛泰山的土匪也是刻不容缓的事情。”

“浦岛君，这就看云子小姐的本事了。”

“大佐，如果他们接受改编，云子小姐会嫁给大龙吗?”

“巴格，云子小姐是我们的帝国之花，怎么会嫁给下等的中国人。”

“嗨。”

“那么，云子小姐先前的意思是?”

“权宜之计，诱骗之计，兵不厌诈嘛。”

“明白了，我放心了。”

“对外，要大张旗鼓地宣传日中友好，‘大东亚共荣’，日中联姻，达到我们的目的就行了。”

“嗨。”

军统站内，哑巴老张坐在办公桌前，四个樱桃有的坐着，有的站着，老张紫色的脸上红一阵白一阵的。

“最近，我们站里出了许多问题，上峰对我们很不满意，加之军统退出上海站，三四十人投靠了日本人，蒋总统对戴局长大加斥责，我看下一步我的位子也不保呀。”

“站长，到底出了什么事情?”大樱桃摇了摇蓬松的头发，满屋都是法国香水的味道，一脸不屑地看着。

“三樱桃、四樱桃，你们谈谈那天在大桥边看到的事情?”

“报告站长，我们看到王处长和豆鞘滑川有说有笑地在大桥的工地上，是不是王处长已经和豆鞘滑川联合修桥了?”三樱桃有点疑惑地说着。

“你怎么看见的他们俩?”大樱桃瞪大双眼盯着三樱桃。

“我不傻，大姐。”三樱桃有点气愤，“我说过，我在远处，看见他们比比画画，好像较为亲热的样子，我不敢肯定。”

“他是为抗击日寇毅然回国的知识分子，在美国有那么好的条件，他放弃了，怎么可能?”二樱桃不信地说着。

“你们可以自己去观察嘛!”四樱桃不敢肯定地说着。

“你们看，对于王处长，你们的意见，救还是不救?”

“救。”大樱桃说着。

“当然要救，戴局长给我们的任务不就是救王处长吗?”二樱桃点着下颌。

“救就救，不救就不救。”三樱桃随从大家的意见。

“小四呢?”站长问道。

“听站长的。”

“好，我总结，两人意见肯定，两人意见模棱两可，待我请示戴局长后再做决定；二樱桃，你谈谈和大樱桃到牛泰山的事情。”

“还是大姐说吧。”二樱桃两颊绯红。

“说就说，牛泰山上的大龙和云子小姐通过比赛已定终身，二妹和二龙也处于认识阶段，我们争取牛泰山的土匪，还是有把握的。”

“二樱桃任务完成得很好，老大，你呢，你做的有点被动。”

“我有什么被动，大龙看上了云子，云子看上了大龙，大龙又没有看上我，难道让我去当小三?”

“不要激动吗，我们不就是为了更好地完成党国的任务吗，你没有争取，你知道云子的底细吗?”

“她的父母被日本人杀害了，她对日本人恨得咬牙切齿。”大樱桃虽然嘴上说着，可是凭着她的间谍经验，认定云子肯定是日本阿菊，不过唯一的措辞就是她不肯嫁给大龙。

哑巴站长看出了她的想法。

“报告站长，我有一件天大的事情需要报告，我已经调查好多天了，和这件事情沾边的人都被人暗害了。”大樱桃说着。

“什么事情这么严重?”站长显得更为惊讶。

“站长，我负责的蓝色铁皮密码箱不见了。”

“什么?”人们惊异地张着嘴巴。

“这个蓝色铁皮密码箱由你负责保管和收藏，别人，甚至连我都不知道你藏到哪里。”站长说着。

“不要把责任推得那么干净，你们谁一点也不知道?”

“怎么办，姐?”二樱桃关心地问道。

“姐?”三樱桃惊恐地看着大樱桃。

“姐?”四樱桃咧着嘴。

“事情怎么会这样? 由我特别挑选和训练的人，我在一个个地查，和箱子有关的人都死了，如果让我查到谁做了手脚，小心他的狗命。”大樱桃咬牙切齿地说着。

“同志们，现在斗争形势复杂了，先是王处长和豆鞘滑川走得火热，再是大樱桃弄丢了箱子，丢了党国的秘密，牛泰山的事情，大樱桃没有尽力，我看，出了这么大的事情，按照程序应该立即报告给戴局长，为了我们全站和全体同仁着想，大樱桃现在立即停职，等待处理，她的工作由三樱桃接替。”

“为什么停我?”

“因为你的工作能力我不相信。”

“不行! 在我还没有查清楚是谁捣的鬼之前，不能停我。”

“站长，让大樱桃干吧。”樱桃们恳求着。

“不行，决定了的事情，不能更改。”

“除非你今天找到箱子。”

“站长，你考虑一下，这个铁箱子除了你和我们四姐妹，别人不知道，我不可能自己供出去吧，即使我想供出去，证据呢，也就是说，我们五个人都有重大嫌疑。”

“可是我们不知道你具体藏在什么地方。”站长说着。

“大概位置知道吧。”大樱桃不依不饶。

“我吧，第一个应该怀疑的对象，谁叫我丢了呢?”

“第二个吗，就是站长，”大樱桃走了一圈，走到站长跟前，“我对我们四姐妹熟悉，就是对你不熟，站长，你说呢?”

“乱咬改变不了事实，我负的是领导责任，就是有错，你也免不了我。”

“那不一定。”

“二妹，你发现没有最近有些事情乱套了，有人说钻山胡投敌了，按说从红房子里出来的人不是鬼子，就可能是鬼呀，可是钻山胡出来了，那一次我们在火车站搞伏击，要不是钻山胡救我出来，我也许就被捕了。”大樱桃走到二樱桃跟前，对着二樱桃说着。

“大姐，真的吗?”

“还有呀，蓝色铁皮箱是我负责的不假，可是它会神不知鬼不觉地没有了，而且我培训的人，功夫也算可以，怎么说没有就没有了呢？只有几摊血迹，三妹，你说呢？”

“我什么也不知道，别问我。”

“还有呀，我们挖空心思在火车站设伏，没有歼灭云子小姐，可是在牛泰山出来了一个叫云子小姐的人，并且云子小姐的父母被日本鬼子杀害，和敌人有着不共戴天的仇恨，你不觉得奇怪吗？四妹。”

“你说的意思是此云子是彼云子。”四樱桃歪着头问道。

“我可没有那样说。”

“好了，不要扯远了，目前的任务是破坏桥墩和配合牛泰山打入红房子，一举端掉红房子。”

“就怕我们没有端掉红房子，就被敌人俘虏了。”大樱桃噘着嘴。

跟踪军统张

天色阴沉着，没有一丝声响，兀立的树枝静静地伸着无奈的手指，远处灰色的云层淡淡的挂在天幕上，没有风声，没有鸟鸣，沉闷的空气压着黑压压的土地。

哑巴老张今天打扮得格外精神，早早地拿着牙刷，满口的水在两个腮里呱嗒呱嗒地作响。

“这是怎么了？”大樱桃心里疑惑，“难道站长有了相好的？”

“站长，这是干吗呢？”二樱桃往前凑了凑嘴，想给站长一个飞吻。

站长没忍住，一口水咽了下去，“二呀，差点把我噎死。”

“有了相好的吧。”二樱桃把鼻子往前拱了拱。

“别胡说。”

“是。”

“我出去一趟，上边来了紧急任务，不要对任何人说。”

“知道，站长。”

站长悄悄地溜了出去。

大樱桃跟在站长后面，出去了。

大樱桃来到作衣坊，换了一身青年男士的西服，外加一顶礼帽，好像一位青春少年，她远远地跟在站长的后面，穿过一条胡同，来到了红灯区，看到门口高悬的红灯笼，好像过年似的，真是喜庆。

站长站住了，回过头来。

“来吗，少爷，来我们这里玩玩。”

“一边去。”

越过红灯区，站长推开一户人家的门进去了。

大樱桃飞快地跑过去，仔细地看了看这个门口，黑漆大门，旁边赫然写着三个字“鹤鸣村”。

“站长瞒着我们肯定有阴谋。”

大樱桃来到一个老妈子的茶水摊旁。

“少爷，要茶水吗?”

“给少爷沏上一壶上好的龙井茶，本少爷要慢慢享用。”

“少爷，你知道，我们这里摆摊的，哪有上好的龙井，只是临时解渴而已。”

“好，随便什么茶叶都可以，今天少爷高兴。”

“少爷，你知道，这年头，穿您这衣服的，要上茶楼。”

“少啰唆，快沏茶水。”

“是。”

约莫过了两个时辰，大樱桃实在坚持不住了，她不住地鼓励自己，往往坚持不住的时候，就是快要成功的时候了。

“哑巴张，你这个死哑巴，还不出来，还不出来，快出来，再不出来，一出来本少爷就毙了你。”

果然，远处的门“吱呀”一声开了。

探出来一个女人的头，微卷的头发，白皙的面容，得体的旗袍，高跟的皮鞋。“这个地方还有这么高雅的女人，哑巴张艳福不浅呀。”

随后哑巴张出来了，头戴一顶礼帽，彬彬有礼，“您回去吧。”

“您慢走。”双手交叉在胸前，头微微一点。

“这么有礼貌，不是一般人呀。”大樱桃心里想着，“这个女人是谁呀?”

哑巴张走了，从口袋里掏出一张纸，擦了擦手，扔掉了。

“好茶。”大樱桃嘴上说着，眼睛看着那张纸，一动不动。

大樱桃迅速走过去，拿起来一看，八个大字“表妹的婚事，越快越好”。

“难道我猜错了？哑巴张是走亲戚的。”

大樱桃将信将疑，远远地看着前面那顶黑色的礼帽，在宽阔的大街上急速移动着。

他要出城，向牛泰山方向奔去。

在前面的山坡上，看见哑巴张时而走走，时而停停，“咦，这是怎么了？”

大樱桃避在一棵树后仔细地观察着，不看不要紧，一看吓一跳。

哑巴张的前面有一个黑衣人，敏捷的身手，正跟在一个一瘸一拐的人后面，“这不是钻山胡吗？难道他要暗害他。”

“黑衣人是谁呢？难道是游击队的人或者是我们军统局的人。”

哑巴张右手从腰里拿出手枪，猫着腰跟着。

大樱桃也拿出手枪，紧紧地跟在哑巴张的后面，心里想着，“千万不能让黑衣人暗害钻山胡，这个钻山胡也算是江湖上的好手，他不会不知道后面有人跟踪他吧。”自从火车站伏击被钻山胡救出来，她对这个两腮下颌长着一寸多长胡子的人，不再那么讨厌了。

突然，黑衣人躲在一棵树后，双手瞄准了钻山胡。

“不能让他得逞。”大樱桃心里只有这样一个想法。

她举起了手，瞄准了黑衣人。

砰的一声枪响，大樱桃立刻闪到树后，蹲了下来，“怎么枪没有扣动扳机，就响了？”

她再次向前看时，哑巴张没有了，钻山胡没有了，远处一个黑点一蹦一跳地移动着。

“哑巴张的枪，为什么？他是保护谁？钻山胡？黑衣人？钻山胡没有了，说明没有受伤，黑衣人向远处跑了，也没有受伤，黑衣人是谁？我们站的任务不是枪杀钻山胡吗？哑巴张不是说他叛变了吗？如果他在保护钻山胡，说明站长已经不是普通的站长了，已经有问题了，黑衣人没有受伤，跑掉了，站长一定认识黑衣人，也就是说，和两边都不是普通的关系，站长可能是双面间谍，问题更复杂了。”

大樱桃想着，得马上回去，不要被站长看出破绽。

她换好衣服，用头巾包着湿头发，走进了门。

“大姐，哪去了，站长正在找你，有新任务。”

“三妹，你看你的脸怎么这么红呢？是病了吗？怎么脸上还有汗珠呢？”

“刚才我在院子里练习百步穿杨呢，累的。”

“噢，院子里可是练不开百步穿杨，以后要练，大姐陪你到牛泰山上，行不？”

“听从大姐的。”三樱桃笑着走开了。

天空黑沉沉的，一点亮光也没有，只有挂在天边的星星，闪烁着可怜的泪光，静谧的夜，一切归于沉寂，没有鸟鸣，没有犬吠，沉寂，短暂的沉寂。

在芦苇荡里的小船上，坐着水里浪和钻山胡。

彼此没有寒暄，感觉到彼此的心跳。

“你的辫子好久没有梳洗了吧？”一阵关心的声音，瓮声瓮气的。

“你的胡子好久没有剪了吧？”

“剪不剪没关系，看不出长短来。”

“说正事吧，听说过牛泰山比武招亲的事情了吧？”

“听说了。”

“你怎么看？”

“大樱桃、二樱桃是军统的，弄不好是军统的阴谋吧，是不是军统要收编牛泰山，听说有个云子小姐，最后杀出来，云子小姐是什么人，有人说云子的父母被鬼子杀害，是个挺可怜的人。”

“那么简单吗？我们决不能让军统的阴谋得以实现，我们应该争取牛泰山倾向游击队，一心一意打鬼子，最近我想去一趟牛泰山，摸一摸大龙、二龙的底子。”

“是呀，最近我发现了许多有意思的事情，军统有的人想杀我，可是站长老张却在暗中保护我，老张是我们打入军统内部的人吗？”

“这个问题等我请示以后再说，我看多半不是我们的人，现在日本人把你放出来，想借刀杀人，把军统和我们的阵线搞乱，让我们自相残杀，如果老张不是我们的人，却又在暗中保护你，这个问题就复杂了。”

“炸桥，不让敌人修桥的计划得以实现，营救王处长，毕竟王处长是在我们护送的时候丢掉的，摸清牛泰山的底细，党中央的指示，不让任何一支抗日力量站到人民的对立面去。”

“好了，现在利用鬼子不想杀你的机会，进城去，弄清楚云子小姐的真实身份，军统站长老张的真实身份，再通过我们党在重庆的地下线索，进一步摸清情况，制订好下一步的对敌斗争计划。”

“好，那我走了。”

“千万要注意，不要再有闪失了，万一敌人利用你的目的已经达到，很可能杀人灭口，千万注意，不要冒险。”

“冒什么险呢，我不就是百十斤吗，出来多活这么些日子，也值了。”

军统站内，站长老张一脸严肃，“各位同仁志士们，各位美女们，近期我们的工作没有什么起色，国防部多次催促戴局长，要尽快救人，我们不但没有救出人来，还又丢了箱子，怎么解释？虽然大樱桃负责，我们也脱不了干系，现在我们有一个任务就是尽快让牛泰山投靠我们，然后让大龙、二龙投靠红房子，我们里应外合，一举端掉红房子，如果成功，我们都能获得中正奖章，戴局长的批文早就下来了，我们也工作了，我命令，这项工作让二樱桃负责，叫作‘鹰计划’，分头行动吧。”

“另外，今天晚上我们要进行一次活动，为了保密，现在睡觉，晚八点集合，小四值班，其余全体出动。”

“是。”

天空阴沉沉的，伸手不见五指。

军统局的爆破小组在站长的带领下，小船载着黄色的炸药，载着他们出现在芦苇荡里。

大桥下有一处微弱的灯光，挂在浓黑的江面，挂在浓黑的夜里。

“报告站长，江面上平常都是灯火通明，怎么今天只有一盏小灯，是不是有什么阴谋？”大樱桃提醒站长。

“是呀，站长，我看今晚敌人是不是有所察觉？或者敌人预先知道？”二樱桃感到奇怪。

“太奇怪了，敌人的警戒居然这样离奇，他们不怕游击队来炸桥吗？”三樱桃疑惑着。

“不要说话，看见前面那盏灯光了吗，那就是鬼子修桥墩的外围铁皮，大樱桃、二樱桃你们俩负责警戒掩护，趁着鬼子还没有把大桥的灯光点亮，我和三樱桃把小船送进去，点亮导火索，你们掩护我们撤离，炸药一炸，你们就开枪，我们就比较容易撤出鬼子的伏击圈。”

“是。”几乎听不到的声音。

一声巨响，掀起水面几十米高的浪头，桥上的灯光一齐亮了起来，敌人的机枪从各个角度向着江面扫来，大樱桃、二樱桃用冲锋枪对着桥面扫射了起来，随后消失在夜色里。

“今天晚上的行动真是刺激。”二樱桃激动地说着。

“今天晚上的行动这么容易得手，为什么？”大樱桃心里疑惑着。

水里浪拜访牛泰山

上海《申报》在显著位置刊登了一篇新闻《敌人突破层层防线，大桥桥墩毁于昨晚》，“由日德中三国专家共同设计修复的钱塘江铁路公路大桥第十四号桥墩，基本建成之日，昨晚遭到敌人的强烈破坏，夷为平地，几百米长的外围铁皮被炸粉碎，日本驻华司令部已责令川畑俊二限期破案，捉拿凶手，尽快建好桥墩，恢复通车，为天皇的‘大东亚共荣’做出贡献。”

川畑俊二摇晃在霓虹灯的光环里，右手端着半杯血红色的葡萄酒，薄薄的睫毛一动一动地亮着白光，自天皇的‘大东亚共荣’以来，好久没有这么舒心了，三个月逼迫中国人投降的希望破产了，进军上海换了四任司令官，自己有幸成为在中国战场上没有被打败的司令官，幸运呀，他慢慢地呷了一口红酒，“好涩的滋味呀，比我们大日本帝国的清酒味道有过之呀。”他边喝边晃动着酒杯，满口的葡萄酒汁液在嘴中回旋着，“要的就是这种味道，心醉呀。”

他踱到《申报》的跟前，看到自己的杰作，修好大桥不但指日可待，还可能把抗日分子一网打尽，想到这里，川畑俊二嘿嘿地笑着，像个孩子。

壁垒森严的红房子，豆鞘滑川和樱花秀美少佐正在研究下一步的作战方案。

豆鞘滑川黄中带黑的脸庞上，狡黠的眼睛带着微微的笑意。

“樱花少佐，我们在钱塘江上制造的杰作，全世界马上都可以知道，我们给哑巴张做足了功课，一举歼灭本地区抗日力量的日子，不远了。”

樱花少佐匀称的身材越发靓丽，美丽的眼睛藏着微笑，“离胜利的日子不远了。”

“来，我们庆贺一下。”豆鞘滑川伸开双臂，想拥抱这位漂亮的美人。

他的双手搭在樱花的肩上，他深陷在颧骨里的眼睛，滴溜溜地在樱花身上转着，樱花第一次这样害怕，他不怀好意的目光，盯着她起伏的胸脯，她已经感觉到他急促的呼吸，一股有点恶心的气浪冲到她的脸颊，樱花慢慢地抬起手，拿掉了搭在她肩膀上的那双曾经热乎乎的手。

“怎么了?”豆鞘滑川脸上堆着笑，心里涌出一股邪气。

“没什么。”樱花依旧淡淡地笑着。

“少佐，难道我们的杰作不值得庆祝吗?”

“课长，值得。”

“少佐，我们都是青春肉体，说不定哪天就葬送在这里，我们还没有品尝人生的滋味。”

“课长，别逼我，我还是没有感觉。”

“少佐，我们喝杯酒，这可是从法国进口的正宗的路易十四葡萄酒，好久了，我每天闻一闻，没舍得喝，就为了等你。”

“谢谢，课长。”樱花少佐接过了豆鞘滑川递过来的一杯红酒。

浦岛随即朗诵起了他在大学时写给樱花的诗歌。

那红红的颜色，
可是你激情澎湃的鲜艳欲滴的嘴唇，
那粉粉的淡妆，
可是你春光熠熠的欲掩还羞的脸庞，
那富足的神态，
可是微风吹来的天边的一朵祥云，
那妖艳的底色，
可是上苍赐你的高贵的一腔神韵，
啊，樱花，
我的爱。

豆鞘滑川拿起瓶子，咕咚咕咚地喝了起来。

“别这样，课长。”樱花薄薄的雪白的脸皮，此时白中带红，她知道，她不能许诺什么，更不能给他什么。

豆鞘滑川顺势抱起樱花秀美，用力地拥到怀里，他的嘴在樱花的脸上胡乱地亲吻着。

“给我机会，樱花。”

“别，别。”樱花挣脱了下来，挥起手，狠狠地打了豆鞘滑川两个耳光。

然后歪着头，把嘴里的难闻的唾沫吐出来，头也不回地走了。

“你会为你的行动后悔的，我会枪毙他的。”听到一声脆响，一个茶杯摔到地上的声音。

一株株参天的大树静静地站在云层里，架上的藤条类植物默默地垂着它们的果实，偶尔几声断断续续的鸟鸣，消散在空气里，一两声尖尖的狗吠，打破林间的幽静。

水里浪以前听说过这个地方，从来没有来过，她走在野草丛生的山坡上，躲避着带刺植物的剐蹭，不时地蹦过淌着溪水的小河，“这是个好地方，可惜呀，大龙、二龙，龙上了山，犯了大忌呀，龙应该在江里呀，我要会会这两条龙，让军统和鬼子都上心的是两条什么样的龙呢?”

“快进去通报，说钱塘江‘水里浪’前来拜访。”水里浪对殿前的小喽啰喊道。

大龙、二龙正在商议结婚的大事。

“报告大王，钱塘江水里浪前来拜访，已在门口。”

“咦，最近这是怎么了?多少年牛泰山风平浪静，现在该来的不该来的都来了。”大龙心里想着。

“大哥，我们和水里浪没有什么过节吧?”

“她钻她的江，我爬我的山，有什么过节?”

“大哥，听说水里浪打过鬼子?”

“是呀，这个人我也听说过，没有见过，走，兄弟，出门开开眼界。”

大龙走出殿门口，眼前一亮，“也是个娘们，牛泰山要交桃花运了。”

水里浪高大的身材，细长的脸蛋，不算漂亮也不算丑，头发有些弯曲，粗大的辫子垂在身后，好大的辫子呀。

“何不叫大辫子，怎么叫水里浪?”二龙心里想着。

“好端庄的青年呀。”水里浪看着大龙，健壮的身材，五官端正的脸庞，“怎么一点也不像是土匪呢?”

水里浪怔怔地愣了好几秒钟。

“水里浪，你在江里，我在山上，咱们没有利害冲突吧?”大龙把手往前一伸，让水里浪先行。

“没有，没有。”水里浪头一次在别人面前失态。

“那你这次来的意思?”

“就是来看看，听说你比武招亲了，而且都是漂亮的娘们，早知那样，我也该早来碰碰运气。”

“别，您也不可能看上这座小山小庙的，您的江多大，水多深。”

“大龙，听说，您和二龙找的都是漂亮的娘们。”

大龙咧着嘴，口水流了出来。

“哪里来的漂亮的娘们?”

“您是老江湖，没有听说过江湖上的规矩吗，英雄不问出处。”

“大龙，我来和你说件正经事，你能不能率领弟兄们也去打鬼子?”

“你开我的玩笑吧，我这个小山小庙，这几个弟兄，这几把破枪，还能打鬼子? 也就是打打兔子。”

“现在鬼子打到了我们的家门口。”

“不是我不打，你看现在我的日子过得还行，我去惹鬼子，找死?”

“你看鬼子杀了我们多少父老乡亲?”

“不是我不打，是我惹不起。”

“我不打鬼子，我也不帮鬼子，这是我的底线。”

“好，以后有事我会找你的。”

“有事尽管说，毕竟我们都是中国人。”

军统张难敌温柔乡

风呼呼地刮着，太阳隐藏在云层里。

远处六和塔的塔尖高高地耸入云端，日本宪兵大队正在密切地注视着江里的一举一动，江里的水正哗哗地向下游泻去，江水随着微风哗哗地吹向岸边，摔碎在岸上。

大樱桃身着渔民朴素的衣服，头戴一顶破旧的斗笠，出现在岸边的树丛里，突然一只水鸭子发出啾的一声鸣叫，扑棱着翅膀，朝着江中心飞去，大樱桃赶紧蹲了下去，眼睛观察着前方的动静。

一声枪响过后，水鸭子像断了线的风筝，一头扎进了河里。

“好枪法。”岸上传来一阵鼓掌声。

“樱花少佐，我的枪法怎样?”

“出神入化，课长。”

课长眯着的眼睛里写满了自豪。

“樱花少佐，帝国军人的素质，你明白吗?”

“课长，明白。”

“樱花少佐，刚才河岸的树丛边飞起了一只野鸭，说明什么?”

“课长，说明那边有动静。”

“呦西，优秀的帝国军人。”

“樱花少佐，你是否愿意带领一个宪兵小队前去搜查。”

“课长，当然可以，不过这好像不是我分内的事情。”

“樱花少佐，为了帝国，任何一件工作都是我们的任务。”

樱花少佐带着一队宪兵顺着南岸搜查去了。

豆鞘滑川脸上显出少有的得意，他望着远处被军统炸掉的铁皮，嘿嘿了几声，一网打尽反日分子的日子不远了。

大樱桃躲进水里，口含一根芦苇躲过了鬼子的搜查，她从水里抬起头来，仔细地观察着建造桥墩的人们，离南岸不远的地方，高高耸立在水中的巨大的圆筒，还威严地站在那里，滑轮车还是有条不紊地上下运送着盛满混凝土的斗子，监工的吆喝声和驱赶工人干活的皮鞭声此起彼伏。

“我们炸掉了什么？敌人高倍数的探照灯那晚为什么不亮？为什么叫我担任掩护？难道日本鬼子制造了假的大圆筒？难道我们搞了一次假爆破？”

她不敢往下想，她不敢想这个军统站的前途以及她们姊妹四个的命运。

“难道他是双面间谍？脚踏两只船，为两个地方服务？”

大樱桃心里一阵发冷，她清楚地知道，“自己到美国学习的是爆破，三妹学习的是阻击，昨晚炸桥时，学习爆破的却担任阻击，学习阻击的却担任爆破，她不敢戳破这层窗户纸，她戳破的日子，也许就是她命丧黄泉的日子，她想给军统局自己的单线上司发报，现在也不敢了，谁能保证自己的单线上司是什么样的人呢？她感到抗战的艰难和复杂，同时也感到自己的无助，为了抗战一定要保护好自己。”

她悄悄地回到站里，站长和其他人高兴地谈论着炸掉桥墩的事情。

站长站起身，“抗战的志士同仁们，我们的行动已经得到了上面的嘉奖，这是郑副局长，亲自来到杭州颁布嘉奖令，欢迎。”

郑副局长站起身来，清了清嗓子，“鉴于目前局势紧张，否则我要在全市最大的酒楼‘福满楼’为大家庆贺。”

“抗战的勇士们，这是军统站被逼退出上海站后，第一次较大的胜利，戴局长非常满意，已擢令我站升任全国第一类站，站长老张授少将军衔，获中正奖章一枚，四个樱桃是我军统的骄傲，没有辜负局长的一片苦心，大樱桃升任上尉军衔，获得中正奖章一枚，二樱桃升任上尉军衔，获得中正奖章一枚，三樱桃四樱桃升任中尉军衔。”

“鼓掌。”

“另外，我还带来了一个好消息，戴局长让我带来二十万法币，作为奖金，人人有份。”

一阵更热烈的掌声。

“今天晚上放假，每人自由活动，庆贺一下，为了安全，最好不要单独行动。”站长提醒。

“好的。”姑娘们蹦蹦跳跳地走了。

“真是一堆尤物。”郑副站长羡慕着。

“要不要找个陪你玩玩?”

“混账，这是戴局长亲自招聘，亲自选送到美国参加培训的四朵妖花，你敢接近，不怕毒吗?”

“走，咱们一起吃饭去。”

“复杂时期，给你送了钱来，现在我就回去。”

“是戴局长让你来看这四朵妖花吧。”

“我告诉你，给戴局长少了一个花瓣，戴局长可能要你的命。”

“知道。”

“郑副局长，你的姓后面的那个字何时去掉呀?”

“小声点，这话可不能乱说呀。”郑副局长惊异地看着哑巴张。

“局长是校长的得意门生，青年才俊。”

“可您的才能在他之上呀，您才是祖国的栋梁。”

“不要乱说，老弟，就此告别。”

“慢，局长，我这里还有一尊佛像，您看看是哪个朝代的?”

张站长从档案柜里拿出了一樽锈迹斑斑的铜质佛像，递给了郑副局长。

郑副局长小心翼翼地拿在手里，仔细地观察着佛像的底座，五官的纹路，做工之细腻，铜质之纯正，实属罕见呀。

“哎哟，这是北魏时期的吧?”

“还是局长识货，我琢磨找个机会给您送去，一直没有机会，你看今天机会来了吧。”

“不行，不行，君子不能夺人所爱。”

“复杂时期，放在我这里不放心，放在您那儿我才放心。”

“好，我先替你收着。”

郑副局长带着满足的神情，含着微微的笑意，上了车，哑巴张轻轻地掩上了车门，“以后要经常下基层呀。”

“是呀，下基层不一定是件坏事。”

夜，死一般沉寂，近处影影绰绰的树木，站在夜空里，天空一颗星星也没有，傍晚的风落在了树叶上，落在了土层里，寂静无声的夜晚，连一两声犬的狂吠也没有，人们躲在家里，静静地等着夜晚过去。

站长老张急不可耐地送走了郑副局长，又急不可耐地掀开了莲花的床帏。

“想死我了，”老张想把嘴唇凑上去，“亲亲老婆。”

一股刺鼻的气味，传到了莲花的心肺里。

“滚一边去。”莲花一翻身，一脚把哑巴张踹到了床底下。

“吃个哑巴亏。”哑巴张心里想着。

“赶紧洗澡刷牙去。”

哑巴张穿好衣服，走到院子里，拎了两桶清水，从头洗到脚，用了一块肥皂。

一盆清水洗头后，水面漂着油腻的灰垢，哪有水的样子，分明是垃圾沟的污水，老张心里一股恶气，“为党国尽忠，落得这样一个下场。”

头上的污水顺着脸颊，流进鼻孔，流进嘴里。

“这么酸臭的味道，以前怎么没有注意到呢？”

老张自己不能原谅自己。

用了两桶水，又用了两桶水，老张还是闻到自身有股霉臭的味道，他擦干身子，站在风口，让风吹散自身的酸臭味。

“自己的任务完成得怎么样了？”女人柔柔的声音。

“我说过，我的任务只是让牛泰山投靠红房子，至于别的事情，你们自己做。”

“获得了中正奖章，获得了奖金，名利双收，我们给你送的这些礼物，算是厚重吧？”

“厚重，你们也是为了自己的利益。”

“我们让你在军统站稳了脚跟，提升了职务，你只要识时务，后面的好处会源源而来。”

“我只要我想得到的，你们一定要兑现。”

“我们不会忘记对帝国有功的人的，可是你别忘记你的承诺。”

“我不会的，宝贝。”

“什么时间能够操作完成？我也想离开这个地方。”

“快了。”

“我们带着一提包钱，两人到谁也找不到的地方去。”

莲花还想说话，一个巨大的舌头堵住了她的嘴巴。

血色的红房子像一个张着血盆大口的动物，警觉地站在这座城市的东北角上，周围严密的铁丝网像它的坚硬的嘴唇，座座的房屋好像他的颗颗坚硬的牙齿。

钻山胡用右手捏着下巴上的胡子，好长时间没有用剪刀剪一剪了，他的双眼静静地瞅着这座房子，它吞噬了多少中国人鲜活的生命，我一定要想办法撕掉它的嘴唇，敲下它的牙齿，一颗颗地敲，看它一边流血一边敲，然后用锤子把牙齿砸碎。

他走到门口，宪兵挡住了他的路，“滚。”

“告诉豆鞘滑川这只老猪，北龙山钻山胡求见。”钻山胡把脚放在门前挡路的栅栏上。

钻山胡密道上山

豆鞘滑川端坐在办公桌的前面，办公桌上放着报纸，报纸上面放着放大镜。

狭小的眼睛注视着钻山胡，他的胡子有些长，有些凌乱，他在思忖，“这是谁的后代？按照遗传学的观点，中国人能有这样的胡子？可能是红毛子俄国人留在民间的种子吧。”

“请——请——请，”豆鞘滑川慢慢地点着头，“诚心地悔改？”

“豆鞘滑川，你好狠心呀？”

“何出此言呢？”豆鞘滑川的下颌点了几下。

“你逼得我无路可走，游击队找机会要处决我，国民党军统下令枪杀我，只有你们日本人对我网开一面。”

“钻山胡，中国有句古语‘识时务者为俊杰’。”

“你想把我怎么样？”

“为‘大东亚共荣’做出贡献。”

“好的，我的任务？”

“现在正好有一项任务，你去牛泰山，劝说大龙、二龙，尽快接受我们的改编，为下一季的清剿残匪出力。”

“现在我的上司是谁？”

“有什么事情直接向我汇报，这是五千元法币，拿去，理理发，买套行头，找个地方消遣消遣，找我们的日本阿菊给你揉揉背，搓搓肩，销销魂，好好休息几天。”

“嗨。”钻山胡拿起钱，昂着头，走了。

“妙妙妙，我们的课长什么时候也学会了这阳一套阴一套的？”云子小姐拍着手从里屋走了出来。

“还不是跟您学习的嘛，您一来，这里的工作就有起色。”

“自从皇军占领武汉以来，我们的兵力总是捉襟见肘，疲于应付，按照天皇的命令，下一步拉拢国民党，对付共产党，广交山寇土匪，施以小利，让他们为天皇效忠，这叫以夷制夷。”

“来，我们的帝国之花，我们庆贺一下。”说着豆鞘滑川端起酒杯，递给了云子小姐，云子小姐用右手食指和中指慢慢地端起酒杯。

“如果是在祖国，在樱花盛开的季节，多么温馨呀。”

“是呀，战争给我们带来了刺激呀。”一声叹息。

“来，高兴点。”两人酒杯一碰，一饮而尽。

昨夜的小雨急匆匆地下了一小阵，细雨湿了地面，油黑的叶片垂在树枝上，山间的空气清新而又舒服。

钻山胡就是和别人不一样，别人上山是走已经走出来的路，钻山胡是走别人没有走过的路，这样除了处处小心陷阱外，还要防止有些动物的攻击。

钻山胡在树林间攀着，走的是直线距离，他看到林间到处是吊兔子的扣子，还有俘获野猪的陷阱，他扒开地上的覆盖物，看一看大龙、二龙的陷阱里到底有什么。

他看到陷阱的底部是横着的一人多高的地洞，“好家伙，这座牛泰山里还有秘密，真亏大龙能想得出。”

他慢慢地下到井底，点上火把，顺着地洞往里走去。

“前面好像路口，往左往右有两条地洞，该走哪边呢？先往左走走看。”

一只蝙蝠扑棱着翅膀往前飞走了，接着，火把的火苗吹向了自己。

他知道了，“从这里是通向野外的出口，也就是逃生口，大龙、二龙不笨呀。”

他顺着往右走的路口，慢慢地摸索着往前走，小心翼翼地观察着地面以及两壁上有没有暗藏的凶器，“还好，没有太危险的装置。”

走到尽头，顺着洞两边的窟窿，他一步一步挪了上来，他试了试，洞顶是块坚硬的木板，用头顶不动。

他把火把熄了，掉过头来，用木棒顶得木板噔噔地响。

屋里的喽啰听到下面发出噔噔的声音，撒腿就跑。

“报告大王，不好了，地下有人了。”

“慌什么？”大龙说着。

“地下有人了。”

“不可能呀。”

赶紧报警。

“是。”

小喽啰拿起吃饭用的盆子，用木棍敲着，“注意了，大王有令，全体集合。”

喽啰们有的拿着刀，有的拿着枪，大部分拿着木棍，跟随在大龙、二龙的后面，来到大殿后面的密室里，这个房子平常日是任何人都不准进去的，今天会有什么样的事情。

“听着，都在外面，我和二龙进去。”

喽啰们巴不得那样，谁都只有一条命呀。

“大哥，我还是不敢。”

“怕什么，咱们还不了解吗?”

大龙推开门，慢慢地挪进门口，墙角的那个木盖没有变化呀。

“大龙、二龙，再不开盖，别怪我不客气了。”

大龙、二龙仔细地听了下面的喊话，还是没听明白。

大龙把耳朵凑到盖上，“哪位大爷，哪位好汉，有何要求呀?”

“快开盖子，我要上来。”

“您是哪位?”

“北龙山钻山胡。”

“噢，你呀，怎么不走正道?”

大龙要掀盖子，被二龙阻止了。

“哥，他会不会是占山的。”

“你见过我走正道的时候吗?”

“您来什么事呀?”

“好事，上去再说。”

“您还是哪儿来回到哪儿去吧，我们这里小山小庙的。”

“吃顿饭就走。”

“吃完饭一定走?”大龙问道。

“不走，小狗。”

“外面的人都散开吧，没有事了，有个朋友和我开玩笑。”

大龙掀开盖子，钻山胡爬了出来。地道里连灰带垢的，钻山胡像从坟墓里钻出来的一样。

“大哥，怎么看怎么像个盗墓贼呀。”

“不要乱说。”

钻山胡双手一抱，“兄弟拜见两位兄弟，今天走得匆忙，没有带什么礼物，还请谅解。”

“客气。”大龙双手一抱，“兄弟怎么走到地道里去了？”

“一言难尽。”

“我们牛泰山虽然小，但是这条地道只有我们兄弟俩知道，别人不知道，你能不能替我们保密？”

“一定一定。”

“你要什么东西？”

“什么也不要，吃顿饭就走。”

“好，谢谢兄弟。”

“摆酒。”

“大龙兄弟，听说你小子找了一位挺漂亮的娘子，准备结婚。”

“漂亮倒是漂亮，不过人家看得起咱们弟兄，咱们弟兄哪有别的条件，只要不打光棍就行，把我们老龙家的香火传递下去。”

“哎呀，大龙呀，你看现在日本人来了，国民党来了，共产党游击队也来了，你们这座牛泰山以后也不一定消停呀。”

“不瞒你说，他们来了，日本人我们不敢惹，国民党惹不起，游击队呢，还打日本人，我在中间，做人不好做呀。”

“你想靠近哪一方？”

“我哪一方也不靠近，日本人、国民党，我们都不敢惹；游击队，打日本人，我们说有种，光有种了，没有那本事呀，鸟枪鸟炮的，自己吃亏的多，我感觉现在的生活挺好，我想享两天福再说。”

“想法很好，不过你的小山很快就不安宁了。”

“何出此言？”

“你看那么多漂亮的女子，在城里什么样的人家找不着，偏偏到山上来找你？”

“我真没有考虑这个问题。”

“兄弟，如果以后有什么事情，找我，我给你找一个很硬的后台，到时谁也不敢欺负你了。”

“谢谢兄弟。”

钻山胡酒足饭饱之后，哼着小曲下山了。

阳光不是很浓烈的照到山上，一丝风也没有，树木懒洋洋地排列在山坡上。

云子拢了拢短俏的头发，蓝色的旗袍下露着的双腿在崎岖的山路上挪动着。

大龙听说云子已到山腰，飞也似的跑下来，他看着云子红色的脸蛋，汗沁沁的肤色。

“怎么亲自上山了，告诉我一声，我叫人去接你。”

“我来是和你说一下，我的父母被日本人杀害了，我走失了一个哥哥，现在找到了，他在城里开了一家贸易公司，专门收购老百姓的农副产品的。”

“真的，太好了，你哥哥不反对我们吗?”

“不但不反对，听说你在山上，今天晚上邀请你到‘德兴楼’相聚，你看怎样?”

“好。”

大龙走出门口送云子小姐，看见一个女子的背影，进了二龙的屋子。

“那是谁呀?”云子小姐疑惑地问道。

“可能是二樱桃吧?”

“我怎么看像是大樱桃?”

“别疑神疑鬼的。”

水里浪看破蹊跷

阳光洒在河滩上，暖洋洋的，撩人般的难受，树头微微地动着，暖风不时地扑在脸上。

“好舒服的阳光呀。”水里浪坐在河滩上，抚摸着自己的粗辫子，粗壮的辫子从脖颈的右边摆到胸前，好久没有这么舒心地看太阳了。

“是呀，要是太阳老是这么好，就好了。”钻山胡看着脸长得有点长的水里浪，附和着。

“你的胡子好久没有剪过了吧?”

“是呀，哪有工夫剪呀?再说，我在同志们的眼中，可能是叛徒了，不知道什么时候就被同志们枪决了，还剪它干吗?”

“不过，为了革命工作，你要坚持呀，革命总有胜利的那一天，同志们总有明白的时候。”

“是呀。”

“革命工作要不怕误会，不怕委屈，不怕牺牲。”

“是呀。”

“将来一举端掉了红房子，你可是大功一件，这样做，有点为难你，可为的是尽量减少游击队的损失，我们也是无奈之举。”

“我知道。”

“你一定要保护好自己，在敌人面前保护好自己，还包括在同志们面前保护好自己，而且，做得越像敌人越相信。”

“是的。”

“现在谈谈敌人的情况吧。”

“我去红房子的时候，见到豆鞘滑川，没有发现云子小姐，也没有发现与云子小姐有关的线索，倒是发现豆鞘滑川在一张报纸前沾沾自喜，好像有人说炸桥墩的事情。”

“什么喜事?听说军统老张带领樱桃们炸毁了敌人修的桥墩，被军统局嘉奖，这样的事情敌人应该懊丧才对，难道敌人还有别的阴谋？还有别的事情？”

“这件事我也说不清楚。”

“走，我们看看大桥去。”

他们走在芦苇荡里，在水中慢慢前行，远远地看见离南岸一百多米的地方，高大的圆筒矗立在水中，此起彼伏的机器轰鸣声，日本宪兵的吆喝逼迫声，好像一切井然有序地进行着，不像刚刚有人破坏过的样子。

“好像鬼子没有什么损失。”水里浪说着。

“是呀，难道鬼子还有什么秘密？”

“听说军统炸桥墩，好像没有呀。”

“军统里面难道也出了什么问题？和以前抗击日本鬼子的劲头不大一样了。”

“这个军统站有我们内部同志吗？”

“没有，我们可以向上一级汇报，请求支援。”

“好吧，你注意自己的安全，不但要细心注意鬼子的动静，还要防范军统的伤害，还要抵挡同志们的误伤，你要特别小心。”

“我会小心的。”

“我把问题汇报上级，请求支援，你也要注意。”

“你也要我放心。”

没有客套，两双互相关心的大手握在了一起。

山间小路的两旁，一搂多粗的柏树到处都是，皴裂的树皮揭示着风雨的侵蚀，低矮的不知名的一簇簇野花，开放在山腰上。

二龙和大樱桃走在山间小路上，大樱桃不时地这儿看看，那儿望望，轻快得像只小鸟，叽叽喳喳地在山坡上这儿啄啄，那儿瞅瞅。

“二龙，你觉得我二妹怎么样？”

“我配不上人家。”二龙一米七几的个子，也算英俊潇洒，只是没有经历大地方的历练，嘴有点大。

“我的二妹，可不是随便什么人都配上的。”

“我知道。”

“不过哪，你只要听我的，我保证你娶到二妹。”

“真的。”二龙嘿嘿笑着，嘴巴要是没有脖子后面那块肉连着，说不定上下分家了。

“二龙，听我说，生人上山以后，不要随便乱说话，否则，你的大嘴特丑。”

“是吗?”

“虽然古语说‘嘴大吃四方’，可是毕竟不是太匀称。”

“知道了。”

“你想娶到二妹，要听我的。”

“好。”二龙傻乎乎地点点头。

“大龙和云子小姐的事情，你要给我暗中观察清楚，一有动静，马上报告。”

“行。”

“另外山上有什么外人过来，不管是谁，要立即向我报告。”

“行。”

“你只要把这个任务完成好了，我通过上司，把你送到中央大学干部特训班学习，你一出来就是少尉，可以带兵打仗，那时二妹就追你了。”

“真的?”

“你说说今天谁到过山上?”

“北龙山钻山胡，云子小姐。”

“一脸胡子，很长很长的那个?”

“是呀。”

“钻山胡来奉了谁的指令？游击队还是什么别的？云子小姐，日本人究竟要干什么？依我对钻山胡的判断，他临时还没有丧失良心，但是目的是什么？云子小姐究竟要干什么呢？难道仅仅是要牛泰山归顺日本人？好像没有这么简单。”大樱桃心里结成了疙瘩。

“他们说什么没有?”

“云子小姐和大哥的事情，我不知道，只是感觉云子小姐和大哥在一起的时间很短，很快就下山了。”

“钻山胡呢?”

“他在的时间长一些，在这里吃了顿饭，你来以前刚刚走。”

“他来有什么事情吗?”

“没有，只是问了大哥一些不着边际的话，什么日本人啦，游击队啦，军统局啦。”

“大龙怎么回答的?”

“他说，哪儿也不去，只想在山上享享小福。”

“噢。”

太阳已经落下山去了，离天黑还有一段影影绰绰的时光，晚归的人们急急地行走在回家的路上，城市里夜晚的路灯已经亮了，外出做买卖的小商小贩有的回家了，有的推着赶往夜市的地方。

德兴楼的门口像往常一样热闹，这家最大的饭店一共有五层楼，楼下一层是唱戏喝茶吃零餐的地方。

德兴楼的门口，站着三三两两的行人，好像门口的门卫。

大龙今天打扮一新，崭新的长衫，布做的青鞋，青色的礼帽，看起来精气十足，好像较有派头的商人。

走进一楼，听见人们议论纷纷。

“今晚想到二楼牡丹庭聚会，不想全部被人包了。”

“二楼被人包了，好派头呀。”

大龙看见楼梯口，穿着得体，体型娇美的云子小姐，心都醉了，幸福来得太突然，大龙早就醉了。

“大龙。”

“云子。”

只是互相简短地叫了名字，大龙的心里就热乎地沸腾起来。

大龙和云子小姐在楼梯上走着。

“多般配的一对呀。”人们啧啧称赞着。

走上楼梯，门口站着一位精瘦的男子，云子介绍道，“这是我的哥哥豆鞘滑川，”然后对着豆鞘滑川，“这是大龙。”

“你好。”

“你好。”声音上扬，大龙心里嘀咕，怎么像日本人。

两位男人的手握在了一起。

大龙握手的同时，瞥了一眼豆鞘滑川，“这对父母生的，妹妹这么漂亮，哥哥稍黑的脸庞，深陷在眼窝里的眼睛，薄薄的嘴唇，那对单眼皮下的黑洞洞的东西，怎么像老鼠的眼睛，时刻在瞅着洞口，大龙心里一阵发怵。”竟忘了一时把眼睛从豆鞘滑川身上挪开。

“我父母被鬼子杀害了，没有吃，没有喝，哥哥又干了苦力，所以身体没有发育出来。”

“噢，这样。”

“不过，哥哥现在扬眉吐气了，做买卖成功了，有钱了。”

“老板，上最好的烟。”

“老板，上最好的菜。”

“老板，上最好的酒。”

云子小姐一阵吆喝，大龙心里一阵惊讶，“好大的气派，自己配小姐，有点难。”

大龙的眼睛看傻了，像个傻子一样地吃着菜，举着杯，云子叫干什么就干什么。

“大龙呀，听说你看中了我的妹妹？”

“哥——”大龙用筷子夹着菜，不敢回话。

“如果你真看中了我的妹妹，下山来帮我收购农副产品，有的是钱赚，有了钱，你爱干什么就干什么，可以买武器，买房子，买地，什么都可以买。”

大龙只有傻笑的份。

大龙中计

潮湿的空气夹杂着江水的腥味弥漫在风中，天刚蒙蒙亮，影影绰绰的人们，在鬼子的刺刀威逼下，上工了。

游击队员老吴拿着铁锹，夹在上工的人群队伍中，他是昨天被鬼子抓壮丁刚刚抓来的，老吴红腾腾的脸膛，像在太阳底下晒熟的干肉，黑色的眼睛里，眼白比眼黑多，猛一看，有点凶狠的样子，连鬼子的监工拿着鞭子，也只是从他的身后走过，没有随便地在他身上抽鞭子。

抽鞭子是监工的主要工作，工人弯腰的时候，抽的力度小一些，站着的时候，抽的力度大一些，鞭子落到工人的身上，已经是一种休闲和娱乐了。

“快。”一个工人弯着腰还没有直起来的时候，一脚被鬼子踹倒在地上，嘴啃在混凝土上，引得监工们哄堂大笑。

鬼子点着名字要三十个人到下面工作，一个瘦小的老头也在被赶下去的人里面。

老头畏畏缩缩地不敢下去，他不知道今天下去，能不能活着上来。

鬼子举起了鞭子，鞭子刚要落下，老吴用手抓住了鬼子的手。

“哎呀。”鬼子叫了一声。

“不就是下去吗？我来。”

鬼子看了看老吴，放下了鞭子。

调拌好的混凝土不断地从上面落下来，这样的话，这个桥墩很快就可以建好了。

“这样可不行，”老吴心里想着，“如何降低建设桥墩的进度呢。”

“同志们，我们都是穷苦百姓，我们可不能让敌人的桥墩建成。”

工友们默默地看着他，不敢说话，困顿和贫穷已经折磨得工友们失去了血性。

“工友们，如果鬼子的大桥建成了，每天可以从我们的头上运送三百多列军车，如果鬼子建不成，单纯从下面的江里用船运送，八天才运送一列火车的兵力。”

“噢。”

“工友们，我们不能建成大桥让更多的鬼子去打我们的兄弟呀。”

“对。”工友们默默点点头。

“老师傅，”他走到一个年龄较大的师傅面前，“您看，怎样把混凝土弄到大铁桶的外面去呢?”

“加大空气机进气的力度，让空气把混凝土沿着底缝吹出去。”

“现在上面的鬼子已经调好了压力，怎样才能加大压力呢?”

“把空气进口的铁管对准大铁桶底部的一个地方，马上就可以吹漏底部，江水会涌进来，同时我们的生命也会有危险，江水会把我们吞噬。”

“老师傅，这些混凝土的凝固时间是多久呢?”

“这是进口专用水泥，十分钟时间就可以凝固。”

老吴默默地点了点头。

“老师傅，听说你们建的桥墩，有一天晚上被炸了?”

“我们一直在建，没听说呀。”

“一直这样?”

“是呀。”

“真是个谜。”

“不过，前些日子鬼子运来了一个大铁桶，在一百米开外的地方，你看现在没有了。”

“还有一个大铁桶。”

“是呀。”

人们在鬼子的吆喝声中、皮鞭声中浇注着混凝土，也浇注着自己屈辱的日子。

“我姓吴，从小没有大号，只有姓，小时候人们叫我小吴，大了人们叫我老吴，工友们可以叫我老吴。”

“在这个大铁桶里，每天天不亮上工，中午只见一个多小时的太阳，大铁桶里只有电灯和高压水枪，你看我们的手指都烂的出血了。”

工人们的手哪像手，让水一冲，简直就是退了皮的猪蹄，白生生的，有点血肉模糊。

“鬼子什么时候把我们中国人当人看了。”

“一天三顿，吃喝拉撒，全部在大铁桶里，空气混浊，你看工友们面黄肌瘦的样子，还要挨打受骂。”

终于到了休工的时候，上面的工友顺下了软梯。

“工友们，你们先上，我最后一个上。”

老吴在下面等工友们一个个上去，迅速把高压水管伸到桶壁处，一股强烈的气流顺着桶壁泻了下去，顿时浇注的混凝土像水沫一样，喷溅到桶中心。

筒里的灯熄了，高压空气枪依然在喷着。

夜晚淅淅沥沥地下着小雨，路上湿滑，大龙跌跌撞撞地回到山上，已经是一个泥蛋了，夜晚出奇的静，怎么没有狗的叫声，狼的嚎声，大龙一下子还不习惯呢。

“哥，今晚上到哪去了？”

“二龙，以后你和山上的弟兄们不用愁了，有出路了。”

“你说啥呀？”

“我给你透露个秘密，云子找着他哥了。”

“什么？”

“他哥开了个公司，收购粮食。”

“哥，收购粮食不犯法吗？”

“犯什么法，你愿意买，他愿意卖。”

“二龙，明天号召弟兄们收粮食去。”

“哥，有现钱吗？”

“有，有的是钱。”

雨后的空气清新舒畅，小鸟起得格外早，虽然天空依然有点阴沉，但叽叽喳喳的叫声已经弥漫了树上树下，屋前屋后。

第二天，大龙起得有点晚，睁开蒙眬的睡眼，“哎呀，昨天晚上喝多了。”

“二龙，你怎么不早叫醒我？”

“叫你干吗？”

“收粮食呀，二龙呀，我和你说，粮食不论多贵，都要，云子的哥哥说了，收一斤挣一斤。”

“什么？有这样的好事。”

“这叫好事？我是谁？云子未来的丈夫，他的妹夫。”

“哥，骗人吧。”

“谁说骗人，现在召集人来，各村设一个点，尽快地把粮食收上来，我们好挣回些钱。”

“好。”

牛泰山上所有的人都下去了，每人联系几个村庄，争取尽快把收粮网点建立起来。

二龙也下去了，不过他没有到村庄里去，他来到一棵百年柏树后面，在原先联系好的地方，插上了一个箭头。

下去联系的弟兄们陆陆续续地回到了牛泰山。

“二龙，设点情况怎么样？乡亲们会不会把多余的粮食卖掉？”

“大哥，每村的点，他们关心的是能挣多少钱？”

“二龙，只要我们挣了钱，他们还不容易吗，按照十分之一给他们。”

“这么高的费用？”

“二龙，费用越高才越有人给我们收购粮食。”

“知道了。”

“明天把钱送到各个点上去。”

“好的。”

叶子在树枝上打着转，天阴沉着，有点凉，没有太阳的日子，有些憋闷。

大樱桃深一脚浅一脚地在一片长满齐腰深野草的沟壑旁，找到了水里浪。

“好悠闲呀。”大樱桃望着小河里清澈的流水，说着。

“你们军统最近又在组织什么活动？”水里浪把辫子往后一甩，擦了擦手。

“你还别说，我们军统组织的活动，连鬼子的报纸都登了，敌人说不定正在咬牙切齿呢。”

“说得比唱得好听。”

“大姐，我们让敌人难受了吧？”

“是呀，敌人难受了，听说你们受了奖，得了奖金，这奖金得的真是舒服。”

“大姐，你们游击队不组织活动？”

“保密，妹子，我怎么听我们的内线说，敌人的桥墩还在正常修建，没有被炸呀?”

“纯属胡说，由我们站长亲自上报，由上司决定的一次重大活动，还会有假?”大樱桃其实早就怀疑炸掉桥墩的真实性。

“我们的内线说，距离一百米以外的地方，有一个大圆铁桶，准备修桥墩备用的，听说，炸桥的第二天，神不知鬼不觉地没有了。”

“大姐，关于炸桥的事情，你们还知道多少?”

“听说鬼子的报纸登了，你们获得了奖金，所有人员都晋升了，这是好事呀。”

“国难时刻，制造假炸桥事件，难道有人仅仅是为了晋升，没有别的?”大樱桃心里想不明白，“她不能和别人说，为了安全，为了党国，她只能自己求证。”

“大姐，我明白了，谢谢你，告诉我真相。”

“不用谢，国共合作，抗击鬼子，应该的事情。”

“我来这里找你，千万不要对任何人说，尤其是军统站的人。”

“好，知道。”

假币为真币

川畑俊二不住地眨巴着眼睛，他不明白，一切有条不紊地进行着，在宪兵大队的严密看管之下，浇筑的桥墩在我们的手心里，遭到了破坏，一夜之间一天浇筑的混凝土化为乌有。

“浦岛君，你看昨天的事情应该怎么定性?”

“大佐，按照事情表面的情况看，是当班干活的工人忘记了拉下空气压缩机的电闸，也可能是有人蓄意破坏。”

“浦岛君，一定要查清楚，向我汇报。”

“嗨，大佐。”

豆鞘滑川和樱花秀美一起来到大桥建筑工地。

豆鞘滑川深陷的眼窝里，眼睛有些忧郁，他在思索着什么。

“樱花少佐，你看，这件事情是不是中国人在搞破坏?”

“课长，说不准。”樱花少佐有点反感地说着，得体的宪兵服装配在樱花俊美的身体上，要不是她的身份，真是一朵艳丽而不妖冶的花呀。

“要不是战争，这朵清纯的花朵早已是我浦岛家族的媳妇了。”豆鞘滑川眼睛瞅着樱花的脸蛋，心里想着过去的事情。

“少佐，你看，‘大东亚共荣’为的是中国人，中国人为什么这么抵触?”

“说不好。”

“邪恶的中国人，为什么就是不理解天皇的‘大东亚共荣’呢，那是对中国人有好处的，我们漂洋过海，为的谁?还不是为中国人?”豆鞘滑川的脸上有些难看。

他们把昨天在大铁桶里干活的人，一一审问，都承认最后上来的是刚来的老吴，可能是他忘了拉电闸。

最后把疑点集中到刚刚捉来的壮丁老吴身上，找老吴，找来找去，也没有找到人，昨天晚上还在，今天早晨不见人了。

豆鞘滑川双手抱着膀子，眼睛扫着站着的工人，“谁说出老吴的下落，重重有奖。”

“樱花少佐，如果老吴还在，一切还有解释的可能，现在老吴不在了，肯定是共产党的游击队干的，国民党那边现在看不大可能，他们刚刚炸毁了桥墩，升了职得了奖金，正在高兴呢，不可能是他们。”

“把这个老东西用绳子捆起来，吊在工地上。”

“老总，这么大年纪了，再吊起来，可能就没有命了。”工友们哀求着。

一阵风声夹杂着腥臭的气味，从人们的面前掠过。

“吊起来。”

可怜的老人像只无助的帆在空中飘着。

只听见阵阵的呻吟声，一声强一声弱地跌碎在工地上，砸痛着工友们的心，工友们流着泪，低着头，无助的手在颤抖。

“再有外来捣乱者，统统吊起来。”

“浦岛君，这样能解决问题吗?”

“樱花少佐，心太软，不行，这是战场，他们不会理解天皇的‘大东亚共荣’的，我们现在必须用武力推进速度。”

“浦岛君，我们不是抓紧时间破解建桥秘密吗?”

“难呀，我们费了九牛二虎之力，才得到了部分图纸，没有得到的那些呢?”

“樱花少佐，你的工作最近有起色吗?”

“一言难尽，浦岛君。”

“你看云子小姐，刚来这里没有几天，工作做得风生水起，令人称赞!”

“我们天皇帝国不就只有一个云子吗?”

“好了，我们不争了，你用你的方法，尽快展开工作。”

“好的，我会尽快破案的，找出那些资料的。”

“我近期的工作是清乡和收购粮食，收购粮食我已经有门路了，清乡一定制定严密的规划，坚决消灭抵抗我们的抗日分子。”

潮湿而又沾着腥气的风阵阵袭来，有些恶心的感觉充盈在天地间。

牛泰山上一改往日的沉闷，到处插满了旌旗，五颜六色的，真是一片喜气。

“二龙，收购粮食的事情办得怎么样了?”

“大哥，进展很顺利，这崭新的法币老百姓有点担心。”

“担心什么，这是真的，云子的哥哥，还能骗我吗?”

“我知道，可是收上来的粮食，我们放到哪里?”

“各点收购上来的粮食，我们雇用农村的马车，运往城里，放在来福贸易公司，运费他们出。”

“啊，我知道了。”

疾风晃荡在树梢上，发出阵阵刺耳的怪叫。

大樱桃急切来到接头地点，她在等二龙。

“你怎么才来?”

“我哥找我说了些收购粮食的事情，我带了些收购粮食的法币，你看看是不是真的?”

大樱桃认真看着，找不出哪儿的毛病，“这些做旧的法币，全是五元的，就连银行也不好凑呀。”

“大龙从哪里弄到了这么多钱?”

“听说是给云子她哥哥收购粮食。”

“私自收购粮食，战时可是违法呀。”

“违什么法，在我们这里，收购一斤挣一斤。”

“这么高的利润。”

“这钱恐怕有问题。”

“那怎么办?”

“这么着，我先拿部分钱，回去找人看看，是不是真的。”

“好的。”

“二龙，你做得很好，我替二妹谢谢你。”

“不用谢，只要她能看得起我。”

“我这儿有支手枪，送给你。”

“我不会用。”

“我教你，这是德国鲁格手枪，是世界著名的手枪，我在美国西点军校进修时，美国教官送我的，这个美国教官和德国一位将军是同学，德国将军送给他的。”

“噢，这么珍贵，我不能要。”

“拿着，这是一百发子弹，以后你会用到的，不过，千万不要被大龙和别人看见。”

“好的，谢谢你。”

“只要好好干，你会离二妹的距离越来越近。”

“一定好好干。”

“这些钱，我看是真的，不过，现在好像市面上早已不流通了，我拿回去找人看看真假。”

“好的。”

“记住我们的约定，不要和任何人说起我来过。”

“一定。”

大樱桃感到事情重大，马上通过内线送到重庆军统局，由戴局长亲自送到歌乐山下的重庆铸币厂，结论为“真币”。

军统局内线回电，“继续观察，此五元币种早已退出流通市场，但弄清此币种共多少钱，谁人所为。”

“这么多做伪的法币从何而来?”大樱桃心里想着，奇怪着。

另外军统局给张站长还有一份明电。

军统站的办公室里，站长老张正在集合全体人员，召开紧急会议，老张咳嗽了一声，请全体起立。

“杭州站，现在各地出现法币假币，请组织人员立即查清，严防各地套购军用以及民用物资。军统局，切切。”

“尊敬的各位同仁，讨论一下我们的工作，我们虽然是沦陷区，但是如果鬼子大量地从我们的眼皮底下套购粮食等民用物资以及棉花等军用物资，我们将无法交代。”

“大家谈谈看法?”

“大樱桃，你看?”

“报告站长，我临时还没有想到。”

“二樱桃，你呢?”

“报告站长，能够花掉大量钱的，是火车站、汽车站、宾馆、饭店，这些流动人口多的场所，到那里可以非常容易地发现假币线索。”

“三，你呢?”三樱桃的单眼皮上还挂着倦意，显然没有睡醒，站长直直地盯着她的眼睛，严肃不足而猥亵有余。

“站长，你干吗?没有看见我没有考虑吗?”

“好了，什么时间考虑了，和我说一下?”

“四，你呢?”

“能够花掉大量钱的，可能是公司、工厂、服装厂、农机装配公司、货运公司，等等。”

“好了，如果花大钱的地方找出来了，下一步，我们怎么办?”

“怎么办? 站长指示呗。”

“既然这样，我宣布——”

“全体起立。”大樱桃喊着。

“大樱桃负责火车站，二樱桃负责全市娱乐场所，三樱桃负责公司工厂，四樱桃负责乡村集市，我负责统筹协调，继续营救王处长的方案实施。”

“现在开始各就各位，擅自离职者，以叛逃罪论处，每人活动经费一万法币，多者自筹。”

“好棒。”四个樱桃一起叫了起来。

“大姐，我们有钱花了，我们到哪去玩?”二樱桃说着。

“到商场购物吧。”四樱桃提议。

发枯发黄的野草在微风中吹着优雅的小调，柔软的低矮的荒草贴在地皮上，近处的鸣声，不紧不慢地换着角度，远处的白云，在天上不紧不慢地挪着步子。

水里浪躺在柔软的草皮上，眼睛望着远处的白云，听着沟底小溪清脆的歌声。

“好惬意呀。”大樱桃来到她和水里浪接头的地方。

“是呀，好久没有这么舒心地躺在地上了。”

大樱桃挨着水里浪躺下来，“这个地方以前我没有注意，躺下来，挺隐蔽的，这样的接头地点，亏你想得出。”

“让我们闭着眼，躺会。”两个各怀心事的女人静静地躺着。

紧急应对

微风轻柔地抚摸着两个人的脸颊，大樱桃蓬松的头发在微风中抖着，优美的曲线像一条美女蛇，水里浪把粗大的辫子放在起伏的胸脯上，眯着眼。

“姐，你说，我们啥也别想，静静地睡觉，怎么样？”

“等我们把鬼子赶出去了，吃饱喝足，好好地睡上三天三夜。”

“还有一个事你没有说呢？”

“啥事？”

“搂着我姐夫睡呗。”大樱桃哈哈地笑了起来。

“那你给我找个姐夫呗。”水里浪拿着辫子梢要扎大樱桃的脸蛋，吓得大樱桃一下子跳了起来。

“你要我给你找个姐夫的话，我看我们站的老张挺合适。”

“去你的。”水里浪知道大樱桃开她的玩笑，“妹子，如果你不是女的，头发不是这样蓬松着，我真是看上你了。”

“你看上我，我还不一定看上你呢。”大樱桃哈哈地笑了，“姐，有个事情我来问你一下？”

“什么事？”

“你看这是什么？”说着，递上了一张五元的法币。

“这不是一张五元的钱吗？”

“是呀。”

“你再仔细看看，有什么问题？”

“没有问题呀，就是一张五元的钱呀。”水里浪看着大樱桃。

“你再看看？没发现什么问题？”

水里浪正面反面地看着，还是没有发现什么问题，“假的，不像，真的？”她的心里也搞不清有什么问题。

“妹子，姐是直爽人，你实说吧，这里面有什么问题？”

“你看，这个五元钱现在还能买到东西吗?”

“今年春天还用过，前些日子，说是到中国银行、中央银行、交通银行三大银行去兑换，到时一律停用，谁知道现在到期了没有呀。”

“拿着这样的钱到老百姓手里，买粮食还能买出来吗?”

“够呛，你到那些比较落后的村庄，老百姓不知道兑换的，说不定能买出来。”

“这不是祸害老百姓吗?”

“不是祸害是什么。”

“大姐，你们的游击队接触老百姓多一些，到各村庄宣传，看到拿这种五元钱收老百姓粮食的，坚决不要。”

“妹子，出了什么问题?”

“现在我也不知道。”

“妹子，严重吗?”

“大姐，假如和你说的一样的话，你赶快下去宣传，我到银行问一下。”

大樱桃急速地往城里赶，她要在银行的工作人员下班前，赶到中国交通银行，终于在银行的工作人员关门的时候，赶来了。

“师傅，你看，这张五元的钱是真的吗?还能不能用?”

工作人员拿过了钱，用手捏了捏，拽了拽。

“小姐，这张钱是真的，但是已经停用了。”

“为什么?师傅。”

“小姐，不要问为什么，几个月以前通知兑换，一个月前已经停用。”

大樱桃拿着这张钱，她在思考着，下一步怎么办?

唯一的办法，还是尽快找到二龙，弄清楚钱的多少，是不是还有其他面值的，如果少，三张两张的，也就不足为怪，如果多，肯定有问题，谁能把大量的钱拿在手里，让它作废呢?如果套购粮食、棉花，老百姓怎么办?想到这里，她不敢继续往下想，加快了脚步，来到了牛泰山，她的嘴发出咕咕的叫声，好像一只野鸡在丛林里飞快地跑着。

“吱吱——”粗短有力的叫声，又一只野鸡发出应和的声音。

多么奇妙的自然界动物交友呀。

二龙深一脚浅一脚地跑到大柏树下面，大樱桃早已等候在那里了。

“二龙，你哥收粮食的钱有多少?”

“十几箱子吧。”

“除了五元的，还有别的面值的吗?”

“没有，全部是五元的。”

“这五元钱银行已经全部停用了。”

“不可能，我哥说了，云子她哥去银行取钱的时候，银行只剩这一种币值了，没有办法，全部是五元。”

“现在你们准备在多少个村庄收购粮食?”

“几百个吧。”

“现在已经收购了多少?”

“几十万斤，有了吧。”

“这么顺利。”

“一是价格高，二是不卖不行。”

“现在钱发下去了没有?”

“没有，粮食都在村庄的点上，钱在山上的仓库里。”

“你能不能阻止你哥把钱发到村庄的点上?”

“不可能，我哪能阻止得了?”

“好了，你回去，弄清楚点上收购的粮食多少？钱是多少?”

“这活我能完成，不过，我哥他们是诚心诚意地做粮食买卖，不像是骗老百姓的粮食。”

“二龙，你做得很好，回去盯紧你哥哥，不要离开他。”

“好。”

大樱桃火急火燎地走了。

二龙回到山上，议事大殿里，山前山后，暗道里，该找的地方都找了，就是没有找到大龙。

“我哥哪去了?”

“大王到各点检查工作，顺便分钱去了。”站岗的喽啰答道。

“什么？走了多久了?”

“一个多时辰了。”

“我哥说什么没有?”

“大王说，二头领回来以后，带领弟兄们站好岗，巡逻好山，不让可疑人员上山。”

二龙坐在椅子上，像泄了气的皮球，在家慢慢地等着。

芦苇穗上的风声吱吱地吹着哨子，一声比一声紧。

在芦苇深处的小船里，水里浪和游击队员研究对策，准备下一步的打算。

“同志们，现实情况远比我们想象的复杂，据内线讲，修桥的鬼子没有找出破坏桥墩的人，把一位老人吊在了工地上，我们应该怎么办？牛泰山上的弟兄们到各村设点收购粮食，听说用一种五元的过时的法币，是不是抢老百姓的粮食或者是骗老百姓的粮食，到底给谁收？我们该怎么办？”

“我们通知各村的游击队员，分头和老百姓说明情况，让老百姓拒卖粮食。”老吴火红的脸膛，气愤地说着。

“这个问题也只有这样了，大张、小李你们两人分头通知我们的同志。”

“好。”

“再说工地的事情，我们为了刺探军统老张假情报的问题，派老吴打入工地内部，破坏敌人桥墩，连累了工地上的老工友，我们怎么办？”

“天杀的，我要吃了你们。”老吴紫黑的脸上，写着愤怒。

“血债要用血来还，今天晚上我们集合游击队战士，攻打敌人的工地。”大张攥着拳头。

“同志们，打鬼子不是那么容易呀，大桥南岸工地有鬼子一个宪兵大队把守，配备日本九二式重机枪十挺，配备日本十一式轻机枪十挺，十一式俗称歪把子机枪，这轻重两种机枪占据武器上的优势，我们是进攻，敌人是防守，怎么攻？”

“我们好不容易建立起来的游击队伍，决不能轻易地牺牲。”老吴自言自语。

“是呀，毛主席说，‘打鬼子是持久战’，我们应该好好保留革命的火种。”

“那怎么办，不救了，让老工友等死？”

“这个问题就到这里，现在你们按要求分头行动，建桥工地老工友的问题，我再想想办法。”

同志们分头行动去了，水里浪和老吴说了，今天晚上下半夜我们一块行动。

寂静的江上，高耸的六和塔上探照灯的灯光悠闲地巡视着整个江面，桥的南岸，也安装了探照灯，和北面的灯光交叉在一起，巡逻的鬼子小队来回穿梭着。

“姐，今晚你找我何事?”大樱桃问道。

“一块干点大事?我要的东西，你带来了吗?”

“带来了，你看，狙击步枪。”大樱桃笑了笑。

水里浪安排任务，“你看，妹子，北面的探照灯转一圈，十五分钟，桥南岸的探照灯转一圈也是十五分钟，它们在桥面上交叉，你能不能在灯光交叉的时候，在十秒钟内击毁北面的探照灯，随后击毁桥南岸的探照灯。”

“十秒，两发子弹。”大樱桃思考着。

“对，最好十秒。”

“你看，桥南岸吊着的那个人，是我们的同胞，我和钻山胡去救人，老吴掩护，我们从这儿往前爬，爬到最近处，要经过一片开阔地，十分钟左右，如果敌人发现探照灯坏了，出动人快修，肯定先看桥上，修好再转一圈大约在二十分钟左右，这二十分钟正好是我们一个来回穿过这片开阔地的时间，妹子，有没有把握，我们的命交给你了。”

“好，我和你说，桥归桥，路归路，我的任务就是这两盏灯，打完灯我就走。”

“谢谢你，我代表同胞谢谢你。”

水里浪和钻山胡看着前面，小心翼翼地向前爬去，老吴拿着新借的美式冲锋枪趴在地上，瞪着眼睛，看着他俩慢慢爬行。

国共合作

水里浪和钻山胡并排地爬着，他们互相看着，彼此点点头。

一阵亮光扫过来，一阵亮光又扫过去。

他们俩爬到铁丝网前，看着一个老汉双手朝上吊着，双脚离地，脑袋耷拉着。

他们在等大樱桃准确的两枪，钻山胡拿出一把铁丝钳，对好铁丝，只要灯灭，他就铰断铁丝，准备冲过去。

他们趴在地上，望着两条亮如白昼的光线，在空中划着圆圈。

“第一枪该打在什么地方?”大樱桃心里盘算着，“打完第一枪，第二枪瞄准的时间是多少，对于真正的狙击手的瞄准时间是在抬枪的一刹那，否则自己就会被敌人击中。”

“快打呀!”老吴看着正在等待的水里浪和钻山胡，心里催着大樱桃。

“北一枪，南一枪。”这样对立的目标，对于狙击手来说，应该怎么滚动着放枪。

“快呀。”老吴瞪着眼睛，瞅着两道弧线。

“应该先南后北呀，这样才不至于让南边的鬼子有所警觉，虽然只是几秒的差距。”

南边的光线刚刚上桥，“嘭”的一声枪响，南岸的灯光熄灭了。

老吴的肩膀一抖擞，心怦怦地跳了起来。

钻山胡一用力，铰断铁丝，像一支箭头，冲了出去。

水里浪右手拿着枪，紧随其后。

在南岸光线熄灭的同时，从大桥的中央，一挺轻机枪对着子弹射出的地方，不住地扫射着。

大樱桃往南打滚，在打滚的同时，朝桥北面的探照灯打出一发子弹，整座大桥顿时漆黑一片，只听到桥北岸，桥南岸，桥中心的机枪同时向这边扫来。

钻山胡拿着匕首，冲到那人跟前，嘴里小声叫道，“老哥，老哥。”

水里浪拿着歪把子手枪，和钻山胡一前一后围着那个人。

没有应声，钻山胡用手一摸，“我们上当了，是稻草人。”

话没有说完，北岸桥头的探照灯又亮了起来。

桥头北岸的探照灯在南岸上搜索着目标，敌人的宪兵端着枪冲了出来。

钻山胡飞起一刀，鬼子还不知道是怎么回事，扑腾一声倒地了。

水里浪已经击倒了五个鬼子，还有一发子弹，换弹匣需要三至五秒时间，否则她就有可能被鬼子击中的危险。

“难道我水里浪在风浪里混了这么多年，就要死在被鬼子设计的陷阱里，我心不甘。”

“前后相差十几秒，难道还有一个备用的?”大樱桃心里想着，“坏了，今天水里浪和钻山胡可是在劫难逃了。”

老吴的冲锋枪在敌人强大火力的压迫下，失去了威力。

大樱桃瞄准桥头北岸的探照灯，一枪下去，熄火了。

“真是天助我也，快走。”水里浪命令钻山胡，“我断后。”

只听见后面哇哇的叫声，子弹在头顶上呼呼的哨声。

他们逃出了敌人的射击圈，上气不接下气地喘着，汗水像瓢泼一样，身上的衣服都湿透了。

“大姐，我从来没有打过这么狼狈的仗，你看，我被你的同志绊倒，上衣裂了一个大口子，鞋子都跑掉了。”大樱桃一脸怨恨。

“妹子，多亏你，谁知道鬼子会用诈?”

“鬼子还是想错了，我要是鬼子，等你们进入包围圈，从后面包围你们，包饺子，活捉你们。”

“是呀，战争教育了我们，要看一步想三步。”

“我还是有点不甘心，我们这些人会叫鬼子耍了?”一脸的怨气。

“我们身上没有叫鬼子戳上几个窟窿，已经很幸运了。”老吴微微笑着，“叫鬼子撵个三里路五里路的，还叫个事?”

“妹子，不管怎样，感谢你和我们一起行动。”

“不就是打鬼子吗? 打鬼子任何时候我都打，我做人的底线，我还是个中国人呢。”

“钻山胡，老吴，看到我们的缺点了吧?”

“看到了，你看我们的鞋子跑掉了，衣服撕开了，汗水湿透了。”老吴笑得有点玩世不恭。

“谁叫你说这个呢?”水里浪说着。

“看到了，我们的武器，技术都不行，下一步在这上面下功夫。”老吴认真地说道，“没有武器，不练技术，死人呀。”

“是呀，你看人家美国人训练出来的，指哪打哪，硬功夫。”老吴佩服地笑着。

“好了，下一步，我们也从鬼子那里弄几挺机枪玩玩。”

“说得那个轻松。”

牛泰山收购粮食的工作出奇的顺利，大龙、二龙坐在大殿里，大龙跷着二郎腿，端着茶杯，不时地低头吹一吹浮在水上的叶芽，呷一口茶水，一副成功人士的架势。

“二龙，哈哈哈，二龙呀，没有想到我们的爹娘死得早，我们在二十几岁交了运，哈哈哈，我们这两条龙很快就不一样了。”

“哥，收购粮食我怎么有点担心呀。”

“二龙呀，二樱桃最近来过没有?”

“洁净，高雅，清新，你看二樱桃那一头短发，白生生的脸，竖直的鼻子，哥也喜欢呀。”

“哥，你说什么?”

“我说呀，我这条黑龙就要飞上天了，就要真正地吐吐云，驾驾雾，到手的银子，哗哗，你听银子的声音，多暖人心。”

“哥，别财迷心窍了，那么多五元的法币，不让人疑惑吗?”

“疑惑什么?钱是真的!”

“真的，我怎么好像听说已经过时了?”

“不可能，你听谁说的?”

“没有听人说，我是感觉。”

“二龙，兄弟，不要胡思乱想，你看，钱都发下去了，马上就兑换到老百姓手中。”

“哥，不是骗人吧?”

“骗谁?我们老龙家都是老实人，到了我们这一辈，才学会骗人不成?”

“哥?”

“二龙，你算算，我们收一斤，挣一斤，收几十万，我们能挣几十万，兄弟，我们几辈子见过这么多钱?”大龙站起来，在屋子里走着，嘴里哼着。

“尊一声二奶奶听我表一表。”戏剧的优美唱腔在山林里回荡着。

“报告大王，不好了，山下有几十号人要来找你!”

“什么事情?”二龙问道。

“他们没有说，只说要面见大王，好像很气愤的样子。”

“啥事?”大龙疑惑。

“山下村庄里收粮食的人。”

“那，快请。”大龙嘴上说着，脸上写满困惑。

一群人吵吵嚷嚷地来到了大殿，显出要和大龙、二龙拼命的架势。

“给你的钱。”一个高大结实的壮年汉子，把钱扔到了大殿的中央。

“给你钱。”好多人纷纷把钱扔了出来。

“拿这样的钱骗我们粮食。”

“亏你想得出来。”

“我们农民就指着这点粮食。”

“卖了粮食，我们好买油盐酱醋，你怎么有心思出这个狠招?”

“大龙，我们都是替你收购粮食的，如果你把粮食拉走了，老百姓非得砸死我们这些人不可。”

“好了，弟兄们，老少爷们，什么事，我还没有听懂，你们一个人说。”大龙大声说着。

“这些钱是不能用的过时的钱，已经不是钱了。”矮朴朴的胡家老胡说着。

“什么?”大龙拿起钱，正面反面地看着，也没有看出真假来。

“乡亲们，老少爷们，现在钱的事情我也没弄明白，等我去找我的大舅哥，他是公司老总，我的老丈人也是被鬼子杀害的，他不可能骗我，粮食在你们手里，我大龙几辈子都是老实人，如果我不给你们真钱，你们不给我粮食，这不就得了，另外你们每人手里收购的粮食，我再给你一成的好处，可以了吧。”

“乡亲们，老少爷们，就是我哥骗你们，哪有这么多钱呀?也没有这个胆呀，你们说是吧，第一次合作，可能有些意外，我们一定会给你们一个说法，再说了，你们回去把粮食保住，你们也可以挣得不少的好处呀。”

二龙说着。

“是呀，乡亲们，你们跟着我收购粮食，初次合作，有疑虑是对的，你们想一想，你们手里的粮食，卖给我，你们会有多大的好处，可能十年你们也挣不到这些钱，我这是让三成了。”

“那好，大龙，我们听你的，下次带真钱来。”

“一定，我会给你们一个合理的交代的。”

“我还是害怕，怕老百姓吃了我。”

“你们回去做好工作，把粮食握在手里，另外，我说句不中听的话，如果我给你足够的好处，拿真钱买粮食，到时你们其中有的人卖给了别人，别怪我牛泰山的弟兄们不客气。”

“好了，大龙，说话算话?”老胡怯生生地问道。

“说话算话。”

乡亲们半信半疑地走了，他们放心的是粮食没有被他们拉走，否则，热闹就大了。

“哥，怎么办?”

“怎么办，找云子她哥!”

银白色的光辉洒在了大地上，树上的叶子大部分落地了，高大的树木上缀着一片两片的叶子，踏在叶片上的脚步急匆匆地移动着，远处传来一两声狗的狂吠声。

大龙的心比谁都急，想想将要加入有钱人的行列，激动，想想云子，紧凑的五官，蛇样的曲线，绷紧的旗袍下面藏着的让他头脑发胀的东西，不由得加快了脚步。

他来到‘来福贸易公司’的大门前，怀揣着厚厚的一摞五元钞票，衣服已经湿透了。

“云子，云子，”他大声地叫着，跑到云子的屋前，“咦，人呢?”

五千万假法币

一阵白色的灯光由远及近，一辆黑色的轿车停在‘来福贸易公司’的门口，保安拉开车门，云子从车上走下来，婀娜的身材让大龙眼前一亮，“好美呀！”豆鞘滑川随后从车上走下来，枯黄而又瘦削的脸皮，像跟在美女后面的小丑。

“云子，云子，”你终于回来了，“不得了了，我们的粮食，我们的钱！”大龙说话有点激动。

“嚷什么？屋里说去。”云子头也不抬地进了屋。

“大龙呀，什么事情这么惊慌？”豆鞘滑川拍着大龙的肩膀，“不要怕，不就是钱吗？只要丢不了粮食，钱的我们不愁。”

“怎么像日本人？”大龙心里纳闷。

大龙跟着进了屋子，脸上的汗水滴到了地上。

“瞧你那点出息，这么点事情，”云子朝那边指了指，“洗洗脸，慢慢说。”

“我们带去的几十万五元法币，已经退出了市场，老百姓已经用上了新的法币，游击队在村庄里举办晚会，张贴标语，化装演讲，老百姓知道了什么样的是真钱，什么样的是假钱，不过，我们的钱是真的，只是退出了市场。”

“真的？”云子问道。

“哥，这次怎么办？”云子把头转向了豆鞘滑川。

“还能怎么办？使用新法币收购粮食，明天到银行提取新法币一元五元十元的各十万元，快点支付给老百姓，拉走粮食。”豆鞘滑川说着，脸上有些难堪。

“大龙，放心了吧？”云子含着笑的眼睛看着大龙。

“云子，大龙，哥哥还有点事情，不陪你们了，我出去了。”豆鞘滑川有点急不可耐地走了。

“哥哥，慢走。”大龙嘴上说着，心里想着，“正好呀，我和云子说说话。”

“大龙，你赶紧回去，给老百姓吃颗定心丸。”云子两只手攥着大龙的手，好像难舍难分的样子。

“云子，”大龙望着那双日思夜盼的眼睛，饥渴的表情溢于言表，想把云子一口吃到肚子里去，“我想留下。”

“大龙，听话，以后有的是机会，现在正是我们发财的关键时刻，收购一斤，挣一斤，多大的利润，房子，车子，我们马上就有了。”

大龙还是不肯挪步，望着娇艳欲滴的云子。

“听话。”云子小姐温柔地动着嘴唇。

“抱抱你。”大龙红着脸说出了这句话。

“行。”

云子张开双臂，纤细的肌体，暗红色的旗袍，大龙伸开胳膊，只是和云子交叉地抱了抱，大龙的头放到云子的肩上，云子的头放在大龙的肩上，异样的体温撞击着大龙最敏感的神经。

“别忘了。”温柔乡里的话，声音不大但是中听。

“一定。”声音不大但有些颤抖。

大龙高兴地走了，他的脑袋被云子秀发的香味弄的找不着北了，跌跌撞撞地行走在回去的路上，好长时间没有醒来。

夜色好浓，酒一样，好大的圆盘慢慢地从东方露出脸来。

川畑俊二薄薄的眼皮上，挂着圆圆的眼睛，眼睛闪烁着贼亮的光芒，扫视着地面。

“这是‘大东亚共荣’以来，最大的失败，全中国多少公司，注册资本一亿日元的‘来福贸易公司’，在我们占领区分店近百家，每个分店三十万元，几千万元，这些钱打了水漂呀，浦岛君，你是怎么搞的?”

“报告大佐，是我们市场的信息搞得不熟。”豆鞘滑川小声地说着。

“樱花少佐，你呢？我们的人力物力财力，付出了多少?”

“报告大佐，是我们市场分析不准，准备不充分，信息不对称造成的。”

“浦岛君，樱花少佐，这是陆军大臣东条君的命令，第一次，我们就失败了，让我怎么向东条君交代，我军在商务印书馆查获的中国交通银行的 5 元面额法币半成品 20 多亿元，印钞机、法币编码、暗账底册一应俱全，可是，你们却做了一堆废品。”

川畑俊二在屋子里转了几圈，“头疼呀，第一次做出的几千万，却是废品，我已经向陆军总部发去了密电，说五千万物资，不久即可购买完毕。”

“大佐，老百姓收购的粮食，怎么办?”豆鞘滑川看着川畑俊二。

“明天到四大银行提现。”

“那我们五千万的五元纸币呢?”

“仓库里还有多少?”

“都分散到各分支公司。”

“全部收回来，看管于仓库，找个晚上，悄悄销毁，注意用我们的人。”

“现在回去搜集中国的新版一元五元十元法币新版，昼夜加班，争取尽快研究出成果。”

“那这个事件的后果呢?”

“我向陆军大臣东条君解释，我承担后果，你们尽快研究，争取早日成功，为帝国‘大东亚共荣’出力。”

“嗨。”

“樱花少佐，你在研究一线，更要集中精力。”

“大佐，一定努力。”

鹤鸣村门口悬挂着的两个大红灯笼，像喝醉人的眼睛，整天在摇摇摆摆中支撑着蓝色的天空，不对称的花园布局，显示出主人的高雅和别致。

茶几上的茶水云雾缭绕的一圈一圈地升着。

豆鞘滑川薄薄的眼皮闪了一下，发黄的脸上挂着自信，右手端起弥漫着热气的紫砂茶碗，慢悠悠地呷了一小口。

“好茶呀，暗红的茶水，清澈而不浑浊，别样的味道，甜涩而不拗口，配备着精美的茶壶，日本的茶道，中国的茶壶，精美的结合，精妙绝伦。”

“好茶。”老张脸上不自然地应和着。

“老张呀，你看这茶水，是难品呢，还是易品呢?”

老张一时无语。

“老张呀，建桥工地救人事件，是你带人去的吗?”

“不不不，有莲花作证，我哪敢呀。”

“可是，精准的狙击枪法，快速连发的狙击冲锋枪，难道是游击队?”

“对对对。”

“对个屁。”豆鞘滑川把茶水泼在地上，上下牙齿咬在一起，一边的腮上鼓起了疙瘩。

“要不，绑着胳膊，绑着腿的，到钱塘江里洗洗澡。”

“别别别，我回去立即调查。”

“听说你要插手粮食的事情?”

“不敢不敢不敢。”

“如果叫我查出来，吃里爬外的话，你知道后果吧?”

“知道知道知道。”

“建桥的两只箱子找到了，第二只有你的功劳，可是材料不全，这说明还有一只，你留留心，争取尽快找到另外一只。”

“我会的。”

“现在你还需要我们给你提供什么样的材料?”

“我回去寻思寻思。”

“你只要继续效忠天皇，我会帮助你的。”

“听说你们的新法币，有一元五元十元，你回去弄到最新版的。”

“好，一定办到。”

秘密的军统站里，四个樱桃正在叽叽喳喳地叫着，老张从里屋走出来，本来黑色的脸皮，显得有些发黄。

局长有令，全体起立。

“近闻敌占区敌人用法币套购物资一案，调查清楚，制定对策。”

老张扫了一眼周围的四个樱桃，叹了口气，问道。

“大樱桃，你监督的火车站汽车站，港口码头，假币情况如何?”

大樱桃晃了晃蓬松的头发，刚洗过的头发沾着水滴，晃了老张一脸。

“尊敬的站长，没有假币，能买出物品来的钱币，能是假币吗?”

老张闭着嘴，两只兴奋的眼睛斜着大樱桃，心里想着，“真想吃了你。”

“熊样!”大樱桃看着老张的眼睛瞪了瞪眼。

两人随后都笑出了声。

“二呀，你可是集聚了局长的希望，你的娱乐场所怎样?”

毕恭毕敬的二樱桃，高挑的鼻梁，一本正经的样子。

“报告站长，娱乐场所百乐门、在水一方、大世界、都舞台、欢天喜地，有使用十元假法币的小混混，已经被鬼子宪兵抓进监狱去了。”

“鬼子也管这事？”老张故作惊讶地说着。

“这是鬼子占领区，”大樱桃敲了敲桌子，“装天真，给谁看呢？”

“三呀，你监管的各种公司怎么样？”

“我们的制衣厂、棉纱厂、铸造厂，统统检查了，没有发现假币，因为流通的假币我们不好判断呀，梅机关、华新公司、民华公司、诚达公司等日本人的公司根本进不去，就是进去了，他们拿着我们流通的货币，怎么判断真假？”

“四，你说说，乡下的事情？”

四樱桃偌大的脸庞，白皙的皮肉，大得能说话的双眼，漫不经心地说着，“农村不用愁了，游击队已经替我们宣传了。”

“大家说说，我们怎样向上峰汇报。”站长把钢笔捏在右手里，三个指头反复地捏着，转着，眼睛扫了一圈又一圈。

“报告站长，说有嘛，万一再没有，说没有嘛，万一再有。”大樱桃上嘴唇咬着下嘴唇，瞅着站长。

“这不等于没说。”站长闭着眼。

四樱桃把右手伸出来，大拇指挑着，食指伸着，做成手枪的模样，对着老张。

其余三个樱桃哈哈地笑了起来，然后拍着手，“站长，有了。”三樱桃大声喊着。

“你们这是干吗？”吓得站长一哆嗦。

“有啊，我们正在追查。”四个樱桃一起说。

“好主意，好主意呀。”

军统张献上新法币

“追查假币的事情总比明着和日本鬼子对着干要好得多吗，对上峰好交代，对于下面也便于开展工作，实在被逼没有办法，弄点假币也好弄。”老张嘿嘿笑着。

“志士同仁们，我的美女们，假币问题不容小觑，继续追查假币，各人盯紧各人的地盘，要是在谁的地盘里出了问题，我拧下谁的脑袋当夜壶使。”

“哟，我的站长，给你当尿壶，你敢用呀，不怕戴局长拧下你的脑袋当夜壶用？”大樱桃瞅着站长。

“大伙散会，二樱桃留一下。”

大樱桃鲜红的嘴唇朝二樱桃努了努，“小心老色鬼。”

“没正经的，大姐。”二樱桃朝着大樱桃挑了挑鼻子。

“二呀，现在你还老实，你看大樱桃，整天要吃了我，我的心事你可要替我分担。”

“站长，看你说的，这还不是应该的吗？”

“最近形势严峻，要搞好团结，同时要留意任何人，不要轻易相信任何人。”

“知道。”

“最近上牛泰山没有，我交代给你的任务呢？”

“啥任务，还是原先的？”

“站长，我说不出口。”

“为了党国。”

“可是他们以为我是叛徒。”

“有很多为党国做出贡献的人，都是默默无闻的，甚至被诬陷的。”

“我怕有一天为党国捐躯了，我的家人、我的朋友，以为我是汉奸。”

“为党国奉献的人，有很多终生背负着冤屈，甚至遭到战友的追杀。”

“如果我去了，我的家人父母朋友会不会遭到战友们的陷害？”

“这个你放心，戴局长只要活着，没有人敢说你是叛徒的。”

“难道戴局长不会遭到意外？”

“毕竟他离抗日的前线远着呢。”

“好了，二龙的工作就交给你了。”

“多长时间？”

“越快越好，因为红房子里面不但有我们国家宝贵的王处长，而且红房子底下藏着的巨大的秘密，一直是局座的心病。”

“如果大龙不同意，怎么办？”

“先做通二龙的工作，大龙再说。”

“如果二龙成功地完成了这次任务，保送上中央大学和军统特训班，没有问题，你要和他说明白。”

“好的。”

稀疏的星星眨着眼睛，月色朦胧下的天空，静谧而神奇。

一个高高的身影挪动在夜晚黑乎乎的小巷上，时而轻快，时而缓慢，他远远地观察着红房子，错落有致的建筑，精密防守的布局，堪称监狱的典范。

“哎，多好的建筑，没有死角。”

“怎么攻？如何攻？”

左面前面都是宽阔的街道，街道那边的楼层被鬼子征用了，右面是深不可测的泥塘，到处是设计的地雷和陷阱，怎么蹚过？

进入附近街道就是块死地，只要是可疑分子，随时可能被击毙。

他大大方方地朝着门口走去，他想近距离地观察里面的布局。

“滚开。”鬼子宪兵用刺刀止住了他。

“报告太君，我找豆鞘滑川课长。”

“不在。”

“报告太君，我找云子小姐。”

“到该找他们的地方去。”

“我——”

“滚。”

“给日本人当汉奸也不容易，这口饭不好吃。”

“啊，原来是站长这个老东西。”后面悄悄跟踪的大樱桃嘟囔了一句。

他回过头来，摇了摇头，顺着墙根黑色的夜幕，轻便地走了。

“他想进入红房子，没有进入，为什么？”

她远远地跟在他的后面，他朝着熟悉的小巷去了。

“他想干什么？”她心里盘算着，“难道真是铁杆的汉奸？”

他走进了熟悉的大门，闻着久违的玫瑰花香，那甜甜的味道，在他的胸中荡漾。

“莲花，好想你。”他从后面紧紧地搂住莲花。

“别这样，有人在屋里呢。”

“谁来打扰我们宁静的夜晚？”

“啥时学会咬文嚼字了？”

“为了能够配上你。”

“就愿意听这样的话。”

“到屋里去，有人找你。”

屋内朦胧的灯光下，一身优美的曲线斜躺在沙发上。

“来，干一杯。”云子小姐指着放在茶几上的红色葡萄酒。

“小姐。”

云子示意他坐在对面，老张目不转睛地看着云子，“难道自己是做梦？”

老张的胆子大了起来，他想站起身，跨过茶几，坐到对面去。

“我们要的东西你拿来了吗？”

“这是一元五元十元最新的法币。”说着从腰里拿出了三叠崭新的钞票，“怎么样？”

“我们忘不了你。”

“怎么奖赏我呢？”

“过来呀。”

老张嘴里咽下了一口唾沫，灯光下的云子，胸脯均匀地起伏着，优美的曲线斜躺在沙发上，老张机械地伸出了手，想把手伸到云子身体最柔软的部位。

“哎呀。”只听一声惨叫，还没等老张反应过来，已经跌到了外面的地上。

“笨蛋，”云子厉声喊道，“我也是帝国特训的特工，你也配？”

“我瞎了眼。”老张跪在地上。

“老娘是天皇嘉奖的帝国之花，大日本帝国有几朵?”

“我是猪。”老张不住地嘟囔着。

“滚——”老张像只破皮球，泄了气，滚到外面去了。

“云子小姐，你这是干啥呢?”

“干啥?你没有看见吗?”

“猪呀，你不知道，喂少了它会哼哼，喂多了它会睡觉。”

“你也是我们大日本帝国的阿菊，也是经过特殊培训的，不是陪着男人睡觉的妓女，更不是中国男人的玩物，我们是特工，明白吗?你看他还有多少利用价值呢?”

“你说哪方面?”

“莲花，我说话，你没有听进去。”

“什么呀?”

“你对他动了感情?”

“没有。”

“他只是被利用的工具，明白吗?”

“明白。”

“千万别动感情。”

“那我们怎么办?”

“叫他干好我们给他的活计。”

“不是说给他一笔钱，让他出国，寻找一个安静的地方让他安度晚年吗?”

“莲花，你怎么这么幼稚，他有什么能耐让我们这么做?”

外面的几声狗叫声，在云雾里慢慢沉下来。

收获后的农村格外忙碌。

水里浪带领她的游击队队员分别忙活在各个村庄，宣传党的抗日主张，帮助农民把收获的粮食尽量藏起来，不要卖给汉奸和鬼子，另外游击队员把鉴别假币的方法，教给了老百姓。

水里浪瘦长的脸上写满了疲惫，右脸颊上的皮肤皴裂着，粗大的辫子干涩而又粗糙。

“大伯，你看这个五元法币，你能看出点门道吗?”

“看不出来。”大伯花白的胡子抖了抖，仔细地看了看，摇了摇头。

“大伯，你再细看看。”

“还是看不出来。”

“大伯，这是已经不用的钱，是真钱。”

“真钱还有不用的。”

“是呀。”

“你注意这样五元的钱，有人买粮食，不卖，知道吗?”

“知道。”

“把多余的粮食藏起来。”

“好了。”

“最近有没有发现外地人来到我们村庄?”

“鬼鬼祟祟的人不少，听说是准备收购农副产品的。”

“有钱吗?”

“听说钱有的是。”

“鬼子也想按照市场规律，这就可怕了。”水里浪心里想着。

红房子秘密

凉爽的早晨散满了浓雾，浓厚的大雾一阵阵袭来又一阵阵袭去，十米之外，难以看清人影，二樱桃穿着一身便装，上身灰黄色的短装，下身蓝色的马裤，洁白而又竖直的鼻子，好靓丽好清纯的样子。

她沿着山下的小路，在浓雾中不紧不慢地走着，不多时，身上竟然汗沁沁的，她来到半山腰的地方，走到一棵百年老柳树的旁边，扶着老柳树，摩挲着老柳树粗黑粗糙的竖纹，把手放进嘴里，学起了鸟叫，"嘎——嘎——嘎"。三声细长的叫声。

"嘎——嘎——嘎。"又是三声细长的叫声。

大龙由于收购几十万斤粮食得到巨大的利润，高兴得语无伦次。"二龙，没想到，我们的祖坟冒了青烟了，父母早亡，我们弟兄很快就成了真正占山为王的大王了。"

"哥，我总觉得蹊跷，这钱来得这么容易？"

"以后让钱抱钱，赚钱的机会更多了。"

"钱来得太快，是不是件好事呀？"

"天大的好事，大舅哥说了，下一步可以帮我们买枪炮，有了枪炮，你说我们不就成了军队了，还怕谁？"

"哥，是不是好事来得太容易，太多呀。"

"兄弟呀，你这真是，给你十个老婆你还不要了。"

"哥呀。"

"你听，二龙，喜事来了，喜鹊的叫声，嘎——嘎——嘎。"

"哥，我出去看一下。"

二龙跑到了山腰，双手卷成喇叭状，放在嘴边，三声短粗有力的声音在山间回荡，"嘎——嘎——嘎。"

"母喜鹊找公喜鹊，"大龙哈哈地笑了起来，"山上真是喜事多呀。"

二龙迅速地来到大柳树旁边，这棵斜长着的大柳树一半树头歪在地上，一半树头长在天空。

“二——樱——桃。”二龙小声叫着。

“我——在——这——里。”二樱桃在粗大的树杈上小声地应和着。

“吓我一跳。”

“这么胆小。”

二樱桃从树枝上跳下来。

“这么急，找我什么事情？”

“好事，但是你先答应。”

“你不会给我下套吧。”

“二龙，不相信我？”

“信，就算是你给我下套，我也相信。”

“你不会害我吧？”

“你不相信我，就算了，等于我白来。”

“相信你。”

“密切注意你哥的动向，能不能动员你哥投靠红房子。”

“什么？让我们哥俩当汉奸？亏你想得出。”

“不是当汉奸，是假装，是为我们国家出力。”

“不行，老百姓要骂我们八辈子祖宗的。”

“不是真的，是假的。”

“假的也不行，我们祖辈都是老实的良民，到我们这辈成了汉奸，你知道不是，老百姓呢？”

“二龙，你听我说，国家正是多事之秋，为国尽忠嘛！”

“你们怎么不去为国尽忠，让我们去，我们还说媳妇，还说啥子？”

“二龙，这么着，这件事你做好了，我给你当媳妇。”

二龙不相信自己的耳朵，“你说什么？”

“如果你找不到媳妇，我给你当媳妇。”

“娶不进门我不相信。”

“娶进门了，你敢保证是你的媳妇？”

“至少名义上是吧。”

“二龙，叫我怎么说你呀，就是结了婚，就一定是你的媳妇吗？”

“那怎么办？”

“为国尽忠名声好，二龙，你想呀，红房子地下藏着有关我们中国的巨大秘密，你和大龙假装投降了，弄清楚他们的具体地方，把火力配备图画出来，交给我们，我们里应外合，一举端掉红房子，为国除害，多么好呀。”

“让我想想，我同意，我哥也不能同意，他现在跟着他的大舅哥贩卖粮食赚钱。”

“二龙，你哥贩卖粮食，你没有看明白，哪有这么高的利润，你小心注意看，到底是怎么回事。”

“好的，我寻思寻思。”

“嘎——嘎——嘎。”喜鹊的叫声又跳跃在山林里。

川畑俊二在地图前凝思良久，推进“大东亚共荣”让这位帝国的大佐感慨颇多，他没有弄明白的是，中国人为什么不接受呢。

豆鞘滑川、云子小姐、樱花少佐，分坐在办公桌前，川畑俊二拿出陆军总部的电报，念到：“帝国的功臣们，我们的战绩辉煌，五六月份，中条山战役，宜昌战役，我们重创敌人，我们击毙拒不投降敌人四万二千人，俘虏敌人三万五千人，中国形势一片大好，另外我们陆军第三飞行团和海军第十一航空舰队，第十二航空舰队，敌人的后方只有极少几块地方，西南西北还有东南沿海部分地区，我们采用轰炸战，对重庆西南西北城市连续轰炸，出动飞机一万两千余架次，敌人已经遭受重大损失，皇军对东南实行封锁战，在东南沿海地区，组织六十四个大队，战绩巨大，重庆很快就会投降。”

一阵热烈的鼓掌声。

“浦岛君，你的修桥任务何时完工？”

“大佐，很快，由于我们采取了一些措施，进度加快，唯一耽误我们进度的可能有，一是六七十米长的钢梁，可能要从丹麦进口，二是修好桥墩要等明年的涨潮期，否则几百吨重的钢梁没有办法装到桥墩上。”

“浦岛君，你就不能请王处长开开口，说说话。”

“大佐，以目前世界建桥史的能力，不利用涨潮期，肯定谁也没有办法。”

“浦岛君，不是中国人还留有一架钢梁吗？”

“大佐，这架能用，就用了，这架要是不能用，最好还是进口一架。”

“浦岛君，我们帝国搞‘大东亚共荣’，为大东亚的繁荣，在太平洋战场，在越南、缅甸，在各个战场上大量消耗我们的人力物力财力，我们的人力物力财力有点捉襟见肘，关于钢梁的事情，自己想办法吧。”

“嗨。”

“樱花少佐，你的计划，红房子的绝密计划搞得怎么样了？”

“大佐，我们接受前一批失败的教训，正在日夜研究，中国银行只有四家可以发行法币，中央银行、中国银行、交通银行和农民银行。虽然我们大日本帝国有相当高超的照相制版技术，研究发现用这种技术印刷出来的法币效果并不理想，现在决定采用雕刻制版，为保证任务的顺利完成，特定从大藏省造币局秘密抽调了两名雕刻技师用放大镜一丝一缕地在钢印板上雕刻出人像，花纹和其他图像，法币采用美式规格，不像欧式钞票那样有复杂的底纹，因此只有正面需要凹印，背面采用了平板胶印的方法。”

“好，很好呀。”川畑俊二拍着手，高兴得有点手舞足蹈。

“大佐，经过多次尝试，我们造出了合格的法币，样式有三种：一元五元十元，下一步只需昼夜加班，大量制作。”

“樱花少佐，你们是帝国的功臣，多少日子没有这样有成就了，下一步我们可以源源不断地从中国的任何一个地方套购任何物资，太好了。”

“大佐，我们一定再接再厉，让帝国的红太阳普照中国人的天地，原野和心灵。”

“哟西，我刚刚得到最新消息，我们天皇帝国的南洋占领军又截获了20亿元中国银行小额法币半成品。”

“大佐，真牛呀，我们的武士可是节节胜利。”又一阵掌声稀疏地响着。

“二十亿，虽然不能动摇蒋介石政权的法币制度，也可以扰乱他的国内经济，天皇帝国的英雄们，加油。”

“加油。”一阵高叫的欢呼声。

“樱花少佐，你的担子不轻呀，要想摧毁蒋政权的经济抗战力量，逼迫他投降，你可要加快步伐。”

“是，大佐。”

“云子小姐，我们的工作各个方面都取得了巨大的成绩，你作为天皇帝国优秀的特工，整顿改编山野贼寇、杂牌队伍的工作进展得怎么样了？”

“报告大佐，一切进展顺利，不用多日，我们就可以拉起一支像模像样的队伍了。”

“马上进入冬季了，我们要利用冬季大好的时节，进行坚壁清野，消灭抗日分子。”

“浦岛君，你管理的工作，大桥修建进度缓慢，我们等不起呀。”

“是，大佐。”

“浦岛君，你看这条大陆交通线，卡在这里，要不，敌人的主力已被我们消灭殆尽，三个月灭亡中国，难呀!”

“是，大佐。”

“天皇的精英们，为了巩固我们的占领区，冬季正是推行‘治安肃正’的好时机，在军事上，实行分散布置，灵活推进，在政治上，实行‘以华制华’，培养忠于天皇的信徒，在经济上，实行用中国之物资支持大东亚圣战的做法。”

“嗨。”

清乡搜寻密码箱

昨晚下了一夜的雨，哗哗的滴水捶打着地面，树上悬挂着一片两片的残叶，在北风的扫落下，满怀着对昨日的眷恋，落地了。

豆鞘滑川拿起一瓶拿破仑时的法国红酒，倒了一杯，看着浅红色清澈的底色，右手端着杯，晃着，一种纯净的香味弥漫在整个房间，他闭着眼睛，闻着这美妙的香味。

“这么纯净的美色，真是醉人呀。”他歪着头享受着。

“这涩味，诱惑人的涩呀，含在口中，醉在心里。”他呷了一小口，红色的液体在舌头周围转着，打着逛，这滋味谁能体会得了。

他学的建筑，却做了军人，学业将要荒废在中国了，那个该死的箱子，何时能找到呀？

他的脑子闪过了一个又一个的念头。

黄色柳条箱，在王处长身上，1、3、5，单数呀，十以内的数字，最重要的是缺少7和9，7和9在哪里呀？蓝色铁皮箱在哪里呀？高高的琉璃塔，黑色的云彩，没有太阳的天气，是影射我们大日本天皇帝国，还是有别的意思呀，不过最初的藏匿地确实是六和塔，军统张给我们消息，我们得到箱子，是2、4、6，双数呀，没有8和10，8和10在哪里呀？他的行为是真是假呀？我们得到了一份凑不齐的材料，意义在哪里？按照这样推断，在我们的想象里，至少还有一只箱子，它们的数字是7、8、9、10，那只奇怪的箱子在哪里？

“课长，在想什么呢？”樱花走了进来，豆鞘滑川的身体哆嗦了一下，黑色的脸上镶嵌着的有点陷的眼睛，眨巴了一下。

“少佐，你吓我一跳，以后进来要喊声报告。”

“嗨。”樱花粉红的脸蛋有点发白。

“少佐，你考虑这样一个问题，如果有人给你一份材料，是一份凑不齐的材料，这人的诚意在哪？”

“课长，要看这人能不能全部知道这些材料？”

“少佐，理由呢？”

“课长，如果知道而不全部给你，一是没有真心，不相信你，二是等待时机，待价而沽。”

“少佐，如何处理呢？”

“课长，等待时机，待价而沽，好办，答应他的条件；没有真心，不相信你，不是显而易见了吗？”

“少佐，具体点。”

“课长，如果按照游戏规则，该给人家的给人家，没有真心，只是利用。”

“少佐，按照中国人的话说，你的话让我茅塞顿开。”

豆鞘滑川抱着双臂，狭小的眼睛透过窗户，看见远处阴沉沉的天空，风在紧紧地吹着，“唉”，他发出了一声长叹，“人心真是难测呀，军统张，钻山胡，究竟谁是真心？给军统张个期限，拿出第三只箱子，钻山胡明天随军扫荡。”

天刚蒙蒙亮，阴沉的天空好像没有睡醒似的，树上没有清脆的鸟鸣，村庄里没有传出雄鸡的报晓，只是阴沉沉的一片，人们没有早起，没有吱呀吱呀的开门声，店铺的伙计躲在被窝里，没有日出的一天又开始了。

红房子里，热闹非凡，警备大队、侦缉队、特高科、宪兵队，由中国人组成的警卫队、特种警察总署，聚集在红房子的中间空地上，依次排列队形，等待安排新的任务。

豆鞘滑川站在队伍的前面，穿着崭新的军服，狭小的眼睛在黑色的眼眶里转了几圈，然后停留在这支看起来不知道从哪里集合起来的乌合之众上，开始进行战前动员。

“我们大日本帝国极力推行的‘大东亚共荣’，总是受到极少数反日分子的阻挠，为了肃清极少数不满的抗日分子，从今天开始，我们进行‘清乡’运动，对于抗日分子，拒不投降者，格杀勿论，对于没有良民证者，一律拘捕，同时宣布钻山胡为警卫队长，统领警卫队和特种警察总署，以后凡是有投诚大日本帝国的地方武装，一律予以重奖。”

队伍浩浩荡荡地出发了，钻山胡配戴着三八大盖，一脸的络腮胡子，上下身穿着时髦的桑蚕绸子服装，走在队伍的前面，豆鞘滑川配戴军刀，骑着火红色高头大马，走在队伍的中间，抬着六门小炮，带着十几挺轻重机枪，走出东门，向着东面的东西走向的长山，他要搜索到他想要的东西。

“队伍怎么停下了？”

“报告课长，我们已到山顶，向左还是向右拐？”钻山胡把手一抬，打着敬礼。

“军纪不整。”豆鞘滑川看着钻山胡，哼了一声。

“以后多向皇军学习。”

“哟西。”

豆鞘滑川拿起望远镜，看看山上，喃喃自语，“这也叫山，什么山呢？其实就是一条土岭，中国人的话就是一条马蝎子，古怪的树木，纵横南北的沟壑，山顶上东倒西歪的松树，这儿一簇，那儿一堆，到处布满向上窜着的枯枝，哎呀，这是设伏的好地方，全体准备，向右搜索前进。”

猫着腰从稀疏的树孔里向前搜索了一阵子，没有发现什么问题。

“报告课长，没有发现什么问题。”钻山胡一字一顿地说着，显得有些滑稽。

“不要嬉皮笑脸。”

“是。”

“全速前进。”

“报告课长，前面发现一条小路，可能有个村庄。”

“什么？村庄？”

“是。”

课长走到弯曲的小路前面，往东南角延伸，有个小村庄，上面是山顶。

“这么熟悉的景物？在哪里？哪里见过？”豆鞘滑川的脑袋里像过电影似的回放着。

“悄悄地摸进村庄，不要有任何声响。”

“是。”

秘密的军统站办公室里，老张枯黄的脸上，显得有些凝重。

“志士同仁们，近期我们的任务完成得怎么样了？”那双单眼皮下闪光的东西，像个小型的探照灯，对着四个樱桃扫了一圈，大樱桃把嘴一伸，把眼一瞪，二樱桃稍稍低了低眼睑，双手搓了搓手心，三樱桃粉红的嘴唇闪着光亮，好像等着另一个嘴唇贴上来，四樱桃宽大的脸盘上，写满了微笑。

“站长，我们的车站，汽车站、火车站，行人如流，没有发现假钱，确实发现真钱，真的法币，发现一位少爷拿着真钱，在我脸前晃了晃，顺着我的肩膀，最后运动到我的领口，放到了我的内衣里。”说着，拿出了几张十元的法币，“站长，你看是真的吗？”

“往下说。”

“歌厅、迪厅、酒馆、饭店、宜春院，有一个妓女忙活了一晚上，在男人的温暖声里收到了一叠假钱，自认倒霉呗，还有酒店，收到了假钱，都是自认倒霉，我看假钱可能很少，好像都是真钱。”二樱桃笔直的鼻梁上沁着汗珠，他认为站长布置的任务很荒唐，“我们管这里的假币，我们是干什么的？”

“站长，我想不通呀，我们都是国家精英，到这里来关心假币？”

“我也想不通。”站长有点烦。

“站长，现在公司很少使用现钞流通，你想呀，大量的货币怎么使用，除了日本人开的收购公司使用大量的现钞外，现在都是转账支票，调查也调查不出个原因来，就是日本人使用现钞，它能够使用假钞吗？假钞买老百姓的粮食和棉花，他们傻呀？”三樱桃并不紧凑的五官上，带着茫然。

“乡下根本没有假钱，全是真钱，老百姓的东西那么容易买去？”四樱桃还是微微笑着。

“志士同仁们，我的美女们，关于前一阶段的工作，在我们这一片区域，没有假钱，使用的几乎全部是真钱，总结后我就要向上汇报了。关于下一阶段的工作，鬼子开始扫荡了，听说游击队的钻山胡，投降了鬼子，带领鬼子扫荡，我们军统站怎么办？”站长说着。

“到山区，和游击队一起打鬼子。”大樱桃试探着问道。

“不，我看在鬼子必经之路上设立埋伏？”二樱桃看着站长，征求站长的意见。

“我看我们真刀真枪地打鬼子，是不是没有找到方向？”四樱桃迷惑着。

“早知这样，我就不来这里了，”四樱桃说着，“一心为国，为国家出大力，这好，大事没有干成，小事又没有，成了消灭鬼子的一般军人了。”四樱桃有点沮丧。

“美女们说得好呀，局长把你们放在这里，不是用来消遣的，打鬼子，我们应该打，但是我们要知道怎么个打法，过去‘狗拿耗子多管闲事’，怎么能叫闲事呢？我们一定要稳住，上一次鬼子建桥处的枪声，怀疑是我们军统干的，这次除非新的任务下来，任何人不准行动，在此待命，接受更重要的任务。”

“好。”

“终于有机会可以歇息一下了。”美女们说着笑着。

太阳已经落下山去了，树林里的小屋里，灰暗的灯光照着每一个游击队员的脸，每一个严肃的目光里，都在期待着好像要发生什么大事似的。

“同志们，已经进入冬季了，鬼子要进行扫荡了，今年我们的八路军战士特别困难，到现在好多人还没有棉衣，上面指示我们动员老百姓贡献点粮食、棉花，你们看，我们的任务如何完成？”水里浪说道。

“多少粮食？棉花？”老吴低沉地问道。

“粮食二十吨，棉花三十担。”

“粮食让鬼子高价收走了不少，现在老百姓留下的都是自己吃的，还有过了年准备种地的种子，我们怎么收购？”大张为难地说着。

“以村庄为单位分配任务吗？”小李盯着水里浪。

煤油灯黑色的烟雾消散在房屋的上空。

人们看着灯光，你看看我，我看看你，没有言语。

“同志们，我们的同志如果不是到了极其困难的时候，是不会麻烦我们游击队的，我们的同志挨着冻，受着饿，在前方打鬼子，我们不能把粮食衣服及时地给他们送去，叫他们怎么打鬼子？”

“可是我们的老百姓也是极其困难，”老吴说着，“怎么办呢？”

“做工作。”水里浪说着，“我们都是老革命了，我们宁愿自己吃糠咽菜，也不能让我们的兄弟饿着肚子上战场。”

“好吧，事不宜迟，我们分头行动吧。”老吴显得有些急躁。

“等一下，我们还有一个问题，也是和收粮食同等重要的问题，敌人要扫荡了，敌人扫荡的意思无非有两个，一是清剿抗日分子，二是搜刮粮食和棉花，我们怎么办？”

“怎么办？敌我力量对比悬殊，我们不能硬碰硬，眼下已经进入冬季，我们的八路军战士还穿着单薄的衣服，同志们，想一想，如果我们脱掉自己的衣服，能够顶上很大的力量的话，我把我的皮都脱掉。”老吴眼含热泪地说着。

“我们最好不要暴露自己，等敌人扫荡过后，我们再发动群众，收集粮食和布匹。”大张说着。

“如果我们打击敌人，让敌人误以为抗日分子不少，敌人会大规模增军，我们怎么办？我们不如在敌人假和平的鼻子底下，神不知鬼不觉地把所需要的物资弄好，等敌人发现了，已经晚了。”小李出着主意。

“再一个办法，我们可以和八路军联系一下，大龙收购的粮食，存在贸易货栈的仓库里，到时劫取仓库。”大张对着水里浪说着。

“好了，我们的意见现在难有定论，根据大家的意见，麻痹敌人，不动声色，让敌人扫荡过关，我们现在的任务，发动群众，让群众把粮食藏起来，等敌人来时，热烈欢迎，造成太平盛世的假象，敌人过后，我们快速收购粮食和棉花，争取早日给八路军送过去。”

大家一致赞成水里浪的意见。

计送密码箱

树木掩映下的狼家庄，古朴的石头墙，低矮的墙头，错落无序的房屋坐落在山坡上。

钻山胡走在前面，来到村庄的狭窄街道上，拿着铜锣，大声地吆喝着，“皇军已经来到我们村庄，请老少爷们到东南场里欢迎皇军，听皇军训话。”

当——当——当的铜锣声在不大的村庄上空传遍，人们听到后惊慌失措而又担心害怕。

“老少爷们，马上到东南场里，早去的皇军有赏。”

当——当——当，声音不断地传到人们的耳朵里。

人们陆陆续续地从家里走出来，除了老人和孩子，几乎没有青壮年男子和妙龄女子，人们手里拿着游击队发送的太阳旗，花红柳绿的，豆鞘滑川枯瘦的脸上堆满了笑容。

“钻山胡，怎么没有青年男子和女子?”

“报告课长，男子被皇军征去修建工事，女的本身不多，都出嫁了，生小男子，准备将来给皇军更好地修建工事。”

“呦西，对帝国皇军大大的忠诚。”豆鞘滑川说着，竖起了大拇指。

“嗨，课长。”

“他们都是大大的良民?”

“报告课长，都是大大的良民，老少爷们，现在听皇军古雄课长训话，欢迎。”

稀疏的鼓掌声。

“各位良民，我们大日本帝国来到中国，为了‘大东亚共荣’，为了解救你们，开化你们，让你们过上和我们一样的文明日子，我们先前收购的粮食，你们争先恐后地卖出，我表示感谢，看到了吧，我们大日本帝国的商人给你们很高的价格，让你们满意，今天，我给你们带来一点礼物，每人十元法币，钻山胡，现在开始发给他们。”

老人孩子面面相觑，从古以来没有这样的好事，“这是为什么？”

“鼓掌，鼓掌。”钻山胡说着，人群里传出稀里哗啦的鼓掌声。

“小孩子，每人一袋糖果，这是大日本帝国的赏赐，甜甜的。”

“甜甜的。”钻山胡高声喊着，人群里几个小孩喊着。

“皇军怎么样？”豆鞘滑川看了看老少不齐的人群。

“皇军万岁！”钻山胡伸出了胳膊。

“皇军万岁！”人们跟着喊着。

豆鞘滑川从高头大马上跳了下来，中国人怎么这样，呆头呆脑的样子，正是因为他们呆头呆脑，所以我们的任务很重，开化他们，让他们向日本文明学习。

“嗨嗨嗨”，他的笑声传到了人们的耳朵里，像老鼠吱吱地叫着，阴森森的。

“各位良民，你们有没有发现陌生的人，陌生的事情，陌生的物件？一旦发现，立即报告皇军，皇军有赏，假如隐瞒不报，被皇军知道，按照中国法律就是株连九族，你们明白吗？”

“课长的讲话，谁不明白？”钻山胡看了看老人和孩子，“报告课长，没有说不明白的，都明白了。”

“呦西。”

“课长，初次清乡，怎么样？”

“都是良民！”

“报告课长，有人汇报问题。”

“呦西。”

人群里走来一个颤巍巍的老人，拄着拐棍，留着花白胡子，布满皱纹的脸上写满了艰辛。

“老人，大大的良民。”豆鞘滑川朝所有的人竖起了大拇指。

“报告太君，前天我到山洞取水时，看见不知谁放着一堆草，心想这里谁能放草呢？用手拿开，发现草下面有新鲜的土层，我回去拿来镐头，挖出一个皮箱子。”

“什么？皮箱子？打开了吗？”

“没有。”

“在哪里？”

"家里。"

"钻山胡，快去取来。"

钻山胡带着警备大队的人去取箱子，这只箱子比同样的箱子小一些，钻山胡右手拎着，放到了豆鞘滑川的面前。

"呦西，呦西，中国老伯，大大的良民，钻山胡，奖励老伯一千法币。"

豆鞘滑川双眼瞅着这只箱子，这是一只黑色牛皮箱，他围着箱子转了一圈，右手拇指放在上嘴唇的胡子上，扫来扫去地擦着，"这是什么箱子?难道和前两只一样?是中国人的造桥秘密?王处长呀，王处长，你的秘密很快就要解开了，到时我可是大功一件，帝国的军人，想到这里，"嗨嗨嗨。"

豆鞘滑川蹲下身来，把箱子平放在地上，试图打开箱子，可是怎么也打不开。

"钻山胡，你给良民训训话。"

"嗨。"当的一声，敲了一下锣，吓得豆鞘滑川倒退了好几步。

"老少爷们，太君的意思，你们明白吗，发现有什么新奇的东西，一定要交给太君，大大的奖励，你看一千法币，你们多少年的收入，有什么新奇东西上交，太君一定会重重有赏的，太君有的是中国钱。"

"初次扫荡，收获大大的。"豆鞘滑川带着队伍高高兴兴地回去了。

阳光懒洋洋地洒在大地上，一丝风也没有，地上布满了枯死的野草，东倒西歪的树木到处插满了乱糟糟的枝条。

大樱桃来到了山坡上，她和二龙约定，每一次换一个约定地点，每一次换一种约定信号，她来到了一棵银杏树前，她攥紧拳头，把拳头放进银杏树宽大的树缝里，伸开双臂，围着树转了一圈，"哎呀，八搂呀，千年古树呀。"

大樱桃蹬着银杏树粗矮的树枝，爬到了树上，发出了凄厉的叫声。

"哇，哇，吱吱吱吱。"

叫声由低到高，声音悠长。

接着远处传来了"哇哇"的声音。

二龙顺着声音慢慢找来，来到这棵粗大的银杏树前，伸展的树枝有几百平方米，这棵粗大的银杏树上，有一个粗大的洞，可以藏两个人，二龙慢慢地爬上去。

“姐，以后不许用猫头鹰的声音，怪吓人的。”

“吓人吗？你看我吓不吓人？”二龙爬到树上，隔着不到一尺远的地方，大樱桃起伏的胸脯，蓬松的头发骚扰着二龙的脸，二龙像喝醉了一样，不敢抬头，只感到咕噔咕噔的声音在自己的胸脯里响着，大樱桃明确地感觉到了，又把头发甩了甩，头发扫到二龙的脸上。

“姐，痒死了。”二龙叫了一声。

“别叫我姐。”

“看着我。”她攥住二龙的手。

“抬起头，看着我。”

“我不敢。”

“抬起头，看着我。”

二龙慢慢地抬起头，煞白的脸，鲜红的嘴唇，吓得二龙差点从树上掉下来。

“姐，放过我吧。”

“为什么？”

“我看你的脸就像出殡时的那两个童男女的脸。”

“狗嘴里吐不出象牙来。”

“抬头看着我，大龙最近怎么样了？什么人最近来过？”

“什么人最近也没有来过，不过，大龙最近经常到城里去，我们收购粮食挣了几十万哪。”

“真的，假的？”

“真的。”

“那你们预备把钱怎么花呀？”

“我哥说了，为了预防钱不顶钱用，云子她哥说准备给我们买武器。”

“你哥答应了？”

“答应了，你想呀，有了枪，我们怕谁？日本人我们也不怕。”

“是呀。”

大樱桃心里想着，云子到底要干什么？日本人到底要干什么？她要通过内线给军统局戴局长密信，日本人手里这么多法币，一元的、五元的、十元的，哪来这么多钱？大龙收一次粮食，就挣几十万，钱这么容易挣？

“二龙，你手里有收购粮食的法币吗？”

“有。”

“每样给我几张，我带回去看看。”

“好呀。”

大樱桃拿着钱匆匆下了山，写好密信后，装作野外踏青的样子，走上了乡间小路，来到一座土地庙前，把信压在了土地庙前石碑上的石块下面，朝周围看了看，没有人，掏出烧纸来，点上烧纸，看着纸钱慢慢升腾。

大樱桃站起来，拍了拍身上的土，若无其事地走了。

她走后，一个男人拿着一些烧纸，走进土地庙，看看周围无人，拿掉了信，扔了烧纸，飞快地走掉了。

远处树上站着的一只喜鹊嘎的一声飞走了。

他来到一家餐馆，走了进去。

“小二，有稀饭吗?”

“大爷，这是中午，没有稀饭了。”

“没有早晨剩下的稀饭吗?”

“有点渣子，不多了。”

“可以熬熬我喝了吗？最近我肚子不好。”

“不点别的菜吗?”

“等下一次吧。”

不一会儿，一大碗薄溜溜的稀饭端上来了，“简直就是水，哪有稀饭粒，真是狗眼看人低。”

他瞅了瞅周围，四下无人，他拿出信来，用食指沾了沾饭桌上的水滴，涂在封口处，一会儿，他慢慢地掀开封口，掏出信皮里面的东西。

“咦，怎么是一元的、五元的、十元的钱呢?”

他又用食指沾了沾碗里的稀饭汤，擦在另一张白纸上，突然，纸上显出了四个大字，“真钱，假钱?”

他拿起钱来，端详了许久，看不出真假来。

“小二?”

小二不答应。

“小二？小二?”他大声叫着。

“啥事?”小二应着，就是不过来。

“过来。”

“啥事?”

“给你钱。”

“早晨剩下的稀饭，不要钱。”

“过来。”

“啥事？”

“你看，这里谁掉了一元钱？”小二跑着过来了。

“你看看这一元钱，是真是假？”

“真的。”

“这样的钱你们要？”

“当然要。”

“这是我的钱。”

“噢。”

他赶紧拿出准备好的空白纸样，照着葫芦画瓢的写好四个大字，放进钱去，封好信皮，放在土地庙石碑的石块下面。

这个人就是军统站长老张。

伪造几十亿法币

天空淅淅沥沥地下起了小雨，雨点滴滴答答的，越下越大，对冬季作物的安全越冬增加了一层保障，老百姓的心里暖嘘嘘的，按说现在已是初冬，不应该下这么大的雨了。

在树林深处掩藏着护林员看树的三间小屋，烟囱上垂着浓浓的烟柱，屋内坐满了游击队战士，游击队员正在召开扩大会议，同志们正在热烈地讨论着近期发生的一些重大问题。

“同志们，我们的任务很重呀，按照上级的部署，我们在敌人扫荡时，通过内部同志，准备了欢迎仪式，迷惑敌人，给我们争取了时间，这段时间也就是一周左右，等敌人发现我们在收购粮食和棉花的时候，也是新的扫荡开始的时候，现在考虑一下，我们怎么办?”水里浪说着，把大辫子拿在了胸前。

“听说钻山胡投降了鬼子，原来不相信，现在相信了，十里八乡的老百姓都传开了，等我见到他的时候，我要亲手宰了这个汉奸。”游击队员大张有点激动地说着，攥起了拳头。

“大张，你听我说。”老吴看着大张，脸上的青筋凸出。

还没等老吴说完，水里浪把辫子梢攥在手里，用眼睛瞪着老吴，老吴不说话了。

“是呀，投降没有这么快的，以前我看他是条汉子，现在还相信谁呀?”小李说着。

“同志们，越是困难的时候，越要相信党，有什么问题，直接向我反映，我解决不了的问题，我向上反映。”水里浪严肃地说着。

“碰到他，我就除掉他。”刚刚加入游击队的积极分子小王激动地说。

“同志们，无论干什么事情，都有个先急后慢，现在重中之重是收购粮食和棉花，收购粮食和棉花，在战争期间是战略物资，一定要小心谨慎，不能叫鬼子和村里的狗腿子闻到气味。”

“按照原先的方案，按人征收，地主分子除外，先动员老百姓。”老吴的眼睛看着水里浪。

“老百姓的粮食已经卖得差不多了，以我村为例，老百姓手里除了来年的种子，已经没有多少粮食了。”大张有些为难。

“就是地主粮食多，地主除外，我们算是收购什么粮食？我们也帮着祸害老百姓？”小李瞪着老吴，显然对水里浪不满。

“我们不是为了多一事不如少一事吗？万一我们收购粮食，被地主知道，报告了鬼子，我们怎么办？”老吴心里也是不理解，不过说话帮着水里浪。

“我们怕几个地主？”小李看着水里浪。

“同志们，不管咋样，我们一定要完成任务，我们现在不是斗气的时候，老百姓的工作一定要做，而且晚上做，各村回去以后，要严密监视地主的行踪，在没有完成收购任务之前，一定要严格保密，切实把党的任务彻底完成。”

“既然形成决议，保证完成任务。”在场的游击队员集体表态。

“好，散会，同志们，路上湿滑，一定要注意安全。”

高大的房檐外面吧嗒吧嗒的滴水声，雨不声不响地下大了。

川畑俊二站在窗户前面，望着窗外密密织着的雨线，心事重重，脸上写着凝重，帝国的军人要经受严峻的考验呀，帝国在南洋的兵力进一步增大，帝国能派出的兵力年龄越来越小，财政支付日趋增大，十五六岁的孩子要经受“大东亚共荣”的洗礼，后勤补给难呀。

“浦岛君，你的修桥计划怎样了？”

“大佐，修桥计划的材料已经找齐，那只缺少的箱子已经找到，中国人有中国人的小聪明，这只黑色牛皮箱的材料页码全是前两只箱子短缺的，7、8、9、10，现在材料齐了，剩下的任务是寻找密码本，当然我们的工作取得了重大进展，多亏了军统张呀。”

“呦西，浦岛君，你看，如果找不到密码本，还是一堆废纸呀，我们可以请求军部派出密码专家，尽快破译敌方密码。”

“大佐，这也是一个好办法。”

“浦岛君，现在我们的战线拉长，士兵奇缺，军部准备从满洲国抽调关东军入关，你有什么看法？”

“大佐，这个办法很好，满洲国是我们的后方基地，基础扎实牢固，没有什么问题。”

“浦岛君，最近的那个箱子，我也有疑问，这么容易就找到了，既然找到，为什么没有密码？当然没有密码，也相当正常，可是我总觉得有什么蹊跷呀？”

“大佐，我觉得正常呀，你想呀，军统张要到国外，要我们给他足够的金钱，享用一生，否则不肯交出密码，而且有些材料中国人是分开藏匿的，互不通信，中国张不一定知道。”

“浦岛君，你考虑没有，这次的扫荡这么顺利，中国人夹道欢迎，我还是有点不相信呀。”

“大佐，你多心了，中国人也是怕死的，我们的屠城政策，他们不是没有听说？”

“吆西。”

“云子小姐，拉拢、整编山野贼寇、地主武装的任务进行得怎么样了？”

“报告大佐，进行得非常顺利，我们供给他们武器弹药，这就是很大的诱惑。”

“吆西，云子小姐，我相信你的能力。”

“报告大佐，还有什么任务？”

“尽快编队，进行常规训练，配合浦岛君进行清野扫荡。”

“嗨。”

“牛泰山的工作进行得怎么样了？”

“很好，可是大龙还不知道给我们收购的粮食，背后的主人是谁。”

“要尽快告知他们，老实听话，我相信，以你的能力，他们会乖乖听话的。”

“嗨，大佐，牛泰山只要略施小计，就成囊中之物，再说替皇军办事，已是当前一种时尚。”

“吆西，帝国之花的做法就是让人刮目相看呀，帝国的军人如果都像你这样，‘大东亚共荣’何至于这么费劲。”

“谢谢大佐的夸奖。”

“另外你要密切注意军统张的动向，探听出重庆的意思。”

“嗨。”

“我们大规模地收购敌人占领区的物资，敌人难道不会有什么行动，这是钱，这是物资，这是打仗的本钱，中国人的兵法，‘知己知彼，百战不殆’。”

“嗨，一定注意。”

“樱花少佐，你的任务呢?”

“一切顺利，那二十亿的半成品法币，我们正在日夜赶工，现在已经造出符合标准的十几亿，发往国统区以及新疆内蒙古等地，使用状况良好，中国人的土地上到时可能只剩下一个屋顶和四面墙壁，还有活着的像骷髅似的几个人。”

“那我们的统治可谓根深蒂固呀。”

“是的，大佐。”

“呦西，呦西，收购的东西要有计划地运回国内。”

“嗨。”

“大佐，我们还要通过军部，增派研究人员，争取用自己的纸张、版式、印章，全面建立自己的法币体系，只要中国人从国外运回新的法币，我们就能第一时间研制出来。”

“呦西，呦西，我尽快向军部汇报。”

阴冷的天空，没有一丝亮光，战栗的人们急速地行走在田间的小路上。

大樱桃手拿一叠烧纸，走进土地庙，拿出火柴，刺骨的北风吹来，好几根火柴都熄灭了，最后，她拿出几根火柴，同时划着，火苗慢慢地舔舐着烧纸，一股青烟随着风飘去。

她看了看周围，快速地拿开石块，拿出了密信。

“咦，怎么好像有人动过?”

这个地点已经不安全了，她迅速起身，把密信揣入兜中，离开了土地庙。

她走过一条巷子，看着纵横交错的巷子，她该往哪里走?她抬头看着周围的店铺，她的眼睛在饭馆的牌子上转着，水饺店、馄饨店、烧饼店、土匪鸡，她犹豫了一下，肚子有点咕咕地响了，她跨进了土匪鸡店。

“老板，一只鸡。”

“好的。”

她在饭桌前坐下来，看着信的边缘，直觉告诉她，有人动过这封信，“他是谁呢?难道是送信的人，还是我跟前的人，还是别人?这里的斗争更复杂了，她明白如果有人知道这信，自己随时会有生命危险，她不敢往下想。”

她拆开了信，信的内容让她大吃一惊。

“一号，一号，钱的真假不容置疑。”

到底出了什么事情，怎么这么多法币呀，从大龙、二龙收购粮食的情况看，哪有这么高的利润，这简直就是扔钱呀，国民政府会有这么多的钱吗？真钱？她也解释不通。

她准备通过第二通道，迅速地送达重庆，否则，我们中国人的粮食棉花以及其他物资统统没有了，到时，我们的乡亲连过节用的东西也没有了。

想到这里，她马上拿起笔，通过密码写出了“我们的祖国和人民还有什么？”的问句，迅速地通过第二条通道送往重庆。

红房子秘密

久违的太阳露出了笑脸，天空虽然挂着圆圆的太阳，但是太阳的光热仍然不能抵挡地上的寒冷，大地上的紧张形势依然悄悄地躁动着。

军统老张脸上挂着奇怪的表情，敌占区的任务危险而又仔细，仔细而又危险。

“美女们，经过这几天的休息，我们已经养精蓄锐，上峰命令。”

所有人员都站了起来，老张读到：

“今日查实我统治区重庆新疆以及敌占区出现大量法币，真假难以辨识，但从发行数量来看，已大大超过我四大银行发行数额，务必查清事实，尽快汇报，切切。”

黄色的脸皮上，老张满脸茫然。

“真假难以辨识，我们怎么查？”大樱桃摇了摇头。

“核对数额，他们已经知道了，大大超出？我们有什么办法吗？”二樱桃伸出了双手，“不是为难我们吗？”

“肯定他们也没有办法，否则能说出这样的话？”三樱桃看着站长。

“上司叫我们想办法，我们哪来的办法？”四樱桃一向淡定从容。

“怎么没有办法，我们不是还有火热的肉饼吗？”大樱桃看着站长。

“大姐，你的肉饼就不怕肉包子打狗，有去无回？”二樱桃咯咯地笑着。

“那么好的肉包子，我们还能留着自己吃，是吧，站长？啃口吧。”三樱桃看着站长。

“站长不吃，谁有权利吃呀？”四樱桃看着二樱桃，说完哈哈地笑了。

“我们研究上级的任务，怎么这么不严肃呢，现在谈谈你们各自的情况吧。”

“汽车站、火车站没有发现什么异常，不过好像陌生人增多了，留着平头，蓄着黑色胡须的人增多了，是不是有什么重要事情？难道东洋人又有什么新的花样？听说码头时常戒严，如果有什么事情，我看多数藏在码头里面。”大樱桃说着。

“旅店、酒店、戏院新人不少，有些不知道是不是我们的同事，有一个会要魔术的人，每天晚上到大东方酒店要魔术，扑克牌玩得出神入化，青年才俊，仪表不凡，昨天晚上，被几个不明身份的人带走了，他短头发，戴着帽子，好像社会上的小混混。”二樱桃回忆说。

“这个问题怎么不早汇报？”

“这个问题重要？我们这个地方，哪天没有人被绑走？”

“非常重要。”

“我们一定要注意保护自己，现在我们的人已经退出了上海的好几个区域，戴局长内部消息，光上海投降了日本人的数量就将近四十了，军统呀，真是饭桶。校长知道后非常生气，瞪着眼睛看着局长足足两分钟，没有说话，局长解释说几个人，上海已经没有我们可以活动的基地了，最后通过周佛海内部周旋，只抓不杀，自己退出上海。”

“知道哦。”

“如果我们的四樱桃，再出现什么事情，我的脑袋谁来保？”

“公司企业呢？”

“公司企业还是照旧，除了日本人的企业，公司，我们的企业都是死气沉沉的，不过听说日本人的公司都在各地高价抢购货物，他们那么多钱，还是真的，真是让人生疑。”三樱桃肉肉的脸上，写着茫然。

“四呢？”

“乡下没有什么新闻，还是那样，除了收购粮食，就是收购棉花，充斥着不少陌生人，说是收古董的，要说收购粮食，数大龙、二龙收得多，听说游击队在村庄里秘密收购粮食，不知道为什么？给八路军收的，还是给新四军收的，反正不是给我们收的吧？再说我们有美国人的粮食，我们愁什么？”四樱桃扑闪着大眼睛，一脸不屑的样子。

“这你就不懂了，都来收购粮食，说明都有钱呀，大龙、二龙的钱听说是日本人的，游击队的钱哪里来的，游击队山毛贼寇，起不了什么大浪吧，还是日本人呀，这里面肯定有文章。”

“我们向上级请示吧。”四樱桃看着站长。

“你们嫌我们的任务还不多呀？”

四樱桃闭嘴了，静静地站在一边。

“美女们，现在越来越复杂了，查实法币的问题至关重要，我和二樱桃负责，查清陌生人被逮的问题，三樱桃负责，四樱桃继续监督乡下，同时看好游击队，不要叫他们跑乱了地方，大樱桃还是负责原先的地盘，不过看紧了码头，弄清楚日本人在干什么。”

“耶——”美女们张张嘴，没有说话，伸出了两个指头。

“二，你停一下。”

“站长。”

“你最近的工作做得怎么样了？”

“娱乐场所？”

“牛泰山。”站长压低了嗓子，生怕被人听见。

“我知道了，我对二龙说了，二龙有点担心当汉奸的名声不大好听，我对他承诺了，这件事后，送他到中央大学学习，你看，怎样？”

“行呀，有进步。”老张有点浑浊的眼睛静静地注视着二樱桃笔直的鼻子。

“这个老色鬼。”二樱桃心里骂着，往后退了半步。

老张又往前凑了凑，二樱桃又往后退了退，“站长？”

“小声点，我交代你的工作，你和别人说了吗？”站长伸出了一个指头。

“我知道军统的纪律。”

“好了，为了弄清鬼子的阴谋，挽救我们的国家，尽快动员二龙投靠红房子，别的事情以后再说。”

“好的。”

大樱桃假装走得慢，把耳朵悄悄地贴在门上，只是模模糊糊地听到红房子的事情，“站长看上了二妹，还是有别的事情，二妹有点直，但是不傻，她能看上站长，差得太远了，鲜花，牛粪？哈哈哈。”大樱桃悄悄地走了。

深邃的夜空上挂着明亮的月亮，除了黑色，什么也没有，影影绰绰的树木，印在黑色的幕布上，偶尔一两声雄鸡的啼鸣，打破夜晚的宁静。

游击队员坐在温暖的小炕上，水里浪瘦削的脸上挂着疲惫。

“同志们，没有想到这次我们的任务完成得这么顺利，一块大石头落了地，二十吨粮食，三十担棉花。”水里浪把辫子甩到了身后，激动得胸脯一起一伏的。

“我们一家一户地宣传，群众听说我们的部队要有大的行动，现在还缺衣少食，为了打鬼子，有的同志到现在没有棉衣，都心痛呀，姜大爷把他种地的种子都拿出来了，我攥在手里，眼睛流泪呀，我们的老百姓日子过得太苦了。”老吴古铜色的脸上，闪着泪花。

“那不行，你没有把种子退回去吗？我们党的意思是让老百姓把多余的粮食拿出来，而不是不让老百姓过日子呀，没有了种子，来年怎么办？再说老百姓一点粮食没有，能受得了？”

“我那样做了，可是姜大爷说了，苦日子我过惯了，在家里吃点野菜，能行，可是打仗没有粮食哪行呀？”

“我们的百姓最苦，可是呢，他们的觉悟最高。”

“我们村的刘寡妇不但把他的独子送到了抗日的前线，而且帮助我们做工作，还把她的一只母鸡下的蛋，怕留坏了，放在坛子里，腌咸了，煮好了，一块送来了。”大张自豪地说着。

“为了打鬼子，我们的群众，真是做了最大的牺牲，你到他们的家里看看，还有什么，除了藏头的房子。”水里浪用手擦了擦腮边。

“我们也按时高标准完成了任务。”小李扑闪着眼睛。

“同志们，我们的粮食任务已经按时完成了，剩下的任务就是运送问题，我已经联系武工大队王队长帮忙运送，他已经爽快地答应了，可是武工大队的武器也是远远落后于鬼子，我们还要做好保密工作，争取把任务顺利完成，这次任务我的内心很沉重，也很高兴，沉重的是我们百姓的生活太苦了，高兴的是我们百姓的觉悟又太高了。”

“是呀，大姐，你说我们怎么运送？”

“我和王队长商议后再说，现在散会，走路时，一定小心，沿途到处是鬼子的密探，不要弄得树林中鸟飞狗叫，否则会吸引鬼子的注意力。”

“大姐，你放心，我们都是老游击了。”

有星星的夜空，挺幽静的，天上的星星，迷离着眼睛，互相瞅着，有哪两颗才是注定终生的情。

沟边的草地上，虽然很冷，但是却有两个人在慢慢地数着星星，他们不愿时间快快溜走，但是又不得不匆匆地告别。

“探清楚红房子的秘密了吗？”

“没有，豆鞘滑川拿我当狗，不相信我。”

“党又来了新的任务，为了配合冬季党号召的反扫荡，一定要弄清楚敌人扫荡的时间、地点、行走路线。”

“唉，不过，现在有一个问题，我不知道是不是应该汇报？”

“红房子的？”

“嗯。”

“不管什么，都要及时汇报。”

“红房子的地下好像藏着天大的阴谋，二十四小时有人在干工作，车辆进出院子，来来往往，不知为什么，地面上关押着的犯人，都知道，可是地下呀，没有几人知道。”

“我们也在奇怪，牛泰山给别人收购粮食，一斤是我们两倍的钱呀，还不包括他自己的利润，听别人说，凡是替牛泰山收购粮食的人，都挣了钱，哪来的钱？另外，农村来了不少外地人，什么都收，粮食，废品，包括古董，盛世收古董，乱世藏黄金，有点反常。”

“是呀。”沉重的叹息。

“你密切注意红房子的动静。”

“好。”

“你的胡子，好几天没刮了吧？”

“没刮。”

“你要刮了。”

“干头净脸的，谁还拿我当汉奸呀？”

“我理解，乡亲们可能一时误会，将来我会解释明白的，如果说明情况，可能达不到现在的效果。”

“现在同志们都骂我吧？”

“历史会记住你的。”

“你的辫子又长了吧？”

“一堆老草。”

“你要注意营养呀，要是我还在山上，给你打野味去。”

“哪想那么多？我自己会拿鱼，要是想打牙祭了，我拿鱼去。”

“怎么不去？”

“你说呢？”

一阵沉闷的笑声，一对经历过风雨，一对大龄男女的关怀洒在了凄冷的夜空。

鹤鸣村探秘

冬天的树上写着冷清，难得有垂着的叶片，只听见树枝的口哨声，在天空吹着，初冬的傍晚，天不知不觉就黑了。

军统张为把自己打扮得年轻一点，足足忙活了一个下午，先是洗头，洗完头后，又照了照镜子，心里有点急，头发别的地方不白，偏偏两鬓，让人一看，不是年纪大了吗？像个没有媳妇未婚青年的样子吗？一点不像，倒是老气横秋，还有自己额上的头发梢，像一面白色的小旗，在风中跳舞，怎么办呢？别人难看的地方，长在脑后藏着的地方，而他却正好长在显眼的地方，怎么办呢？老张对着镜子，拿了把小剪刀，把白色的发梢慢慢地剪短，不过两鬓的部分，仍然有白色的触点，不知道的，以为吃饭后餐巾纸擦嘴时，留下了一丝一缕的。

“二呀，你们女同志把白色的头发染成黑色的，有染料吗？”

“国外有，国内我没有看见呀，再说国内进口的女人的东西都很贵，一般的人都是从锅底下面刮一层灰，染上就可以了。”二樱桃说着。

“那能顶多少时间？”

“站长，现在是非常时期，你打听这些女人们的东西干什么？”

“不是，随便问问。”站长笑着走开了。

“站长是不是想女人了，这个站长，真是莫名其妙。”二樱桃看着站长的身影，消失在厨房里，晃了晃宽大的臀部，“这个老色鬼。”

站长换上了一身黑色的西服，留着平头，发黄的面容上，配着较小闪烁的眼睛，好像精明的日本人呢。

“站长，哪来的日本人呀？”大樱桃等站长走到门前，将要开门的时候，大喊了一声。

吓得站长一哆嗦，“谁呀，谁是日本人了？吓死我了，人吓人，吓死人呀。”

“我以为是日本人呢，没想到是站长您呀？”大樱桃喊着，其他几个女人窜出来了。

“呀，站长这不挺精神的吗。”四樱桃瞪着大眼，“平常日怎么打扮得灰头垢脸的。”

“要想俏，一身孝呀。”三樱桃鼓了鼓嘴，“特帅呀，老帅哥。”

“站长要是打入敌人内部，敌人肯定看不出不是日本人吧?”大樱桃不阴不阳地说着。

“哎，我们何不把站长打入敌人内部去。”三樱桃跟着起哄。

“去，一边去。”

夜晚城市的灯光像瞌睡人的眼睛，无精打采的。

站长迈着轻盈的步子，来到了鹤鸣村，鹤鸣村门口高挂的灯笼像喝醉人的眼睛，迷迷糊糊的，后面有一双清澈的眼睛注视着他。

他轻轻地推开门，瞄了一眼笼子里的狼狗，听见狗发出啾啾的声音，他轻轻地吹了口哨，狗趴下了；他悄悄地迈进院子，看见一楼大厅旁边的莲花房间亮着灯光，整个一座院子只有这一处灯光，他缓缓地迈开步子，越过大厅，悄无声息地往楼上挪去。

无论怎么小心，木地板都发出噔噔的声音，他慢慢地停住，平复一下跳动的心慌。

一级两级三级，他慢慢地数着楼梯，这十二级的楼梯走的是这么漫长，到了十二级一转，还有十二级，噔噔的声音在敲击着他的心脏。

终于走到门口了，右手一转，门是锁着的，他从上衣口袋里掏出一根细长的铁丝，插进锁孔一转，门开了。

他拿出手指细的手灯，在办公桌前，寻找着，翻看着桌上各种各样的材料，打开墙边一字排列的档案橱，把身体贴在档案橱上，生怕弄出一点声音，材料，我要的材料呢，没有，脸上的汗水刷刷地往下淌，十分钟时间，超过这个时间，铁笼子里的狼狗就会习惯性地汪汪三声，他要在这个时间差上找到他需要的东西，在哪里？究竟在哪里？难道在保险柜里？按照职业间谍的做法，一般越是重要的材料，越要放在最起眼的地方，越是不能藏着掖着，难道云子犯了规矩？他需要静下来，整理一下思绪，他走到墙角下的保险柜前，转动着保险柜的按钮，用食指敲动着按钮处的铁皮，倾听着保险暗锁连接的地方，哪个地方实，哪个地方虚，实，虚，他转来又转去，寻找着，终于，咔塔一声，门开了，里面的灯亮了。

看到档案袋上的文字，他的眼睛直了。

这老间谍，虚虚实实，实实虚虚，真是老手呀。

他不知道他身后几米远的地方，有一双黑色的眼睛，瞪着他，一支黑乎乎的枪口，正对着他。

日上三竿，温暖的阳光洒满大地，地上被初冬冻着的白菜，黑绿而没有生机。

被浓厚胡子围着的脸蛋，镶嵌着双眼皮的眼睛，乍一看，挺吓人的，细一看，也不丑呀。

钻山胡现在已经初步取得了鬼子的信任，可以直接走进红房子，向豆鞘滑川课长汇报问题，但是不准随便走动。

“课长，上次我们的扫荡，老百姓都非常地欢迎。”

“呦西，中国人思想的进步，‘大东亚共荣’的硕果。”豆鞘滑川拍着钻山胡的肩膀，“你对‘大东亚共荣’的贡献，世界人民是不会忘记的。”

“这点事情，世界人民也会知道?”钻山胡问。

“知道，你为传播日本文明做出了贡献。”

“课长，我想的没有那么多，有没有奖金?”

“怎么会没有奖金?”

“谢谢课长。”

“宪兵，带钻队长去领奖金。”

钻山胡陪出一副笑脸，急不可耐地领奖金去了。

戒备森严的红房子，三步一岗，五步一哨，二楼的平顶上到处是宪兵和机枪，一层关押着各种各样的抗日分子，地下那层到底在干什么？车辆进进出出，真是秘密呢，连站岗的宪兵都不能互相走动，肯定有什么重大的活动，甚至见不得人的勾当，他在宪兵的后面，稍微停了一下，转眼朝着另一个门口走去。

他看到了一个硕大的进口，可以并排着开进两辆汽车，这也许就是秘密的进口，他想往前再走几步，他今天有充足的理由，领奖金不知道到哪里去。

“站住!”两个宪兵端着刺刀走来。

“太君，走错了，走错了。”钻山胡脸上挂着笑。

“滚。”

钻山胡知道，这里的任何一个日本人，都是经过特殊训练的，一般的常人三五个是不成问题的，他退了出来。

领了奖金，他又走进豆鞘滑川的办公室。

“课长，下一次清乡我们什么时候开始？”

“呦西，对帝国大大的忠诚，中国人都像你这样，何愁‘大东亚共荣’？”

“嗨。”

“到时给你通知，现在抓紧时间练兵，准备清乡。”

“嗨，课长，我跟着你干也有些日子了，你设计的红房子，大大的好。”

“哈哈哈。”豆鞘滑川自信地笑了。

“我能不能开开眼界？”

“什么？”

“我随便转转。”

“巴格。”豆鞘滑川的脸阴沉下来。

“嗨。”钻山胡没趣地退了出来。

夜晚出奇的静，天空中只是吊着几颗带着迷离眼光的星星，没有风声，没有雨声，没有鸟鸣，和傍晚的寒冷相比，晚上却有点暖和得出奇。

“你探听到红房子的消息了吗？”

“没有，从红房子里面探听，几乎没有可能，他们的宪兵都不允许随便走动，这边的不知那边的事情，能够知道的，我猜测也就是几个人，豆鞘滑川，云子小姐，听说还有专门负责的，是个女的，我也没有见过。”

“这么难，该怎么办？”一阵叹息声。

“什么事情能够难倒党领导下的游击队员呢。”

“还有一个办法，就是一举端掉它。”钻山胡上唇咬着胡子，说出了自己的看法。

“那样的代价，你考虑过吗？”水里浪双手搓着手掌，思考着这个问题。

“这样，你看，我已经打进来了，如果有一支小分队打进来，敌人的长枪发挥不了作用，等敌人明白过来的时候，已经晚了。”

“哪有这样的小分队呀？必须有正规的训练，能够和敌人的宪兵平起平坐的人，到哪里去找这样的人呢？”

“现在正是机会，敌人正在到处招兵买马，招揽地主武装，如果有一支训练有素的小分队，打入敌人内部，端掉红房子，不成问题。”

“这个问题，容我考虑，是否向上汇报。”

“部队的粮食都运走了吗?”“多亏武工队的王队长，和他们的人马，已经安全地把粮食运出了敌人的封锁线。”

“好啊。”

“我们的冬季反清乡、反扫荡的战斗快要打响了，要积极配合大部队的行动，在力所能及的情况下，扰乱敌人的阵脚，争取有所作为。”

“好。”

两双粗糙的大手握在了一起。

牛泰山的山坡上，积满了厚厚的落叶，走在树林里，一不小心，就会滑倒，一个头戴鸭舌帽，身穿蓝色西装的人，快速地在树与树之间穿梭，时而单手扶树，时而单脚跳跃，好敏捷的身手，根本听不见地面树叶的声音；她的后面不远处，跟着一个人，穿着长衫，头戴礼帽，蹦跳腾挪的本事不亚于前边那个人，和她保持一段距离。

她来到歪着身子的大柳树旁边，爬上第一个粗壮的枝丫，从树洞里掏出一支小笛，学着猫头鹰的声音，哇哇，细长的声音，在山谷里回荡着，她是二樱桃。

“好一个雌性的猫头鹰，叫猫子呢。”大樱桃远远地瞅着她，上唇咬着下唇，鄙夷着，“二妹呀，还来这手，真是的。”

“哇——”一声凄厉的叫声应和着。

二龙上气不接下气地跑来，“又啥事呀?”

“啥事呀，大事，快上来。”

“你下来。”

“快上来，别叫别人看见。”二樱桃弯着身，伸出一只手，这次明显比以前亲近了好多。

“我不上。”二龙的脸红到了脖子，他看着她白皙的脸蛋上，那个高高的笔直的鼻子，沁出了汗珠，冒着热气。

“我跑得有点快吗? 你不就是喜欢我的这个。”二樱桃有意地惹着二龙，其实她看不上二龙，“如果不是身份的差距，也许……”

“你再说，我就回去了。”

“好好好，小哥，我顺着你了，快说，我安排你的任务怎么样了?”一个树上一个树下。

“我哥收购粮食挣来的钱，他的大舅哥说是买武器去了。他不同意投靠。”

“你不说假投靠吗？为国家出力吗？”

“他说，有了武器，他要自己成立警备队，自任副司令，听说云子的哥哥是司令。”

“怎么变成了这样？”

“他大舅哥鼓捣的。”

“他大舅哥是什么人呀？”

“我哥没说。”

“这可怎么向站长交代呀？”二樱桃看着二龙。

代号 1205 密令

军统张处在激动与恐慌之中，他内心清楚，十分钟对于一个老军统来说，时间足够了，他静了静气，心想一定要沉住气，急躁与害怕是间谍人的死穴呀。

他迅速拿出文件，翻动着里面的页码，一个名字晃着他的眼睛，找到了，找到了，题目:《代号 1205 – 昭和十二月零五号》，附件《对华经济谋略实施计划》。

他的心突突地跳了起来，怪不得法币这么多呢，原来是他们搞的鬼。

他的心里大声地说着，“不急，不慌，用细心、速度和稳定完成任务，这件任务完成了，取得中正奖章是没有问题的。”想到这里，他的心颤抖得更厉害了，他的手哆嗦了，做间谍这么多年来，从来没有这样的行为，“今天这是怎么了?”

“举起手来，不要动，动一动，就打死你。”一支手枪顶在他的后脑勺上，他本能地举起手来，慢慢地寻找机会，只要一动，敌人不会给你机会的。

“你这个吃里爬外的东西。”他听出是莲花的声音，惊慌和惊恐慢慢地平息了下来。

“怪不得云子不相信你。”

“莲花，求求你，都怪我钱迷心窍，其实我是为了你呀。”他边说边往前走，想找个机会回过头来。

“别动，动就打死你。”

“这个面貌姣好，五官紧凑的女人，怎么说变脸就变脸呢。”

莲花的脸上排列着非常紧凑而匀称的五官，不相信地望着这个曾经多次向自己发誓的男人，这个要带自己逃到远方的人。

“你说是为了我，我给你解释一千个理由的机会，你解释对了，就饶了你。”

“原先在床上那么温柔的女人，怎么变得这么陌生呀。”军统张心里想着，现在他有能力制服她，不过他想得到更大的消息。

“不用一千个理由，就是一个理由，为了你。”

“为了我?”

“我放下手，你放下枪，慢慢解释，好嘛?”

“你放下手可以，我不能放下枪。”

“我到你的房间里说，好嘛?”

“今天晚上，你如果要带我走，就到我房间里。”

“可是我没有钱呀，你们答应的还没有给我呀。”

“钱的事情不用你管。”

“走还是不走?”

“你放下枪，我不敢说呀。”

“把材料放进去，我就放下枪。”

他慢慢地弯下腰，把材料放进保险柜，起身闭门的时候，用脚尖挡住了铁门，门没有被合上。

“怎么回事?”

就在莲花拿着枪，歪头看的时候，军统张抡起右掌，一转身，用力劈掉了枪，左手把掌劈向莲子的脑门，莲花当即倒了下去。

他迅速抬起左手，左手无名指上的戒指是一架微型照相机，对着页码，一页页拍了下来。

“汪——汪——汪。”院子里的狗叫了起来，他知道晚了，已经有人冲进了院子。

他想了想，抱起莲花，一步步向楼下走去。

“莲花，我不是故意的，你要原谅我呀。”懊悔的声音传递在胸腔之间。

严霜掩盖下的枯草，无奈地低着头，浓浓雾气下的沟壑里，冷清而且幽静。

钻山胡的胡须上沾满了白色的雾霭，嘴里呼出的气息，像一阵白烟，在胸前盘旋着。

“你看你的脸上，怎么像一个圣诞老人呀?”一句关心的话语。

“你看你的大辫子，一根白棍子，像圣诞老人的拐杖吧。”

“去你的，说正经的吧。”

“正经的就是，你赶紧向上级汇报，敌人的车辆整天进进出出红房子，包装严密，好像从码头上运进东西，在地下室加工以后又运出去，一箱一箱的，不知什么东西，全是宪兵押送，看起来相当严密。”

“我已经向上级汇报了，通过日本共产党的同志，我们很快就能知道消息，同时我们也知道下一步的任务。”

“好呀，日本人里面也有我们的同志？”

“是日本共产党。”

“听我们的同志说，日本人在上海建立一所间谍学校，叫作东亚同文书院，没有想到却培养了大批的日本共产党员，建立了‘日支斗争同盟’，你放心吧，我们的同志很快就会知道结果的。”

“好呀，日本人也不全是坏的。”

“全世界共产党人是一家呀。”

装扮一新的红房子，格外耀眼，从远处看，就像一个张着血盆大口的狼狗，看到的是血色的口腔内部的东西，有一种想把人吞下去的欲望。

川畑俊二大佐，豆鞘滑川课长，云子小姐，樱花少佐，陪同日本陆军军部坂田诚盛来到红房子，随行人员只有日本《读卖新闻》驻上海记者西里龙夫，一行人员行踪极其诡秘，坂田诚盛带来了天皇陛下的奖章。

“这是西里龙夫，我们的著名记者，在中国培养出来的中国通。”坂田诚盛把他介绍给川畑俊二。

“按照中国人的话说，真是一表人才。”川畑俊二把手伸了出来。

“不光一表人才，还是同文书院的高才生。”坂田诚盛介绍着。

“知道出入军事重地的规矩？”川畑俊二狡黠地笑着。

“知道。”西里龙夫握着川畑俊二的手。

受奖仪式极其简单，简单的布置，墙上只是挂着‘武运长久’的太阳旗，受奖仪式及其各项事项不允许拍照，不允许对外派发消息。

“奖，川畑俊二大佐天皇‘大东亚共荣’特别勋章一枚。”稀疏的掌声。

“为天皇效忠。”川畑俊二有点沙哑带着尖细的声音，像个老母鸡捏了脖子，喊不出声音。

“奖，豆鞘滑川课长天皇‘大东亚共荣’特别勋章一枚。”稀疏的掌声。

“嗨，为天皇效忠。”

“奖，云子小姐，‘帝国之花’奖章一枚。”

“嗨，为天皇效忠。”爽快的声音带着激动。

“奖，樱花少佐，‘帝国之花’奖章一枚。”

“嗨，为天皇效忠，继续努力。”

“英雄们，满洲国有我们的秘密部队，叫作731部队，有人污蔑我们是细菌731部队，这里也有我们的部队，外界还不熟悉，我也叫它731部队，货币731部队，‘大东亚共荣’，我们的国力消耗不起呀，即使战争赢了，意义何在呢？战争的目的是什么呢？战争是政治的继续，战争是经济的继续，我们要打一场没有消耗我们大日本帝国人力物力财力的战争，明白？”

“嗨。”

“我为有你们这样一群效忠天皇的英雄群体，高兴呀，‘大东亚共荣’何愁不成？”

“嗨。”

“我还有事情，我回去了，你们可以跳跳舞，欢庆欢庆。”

“坂田君，你不去参观一下九所三科吗？”

“吉野君，开开眼界，也行。”

他们一行向地下室走去。

“地下室里，人人都穿着白色的工作服，机器昼夜不断地轰鸣，一片忙碌的景象。

“樱花少佐，给坂田君介绍一下。”

“嗨。”

“坂田君，吉野大佐，红房子的地下室，是我们大日本帝国陆军参谋本部第九研究所第三科的实验基地，也叫制造工厂，我们肩负着具体的摧毁中国战争经济的重大任务，你们看，这是第一次我们制造的法币五元的，和真币一模一样，真币的防伪标志是水印和暗记，部分法币美版钞票头像部位夹有红蓝丝线，这样的钞票和防伪标记几乎等于没有，太简单了。”

“真是天助皇军呀。”川畑俊二嗨嗨地笑着。

“这张五元的法币，你们是怎样做旧的？”

“做旧更简单。”樱花少佐指了指轰鸣的机器。

“这张五元的是已经退出市场流通的币种，只怪我们的工作做得不细，第二次一元，五元，十元的，我们不但在我们这个地区普遍使用，还已经成功地打入了国民党统治区购得了大量的军事物资。”

“呦西，呦西，百闻不如一见呢。”

“为效忠天皇努力，为‘大东亚共荣’努力。”

“天皇帝国有你们这样的精英，天皇的希望呀，帝国的希望呀。”

坂田啧啧地称赞着，竖起拇指嗨嗨地笑个不停。

月牙挂在了西边的天上，一会儿没有了，天空闪烁着几颗星星，远远的，闪着清冷。

城市的街道上，闪着亮光，一声两声的犬吠起伏在空气中，有气无力的。

来福贸易公司的大门口，两个昼夜闪亮的大灯显示出他的气派，门口的穿青衣的看门人挎着三八大盖，人们走到门口，都远远地躲着，生怕惹到麻烦。

大龙狭长的脸上洋溢着笑容，一身蓝色的长袍，看着就精神呢。

云子俊俏的脸庞，会笑的眼睛，一直深深地吸引着大龙的心，大龙只愿意静静地盯着她看。

“大龙，你上来一下。”云子的哥哥喊着，大龙走上楼去。

“哥，有事吗?”

“你也是警备队的副司令了，有些事情我不能瞒着你，我要告诉你。”黄瘦的脸皮，狡猾而又闪着贼光的眼睛，在大龙身上上下打量着。

“你在帮助大日本帝国办事?”

“什么?”

“我不是云子的亲哥哥。”

“什么?”大龙张大了嘴巴。

“云子小姐也不是中国人，她的父母在日本活得好好的，她在日本可是家喻户晓的人物，是我们天皇授予的帝国之花，你这么多天和她的接触也算值了。”

“什么?”

“我们大日本帝国不会亏待你的，我们按照一个宪兵大队的武器配备给你，另外，给你日本九二式七点七毫米重机枪两挺，九六式轻机枪五挺，八九式掷弹筒十个，配备九一式手雷十箱，还有大正十四手枪四把，南部八毫米子弹一千枚，你看这些条件可以了吧?”

大龙的嘴老是张着，惊讶得说不出话。

“大龙，亲爱的兄弟，你看，我们给谁这个条件，也就是你，你现在是副司令，以后可以扩充人马，吞并其他山头，到那时你就是师团司令了，什么样的女人，没有。”

“这么说，我们给你们收的粮食，是你们的军粮？”

“可以这么说。”

“那我们被别人知道了，我们不是大汉奸吗？”

“大龙，汉奸，你不要这么说吗，这叫作各为其主，有好多人想加入我们的队伍，我们还不要呢。”

“那，下一步我怎么办呀？”

“扩充自己的队伍，有了队伍，有了武器，怕谁呢？”

“我们干什么呢？”

“训练队伍，配合我们的行动，如果你愿意，我们有的是漂亮女人，我们在日本有很多漂亮的阿菊，在中国各个城市，你可以随时找她们享受一下。”

“那云子呢？”

“你也就是想想可以，我也是想想，你想呀，帝国之花，有几朵呀？不说你，我也不敢采，找死呀。”

“知道了。”大龙闷闷不乐地离开了来福贸易公司。

假币工厂

寂静的夜晚什么也没有，静谧的空气有点沉闷，远方挂着的星星，偶尔闪着眼睛。

军统张抱着莲花，那温和的体温，微闭的眼睛，细长的美腿，这一切都将离他远去了，他将无法享受她的温存与温柔了，缓缓走下楼梯，他知道门口等待他的是什么。

“什么事？”门口站着云子，身后是拿着手枪的穿着黑色衣服的便衣。

“怎么办？”一个个问号在军统张的脑海里徘徊，难道今晚我就要丧生此地。

“对，一定不能说话。”他打定了主意，抱着莲花，把头依偎在莲花的胸前，“莲花，是我，我是老张呀。”

“为什么会在我的办公楼里？”

没有人回应她。

“看住他。”她回头对周围人说。

云子迅速上了楼，认真查看自己办公桌上的文件，是否有翻动的痕迹，走到保险柜前，蹲下来看着保险柜的把手，柜门，从箱子里拿出工作用的棉球，擦拭了柜门把手，直到看到没有新的指纹出现，她放心了，一屁股坐在椅子上，眼睛透过窗户，看出去，多么深邃的夜晚，隐藏着多少秘密呢？

她慢慢地下楼，“这两个人到底演的哪一出？”

她走到莲花的床前，看着熟睡在床上的莲花，额头上有硬物擦伤的痕迹，这位我从间谍学校精心挑选出来的帝国优秀的特工，不应该受怀疑。

军统张抱着莲花往床上放的时候，顺便把她的南部型二式自动手枪放在她的枕头底下，他坐在床的一边，双手攥着莲花的一只手。

“到沙发上坐着。”云子轻轻地说着，声音里含着不容置否的命令。

他恋恋不舍地把莲花的手放在一边，拿起薄被盖在莲花的身上，他心里知道，云子要从这些小事看出我的破绽，找出置我于死地的蛛丝马迹。

“他和她为什么会到我的办公楼上？”她的心里烦乱地问着。

“这个女人不可能发现任何破绽，但是我该怎么解释我从楼梯上下来？”

云子静静地看着眼前这个男人，高挑的个儿，黄色的脸皮，有点异样的眼睛上挂着一个单眼皮，她的两个大拇指互相绕着，想看透他的心肺，“这样的人难捉摸呀。”

“这个女人到底要干什么？她的肚子里有多少坏肠子呢？怎样的理由才能赢得这个帝国特高科女人的相信呢。”

“军统张，说说看，为什么出现在不该出现的地方呢？”

“小姐，你说过哪个地方，我不该去吗？”

“军统张，你是中国优秀的间谍，不懂规矩？”

“我也不知道为什么？我怕说了你不相信。”

“外面警犬的三声狂叫，为什么？”

“我更不知道为什么？我不知道它什么时候叫，它什么时候不叫？”

“它该叫的时候叫，不该叫的时候不叫。”

“小姐，我确实不知道。”

“军统张，你是不打算说了？”

“小姐，我说了，你能相信吗？”

“军统张，你告诉我，莲花为什么在那里呢？”

“我哪里知道。”

云子走过去，摸了摸莲花的枕头下面，低下头笑了。

“军统张，莲花头上的伤是怎么回事呀？”

“我不知道，我进来的时候，莲花已经倒在楼梯上了，我比你早到一分钟，找莲花，找不到，发现她倒在楼梯上了。”

“额头的伤呢？”

“我说过，我不知道，我就比你早一分钟。”

“那么巧？”

“不信，可以等莲花醒来呀。”

“哟西，我尊重你，军统张，我们一块等莲花醒来。”

“小姐，这是人命呀，快送医院吧。”

军统张在思考着怎样脱身，这份重要机密要及早送出去，他想在去医院的途中，想办法脱身。

“不用，皮外伤。”用得着大呼小叫吗？“想脱身，玩我？我是谁？”云子心里想着。

“我喝点水，可以吗？”军统张要站起来。

“坐下，”挺小的声音，但是极其严厉，“给军统张倒上水。”

“小姐，我们等着莲花出事？”

“不会出事的，我们一块坐这儿慢慢等着，看好戏吧。”

墙上的大钟滴答滴答地走着，以往没有感觉的声音，今天格外刺耳，军统张内心翻滚着，他不知道莲花醒来后会怎样，他该怎样把情报送出去。

“梆梆梆”外面打更的声音响了，“现在是二更了，一次三下的响声在外面的小巷里传着，再没有信息传出去，外面等待的人怎么办呀？”老张的心里绷紧着一根弦。

“二更天了，有什么要说的吗？”云子若有其事地问道。

“没有什么要说的，我想回去？能行吗？”

“原先没有考虑事情会不顺利，三声的木鱼声是催促他弄到情报后，尽早送出来，以便有人马上送往重庆。”

老张的心里一阵阵紧张。

云子的脸上露出了微笑，是狐狸，早晚会露出尾巴的。

他们一个坐在沙发这边，一个坐在沙发那边，对峙着，表面上看似轻松，内心都在进行着激烈的较量。

“好戏在后头呢。”云子右手端着茶水，轻轻地放在嘴边，眼睛看着窗外，悠闲自得地呷了一小口。

一场内心的较量开始了。

冬日的下午，阳光照在身上暖洋洋的，厚厚的树叶，铺在地上。

“躺在这样松软的叶子上，睡一会儿小觉，惬意得很呀。”钻山胡用右手拽着胡子，嘴边露一小孔，“鬼子又要扫荡了。”满脸胡子的神情有些凝重，“你看我脸上的这堆草，好难处理呀。”边说边哈哈哈地笑了起来。

“我们的百姓实在太苦了。”

“这次扫荡的时间地点知道吗？”

“时间地点还不太清楚，只知道鬼子要清剿抗日分子，听说川畑俊二还有其他的内容，凡是古董，名人字画，统统收购，而且高价收购。”

“鬼子这是要进行文化扫荡呀，你要多多地接近豆鞘滑川，从他身上搜到扫荡的重要信息。”

“我会注意的。”

“同时注意自身的安全。”

“不要紧，我还有鬼子的利用价值，你看鬼子最近没有组织大的军事行动，对国民党统治区的进攻减少了，鬼子更多地出动飞机轰炸，说明什么？”

“说明鬼子逼迫国民党投降，还是说明鬼子已经没有兵力可派？”

“不知道呀，你看鬼子千方百计地组织地方武装，这是为什么？”

“这个问题，我尽快汇报。”

“要快呀，鬼子可能穷凶极恶，要有大的活动。”

“告诉你一个大好的消息，我们的同志已经摸清了红房子地下的秘密，那是一个小型的造币工厂，造假钱的，不过造的是国民政府的钱，是法币，这个消息已经汇报给延安了，延安已经通过特别途径通报给重庆曾家岩五十号，曾家岩五十号是八路军办事处，周恩来同志很快就会通报给蒋总统。”

“太好了。”

“同志们的贡献，隐蔽战线上的贡献，没有字面通报。”

“那我的作用还可以了。”

“当然可以，你的处境上级会理解和铭记的。”

“鬼子造的钱，是真钱吗？”

“鬼子能造真钱？只有国民政府的银行造出的钱才是真钱。”

“老百姓看不出假钱来？”

“看不出来，听说连国民政府的专家都看不出假钱来。”

“这就麻烦了。”

“是呀。”

“重庆军统局很快就会有新的任务下达给军统站的，你也要密切注意军统站的任务，听说军统站已经有几十人投降敌人了，在这危急的时刻，瞪起眼来，密切观察出现的新情况新问题，及时向党汇报。”

“好的，我会注意的。”

“你要注意，在你的警卫队里面发展我们的同志，将来时机成熟了，拉出来一支思想过硬、武器齐备的队伍。”

“好的，我会尽量做工作，争取早日把队伍带出来。”

“一定注意秘密进行，不要被隐藏在队伍里的特务嗅到气味，否则，不但自己的生命难保，党的重要任务也难以完成呀。”

“我一定注意。”

“同志们等着你早日归来。”

“给。”钻山胡从兜里拿出了一块丝质的方形手帕，月白色的，绣着一朵玫瑰，好漂亮呀。

“哈哈哈，从哪儿弄来的？我这粗人从来不用这个，这是千金小姐用的。”

“我跟着豆鞘滑川到工厂里去查违禁品，顺手牵羊拿走的。”

“你是游击队员，你忘了党的纪律了吗？”

“我是为了保护自己，如果不这样，豆鞘滑川会起疑心的，我的身份是汉奸，是鬼子的警卫队长。”

“这样也不行，我不能要。”

“是呀，每次吃拿卡要，我的内心也是纠结呀。”

“你看你的脸上，粗皮癞肉的，哪像未婚女人呀。”

“不像，一般人我还看不起呢。”

“你看你，你的胡子像什么，从哪里看是个好人呀，不是汉奸就是土匪。”

一阵笑声在树林间飞着。

时局的走向朝着任何人都想象不到的方向发展，抗战的前途更严峻了。

大樱桃接到了上级的密信，日军特高课查获了国民政府设在香港的造币厂及没有来得及运走的造币机器，大量出现的法币是否与此有关，切切，请查。

“让人担心的事情终于发生了，鬼子可能造出了合格的法币，怎么办？”大樱桃心里想着，“军统内的人谁可以依靠呢，找谁呢？对，游击队，水里浪，也许她有办法。”

“妹子，你看，好些日子没有见你了，脸上红润润的，蓬松的头发怎么没有顾得梳洗呀？”水里浪哈哈地笑着。

“姐，你的笑点真高呀，我们忙得都快起火了，你还有闲心笑？”

“妹子，你看你的眉眼俊的，差那点工夫梳洗头发？”

“姐，我说过，我来你这里，不想任何人知道。”

“姐知道，和谁说过?”

“不是，我是提醒一下，我求你一件事情，你看大龙收购的粮食那么多，而且是高价，哪来那么多钱呀?这钱是不是有疑问呀?”

“那是你们国民政府和军统的事情。”

“姐，打鬼子还分你我呀?听说大龙是给日本人的公司收购粮食。”

“我也听说了，日本人可能有钱呀。”

“姐，说个正经事，最近日本军部专门聘请了一位研究古董的日本专家，珍奇字画，奇异珍宝，什么宝石呀，佛像呀，铜器呀，他都懂。听说叫儿玉誉什么夫的，我也没有太了解清楚，下次扫荡不但收购粮食棉花等军用物资，还要收购古董，你赶紧想办法，让老百姓把粮食藏起来，把古董藏起来。”

“难呀，老百姓手里需要钱，战争时期，什么都是专卖呀，盐专卖，铁专卖，火柴也专卖了，糖也专卖了，老百姓需要钱来买这些日常用品。”

“也是，大姐，你看你们的人有没有办法探清楚这些钱的来历，日本人手里怎么这么多我们的法币呀，我告诉你一个秘密，我们造钱的机器在香港被日本人查去了一些，至于造出钱来造不出来，我们都在猜测，没有根据。”

“妹子，我告诉你一个秘密，不要声张，那座红房子地下一层，就是造钱的工厂。”

“你怎么知道的?”

“反正我知道了。”

“真的，百分之八九十是真的。”

“那怎么办?”

“摧毁它呀。”

“摧毁它，我们?”

大樱桃和水里浪，你看看我，我看看你，面面相觑，好像不认识似的。

大樱桃把蓬松的头发摇了摇，摇下了一头雾水，水里浪双手合掌，搓了搓脸上。

两个人互相盯着，看着，看着，盯着。

云子追疑

屋外的灯光摇曳着，没精打采的。

屋内柔和的光线洒在了墙上，橘黄色的线条洋溢着温馨，快乐和亲情。

“哎呀。”莲花发出了一声叹息。

所有人都屏住呼吸，站了起来，只有云子小姐坐着，她慢慢地起身，轻轻地走到莲花跟前。

“莲花，跟我说，发生了什么事情?”

“你是谁?”

“我是云子呀，告诉我到底发生了什么事情?”

“莲花，我是老张呀，你不是约我一起出去玩的吗?”老张站在床边，声音有点大。

“不用你说话，我会问的，一边去。”

老张回到沙发旁边，坐了下来，他的心里上蹿下跳的，怎样才能让莲花帮助自己平稳过关呢？这关系到党国的重大利益，国民政府赖以支撑的经济命脉如果垮塌，用什么来支持抗战？如果这次能够过关，他就带着莲花远走高飞，寻找一片山谷，过幸福的二人世界。

“莲花，刚才发生了什么?”

“发生了什么？有人用手打了我的脑袋？我在哪里?”莲花重复着。

云子回过头来，盯着军统张，“你说说，这是怎么回事?”

“莲花，我是老张呀，你说刚才发生了什么事情?”

“来人。”云子恶狠狠地说着，“我最不愿意看见有人背叛我。”

两个特务站在老张的两边，老张脸上的汗水刷刷地往下滴着。

“老，老张，我们走吗？到大世界挑选我们喜欢的东西。”

“好，我们走。”老张顺便接上了话。

“莲花，你说什么?”云子不耐烦地问道。

“云子小姐，你也在呀，我们一块去呀。”莲花微弱的声音。

“莲花，你说，刚才你怎么出现在我的楼梯上？”

“我出现在你的楼梯上？怎么可能？”

“莲花，你想想，是不是有个男人到我的房间里，做了什么事情，然后把你打晕了？”

“有个男人到你的房间里去，把我打晕？不会吧。”

“莲花，你看看，就是这个男人呀。”

莲花抬起头，睁着眼睛，想了很长一段时间，就是想不起来。

“莲花，你想想，你怎么出现在我的房间？你应该在这里。”

“我在这里呀。”

云子用手摸了摸她的额头，很烫，发着高烧。

“你感冒了吗？”

“是呀。”

“感冒以后你做什么了？”

“我找药呀。”

“找到了吗？”

“没有。”

“没有找到以后，你到底怎么了？”

“我想起来了，我上楼找了。”

“到我的房间里去了吗？”

“我去了。”

“随后你看见了什么？”

莲花闭上了眼睛，两滴泪水涌了出来，顺着腮帮，滴到前胸。

为了这个男人，她背叛了云子。

“说呀，你看到了他，是不是？”云子用手指指着老张。

“莲花，你说呀，你看到了什么，实事求是地说，你不是说我们一块去大世界购物吗？”这说过一千次的温柔的话语，在莲花的心里掀起了涟漪。

“我什么也没有看见。”

“莲花。”云子重重的声音。

“小姐，真的，感冒了，我去找药，头晕目眩的，我顺着楼梯往上走，快走到转弯的时候，一下子晕倒了，倒在了楼梯上，我什么也不知道了。”

“莲花？”

“小姐，真的。”

“莲花，忘不了你。”老张瘦黄的脸上写满了感动，他的眼里噙满了泪水。

“云子小姐，你差点制造了冤假错案，我们跟着你热心肠干的，受到这样的审查，以后还有谁敢跟着你干，说不定什么时间脑袋就掉下来了。”老张有气无力地说着。

“军统张，不要小气嘛！你让我相信谁？”说着，倒了一杯红酒递给老张，“军统张，你见过我给谁倒过红酒？”

“谢谢。”军统张接过了红酒，“希望以后不要冤枉好人。”

“作为补偿，我要给你制造一个更大的新闻，让蒋总统再给你颁发一枚中正奖章，你看怎么样？”

“谢谢小姐的信任。”

太阳慢慢地升上了空中，叽叽喳喳的鸟鸣声跌落在树丛。

“慢慢冉升的太阳，是我们大日本帝国的征兆呀。”川畑俊二双臂抱在胸前，微睁的双眼瞧着阳光照耀下的晴朗天气，“这是清剿抗日分子的大好时机。”

“大佐，听听我们机器的轰鸣声，多么美妙的音乐。”

“是呀，浦岛君，这种声音像什么？”

“大佐，像银行里点钞票的声音呀。”

“浦岛君，听起来咋就那么舒服呢？”

“大佐，点钱的声音是世界上最美的声音呀。”

“浦岛君，那是一种醉人的声音呀。”

“大佐，不是声音醉人，而是人人自醉。”

“是呀，浦岛君，是谁弹奏出这么美妙的声音呢？”

“大佐，是忠于我们天皇的帝国的优秀英雄。”

“樱花少佐，这台机器是干什么的？”川畑俊二脸朝着樱花。

“报告大佐，做旧的。”

“新币不是一样能用吗？”

“大佐，您有所不知呀，新币只有中国的中国银行、中央银行、中国交通银行、农民银行这四家银行有货币发行权，印刷厂家为英国的德纳罗（Thomas De La Rue）公司、华德路公司（Water - low&SonsLtd）和美国钞票公司，崭新的纸币是他们造的。”豆鞘滑川站在一边，赔着小心说着。

“呦西，呦西。”

“大佐，我们只比中国银行的造币厂多了一道工序，那就是做旧呀。”樱花漂亮的嘴唇上下移动着。

“大佐，经过研究发现，中国银行的印刷厂家为英国的德纳罗（Thomas De La Rue）公司、华德路公司（Water－low&SonsLtd）和美国钞票公司，他们做出来之后，要通过海上运往中国，我们在太平洋上的军舰是否可以查获他们的舰船。”豆鞘滑川枯黄的眼睛注视着川畑俊二。

“浦岛君，好主意，主意好呀，现在我们做旧，到那时，连做旧也不用了，直接使用法币，好，好，好。”川畑俊二竖起了大拇指，像个小孩子似的转着圈。

“大佐，我们是否可以上报军部？”

“浦岛君，当然可以，而且立即上报。”

“樱花少佐，现在已经造出的合格的法币，有多少了？”

“报告大佐，一元、五元、十元，一共加起来不到十八个亿。”

“呦西，要加足马力呀。”

“嗨，现在我们昼夜加班，争取造出更多的法币。”

“樱花少佐，我们‘大东亚共荣’的经济基础就靠你们了。”

“大佐，为帝国天皇效忠，是我们的荣幸。”

“呦西，呦西。”

“云子小姐，有何感触呀？”

“大佐，自愧不如呀，这里的工作进展如此迅速，我压力山大呀。”

“云子小姐，让军统几十人反戈倒击，为我们服务，你的功劳有目共睹，尤其是让军统退出上海，功不可没呀，对付几个山野贼寇，没有那么难吧？”

“大佐，我正在加紧努力，为‘大东亚共荣’增砖添瓦。”

“呦西，最近的情况怎样？”

“大佐，形势基本上是乐观的，各个村庄的地主武装是倾向我们的，各个山头的大王大部分也是倾向我们，现在的问题是，他们要军饷，要武器，怎么办？”

“云子小姐，不管什么武装，最多配备我们一个中队的武器，另外配备南部十四式手枪两把，日本九二式7.7毫米重机枪一挺，九六式7.7毫米轻机枪一挺，这也是最高的配备了。”

“嗨，这样的配备也比游击队的土枪土炮强多了。”

“云子小姐，至于钱嘛？虽然说是有的是，但是我们的战线庞大，告诉他们说，可以根据对‘大东亚共荣’的贡献，分配多少。”

“嗨。”

“以华治华，我们的兵力不足呀。”川畑俊二喃喃自语着，“浦岛君，对付几个抗日分子，没有什么问题了吧？”川畑俊二转脸对着豆鞘滑川。

“大佐，按照中国人的话说，叫作山贼毛寇，绰绰有余。”

“哈——哈——哈。”笑声响彻在红房子的上空。

阳光洒在地上，暖暖的，在一处处低矮的房屋前面，上身穿着破旧的沉重粗布棉袄，下身穿着青色的粗布棉裤，头上戴一顶牛皮瓜帽，为了节约一点点柴草，在阳光下取暖，这一群群形态各异，穿着一致的老人，就是我们朴实而又贫穷的农民。

水里浪在大张的陪同下，沿着进山的道路，来到了牛泰山上。

水里浪今天经过精心打扮，洗了洗头，把一头乱草理顺了，除了自作的青色布褂外，还换上了一双没有穿过的青色布鞋，走在山坡上，轻快得很。

“队长，咋走得这么快呢？又不是相亲。”眉毛眼睛长得比较端庄的大张累得有点喘气呢。

“比相亲更重要，你没有看见我们路过的村头我们的百姓，他们多苦呀。”

“我们上山和他们有关吗？”

“当然，我们要想尽一切办法，尽快地把鬼子赶出中国去。”

“你上次不是说打鬼子是持久战吗？”

“持久战，不是不打鬼子，我们要团结大龙、二龙，叫他们不要为非作歹。”

“能听吗？”

“听不听是他们的事情，说不说是我们的事情。”

来到山门，两个喽啰拦住了去路，“快去通报，说游击队水里浪前来拜见。”

大龙远远地走了出来，身穿长袍，个头偏高的大龙，确实一身帅气。

“贵客远道而来，不曾迎接，失敬。”大龙抱拳在胸前。

“久仰，久仰。”水里浪抱拳还礼。

“请。”

“请。”

两人一前一后走进了大殿，落座后，水里浪看着墙上挂着的新式的手枪。

“呀，大龙，鸟枪换炮了，啥时置的手枪？”

大龙的脸刷地红了，他知道这件东西的来历不太光明，大龙没有正面回应，“哪里，哪里。”

“听外面什么声音？怎么好像枪声？哪来的断断续续的枪声？”

大龙的脸红到了脖子根，原先不知道自己给日本人收购粮食，现在知道了，稍微有点心虚，老百姓会骂自己八辈祖宗的。

“大姐，我这样叫你，可以了吧，饶了我吧，我也是混口饭吃。”

“听说你给日本人收购粮食？”

“我也是刚刚知道的。”

“现在是给日本人操练军队吧？”

“日本人给枪、给钱不能不要吧？最起码我的家里还稳当。”

“要，当然要好好要，再说，你这座山谁来抢？”

“那可不一定。”

大龙的脸红透了，给日本人办事名声不好听，在日本人面前装孙子，在中国人面前也得装孙子呀，自己的老一辈，都是正儿八经的庄户人，到自己这一辈成了汉奸，可是不成汉奸，吃什么，喝什么，到底应该怎么办呀？

假币出炉

云霞在西天上画出了彩色的图画，晚归的人们匆匆地行走在回家的路上。

大龙心想水里浪只提自己心虚的地方，自己大小也是个副司令，虽然山不算太大，也是一座山，哪经过别人这么说呢。

“大姐，如果没有别的事情，今天我们就到这里吧，马上就要黑天了。”大龙想要送客了。

“队长，有事你就明说呗。”大张忍不住了。

“我可以参观一下你的弟兄们训练吗？”

“参观就不必要了吧，你说你有什么事吧。”

“大龙，我就实话实说，你们是不是要配合鬼子清乡？是不是要清剿抗日分子？”

“大姐，看你说的，起码我是个中国人吧，鬼子说什么我就干什么？”

“对了，大龙，我们要做对得起祖宗的事情。”

“肯定。”

“大龙，大姐求你件事情。”

“咱们能不谈求吗？自己的兄弟姊妹。”

“好，那我就直说了。”

“大姐什么时候成了婆婆妈妈的人了？”

“这不到了你这一亩三分地嘛。”

“大姐，什么事？”

“红房子是中国人的祸害，杀了我们很多兄弟姐妹，红房子地下还有一个我们中国人不知道的天大的秘密，你能不能投靠鬼子，取得鬼子的信任，和我们一起里应外合，端掉红房子。”

“你让我想想，我怕老百姓误解我，我的八辈祖宗要挨骂了，现在你都误解我了。”

“大龙，老百姓误解不误解，关键是我们能不能做坏事。”

“大姐，单纯我这山上几百号人，加上你的游击队，即使是里应外合，能够端掉红房子？我看不大可能。”

“可能不可能，不是说着看的，而是做着看的。”

“我接受他们武器的主要目的，是看家护院，不是为了别的，先把枪弄来了，然后让他们训练出人来，到时我的翅膀硬了，我怕什么？”

“说的也对呀。”

“大姐，你考虑考虑，我们能够端掉红房子？”

“你先说你，痛快点，答不答应吧。”

“我答应，端掉红房子，起码为老少爷们除了一害，我们老龙家也是为国立功了吧。”

“想法很好。”

“大姐，给我点时间，我考虑考虑。”

“大龙，时间不等人呀。”

“大姐，好的，我会认真考虑的。”

大龙和水里浪抱拳告别，大龙的脸上总算露出了一丝微笑，他也想做一件大事，可是力不从心呀。

冬天的太阳说落就落，还没有说上几句话，就没有影子了，大龙刚回转身，一个声音吓了他一跳。

“大龙。”大龙回过头来，看着眼前熟悉的面庞，那蓬松的头发，娇嫩的面容，完美的身材，“真是另一种美呀。”

“大樱桃，你怎么来了？”大龙一阵惊喜。

“只允许大辫子来，不允许我来，不够意思了吧。”

“谁说的？”大龙的眼睛直勾勾地看着大樱桃，“真是说不来都不来，说来一下子都来了。”

“大龙，你干什么？”

“我不干什么。”

“干吗，这么看人？”

“很多日子没有见过了，挺想你的。”

“听说你和云子定了亲，什么时候结婚？”

大龙的脸一下子红了，“谁说的？”

“天下人都知道。”

“听说你给你的大舅哥收购粮食，挣了不少钱吧?”

“去你的，谁挣钱了? 就是挣了两支破枪。”

“你的破枪好，比一个宪兵中队的枪，还多呀。”

“你知道的还真不少。”

“要想人不知，除非己莫为。”

“你还知道什么?”

“我还知道，云子和他哥哥的亲兄妹关系都是假的，云子的亲哥哥在关东军，而这个哥哥，你知道是什么人吗?”

“什么人?”

“红房子的主人。”

“真的?”

“骗你小狗。”

大龙的脸白一阵红一阵，毕竟被人蒙骗了这么多日子，这些日本人，这是干啥呀?

“大龙，今后打算怎么办?”

“我不知道。”

“大辫子来干什么?”

“大樱桃，你对别人的事情，怎么这么感兴趣?”

“不是感兴趣，而是关心，怕你上当，你已经上了鬼子的当，别再上了大辫子的当。”

“我是个光棍，能上什么当?”

“她长得太丑，我怕你上了她的床。”说完哈哈地笑了起来。

“大樱桃，你拿我开涮。”

“不是。”

“你不说正经的，我不理你了。”

“好，好，好，我的少爷，你带着你的队伍，跟着我干吧，我也是有背景的人，日本人能给你什么，我也能给你什么。”

“日本人给我钱，给我枪。”

“我给你的，肯定比日本人强，日本人的武器，你不清楚，我知道，日本人的武器大致射击精度极高，子弹伤害力也极大，有的基本与达姆弹相同，没有防护的人员如果被击中的话，通常非死即残。”

“这么厉害?”

“但是这种子弹穿透力很弱，用5层棉被就能挡住。”

“总比没有武器强吧。”

“此外日本武器采用的设计结构，必需严格保养才能保证可靠性，否则击发后容易出现第二发子弹上膛不到位的现象，导致射击停顿，这是致命的问题。”

“这是真的？”

“你们这些人在山上优哉惯了，给你们武器你们也发挥不了它的作用，也不会养护，美国人的武器就不同了，除了上面的优点外，一是重量轻，二是基本不用养护。”

“很简单吧。”

“是。”

“如果你跟我干，我给你配备全套的美式武器。”

“什么条件？”

“没有条件。”

“没有条件？你会对我这样？鬼才相信呢。”

“也许我看上你了。”

“还拿我开涮？”

“其实你挺好的，较高的身体，并不太丑的面貌，临时我还没有看出你的不足来。”

“再说，不理你了！”

“练好兵以后，投靠红房子，为国除害，端掉红房子。”

“啊？”

“啊什么？”

“你们的要求怎么一样呀？”

“我和她吗？”

“你到底和谁是一部分？”

“我们都是中国人呀。”

这真是句暖人心的话。

月亮挂在柳树的树梢上，远处的公路上，不时地游动着明亮的灯光，一切的静谧将随着严冬的到来，裹上严酷的寒霜。

歪着头的大柳树，粗大的树桩将要经受暴虐的洗礼。

二樱桃和二龙正在谈论着近期发生的几件大事。

“我哥托他的大舅哥买的那些枪械，你怎么看呀?”

“什么大舅哥，纯粹是日本人。”

“云子不是中国人?”

“是啥?”

“那些武器呢?”

“日本人送你哥的，是为了帮助日本人的。”

“日本人也有好的吧。”

“对呀，可惜不是她。”

“你说我们弟兄是汉奸吗?”

“看结果，可能是，也可能不是。”

“怎么说呢?”

“如果为鬼子办事残害中国人，就是，如果帮助中国人杀鬼子，就不是。”

“我不信我哥能接受日本人的资助，我们八辈子都是老实巴交的农民。”

“不信，回去问你哥去。”

“那怎么办?”

“接受日本人的资助，并不一定是坏事，主要是看他以后做什么。”

“以后我们怎么做?”

“你哥很快就会投靠日本人，投靠那座红房子。”

“不可能吧。”

“你先听我说，等你哥投靠以后，你和你哥争取得到红房子里面一个叫作豆鞘滑川的信任，他是日本特务机关特高科的课长，得到他的信任后，你们和我们一起，一举端掉红房子，只要端掉红房子，你们兄弟不但不是汉奸，而且还是抗战的有功人员，我就送你到中央大学学习，同时进入我们军统最严密的内围组织，我们就可以一起战斗了。”

“真的?”

“对，真的。”

“我一定努力。”

夜深了，除了偶尔的几声犬吠之外，就是几只星星疲乏地眨着眼睛。

老张跨出了鹤鸣村，他知道自己已经被深深地怀疑了，云子不但怀疑他，还在怀疑莲花，多亏了莲花呀，他猜不透莲花的心思是什么，到底为了什么？不管怎样，感谢她。

他在阴暗的小巷里漫步，他警惕着回过头，看见一个黑色的身影悄悄地跟着，一转眼，没有了，他以为看花了眼，静了静，回过头来，确实没有人。

他迅速拐进一条小巷，走到一户门前，身体贴在墙上，用力推了推门，插住了，没有回声，他又敲了三下，还是没有回声。

他知道，我们的一个联络点没有了。

鬼子巡逻的队伍一队队过去了，又一队队走来了。

他在黑影里，认真地想着，哪一个联络点才是最可靠的？

他想起了快速联络机制，那只黑鸽子，对，只有这样了，他往前走，鬼子的摩托车轰轰地响着，他快速地退回来，翻过小墙，来到一处残垣断壁的破旧房子里。

四周阴森森的，他小心地挪动着脚步，生怕哪里会射出一颗子弹。

“哇——”一只长病的猫被他踩了一脚，他吓出了一身冷汗。

“啾——啾。”他吹着口哨。

他用手摸了摸，墙头上那只鸽子，还是蹲在那里。

他把鸽子一扔，鸽子扑棱一下，飞向空中。

他翻转身，飞快地跑到那个大众浴池的门口，看看周围没人，走到写着“淋浴池浴”的牌子前，把用磁铁做成的小盒子，很快地放到牌子上的铁钉上，那里面盛着他的秘密，一颗硕大的戒指。

红房子探秘

局势越来越紧张了，重庆军统局像热锅上的蚂蚁，上蹿下跳的。

老张接到了军统局的密信，要求尽快查清情况，以便上峰制定对策。

老张坐在办公室里，这四个樱桃怎么办呢，战斗很快就要打响了，战斗是残酷的，这四个樱桃是留是走呀，万一看不好，给戴局长碰了叶子，自己的政治生命也就结束了。到哪里建功立业不好，军委会、各军部、总局，都是没有危险的差事，偏偏到敌占区，这几个烫手的山芋，应该怎么捧呢？

“通知开会。”回头对勤杂人员说着。

四个樱桃已经坐在会议室里，起劲地讨论着站长这几天的变化。

“姊妹们，你们发现没有，站长这几天改头换面了。”大樱桃晃了晃头发。

“穿着西服，留着平头，挺精神的，不像原先的黄脸皮那样丑。”二樱桃笑着。

“二妹看上站长了吧？这几天走得这么近乎？”

“不告诉你，急死你。”

“吃喜糖，二姐呀。”三樱桃瞪着单眼皮的大眼，做着鬼脸。

“吃喜糖，你看二姐掩盖得严严的，一点风声也没有透露，我怎么一点没有心理准备呀，二姐，真的假的？”四樱桃硕大的红腮上，大大的眼睛挂着迷茫。

站长走进了会议室，会议室里响起了哈哈的笑声。

“站长，交桃花运了吧？”大樱桃嘎嘎笑着。

“站长，喜糖呢？”四樱桃笑着。

“正经点，我现在做一下民意测试，你们四人里面，有谁看上我了，有谁愿意嫁给我？”

“二——樱——桃，二樱桃。”樱桃们一齐喊着。

“好了，别闹了，现在开会，上峰指示：尽快摸清敌人假币的情况，来一次大的行动。”

“哪有假币？完全就是真币，”四樱桃说着，“村庄里出现的法币，都是可以流通的，我们辨别不出来，就说是假的，谁服？”

“好了，不要讨论真假了，现在休息，今天晚上有重大行动，我们军统站准备一探红房子，看看里面到底有什么？”

“不想活命了？”大樱桃噘起了嘴唇。

“我们还没有进行地理位置的详细调查与测绘，没有了解敌人准确的兵力部署，这样盲目地去，站长，你对党国负的什么责任？”二樱桃上下嘴唇翕动着，一字一顿地说着。

“站长，我还没有结婚呀。”三樱桃把鼻子对准了老张。

“我们先侦查一天好吗？”四樱桃的声音有点小。

“愿意干就干，不愿意干，就回重庆去。”老张毫无商量的余地。

“那好吧。”不太情愿的声音。

月牙在西天上挂着，月光下朦朦胧胧的，能看见行人，今晚不是行动的最佳时间。

红房子灯火通明，鬼子的哨兵在门口警惕地注视着过往行人。

老张带领四个樱桃埋伏在墙角，静静地观察着红房子的前前后后。

“红房子的二层楼上的哨兵怎么没有了，今晚的敌人站岗怎么这么松懈？”大樱桃心里嘀咕着，“是不是老张又在要什么花样？”

“咦，二楼上怎么没有鬼子呢？”二樱桃首先打破了沉默。

“你看，站长，红房子的前边，后面，商铺的二楼窗门紧闭，没有灯光呀，是不是有埋伏？”四樱桃小声地告诉站长。

“鬼子是不是有埋伏，诱惑我们上当。”三樱桃提醒站长。

“不要说话，现在布置任务，我和三樱桃、四樱桃冲进去，吸引一下敌人的火力，大樱桃在门口左边的胡同里担任掩护，二樱桃在门口右边的胡同里担任掩护，我和她们两人能不能安全撤退就看你们俩了，拿好你们的狙击步枪，一定要一枪毙敌，否则我们就没命了。”

“是。”

“三姐，你试试我的手，怎么这么冰凉呢？”四樱桃颤颤巍巍地说着。

三樱桃放下手枪，双手紧紧抱住四樱桃，感觉到四樱桃冰凉的身体，“四妹，你是不是感冒了？”

“可能吧。”

“不行，你不要去了，我和站长一起去。”

“我一定要去。”

“对了，早晚要经过这样一个过程，让她去吧。”站长说着。

“好吧。”

“三、四，你们看见了吗？门口里面有一辆汽车，把门口的哨兵打死以后，我们迅速地占领那辆汽车，我在尾部掩护，三在左侧头部，四在右侧头部，认真观察敌人的火力情况，明白了吗？”

“明白了。”

“好，我们走。”

柔和朦胧的霓虹灯下，悠扬的乐曲缓缓地流淌着。

日军军官的高级俱乐部里，男男女女的，品尝着红酒，在优雅的乐曲里，跳着舞，享受着战争隙间短暂的快乐。

川畑俊二大佐、豆鞘滑川课长、樱花少佐、云子小姐在休息室里，川畑俊二拿出自己从日本带来的清酒，给豆鞘滑川倒上一杯，樱花和云子每人一杯红酒，四人相对而站。

“浦岛君，你比较一下我们的清酒和中国的白酒，有什么区别呀？”

“大佐，我们的清酒温和，中国的白酒浓烈。”

“浦岛君，就这些？”

“大佐，我们的清酒是君子，中国的白酒是小人。”

“感触深刻，感触深刻。”

“大佐，事实如此。”

“浦岛君，我们又有一个大好的消息呀，陆军军部采纳了我们的意见，把我们的意见通报给我们的盟友德国，德国海军在太平洋上截获一艘美国商船，查获了美国造币公司为中国交通银行印刷的、仅未印上号码和符号的法币半成品 10 余亿元。”

“牛，大佐，按照中国人的说法，真牛啊。”

“我们军部的人不日启程，商谈这些法币的价值，准备最快的时间把它带回来。”

“大佐，真是天遂人愿，仅仅没有印上号码和符号，中国人的法币制造方法，我马上会掌握的。”樱花笑着说。

“樱花少佐，以后中国人用钱的话，要到我们大日本帝国去取了。”

“大佐，中国人法币的秘密，对于我们大日本帝国来说，将不是秘密呀。”

“能够攻克这样高精尖的技术问题，樱花少佐，你的团队不容易呀。”

“大佐，为帝国效力，为天皇尽忠，理所应当。”

“浦岛君，你设想一下，将来中国人要用钱，到我们大日本帝国去取，这是一种什么姿态呀。”

“大佐，什么姿态也不是，我感觉中国没有存在的必要了。”

“哈哈哈。”一阵满足的笑声。

“云子小姐，你的警卫部队训练得怎么样了，马上要进入清乡扫荡的关键时期了，要配合军队收购粮食、棉花，还有上面需要的奇珍异玩，明白吗?”

“报告大佐，一定不负众望，到时会高标准地完成任务，把中国人的奇异瑰宝搜刮殆尽，为天皇的‘大东亚共荣’服务。”

“呦西，中国人五千年文明，有很多我们眼馋的东西。”

“大佐，定当竭尽全力。”

“还有，我们大日本帝国正在加紧建设‘东洋馆’，那里面需要充斥各种文物，听说中国的什么器时代，只要有，按照中国人的话是‘多多益善’。”

“大佐，是石器时代。”

“你看，人家中国人，从石器、铜器到铁器，比较系统呀。”

“大佐，还有玉器。”

“玉器?”

“大佐，我们把中国人的宝贝弄到我们那里去，以后中国人的后代要到我们家里去祭拜他们的宝贝。”

“哈哈哈。”又一阵笑声。

冬天的天气真是多变呀，刚才还是阳光普照，现在忽然没有了太阳，冷飕飕的。

水里浪和游击队员正在商议如何对付鬼子马上进行的扫荡，如何进行反扫荡的事情。

“如果鬼子顺利地扫荡，我们老百姓的日子，将没法过了。”老吴伤心地说着。

“老百姓手里的粮食、鸡鸭、牛马，快要让鬼子扫荡净了。”大张附和着。

“鬼子不是也给钱吗?”粗矮的小李，嘟囔着。

“给钱，给钱，光剩了钱，没有了粮食、牛羊、马骡，过了年不种地了? 种子没有了，骡马没有了，种什么地? 用什么种地?”水里浪说着。

“要广泛发动群众，藏好粮食、鸡鸭、牛马，更重要的是保护好老百姓的生命，否则，藏与不藏，意义不大呀，鬼子要是用刺刀逼着老百姓，那会怎么样?”老吴还是有点担心。

“能不能反映上去，让我们的八路军、新四军过来和鬼子真刀真枪地干一仗，打个谁胜谁负，不就得了?”五官端正的大张，说的时候嘴巴有点歪。

“事情和你说的那么容易就简单了，你想呀，我们国家这么大的地方，就是这点兵力，你看国民党的几百万军队不是让鬼子撵得到处跑? 同志们，要动脑子想一想，不要冲动，我们兵力少，可以骚扰敌人，瞅机会歼灭敌人，让敌人扫荡不成。”

“那怎么让敌人扫荡不成?”小李眨着眼。

“有的是办法，我们利用上级发给我们的地雷、手榴弹，埋伏在鬼子来去的路上，轰炸敌人，如果敌人的阵脚乱了，还可以利用我们这里山高林多的特点，机动灵活地消灭敌人。”

同志们在热烈地讨论着。

“队长，你看我们全是打兔子枪，打鬼子不大管用。”小李担心着。

“你手里不是还有一把大刀吗?”

“让我们拿着打兔子的枪，还有砍柴的大刀，和鬼子的机枪去比拼?”

“那又有什么不可以吗?”

“让肉和铁去比拼?”

“不可以吗?”

“谁胜谁败? 不就定了。”

“不一定。”

“那咱们试试?”

“试试又怎样?”

“小李，你先别害怕，我们用打兔子枪，不是打死过老虎、豹子吗?”

“那是人多。”

“我们现在人少吗? 有广大的劳苦大众，有老百姓支持我们，你怕什么?”

“我不怕，我只是担心。”

“同志们，鬼子的扫荡快要开始了，还有什么问题?”

“小李，我和你说，要想打兔子，抱定被咬伤的心，要想打老虎豹子，抱定被吃掉的心，要想打鬼子，就要抱定牺牲的心，你还想好好的，想打这个，打那个，现实吗?”老吴不耐烦地说道。

“你不死，他不死，谁死呀?这是打鬼子。”积极分子小王激动地说着。

“同志们，不要争了，我们要具体考虑鬼子的扫荡路线，尽量减少自己的伤亡甚至不要伤亡，考虑在鬼子来回的路上，消灭鬼子。”水里浪说着。

军统假币疑案

红房子门口岗亭的旁边，有两个站岗的鬼子，这里的岗哨非同寻常，每两个小时换一班。

三樱桃、四樱桃她们两人用的手枪，是在美国军校训练时用过的美国M1911A1式手枪，柯尔特公司作为世界老牌枪械制造公司，生产的M1911A1型手枪有两大特点，一是结构简单，零件数少，分解结合比较方便；二是机构操作可靠，安全性好，故障率低。

三樱桃用手枪瞄准两个鬼子，还没等站长发出号令，两个鬼子已经倒在门口，站长不得不发出号令，“快，抢占有利位置。”

站长拿着冲锋枪一阵风似的冲向那辆卡车，三樱桃四樱桃一左一右占据了车头的位置，三人成为犄角之势。

就在两个宪兵倒下的时候，红房子内的警报器拉响了，震耳欲聋的汽笛声响彻整个城市，瞬间，二楼上各个狙击点的鬼子都站了出来，枪口对准了那辆卡车以及站在卡车旁边的张站长和三樱桃、四樱桃。

突然鬼子旗杆上的高亮度荧光灯熄灭了。

“快上车，发动车冲。”

三樱桃、四樱桃随即拉开车门，坐在了驾驶员位置和副驾驶位置，老张钻到后车厢里，拿着冲锋枪，随时准备回击冲上来的敌人。

“嗵嗵嗵。”一转钥匙，响了三声，又熄火了。

三樱桃双脚把离合器和闸同时踩到底，接着一转钥匙，干脆连声音也没有了。

紧急时刻，急得三樱桃汗水渍渍地往外淌。

“不要急，拔下线头，接线，直接打火。”幸亏老张经验丰富，卡车腾腾地响了起来。

“冲。”老张大声地喊着。

这时鬼子备用的探照灯亮了起来，整辆卡车在灯光的照耀下，一览无余。

“抓活的。”豆鞘滑川身穿军服，手戴白色的手套，手举日本弯刀，枪声射向卡车。

鬼子的探照灯又熄灭了，一切陷于朦朦胧胧的夜色之中。

卡车顺利地冲出了门口，向野外跑去，后面鬼子的三轮摩托车、卡车，紧追其后，来到拐弯处，老张让三樱桃、四樱桃下车，把车后备厢的箱子一箱一箱地扔到了路边的沟里，三樱桃、四樱桃埋伏在沟里，老张开着车，顺着山路向远处跑去。

“站长的实战经验这么丰富，真牛。”三樱桃看着从身旁掠过的鬼子的车辆，竖起了拇指。

“可不是，你看我们没有任何损失，就取得了鬼子的火力布置图，以前害怕打仗，真正打起来，并不难。”

“你那一片鬼子的火力部署图，画出来了吧？”三樱桃问。

“画出来了，我们学什么的，三姐，不相信四妹？”

“相信，怕你吓傻了，忘了。”

三樱桃、四樱桃回到住处，已经是下半夜了，她们激动的心情，难以平静。

站长、大樱桃、二樱桃陆陆续续地回来了。

站长拿出一张草图，是红房子的区域图，四个樱桃站在旁边，一一在图上标注了自己看到的鬼子的火力布置。

“美女们，我们的任务完成得很好，我和三樱桃、四樱桃顺便截获了鬼子车上的二十多箱东西，我们一块去看看。”

“四，打开看看。”

四樱桃用刀子小心翼翼地割开一个箱子，露出了一摞一摞的半新不旧的法币。

“哎呀，我们发了。”四樱桃蹦了起来。

大樱桃拿起一摞，“咦，怎么全是五元的？啊，想起来了，这种五元法币是刚刚退出市场的，不能流通的。”

“看看别的箱子。”二樱桃说着。

她们一一打开了箱子，没有别的，全是退出流通市场的五元法币。

“观察火力布置，我们意外破获了一个大案子，站长，你说是吧？”二樱桃恍然大悟地说着，好像一个大大的发明。

“我得拿捆留作纪念。”三樱桃弯下了腰。

“三姐说得对。”四樱桃附和着。

“美女英雄们，我们的功劳可大了，不管钱管用不管用，既然军统局让我们查假币，我们现在查出来了，可以交差了。”老张高兴地说着。

“我们又要发了，我们肯定又能获大奖了。”大樱桃转脸对着站长。

“是呀，你们是党国的英雄，今天晚上我们要立即把这些钱送到重庆去，你们有谁愿意回去复命的，可以一同随我去重庆，我想，不但局长有重奖，蒋总统也有重奖。”

二樱桃拍起手来。

三樱桃攥着二樱桃的手，转起了圈。

四樱桃拿着钱高兴地转着圈。

一切都沉浸在幸福之中。

“幸福来得真是简单。”大樱桃心里想着，“今晚的行动有点莫名其妙。”

阴阴沉沉的天空到底何时是个尽头，乌云四处弥漫着，云缝中时而透出丝丝的光亮，树林间窜动的鸟鸣，不时地跌落在枝上，沟边。

牛泰山这几天像过年似的，整天处在喜气洋洋的氛围之中。

大龙陪着云子和她的哥哥，在山前，山后，到处转着。

豆鞘滑川一改往日的装束，黑色的西服干净贴身，头上添了一顶鸭舌帽，黄色的面容上，单眼皮下闪耀的眼睛，看起来狡诈和精神。

“龙副司令，可以把你这里改装成铜墙铁壁。”

“司令高见。”大龙唯唯诺诺地应着。

“你看山陡而狭长，易守难攻。”

“是。”

“如果这座山上建一条东西通行的大道，两边到处设计狙击口，敌人如何进攻呀？”

“这是天然的屏障。”云子小姐自言自语，云子小姐今天一改华丽旗袍的打扮，短褂马裤，很轻便的感觉，“这是上帝赐予的留守屏障，很想在这里打一场战斗。”

“云子小姐，你的手是不是又痒痒了？”

“浦岛君，是否想把它改造成军事基地？”

“云子小姐，我还真是想。”

“浦岛君，我们有钱了，改建军事基地不是轻而易举的事情吗？”

“云子小姐，不不，一个大桥搞得我筋疲力尽，我还是先搞好目前的工作，建桥和清乡扫荡，趁着这个冬天多弄些东西，你不知道吗？我们本土的‘东洋馆’还是空荡荡的呢。”

“嗨。”

“云子小姐，你听部队喊号子的声音多好听。”

“浦岛君，一二一吗？”

“副司令，现在练习得怎么样了？”浦岛把眼睛转向大龙。

“都是基本项目，正步走、拆枪、装枪、卧倒、瞄准。”

“副司令，要抓紧，马上就要扫荡了，要清剿抗日分子，抢购军用物资。”

“嗨。”

“云子小姐，你还有什么指示？”

“指示没有，我吧，有个建议。”

“云子小姐，什么建议？”

“浦岛君，副司令也是我们警备队的副司令了，如果住在山上，顶多是个山大王，要是住在红房子里，牛泰山作为训练基地，就是标准的副司令了。”

“云子小姐，你的建议很好。”

“副司令，你看呢？”

“司令，云子小姐，我嘛，顶多就是个山大王，到城里住，我不习惯。”大龙心里想，“想看住我，让我当铁杆的汉奸，没门。”

“副司令，你很快就会习惯的。”浦岛把话说得很软很轻。

“对呀，副司令，便于你和司令随时联系。”云子脸上挂着笑。

“副司令，你的办公室，紧挨我的办公室，愿意吗？”豆鞘滑川盯着大龙。

“我在山上指挥部队不是更方便吗？”

“不不不，在城里非常方便，更重要的便于我们及时沟通。”豆鞘滑川说着。

“怎么说呀？”

“专门给你配一辆车，可以吧，再说，可以给你专门往山上拉一条电话线，便于你随时指挥，可以吧？”

“那，山上的弟兄们……”

“好了，就这样定了，山上的具体事情，有二龙指挥着，可以吧?”

“可是?”

“没有可是，你的耳朵有问题呀，我的语气是温和的，是商议吗?”豆鞘滑川耷拉着眼皮。

“嗨，听从司令的。”

“呦西。”

“副司令，从明天开始，你的专车和司机准时来到山门口，你要准时的上下班。”

“嗨。”

大龙知道，一旦被小鬼子缠上，想摆脱就难了。

阴沉沉的天空死一般沉寂，怎么就没有声音了呢，树木无言地把手伸向空中，没有鸟鸣，到处是枯黄的野草，偶尔小溪中流淌着细小的生命，那是在层层的树叶下，已经没有声响地慢慢蠕动。

水里浪手中握着粗大的辫子，大樱桃远眺着沉闷的天空。

“唉，心情怎么这么压抑。”大樱桃喘了一口粗气。

“越在困难的时候，越要坚持。”

“感谢你们的同志，帮助我们取得了红房子的秘密。”

“看你说的，我们不是一块打鬼子吗?”

“大姐，我快要坚持不住了，你说，怎样才能端掉红房子?”

“妹子，硬来，端掉的可能性几乎是零。”

“大姐，我想上战场，真刀真枪地杀鬼子，这里真是憋气。”

“妹子，这里是更重要的战场，你们专业训练的都不行，还有谁行?”

“大姐，你说，敌人的假币连我们重庆造币厂的专家都鉴定不出来，我们怎么办?”

“妹子，那有没有别的什么措施?”

“大姐，我告诉你一个秘密，面对日伪军来势汹汹的‘假币战’，国民政府被迫制定并实施了‘以假对假’的策略。”

“妹子，具体做法呢?”

“大姐，两点，听说一是造假日币，二是不等鬼子的假币发挥作用，贬值纸币。”

“妹子，下一步可能多发钱了。”

“大姐，是的，军队、公务员、教师，以及其他公职人员，他们的工资可能提高几倍，甚至几十倍。”

“妹子，这不是祸害老百姓吗?”

“大姐，是呀，我这不是郁闷吗，你赶快通知老百姓，把手中的钱赶快化掉，买好柴米油盐。”

“妹子，谢谢你告诉姐，我替苦难中的老百姓谢谢你。”

“大姐，千万不要说我透露给你的。”

“妹子，我知道。”

沉闷的天气，只有阴冷，没有风。

军统张泄密

鹤鸣村门口的两个红色灯笼，像游荡在街上的醉鬼的两个眼睛，又像吃了死人的野狗，等待着下一个猎物的出现。

豆鞘滑川、云子小姐坐在沙发上，莲花小姐在一旁立着，细心地给两位主人倒茶递水。

“云子小姐，这次我们做出了较大的牺牲，换取那堆废纸的密码，是否值得?”

“浦岛君，当然值得。法币的全套秘密，我们已经掌握，中国人依靠英国、法国、美国人造出法币，然后运到中国，我们已经知道造钱的秘密，丢出去几箱子法币，不就是丢掉几箱子纸吗？况且已经没有任何意义的纸，这样可以让中国人高度紧张的神经，松弛一下。”

“云子小姐，我们这次可是给了军统张大礼。”

“浦岛君，这次军统张可以在戴局长面前捞足了面子。”

“哈哈哈，”豆鞘滑川得意地笑着，很长时间没有这么开心地笑了，“中国人的历史竟然是这么书写的，而且是我们大和民族改写的。”

“莲花小姐，你喜欢军统张吗?”云子侧着头，看着莲花。

“小姐，又拿莲花开玩笑了。”

“不不，我感觉得到，恋爱女人身上的气息。”

“小姐。”

“莲花，我们是帝国间谍学校培养出来的优秀军人，可不能让我失望。”

“是的，小姐。”

“可是，女人的感觉是没有错的。”

“小姐。”

“时间到了，”豆鞘滑川看了看表，“应该是军统张到来的时刻了。”

“中国有句话，叫作说曹操，曹操到。”云子小姐看着站在门口的军统张笑了。

“云子小姐，你看军统张今天的穿着。”豆鞘滑川惊讶地望着军统张。

“笔挺的西装，滑稽的鸭舌帽。”云子小姐哈哈地笑了起来，“如果不是他的出身低贱，我还以为是大和民族的后裔呢。”

“云子小姐，你看虽然他不配，但还是挺像的。”

“军统张，完成任务了？快来，坐坐。”豆鞘滑川伸出手，显然比以前友好多了。

“我们给了你的，你答应我们的条件呢？”云子显然有点急。

“云子小姐，你看他热的，给他倒杯水，让他歇一歇。”豆鞘滑川笑着。

“你们要的我会给你们，我们各取所需，公平交易，没有异议吧？”

“没有，没有，我们是伙伴，是利益关系。”云子小姐淡淡地笑着，“从来没有人和我谈条件，那是我给你的，像一只狗，为了更好地在我面前摇摇尾巴。”云子小姐心里骂着。

“那三个箱子的密码在香港九龙中华书局的档案室里，档案室第四个保险柜里，存有一本俄国著名作家列夫托尔斯泰的《复活》，在这本书的最后一页，写了你们要找的东西，快去找，找晚了，那本书被别人拿去了，我也没有办法了。”

“你在和我们要花招？”豆鞘滑川眨巴着眼睛。

“你放心，你们给了我我需要的东西，我的目的达到了，我能够不给你你需要的东西，有这样的买卖吗？”

“你们已经占领了香港，得到东西是轻而易举的事情。”

“谅你也不敢骗我。”云子哼了一声，“不过，军统张，我们给你是，是直接的货物，你给我们的，是一条线索，这样公平吗？”

“你们要的东西太重要，而我要的东西是你们已经废弃的东西，价格自然不能相等，我吃亏了。”军统张看着云子。

“浦岛君，你看，军统张也学会讨价还价了。”

“云子小姐，这是人的本性，尤其是中国人，你给他个大的东西，换他小的，他以为吃亏呢。”

“哈哈哈。”几个人的笑声回响在空中。

“云子小姐，我到你的办公室有点小事，这里莲花小姐和军统张好好玩玩，我们走了。”

“浦岛君，什么事情?”云子小姐走在楼梯上。

“云子小姐，明天我要飞一趟香港，专门处理这件事情，另外，还有一件事情，到香港找上海黑帮头子杜月笙。”

“浦岛君，有什么难处吗?”

“云子小姐，现在在香港购买汽油、奎宁等稀缺物资，军用物资，香港人对我们日本人有抵触情绪，我们要想办法通过杜月笙从海外购得，杜月笙在海外华人中有较高的威信，只要给他钱，没有办不成的事情。”

“浦岛君，有什么吩咐吗?”

“云子小姐，没有吩咐，现在安排你们线上的人，协助我们特高科，包围香港的中华书局，注意不要让军部的人插手。”

“浦岛君，为什么?”

“云子小姐，军部动用部队一是太显眼，二是容易泄密，天皇召开的御前会议，只有军部的人参加，结果泄密了。”

“浦岛君，我尊重你的意见。”

天空依旧阴沉沉的，透着心寒。

牛泰山的山门前，停着一辆黑色的轿车，轿车内的后排座上坐着云子小姐。

司机走下车来，对着门口站岗的喽啰说：“快去通报大龙上车。”

“不不不，是副司令。”云子从车里探出头来。

不一会儿，大龙身着长衫，头戴礼帽，缓缓地向山门口走来。

“哟，昨天还推脱不去的副司令，今天怎么这么精神?”

“云子小姐，是被‘副司令’的官馋去了。”

“副司令，这就对了。中国有一句古语，叫作‘人往高处走’嘛。”

“云子小姐，我们还有一句古话，叫作‘土地庙用不着大供养’，你高抬我了。”

“副司令，坐这儿。”云子探出头来。

大龙坐到了后排的座位上，紧挨着这位身材娇美的女性，大龙看见云子的手这么小巧，这么白皙，他想到了中国人经常说的一句话，“大手抓草，小手抓宝”。

“云子小姐，好漂亮的小手呀。”

“副司令，想摸一下吗?”

“真想，不敢。”

“副司令，你是男人吗?”

大龙今天的穿着挺得体的，高高的身材，配上青色的礼帽，活灵活现的眼睛，透着坏坏的心思。云子的眼中现出一种迷恋的神情。

“副司令，你看，今天头一次上班，我来接你，可以吧?”

“谢谢小姐。”

“第一次上班，就有我接送你上班，你的级别不低呀。”

“谢谢小姐，你不是说我是副司令吗?”

“就连川畑俊二大佐上下班，也没有我去接送，副司令，你可要明白我的苦心呀。”

“一定不辜负小姐。”

“你要对得起我们共同的事业，为‘大东亚共荣’出力。”

“一定。”

汽车一路绿灯，直接开进了红房子，他们在办公室前下了车。

“副司令，看看你的办公室，有什么意见?”

大龙抬头看时，门牌上写着“清乡扫荡警备队”，屋里挂着的标语，“为‘大东亚共荣’服务”，走进屋里，两张办公桌，两把椅子，一部电话机放在桌子上，北边的角落处，一组沙发排列在那里，挺简陋。

“很好，没有意见，只是我在这里办公，怎么指挥山上?”

“副司令，现在你可以打一下电话。”

“云子小姐，你们这些洋玩意，我不会。”

“真是个二百五呀，”云子心里骂道，“副司令，你看着，你这是一类电话线，直通山上的，只要你拿起听筒，山上马上就会响起铃声，有人接起来，你们就可以通话了。”

“这么简单。”

“拿起来，放在耳边。”

大龙拿起来，放在耳边，山上那边传来“谁呀?”大龙一阵高兴，“二龙吗?”

“哥，是我，我是二龙。”

“听见了，听见了，我是大龙。”

“听出来了，哥?”

他们兄弟俩沉浸在奇妙之中，电话里叨来叨去不住地谈着，云子在隔壁的房间里，从耳朵上拿下窃听器，“这哥俩，一对傻汉。”

这个冬天，除了阴冷，还是阴冷，说风大，还不是风大，小北风嗖嗖地刮着，直往人的怀里灌。

军统局郑副局长兼任战时沦陷区工作委员会主任，亲自来到杭州，指导沦陷区的工作，召开军统特别人员会议。

“志士同仁们，感谢你们，你们对国民政府，对整个国家做了件大事，国民政府现在暂住西南大后方，也是没有办法的事情，四大银行发行的纸币主要通过香港进入中国，但随着华南和香港沦陷后，这条渠道已经非常不方便了。孔祥熙遂命令中央信托局成立印钞事务处，让其设计一套可在防空洞生产的钞票，并准备在重庆建立印钞厂，但是建立印钞厂，并在短时期内设计一套不被敌人仿制的纸币样式，难呀。”

“只要有想法，就比没有强呀。”军统张附和着。

“现在我们按程序，先说高兴的事情吧。”

“张站长，你简要说一下搜到敌人假币的事情。”

“报告局长，我们通过内线知道鬼子大量地使用假币，疯狂抢购军用物资，我们分别在交通场所、娱乐场所、工厂公司、农村乡下，安排人手，加紧排查，知道敌人近期要清乡扫荡，高价收购粮食棉花以及奇珍古玩，所以我们偷袭了红房子，得到了部分假币。”

“做得好，关键时候还是看我们军统的。”

“为党国效力，不辞生死。”

“军统有你们坚定的志士，我放心了。”

“局长，鬼子高价收购老百姓的粮食棉花，珍奇古玩，有什么不对?”大樱桃站起来问道，“老百姓毕竟多得到了钞票呀。”

“这是战时，如果有人大量出售给鬼子粮食棉花等军用物资，可以以战时资敌罪论处。”

“不要问话，不要说话，认真听郑局长训话。”

“现在我们的专家集聚歌乐山，看了你们带去的几千万假币，傻眼了，他们看不出真假，只是认为是过期的法币，我们的技术赶不上别人。”

军统四个樱桃你看看我，我看看你。

“现在颁奖，‘杭州军统站’获总统特别奖，站长及全体美女英雄每人获得一枚中正奖章，全体参战人员每人奖五万法币。”

美女们鼓起掌来。

“另外，告诉你们一个好消息，戴局长已与英、美两大国造币公司达成合作协议，并秘密策划在重庆歌乐山建立了一座伪造日本钞票的造币工厂。”

美女们伸出了大拇指。

“我们的政府不惜重金从美国购买纸张和最先进的印钞设备，又挑选了原中国银行造币厂的技术精英汇聚歌乐山，昼夜研制，精心制作，我想沦陷区经济崩溃的日期就要到来了。”

“哗——”一阵热烈的掌声。

“局长，现在够鬼子吃一壶的了。”站长枯黄的脸转向局长。

“很难说，我们发现了鬼子造出我们的法币，我们采取以假对假，是无奈之举，现在的主要问题是，鬼子造出的法币，我们的专家看不出哪儿假?”

“局长，我们的专家到底是什么专家?看不出哪儿假，就不好好看看哪儿真吗?”

“是呀，总统在孔祥熙面前甩了手杖，我们花那么多钱，养着那么多造钱专家，居然看不出真假?”总统语重心长地对我们说，“将来鬼子可能用我们的钱打败我们。”

“局长，以假对假毕竟不是长久之计。”

“是呀，我来的任务有两个，一是搜集敌人在沦陷区的币制样票，二是基本证实红房子的地下一层是敌人的制币工厂，瞅准机会，一举端掉它。”

哗哗的掌声响了起来，美女们早就想热热闹闹地干一场了。

《复活》两种版本

天空雾蒙蒙的，滴着丝丝的雨星。

豆鞘滑川一下军用飞机，就直奔九龙的中华书局，这里已经被身穿便衣的人团团围住，这座十层楼的建筑，古里古气的，隐藏着一丝神秘。

“这里都安排妥当了吗?”

“课长，昨天晚上接到您的命令，弟兄们一夜没有睡觉，这座楼里面的人，只许进，不许出。”

“呦西，对帝国大大的忠诚。”豆鞘滑川身着白色的衬衣，短俏的西裤，急匆匆地向档案室走去。

“档案室在几楼?”

“课长，八楼。”

“走。”

人们小跑似的跟在豆鞘滑川的后面，似乎要发生什么重要事情似的，他们来到了八楼。

“档案管理员呢?”

“在。”一个戴着眼镜的战战兢兢的老头被带了进来。

“老人家，你行个方便，我是受一个朋友的嘱托，来这里找一样东西。”

“可以。”

“老人家，请你打开第四个保险柜，好嘛?”

“拿来。”

“什么?”

“你要取走货物的凭据?”

“你先打开保险柜，马上给你。”

“你先拿出条子，我再开保险柜。”

“巴格，你敢向课长要条子，找死?”

豆鞘滑川示意了一下，用眼睛狠狠瞪了一下旁边的随从。

“老人家，我是香港大学文科教授，专门研究俄国文学的，那里边有一本俄国作家列夫托尔斯泰的一本书，名字叫《复活》，可以行个方便吗？”

“年轻人，不是我不给你开保险柜，是因为不符合规矩。”

“好好好，不难为老人了，你走吧。”

“你们不走，我不走。”

“带走。”豆鞘滑川轻轻地说道。

两个青色便衣夹着老人轻快地离开了。

豆鞘滑川走到第四个保险柜前，右手按了按把手，用手指盖轻轻敲了敲钥匙孔周围的铁皮，实实虚虚的声音在他的脑子里转着，多么熟悉的声音呀，已经有好几年没有听到这样美妙的声音了，这是当年我们学习的课程之一，三十秒就成功地打开了保险柜的柜门。

他想起了在军校学习的时候，最快的时候，十秒钟就能打开保险柜的柜门，那是设计复杂的保险柜，在这里，三十秒钟，已经是非常多的时间了，看来不练习，有点生疏了。

“课长，您这么厉害，还要找那个老头吗？”

“呦西，你不懂，中国人的语言‘先礼后兵’。”

他慢慢地翻着里面的东西，看到了《复活》，“怎么两本呀，一本中华书局一九二五年版的，还有一本中华书局一九三零版的，这个军统张，要我吗？”

“我命令，不要让任何人打扰我，我要潜心研究托尔斯泰的《复活》，时间三十分钟，也许我在这里的决定将关系到天皇帝国的未来。”

“嗨。”

所有的人都唯唯诺诺地退出去了。

豆鞘滑川拿出了两本书，一屁股坐在地上，闭上了眼睛，这一刻，他要让上帝保佑，“为天皇建功立业的时刻终于来到了。”

他长长地嘘了一口气。

他拿出一九二五年版的《复活》，他不忍立刻知道答案，随便看了一段文字，“人不但不应以眼还眼，而且在有人打你的右脸时，应连左脸也转过去由他打，应该宽恕欺侮你的人，温顺地忍受欺侮。不论人家求你什么，都不应回绝。”

他看完这段，闭上了眼睛，这是托尔斯泰引用《马太福音》里的文字，很长时间，他不愿意睁开眼睛，他默默地翻到最后一页，他睁开了眼睛，看到了一句话。

沪商务印书馆档案室保险柜十。

他又翻开一九三零年版的《复活》，这是套简装本，比以前的《复活》整整少了一半，随便翻开了一页，又看到《马太福音》里的文字。

人不仅不应杀人，而且不应对兄弟动怒，不应藐视人，说人家是加拉（废物），若是与人发生了争吵，那么在向上帝献礼之前，即在祷告之前，应先同他和好。

他的眼前晃动着母亲的身影，“今天这是怎么了?”他静了静心思，径直翻到最后一页，还是一句话。

港商务印书馆档案室保险柜十。

“来人。”豆鞘滑川大声喊着。

“课长，什么事?”

“立即秘密包围香港商务印书馆，秘密包围上海商务印书馆，各等人员，只许进，不许出。”

“嗨。”

半圆形的月亮在天空中散着光明，偶尔一两声狂躁的犬吠出现在狭窄的胡同里。

军统局副局长郑介民和军统张在站长办公室里，神秘地说着悄悄话。

“局长，你看，这是我最近弄到的十册《永乐大典》。”

局长双手接过包裹，小心地打开包装的绸布，精美的线装古书《永乐大典》出现在局长的眼前，郑局长霎时瞪直了眼睛，“国宝，真正的国宝。”

“局长，这是在下孝敬您的。”

郑局长双手摸着线装的古书，散发着诱人的纸墨香，在他的心中飘着，郑局长闭上了眼睛，用鼻子嗅着，“这是真迹?”

“我是从北京的一个逃跑的王爷私宅里弄到的。”

“真迹不是被英法联军抢走了吗?”

“局长，您有所不知呀，圆明园的真迹被英法联军抢走了，后来又被八国联军抢走了三百多册，再后来那个王爷领命清理残本，得到近百册，其中他顺手牵羊弄走了十册。”

“是真的?”

“我认为是真的。”

“张站长，这样重量级的国宝，我也不敢收呀。”

“局长，军统局里面，你不收，没有别人敢收了。”

“可以这样说吗?”局长脸上挂着笑，看着张站长。

“可以，完全可以。”

“不过，这个话题，到此为止了。”

“知道，我也是军统老牌的特务了。”

“好，张站长，我们俩从来没有谈论过这个话题?”

“局长，从来没有谈论过，我们是在研究怎样除掉红房子。”

两个人闭着的嘴里露出嘿嘿的笑声。

“张站长，给你透露个消息，没有宣传的余地。”

“是。”

“日本侵入我们南部和东部，农业工业生产富庶之地，被日军攫取，这部分地区的农业产值占全国的40%，工业产值占92%，你想想我们政府的财政状况。”

“局长，那我们怎么活呀?”

“张站长，神活呗。”

“还有更神的呢？政府原以为人民爱国热情高涨，于是发行各种‘爱国公债’。但是，人们担心购买后变得一文不值，所以购买量很少，行政院特设“战时公债劝墓委员会，由蒋总统亲任主席，推销公债。”

“局长，蒋主席出面推销公债，没有问题了吧?”

“大打爱国牌，除了几大银行，工厂企业地主富农接受的摊派外，销售寥寥。”

“局长，蒋主席出面，还卖不出去呀?”

“人们担心，将来一钱不值呀。”

“现在我们怎么办?”

“你说怎么办，上海沦陷后，敌人进攻云南，切断中缅公路，从海上进口物资，从陆上进口物资的通道都被堵死了，如果你想发财，马上把外来的物品吞进，不到一年，你会笑得不是你了。”

“局长，真的?”

“真的。”

“局长，到那时，我们不会被认为是汉奸吧？”

“张站长，什么汉奸，我们是查别人的，谁有权力查军统？”

“感谢局长，到时还得局长罩着。”

“放心。”

又一阵嘿嘿的笑声，不敢从嘴里笑出来，像夜晚咬着木头的老鼠，吱吱地响着。

“下一个问题绝对机密。”

“局长，什么问题？”

“有意思的是鬼子的《法币谋略工作计划》标注时间十二月零五号，我们把它叫作‘代号1205’，它是你用生命搞到的，但是我们只知道它的内容，是在造假法币，造成造不成还没有确凿的证据，而证据呢，就在红房子地下一层，笑话呀，是共产党那边搞到的，通过曾家岩五十号重庆八路军办事处，转递给蒋总统，总统把中统的徐恩曾骂了个狗血喷头，军统幸亏你搞到了书面材料，对外说是戴局长的四个樱桃，你获利，她们获名，可以吧？”

“局长，看您说的，事实也是如此呀。”

“张站长，你的见识长多了，有前途，有前途。”

“感谢局长的栽培。”

“我最近参加了一个军事经济会议，孔祥熙制定了一个《非常时期经济方案》，这个方案让我们对鬼子的“代号1205”没有切实有效的对付方法，钱不值钱在所难免。”

“局长，你是说政府在开动印钞机？多发钞票？”

“我没说，那是你说的。”

“局长，怪小弟乱猜。”

“对付日本人造的法币，难呀，军委会除了安排在国统区周围严格盘查不法商人，禁止法币进入国统区，可这钱是法币呀，简单办法就是改变法币样式里的几点暗记和水印，加快流通方式，淘汰落后法币。”

“局长，政府在不断地使用新钱币，淘汰旧钱币，可能几天换一种新币？”

“我没有这样说。”

“局长，这样可能使鬼子疲于应付，可是乱了我们的经济基础。”

“现在我们是，团结一致对付鬼子。”

“是，是，局长。”

“现在我能告诉你的，就是有钱的话，不要放在手里。”

“局长，谢谢你，换上东西，多挣点。”

沉闷了几天的天气，终于露出了笑脸；虽然还在寒冷，暖和的光线终于洒向了大地。

树林深处掩映着的三间小屋，涌动着热气腾腾的气息。

“同志们，我们的同志已经搞清了红房子的秘密，地面以上的部分是关押和处决我们同志的场所，是个罪恶的地方，地下的部分是伪造国民党政府法币的制造工厂，我们现在使用的一元、五元、十元的法币，可能是那里造出来的。”水里浪通报着情况。

“那老百姓卖粮食的钱也是假钱吗?”老吴担心地问道。

“可能是，也可能不是。如果鬼子使用真钱买，就是真钱，如果鬼子使用自己造的钱，那就是假钱。”

“那现在怎么办呢?”大张瞪着眼睛，看着水里浪。

“同志们，不要担心，鬼子造的假法币连重庆造币厂的专家也看不出真假来。”

“还是鬼子厉害。”小李圆圆的脸上，一脸迷茫。

“没有听说蒋总统怎么对付鬼子？能造钱了，这还了得?”小王看着队长。

“听说在边界地区，严密搜查可疑人员，收购粮食棉花等其他物资人员，只要发现，立刻举报，还有重奖。”

“这也不是个长久之计。”老吴叹息着。

“如果你是蒋总统，你会怎么办?”水里浪的眼睛盯着老吴红色的脸膛。

“我要是蒋总统，我就不要这批钱了，让鬼子瞎造去。”老吴眯着眼睛。

“说得轻巧，老百姓手里的钱怎么办？工人手里的钱怎么办？公职人员手里的钱怎么办?”小王火辣辣地说着。

“对，现在比较可行的办法，就是让钱不当钱用，成为废纸。”水里浪心里想着，说出来让大家分析一下。

“就是再造新钱，让这批钱快花，或者贬值，或者找个日子兑换，超过兑换期就自行作废，上次的五元法币就是这样淘汰的。”老吴看着水里浪，“让鬼子造出了假钱，我们又没有好的办法，如果真是这样，倒霉的还是我们的老百姓。”

“现在找不出好办法，弄不好蒋总统也会像你说的那样，我们下一步的策略，赶快秘密地分头动员老百姓，把钱花掉，买上日常用品，尤其是政府专卖的盐、糖、烟、火柴和铜铁，预防钱不当钱用了，我告诉大家一个严肃的事情，我从军统那边证实了这个消息。”

“我们的日子以后会更难呀，我们以后还能拿着东西换东西?”老吴叹着气。

“同志们要注意保密，分头行动吧。”

“老百姓无奈的日子开始了。”游击队员小王叹了一口气。

香港商务印书馆追谜

阴暗的天空依旧存有难排的心绪，滴溜溜的云层孕育着潮湿的雨丝。

豆鞘滑川把两本书收拾起来，这两种版本的书籍到处都可以买到，他整理好书籍，放好保险柜内的材料，仔细观察没有异样后，关上柜门，走了出来，一切像没有发生一样。

“走，到香港的商务印书馆。”

“嗨。”

他急匆匆地下楼，坐上黑色的丰田轿车，一阵烟溜了，后面的一些穿着黑色西服的人，像一群黑色的苍蝇，消失在空气里。

他来到香港的商务印书馆，这也是一座几十层高的楼房，古朴而且庄重。

“安保工作怎么样?”

“报告课长，连一只蚊子也没有飞出去。”

“文化场所，切忌放肆。”

“嗨。”

“档案室在哪里?”

“报告课长，档案室不在这里。”

“快去追问!”

“报告课长，档案室在印刷厂大楼。”

“什么?”

“在印刷厂。”

“印刷厂在哪?”

“报告课长，在海边的渔村里。”

“这里的警戒不要撤掉，走，到海边去。”

汽车在弯曲的海边公路上疾驰着，沿途的美丽景色，豆鞘滑川有点心醉，但没有心思观看。

“我也是海边生长的人呀。”他叹息了一声。

来到渔村边的厂房里，没有声音，没有喧嚣，只有清冷与宁静。

这里只剩下了一个看门的老头，守着空荡荡的院落，两米多高的院墙，在风雨中飘摇着。

“老伯，工厂里的工人呢?”

“年轻人吗，快走吧，日本人占领了香港，工厂已经放假了。”

“是吗?”

“听说日本人要抓年轻的去当兵。”

“胡说，日本人能到香港抓香港人当兵吗？一派胡言。”豆鞘滑川心里想着，“这些军部的人，是谁造谣呢?”

“老伯，档案室在这里吗?”

“我是刚刚雇来的，我也不知道。”

“我到档案室查一点资料，马上出来。”

“年轻人，鬼子来了，快走吧。”

“老伯，鬼子也是人呀，我去去就来。”

“好吧。”

豆鞘滑川走进了大门，快速地走进左边的车间里，在杂乱不堪的房间里，一间一间地查看，他们走进一个硕大的车间，粗大的铁柱排列在室内，地面上到处摆放着还没有装订成册的书页。

“走。”

豆鞘滑川一个房间一个房间地寻找，当他走到盛着一个个铁皮箱子的房间时，如释重负。

豆鞘滑川看到地上散着的灰尘里，有一趟清晰的鞋子印记。

“刚才有人来过，”职业的敏感让他小心起来，“快抓住门口看门的老头。”

他的随从掏出手枪，一齐朝着大门口跑去。

“报告课长，传达室里没有人呀，看门的老头跑了。”

“哎呀，常识性失败，常识性失败。”豆鞘滑川哀叹着，“在常识性的问题上，失败。”

他查看地上的痕迹，那条深深的鞋印径直地走向一个保险柜，他定睛看时，“哎呀，十号。”他的心颤抖了一下，“难道军统张蒙我?”

他又一想，“不至于吧。”

他迅速地打开十号保险柜，仔细观察着，“好像没有翻动的痕迹。”他马上想到，“也许是职业间谍。”

他把里面的材料拿出来，没有什么重要的值得关注的内容，不过，和原先一样，有一本厚厚的著作，是上海商务印书馆出版的法国著名作家雨果的《巴黎圣母院》，真是怪了，看一看出版年代，一九三零年版的，再看看最后一页，“没有写字呀。”

他又仔细地翻了翻，看看扉页，看看中间页，“什么也没有，只是一本书。”

“这也许就是我要找的东西，因为别的纸片只是来往借账，没有什么，这里面一定有内容。”

他拿起这本书，保险柜的门也没有关，就跑了出来，“上海，上海的商务印书馆，也许存有重大机密。”

“课长，哪里？”

“机场，上海。”

一句话，消失在雨中。

月亮挂在南天的空中，树木影影绰绰的，能看清路上的行人，远处传来哇哇的叫声，多日不叫的夜猫子，今天怎么叫得这么凄厉寒心。

郑副局长和军统张在红房子火力布置图前，细心地观察着它的破绽和突破之处。

“张站长，你看，红房子的火力布置，天衣无缝。”

“局长，对于红房子，我们没有办法？”

“张站长，火攻如何呀？”郑副局长看着火力布置图，在深思，“你看红房子的火力布置，可以分为内外，内为红房子本身，外为红房子周围街道以外的二层楼上的火力布置，如果要把红房子夷为平地，非常简单，可是关押着我们党国的栋梁之材王处长，怎么办？”

“局长说得极是。”

“让专攻爆破的大樱桃制造一把纵火伞，纵火伞里装上零点五顿黄色炸药，这个红房子还能立在地上？鬼子的造钱工厂还能立于红房子地下？”

“局长，是呀，连火攻带上爆炸，鬼子见鬼去吧。”

“王处长和我们党国精英怎么办？”

“还是局长考虑得周全。”

“立刻开会。”

“是，局长。”

会议室里，郑副局长、站长和军统四樱桃相对而坐。

“张站长不愧我们军统的老牌精英，指挥破获鬼子假法币的案子，我本人到这里来之后，又详细了解了整个过程，看到你们从国外集训回来的戴局长钦点的四个樱桃，成熟得这么快，我非常欣慰呀，情况我也基本熟悉了，你们各自谈谈自己的情况吧。”

“报告局长，汽车站、火车站，一切照旧，码头上最近繁忙异常，可能有问题，我看如果鬼子造出假币，往外运送的渠道可能是码头，走海运之路。”大樱桃分析着。

“报告局长，宾馆、饭店、舞厅，有的人在传说日本人从古玩店里弄走了不少东西，听说连古玩店的镇店之宝也弄走了，镇店之宝是一个老人，拄着禅杖，渡河低头看河水的样子，上面还有四句题诗，鬼子弄不好用假法币大量购置所有物资。”二樱桃汇报着。

“观察很细，很好，这才是从国外学成归来的样子。”局长表扬着。

“报告局长，工厂、公司制造的产品，利润较低，不如搞商业挣钱多，下一步弄不好，工厂公司的钱要充斥到商业领域里去，日用商品、粮食棉花军用物资，要涨的可能性已经存在了。”三樱桃扇动着薄薄的嘴唇，慢腾腾地说着。

“很好，继续观察，可能为党国制定对敌的经济政策提供了依据。”

“报告局长，乡下农村，鬼子又要扫荡了，抢购粮食，还要收购珍奇古玩，听说游击队准备阻击，我们怎么办?”四樱桃迷惑的脸上等待着答案。

“张站长，我们这里谁和游击队对接?”

“局长，也没有具体的人，我和大樱桃、二樱桃都和游击队对接过。”

“张站长，不能叫游击队乱来，我们的主要任务是端掉红房子的地下造币厂，他们一闹，惊动了鬼子，怎么办?一定要防着，不能叫他们乱来。”

“是，局长。”

“党国命令:”局长一说，所有人员一起站了起来。“现在我们搜集鬼子在本地区流通的各种面值日本钞票、伪币和军用票，本人要马上送到歌乐山，那里有我们的盟国英国、美国造币公司的专家，还有我们造币厂的专家，昼夜研究，仿造鬼子用的各种票币。”

“好。”

“现在，分头行动吧，今天晚上十点我要返回重庆。”

光秃秃的树枝沉浸在灰蒙蒙的雾气之中，短暂而幼稚的鸟鸣声洒在远处的树丛中。

军统张来到游击队的防区里，和队长水里浪交换着意见。

“水队长，听说红房子地下造钱厂的秘密是你们的人透露给我们政府的上层的？”

“站长，这个，不属于我们队长这一级知道的范围，我还真是不知道。”

“水队长，还卖乖呀，你看你的辫子，多粗多糙，也不找个人抚摸一下，可以变得有光有色了。”

“站长，你有本事，你摸呀。”

“水队长，不敢，我是和你开个玩笑，像你这么大的老姑娘了，整天东跑西颠的，有什么意思，不如找个差不多的人嫁了算了。”

“这是我个人的事情，做好你的工作，想法把你的四个樱桃嫁好就行了。”

“最近，听说你们要行动？”

“你的耳朵还挺尖的。”

“站长，我们的行动就是打鬼子。”

“水队长，我们上峰的意思，你们先不要惊动鬼子，等我们端掉红房子，再说。”

“什么？鬼子下来清乡扫荡怎么办？”

“水队长，鬼子不就是为了几粒粮食吗？”

“张站长，老百姓不就指着几粒粮食吗？”

“水队长，鬼子用他们造出的假法币，买老百姓的粮食，你们甘心吗？”

“张站长，所以，我们要打鬼子。”

“听说最近你们游击队还经常到界外活动？”

“张站长，我们是到鬼子的防区里，骚扰鬼子。”

“水队长，不要越界，在你自己的防区里，打打兔子、野鸡，打打牙祭，不是挺好的吗？”

“张站长，你们不到鬼子的防区里打鬼子，还不让我们去？”

“水队长，不不不，你们那几支枪，能到鬼子的防区里打鬼子？”

“张站长，看不起我们游击队？”

“水队长，不不，只是怕你们吃了亏呀，再说，打鬼子，是政府的事情，国军的事。”

“张站长，谢谢关心。”

“水队长，听说你最近到牛泰山跑得挺勤？”

“张站长，我要动员大龙打鬼子。”

“水队长，看好你自己的地盘，大龙的事情你不要乱掺和。”

“张站长，蒋总统不是号召全民抗战吗？有错吗？”

“以前听说你在江里水上厉害，没想到你也要到山上去？”

“张站长，动员大龙打鬼子没有错吧？”

“水队长，动员大龙打鬼子，没错，我要的是你背后的意思。”

“张站长，打鬼子背后还有啥意思？”

“水队长，你和我打哑谜？”

“张站长，你到底什么意思？”

“水队长，你是动员大龙姓共还是姓蒋？”

“张站长，打鬼子和姓共与姓蒋，有关系吗？”

“水队长，当然有，我劝你早死了这颗心，要不，我看见你的人再上山，我们军统就不客气了。”

“张站长，你们要内讧。”

“水队长，你理解错了。”

“张站长，你可以找人，陪着我们的人，看看我们游击队的人有没有私心。”

“水队长，那样不是太下作了吗？”

“张站长，这么着，我们只是动员大龙打鬼子，等打完鬼子，大龙姓共或者姓蒋，由大龙自己说了算，或者，到那时我们再去挣，怎么样？”

“好，一言为定。”

“一言为定。”

英汉《巴黎圣母院》

天空飘着密密的小雨，听不见响声，远处的房屋笼罩在烟雨中。

豆鞘滑川从虹桥机场一路狂奔，来到商务印书馆的门口，这里已经有特高科的人把守门口，看起来一切神秘而又寂静。

“课长，您终于来了。”

“档案室在几楼？”

“十楼。”

“商务印书馆的原来人员，都在吗？”

“课长，都在，我们把他们看押在二楼的一个会议室里。”

“没有人外出吗？”

“课长，有，上厕所的。”

“你们跟随我来中国这么长时间了，一点长进也没有。”

“课长，什么事情？”

“你想呀，关押人，哪有把这么多人关押在一起的？”

“嗨。”

“这不是间谍工作常识性的错误吗？”

“课长，我们马上分开看押。”

“已经没必要了，这么长时间，什么事情串不了供呀。”

“嗨。”

“确实要这样关押的话，那要把我们的钓鱼者放进去，明白吗？”

“课长，我们知道了。”

“要钓鱼，容易，同时也要预防被别人钓呀。”

“嗨，课长。”

“钓鱼嘛，要向驻沪总领事馆副总领事岩井英一学习，他经常以“左倾”面貌出现，结交不少中国进步文人，岩井英一实际上是岩井特务机关的总头目，他的主要任务是利用文化界人士，组织文化舆论方面的宣传活动，同时收集有关战略方面的情报，他的工作卓有成效，受到军部以及外务省的表彰。”

“嗨。”

豆鞘滑川来到十楼，看到档案室门口的暗锁完好，高兴得笑了，“呦西，呦西。”

他掏出针细的铁丝，把铁丝放进锁芯，晃了晃把手，连看也没看，只听吭的一声，门开了。

“课长真是神勇。”

“不不，这是最基本的技能训练，明白吗？普通的锁，在两三秒钟开启，稍加防密的，要在十秒钟左右开启，严加防密的，要在二十秒钟开启，否则不适应日益严峻的战争形势。”

“嗨。”

豆鞘滑川环视了一周，看看墙上、墙角、地下、保险柜旁，没有人，才悄悄地进门。

“课长英武。”

“不不，这是间谍的基本常识。”

一会儿，来到保险柜旁，边数边查，号码上写着“十”，“不要相信保险柜上写着的数字，要相信自己的眼睛，明白吗？”

“嗨。”

“你们看，还是那根铁丝，就是万能的钥匙。”豆鞘滑川按了按把手，是否锁着，然后用右手的手指盖，轻轻地击打锁孔周围的铁皮，得意地说着，“哪个地方实，那个地方虚，声音自然不一样，可是保险柜在设计的时候，不可能让你一下子右转或者左转几圈，就能打开，当然，右转或者左转，圈数是不同的，看这个，是右转三圈，左转五圈，还有重要的是耳朵的配合功能。”

“课长，这么艰深，我们哪能学会呀？”

“其实很简单的，等一会儿，我卸开，你们就明白了，当然，还有智能的、数字的，或者手纹的，一通百通呀。”豆鞘滑川认真地解释着开锁的有关常识。

豆鞘滑川打开保险柜的柜门，“看见了吧，保险柜的钢制铁棍和周围铁皮的关系，自己转转，研究研究，很快就掌握了，没有什么大的蹊跷。”

豆鞘滑川掏出了保险柜里面的东西，“奇了怪了，也是一本书，和先前的那一本差不多厚，他翻来覆去地看着，也没有看出个子丑寅卯来，因为这本书是全版的英文书。”

他马不停蹄地回到红房子，召集各类专家，研究这两本书，一本是一九三零年商务印书馆出版的《巴黎圣母院》，上面什么暗示也没有。

“报告课长，这本是商务印书馆出版的法国名著《巴黎圣母院》，这本书写了一个漂亮善良的女孩子被毁灭的过程，挺凄惨的，形式全英文式，一九三零年版。”日本专家对豆鞘滑川说着。

“两本都是《巴黎圣母院》，出版社相同，年代相同，只是语言不同，而且放在两个地方，为什么？这是自己需要认真研究的问题。”

夜空没有月光，没有星星，远处的一两声雄鸡的啼鸣，回响在空中。

郑副局长一路风尘，赶回军统站，带回了党国的重要信息。

“全体同仁，为了对付日军的‘代号 1205’，也就是日军的《法币谋略工作计划》，我们经过蒋总统批准，成立了“对敌经济作战室”，孔祥熙起草的《非常时期经济方案》也已经获得批准，由我们军统具体负责，可以看出总统对我们军统的信任，我们一定不辜负总统的期望。”

“局长，您有什么吩咐?”

“全体同仁，我带回去的一元、五元、十元的日本钞票、伪币和军用票，已经交到重庆造币厂，戴局长亲自从汉奸周佛海处获取日伪银行的印钞票版，带回歌乐山复制，日夜赶印，总数多达 15000 多箱，二十多亿元。”

“好呀。”全体同仁热烈地鼓掌。

“局长，这次我们有了以假对假的最好办法了。”

“是呀，全体同仁们，这些成品将运至江西上饶，再由交通部门源源不断地偷运到汪伪政权控制的沦陷区，混入金融流通领域，敌人经济崩溃的日子不远了，我们这里分了五百箱，几千万元，能不能完成任务?”

“能。”

“我们开动了造钱机，鬼子的美梦快要到头了。”郑副局长自信地说着。

“太棒啦!”美女们叽叽喳喳的叫声，好久没有这么高兴了。

“我回重庆前，那是谁说古玩店的镇店之宝被鬼子弄了去，一个老人，拄着禅杖，渡河低头看河水的样子，上面还有四句题诗，那是谁?”

“局长，那是二樱桃。”张站长提醒着。

“局长，是我。”

“我回重庆，找到搞艺术的故宫博物院的研究员请教，得知，如果是镇店之宝的话，肯定不是一般的画，很有可能就是圆明园失窃的《洞山渡水图》，为宋代画家马远绘制。描绘的是曹洞宗祖师洞山良价在云游途中，涉水之时见到自己水中之影而恍然大悟的一刹那，是为数不多的马远的真迹之一。原藏于圆明园，后来不知下落。如果真是这样，我们如何夺回此画？”

“假币问题还没有处理，又出来一幅国宝，怎么办？”二樱桃自言自语。

“听说，那幅画上有南宋皇帝宋理宗的皇后杨妹子的题字，其中两句‘未免登山涉水’，还有一句‘一见低头自喜’，不可复制的国宝假如被贼人所夺，我们怎么向祖宗交代？”

“局长说得极是。”站长附和着。

“张站长，这个光荣而艰巨的任务，交给谁最稳妥？”

“局长，都是党国的精英，自告奋勇吧。”

“也好。”

局长眯起眼睛，转眼看了一圈，都耷拉着眼皮。

“军统的勇士们，这个令旗，谁接？”

没有声音，室内一片沉寂。

“局长，我看真假还不一定，侦查一番再说吧。”站长带着点怀疑的味道。

“局长，是呀，圆明园失踪的东西，肯定是国宝，价值连城不说，我看这样珍贵的东西也到不了我们这里，侦察一番再说吧。”大樱桃也对此画持怀疑态度。

“如果是真的呢？”

“局长说，如果是真的我们怎么办？”站长重复着。

“我看我们站是一个组织，如果一个人或者几个人，完成任务，不是那么容易，尤其是我们对抗的是狡猾的鬼子，最好协同作战，共同完成任务。”大樱桃提建议。

“还是老大，就这么定了。”局长高兴地说着。

“还有一个任务，牛泰山的大龙是姓日，还是姓蒋，或者姓共？张站长，这几天，你完成得怎么样了？”

“局长，我找过游击队，达成协议，我们都不争取姓蒋或者姓共，但是都积极动员大龙打鬼子，打完鬼子以后，让大龙自己决定。”

“糊涂，你不知道游击队好做小动作吗？”

“局长，是是，我马上去办。”张站长脸上带着汗。

“还有游击队的事情，不是下河，就是上山，到处乱窜，解决了吗？”

“局长，我说过，对着水里浪，端好自己的碗，吃好自己的饭，不要越界，否则绝对不客气。”

“水里浪怎么说呢？”

“局长，她说她们到鬼子的地方去，可以吧？”

“你怎么回答的？”

“局长，按您的吩咐，我说也不行。”

“很好，我们切忌让游击队在我们和鬼子的眼皮底下挣去了地盘，到那时我们就被动了。”

“局长，我们谨记您的教诲。”

“不是我的，是我们敬爱的蒋总统的。”

“是。”

皎洁的月光洒满了大地，弯弯曲曲的公路上，到处游动着巡逻的灯光。

水里浪和游击队员神情严肃地坐在一起，新近发生的事情超出她们的预料。

“同志们，在上级还没有新的指示之前，我们看一下应该怎么做呀，我们没有想到老百姓的日常用品价格提得这么快，有的人手里有钱买不着东西呀，现在城里刮起了抢购风，不管用得着的，还是用不着的，一窝蜂地往家里买，农村的老百姓应该怎么办？”

“队长，大龙收购粮食，老百姓觉得价格还可以，卖掉了，现在三倍的价钱，买不回粮食来了，粮食涨得这么快。”老吴烦躁地说着。

“听说城里的米店，很多已经关门了，不卖了，等着涨价，我刚从城里回来。”小李眯缝着眼，像说着稀罕事。

“烟、糖、火柴以及油盐酱醋，涨得最快，基本上是十倍的价格了，多数小店里是没有货了，或是老板不卖了。”面目清秀的大张看着队长。

“听说粮店涨得最厉害，基本上粮店都没有米了，这样下去，怎么得了？”老吴看着水里浪。

“照这样下去，我看粮食要涨到原先的十倍，二十倍，甚至三十倍也不止呀，你想呀，老百姓不能不吃粮食吧。”小王也瞅着水里浪，“队长，有什么办法呀？”

“同志们，你们说，怎么办？”水里浪看着同志们，“我长这么大，也没有经历过这些？”

“队长，还是抓紧向上级汇报吧。”

“同志们，上面还缺粮食，我们上次开会，要同志们抓紧做好宣传，让老百姓把手里的钱换成东西，宣传了吗？”

“宣传了，可是老百姓不相信呀，很少买东西的，认为把钱放在手里还安全，便于藏匿。”老吴生气地说着。

“老百姓就是老百姓。”大张叹息着。

“同志们，不许说我们的老百姓，上次征粮不是挺有积极性的，我先带头作检讨，主要是我们和老百姓还没有充分地融合好，他们没有充分地相信我们，现在回去登记一下，老百姓有没有吃不上饭的。”

“好。”

破译密码

夜已经很深了，红房子里灯火通明，到处都是忙碌的身影。

豆鞘滑川经过陆军省和参谋本部同意后，征调了各个方面最优秀的人才，汇聚红房子，有纯熟的英语翻译，中国通，还有密码专家，在一个大办公室里，分成几组，英语翻译在研究英文版的《巴黎圣母院》，中国通在研读中文版的《巴黎圣母院》，懂英文的密码专家在研究英文版的《巴黎圣母院》，懂中文的密码专家在研究中文版的《巴黎圣母院》，一切忙碌而有秩序。

豆鞘滑川黄色的脸上，带着倦意，他坐在墙角的沙发上，微闭眼睛，双手合十，他在想着，“到底是为什么？中文版的，英文版的？”

半小时后，开始聚堆，讨论突破整个事情的方案或者思路，否则方向错误将会事倍功半。

四个小组开始聚堆，从各地抽调的日本精英，面面相觑。

“天皇帝国的精英们，你们的思路将会为帝国的‘大东亚共荣’带来光辉的前景，看到这些书，你们谈一下体会？”

“课长，你让我们从哪些方面谈？”中国通的组长问道。

“随便谈。”

“从中文的角度来看，《巴黎圣母院》写了一个凄美哀婉的爱情故事，像这个故事一样的是美丽的主人公的毁灭，这是她的归宿，她的命运。课长好像不是让我们来看故事书的吧？”中国通的组长说着。

“很好，继续说。”

“如果从战争的角度来看，完全可以设计成一本密码本，非常简单实用，但是容易泄密。”中国通密码组的组长谈论着。

“从英文的角度看，翻译比较流利，语言比较平和，我看是英式英语，和中国的中文比较，叙事流利，语言柔美，如果需要，我可以把它翻译成流利的日语。”英文组的组长说着。

“从专业密码的角度看，英式密码也是容易泄密，美式密码稍微艰涩一点，所以当作密码用，不是不可以，而是应该注意保密。”密码组的组长看着豆鞘滑川。

“那么，中国语和英式英文分别作为密码的话，翻译出来的东西，内容是不是不同的?”

“当然，密码不同，翻译出来的东西肯定不同。”密码专家解释道。

“呦西，感谢天皇的精英们，来人。”豆鞘滑川大声喊着。

“课长，有事?”

“把那三个箱子，黄色柳条箱、蓝色铁皮箱、黑色牛皮箱抬来。”

“课长，什么任务?”英文组长问道。

“这三个箱子盛着的东西，实质是一份材料，分为三个箱子保存，被我们一一找到了，现在我们用不同的密码，中国语密码和英式英文密码，破译这三个箱子的秘密。”

“课长，多长时间呢?”

“按照战争谍战的规律，二十四小时破译不出来，就已经失去了它的效用，以后即使再破译出来，我们拥有应对措施的同时，敌人也有了应对措施，所以，从现在开始计时，原先四组，现在两组，开始吧。”

“课长，您说的时间是二十四小时吗?”英文组的组长赔着笑脸。

“组长，你没有听明白我说的话吗?”

“课长，明白。”

“组长，你明白我说话的意思，请尽力而为吧。”

“嗨。”

时间一分一秒地继续着，豆鞘滑川坐在沙发上，微微地睁着眼睛，透过眼帘的缝隙，静静地看着对面墙上一幅漂亮的油画，那是一位美女，裸露的上身，瘦削而细长的双臂，双手在胸间抱着一个陶器的坛子，娇美的胯上，系着一条印着浅色花纹的围裙，扎在脑后的头发，飘逸着，那双甜人的眼睛，薄薄的嘴唇，多么美的油画呀。

“唉，这一切，因为战争，成了回忆。”豆鞘滑川叹了一口气。

几米远的地方，日本的专家正在马不停蹄地破解着密码。

冬天的阳光有点刺眼，树梢站在微风里，叽叽喳喳的鸟在树枝间穿梭着。

郑副局长坐在办公室里，嘴上叼着巴西进口的雪茄烟，好久没有抽烟了，亲临前线的感觉，五味杂陈。

“局长，这里不如重庆好玩吧?”张站长笑着。

“各有各的好处。”

“局长，还是回重庆，坐镇指挥吧。”

“唉，这个造币厂，总统的心事呀。”

“局长，您可以悄悄地回去，或者去找一个相对安全的地方。”

“你想害死我呀，戴局长的四个樱桃在这里，我的活动每天戴局长都了如指掌，戴局长是总统的嫡系学生，西安事变又救驾有功，我不说没有本事，就是真有本事，也应甘心屈居。”

“局长您高风亮节，小弟佩服。”

“张站长，那幅画的事情，一个老人低头看河的故事，打听明白了吗?”

“局长，我们的内线厨子阿健报知，他一点也不知道，红房子没有动静，据我猜测，如果真有的话，可能在川畑俊二那个老狐狸那里。”

“战乱时期，那幅宝贝，我心痒痒呀。”

“局长，如果真有，我就是钻天，也要把它弄到。”

“好，张站长，我相信你。”

“局长，放心，军统早晚是您的，我有数，我探听到消息后，一定召集所有精英人员，给您弄到。”

“不不不，我不需要，那是国家的宝贝。”

“局长，您还不放心我，我就是您的一条走狗，我能傻成说去弄古画，就说执行别的任务，神不知鬼不觉地给您弄回来。”

“不不不，就是弄回，也是国家的宝贝。”

“局长，我明白。”

“现在召集会议，布置下段工作。”

“局长，好。”

局长、站长、军统四樱桃坐在会议室里。

“上次有人反映的那幅古画问题，经过调查纯熟虚假，那幅《洞山渡水图》，为宋代画家马远绘制不假，可是早在圆明园时期，就已被外人所掳，早已不在国内，这个话题就不要再谈了。”

“是，局长。”站长附和着。

“现在说一说你们各自负责的工作吧。”

“报告局长，汽车站、火车站、码头，来来往往的神秘人员不断增加，物价飞涨，店铺的小商小贩说，不敢卖了，卖出去的东西，再出去进时，已经进不回来了。”

“好，好呀，我们的目的初步达到了。”郑副局长哈哈地笑着。

“报告局长，娱乐场所的消费更是涨得惊人，一杯红酒原来要几千，现在几万了，一般的人不敢到娱乐场所消费。”二樱桃认真地说着。

“这就对了嘛，娱乐场所是一般人去的地方吗？”郑副局长点着头，赞许着。

“公司工厂，干干停停，停停干干，是没有钱，还是在观望？”三樱桃瞪着眼。

“农村乡下，老百姓原先卖粮食有几个钱，现在粮食没有了，照这样下去的话，很快钱也没有了。”四樱桃扑闪着双眼皮，有点想不通。

“我来说一下，这就对了吗，希望你们不要叽叽喳喳，更不要大惊小怪，工厂嘛，是没法干了，外来货物的侵袭，加上工厂利润低小，商业流通利润增大，逼迫着商人们追逐利润，舍本逐末，搞乱沦陷区的经济，我们抗战的期望。”

“那样老百姓不是处在水深火热之中吗？”

“老百姓？他们的儿子，我们的国军，在蒋总统的运筹帷幄下，组织了几次大的军事行动，歼灭日军精锐二十多万，古语说得好，歼敌一千，自损八百呀，国军面对的是世界上最精锐的日军，国军精锐伤亡一百多万，他们的儿子都牺牲在战场上，他们吃点苦，受点罪算什么？”

“美女们，你们一定不能有妇人之仁，一定要会算这笔账！”站长看着四个樱桃。

“美女英雄，还有什么意见？”

“站长，我们这是打的什么仗？老百姓越打越穷？”三樱桃嘟囔着。

“三，你不明白了吧？我们为政府打仗，等到把鬼子赶走了，在蒋总统的领导下，加上有美国的支持，到那时，老百姓的日子就好了。”

“美女们，做好宣传工作，要耐心地等，等到鬼子完蛋了，一切就好了。”郑副局长咳嗽了几声。

午后风慢慢地大了起来，树枝晃来晃去的，树干发出吱吱的叫声。

川畑俊二大佐、云子小姐、豆鞘滑川课长、樱花少佐在宪兵大队的二楼会议室里，川畑俊二大佐的脸红腾腾的。

“诸位帝国的英雄，我们前面的工作，做得非常出色，尤其是樱花少佐带领的科研团队，根据陆军大臣东条英机亲自下达的批准伪造中国货币的命令，不长的时间就成功地为帝国创造了近百亿法币的价值，帝国的骄傲。”

“大佐，这是您领导有方呀。”樱花谦恭地笑着。

“还有浦岛君到古玩店搜集的《洞山渡水图》，为中国宋代人马远绘制，在这方面，浦岛君做得较为优秀呀，你想呀，中国人能够轻易地把馆藏的宝贝拿出来，浦岛君，你的做法的确让人称奇。”

“大佐，效忠天皇，义不容辞。”

“吆西，吆西，浦岛君，你是怎样让古玩店的老板，交出镇店之宝的?”

“大佐，很简单的，邀请他到红房子里玩，参观红房子的各种各样的器械，然后让他谈谈感受，是中国人的命值钱，还是那幅画值钱，开始那幅画我以为是民间流传的笑话，没有想到，一诈，就诈出来了。”豆鞘滑川小巧的眼睛不住地上下翻着。

“吆西，吆西，为防备不测，昨天晚上我已经通过水路运回东京了。”

“大佐，做事如此迅速，我们学习的榜样。”

“云子小姐，整编山贼盗寇的工作做得怎么样了?”

“大佐，基本有了头绪，大部分山贼盗寇，纷纷要求加入我们的警备大队。”

“吆西，我们可以带出去，清乡扫荡了吧?”

“大佐，当然可以，对付游击队，顶多是武工队的几把破枪，绰绰有余。”

“现在，有一个棘手的问题，我们的‘来福贸易公司’、‘梅机关’、上海华新公司、民华公司、诚达公司以及广东的‘松林党’等，发现了大量我们的钱币，我们本国钞票、在中国专用的货币和军用票，一元、五元、十元的都有。”

“大佐，有什么问题吗?”樱花问道。

“现在我这里已经有了市面上流通的我们本国货币，中国专用货币和军用票，樱花少佐马上带回你的研究所，找出真假来。”

“嗨。”

“不过，为慎重起见，东条英机已经下令秘密运回东京登户研究所，做进一步的检查鉴定，看看是真是假，从一般规律上看，敌人可能在伪造我们的钱币。”

“大佐，你看应该如何是好?”豆鞘滑川问道。

“樱花少佐，你看呢?”

“报告大佐，严密封锁我们和国民党以及共产党的边界，严格盘查过往人员，尤其是商人，坚决禁止在我们的统治区内收购粮食、棉花、布匹，以及珍奇古玩。”

“浦岛君、云子小姐，这是你们的工作了。”

“嗨。”

两个代号 1205

天空出奇的宁静，月亮的银灰洒向了大地，大地犹如白昼，显得朦胧而又神秘。

红房子里的各类专家经过近一天的努力，终于把三个箱子里点点横横的秘密，破译了出来，豆鞘滑川戴着鸭舌帽，藏在灯影下的嘴巴，裂开了一条缝。

“有时候聪明反被聪明误，两本密码脚本，是现成的商务印书馆出版发行的可以买到的书籍，中文本，英文本，这种密码，这不成了明码了吗？”

“课长，这三个箱子的秘密，已经不是秘密了。”中文组的组长哈哈笑着。

“汉语译本，完成了吗？”

“课长，完成了。”

“什么内容？”

“课长，就是一份文件。”

“署名是？”

“‘对敌作战经济室’，文件代码 1205。”

“1205？”

豆鞘滑川睁大了眼睛，一把夺过了译本，定睛地看着署名和文件代码，“为什么也叫 1205？它的意义是什么？”

“课长，有的时候编排文件的时候，为了有序，可以按时间早晚，也可以按重要程度，或者特别重要的，重新安排代码，没有什么意义的，只是正常的规律。”

“噢，我多心了。”

豆鞘滑川定睛看时，顿时傻了眼，“要在沦陷区通货膨胀百分之四百左右，这意味着什么？”

"快请樱花少佐。"

"课长，有什么新发现?"

"少佐，敌人的代号1205中文本，已经译出，主要的问题是，敌人要在沦陷区通胀百分之四百左右，说明什么?"

"课长，什么？百分之四百?"

"少佐，是的。"

"课长，敌人疯了，孤注一掷了，我们占领中国南部和东部，领土面积三分之一以上，这部分地区的农业产值占全国的40%，工业产值占92%。由于税源大部分丧失，敌人要通胀百分之四百，说明敌人的财政非常的困难。表面上要毁掉我们，实际上是要毁灭敌人自己。"

"少佐，我们的对策是什么?"

"还是老一套，严查过往商人，避免把法币带入我们的统治区，尽快用我们自己的货币在统治区流通。"

"少佐，放心，我们不会让一个逐利的苍蝇飞过来的。"

"课长，一般的一国财政需要做好下面几项工作，一是发行货币，二是举借内外债，三是税收，看来敌人三项工作只剩下一项了，对外借不出钱来，对内没有税收，只剩下增发钞票了，开动印钞机，那将是自掘坟墓，敌人将不战自败，我们不用战斗，就可以看见敌人溃败的日子不远了。"

"呦西，呦西。"

"那么，英文密码译本完成了吗?"

"课长，完成了。"英文组组长笑着。

"什么内容?"

"课长，关于建筑方面的内容。"

"什么?"

"课长，《钱塘江桥公路铁路建设计划》，签字：王处长，批准方为铁道部，次长签字，案文代号，1205。"

"什么，也是1205?"

"课长，不过两份材料放在一起，用不同语种的密码作为脚本，诠释在一份文件底本身上，达到近似完美的结合，也是了不起的，德国人最早创建过，并且使用过，不过所译材料中，有的两者都看重，半斤八两，有的偏重一方，另一方就不起任何作用的假材料，课长，你看，你看重那一份？”

课长瞪着眼睛，稍微突出的尖尖的嘴巴，扭到了一边，一把夺过《钱塘江桥公路铁路建设计划》，狠狠地摔到了地上，“我让你叫1205，你是什么材料也叫1205，敢叫1205？”

豆鞘滑川歪倒在沙发上，没有一次能像这次失败，精心搜索到的一份是自毁的通胀，另一份是毫无用处的建桥计划，他捂着下颌，摆了摆手，人们散去了。

三三两两的人群稀稀落落地洒在街道上。

军统张身穿青衣长衫，头戴蓝色礼帽，沿着小巷漫无目的地走着，当他走进那层古朴的三层楼前，回头看看周围无人，一下子闪了进去。

看到案上摆着的几件简单的古玩，买卖异常清冷。

“伙计，老板呢？”

“你是？”

“我是老板曾经在北平的朋友。”

“好，您稍等。”

伙计沿着木楼梯，腾腾地上了二楼，不一会儿，又下来了。

“请，老板有请。”

老板躺在床上，身上盖着薄被，还没有从惊吓的暗影里走出来。

“吴老板，怎么躺在床上了？”

“张老板，最近病了。”

“吴老板，心病吧？”

“张老板，这可不能乱说呀。”

“吴老板，你这位爱新觉罗氏的后裔，从北平流落到上海，怎么又流落到杭州？何故至此呀？”

“张老板，不说了，一言难尽呀，早知这样，还不如在北平呢。”

“吴老板，隐姓埋名流落至此为何呀？”

“张老板，别提了。”

“吴老板，我有一个朋友，想得到一幅名画，你的店里，最值钱的画是什么？”

“张老板，没有，没有，我的店里什么也没有。”

“吴老板，别装了，听说有一幅画，你给了日本人。”

“张老板，这个玩笑开不起。”

“吴老板，全世界都知道了。”

“张老板，我是保命呀。”

“吴老板，是一个老人过河低头看水的故事，是真迹。”

“张老板，确实没有。”

“吴老板，这种行为战时是汉奸行为。”

“张老板，没有，没有。”

“吴老板，我的上司戴老板想从你这儿弄点东西，钱不是问题，把最好的不可复制的东西拿出来。”

“张老板，没有了，确实没有了。”

“吴老板，等日本人走了，军统还找不到你？你如果给了戴老板书画，那就不一样了，那是爱国老板，有人罩着。”

“张老板，确实没有了。”

“吴老板，如果真的没有，日本人怎么得到的，现在针对这件事，我就可以以战时资敌罪处决你，快说，还有没有？”

吴老板低下了头， “还有一件商代白陶，这是连皇宫里都没有的陶器。”

张老板抬头看时，“陶器二十多厘米高，陶质细腻，纹饰精致，真乃绝品。”

“吴老板，开个价吧。”

“张老板，哪还有价？”

“吴老板，我替戴老板谢谢你了，鬼子走了，以后你是抗战的英雄。”

军统张小心翼翼地夹起陶器，像个做贼的小偷，悄悄地溜走了。

军统张走后，接着古玩店里走进了一个年轻人，蓝色笔挺的西装，灰色的鸭舌帽，红润的脸庞。

“请问，伙计，刚才那位顾客买了一件什么样的古董，我也要一件一模一样的古董。”

“先生，对不起，我也不知道他要了一件什么样的古董。”

“伙计，不仁义了吧，他刚刚从这里买的。”

“先生，对不起，他是我们老板的老相识。”

“伙计，你们的老板在哪里？”

“先生，在二楼，病了。”

“噢，我可以上楼去问问吗？”

“先生，您稍等。”

伙计蹭蹭地跑上了二楼，很快就下来了。

“对不起，先生，我们老板说就一件，卖完了。”

“伙计，可以问问是什么古玩吗?”

“老板说，就是件普通的瓷器。”

这位青年就是大樱桃，其实这件瓷器，绝对不是普通的瓷器，只有一件可以相信，但是普通是骗人的呀。

下午还呼啸着嗖嗖的北风，晚上突然寂静无风，一切都在静谧之中。

水里浪参加了上级的会议，接受了党组织的意见，决定除了已经先期打入敌人内部的钻山胡之外，另派优秀的同志参加牛泰山的警备大队。

趁着牛泰山大龙警备大队扩充人员之际，决定挑选游击队的精英加入警备大队，以便为消灭鬼子做准备，同时为以后游击队的发展集聚更多的力量。

大龙已经从红房子回到牛泰山，水里浪早已坐在牛泰山的大殿里。

“哎呀，水队长，什么风把你给吹来了?”大龙的脸上带着自豪。

“北风呗。”水里浪把辫子摔到了身后。

“水队长，你傻了，北风往南，不是越吹越远吗?”大龙虽然介意靠近红房子的名声不太好听，但是地位的优越感还是让他沾沾自喜。

“听说升了司令了?什么时间也给我弄几杆手枪，我也显摆显摆?”

“水队长，说实话，我是副司令，豆鞘滑川是司令，我这几天，先过过司令的瘾，弄豆鞘滑川几支枪，马上就不干了，这种骂八辈祖宗的事，不能长干。”

“别呀，这不我看见你做了副司令了，我也想加入呀。”

“水队长，你在埋汰我?”

“副司令，没有的事情。”

“水队长，这种让别人骂八辈祖宗的事情，你也想干?”

“副司令，我想干，可是豆鞘滑川，能让我干吗?”

“水队长，明天我给你问问。”

“副司令，你理解错了，我是想呀，你在练兵，我派个小队来，叫你给我训练着。”

“水队长，你到底什么意思?”

“副司令，你愿意让人骂你八辈祖宗，还是愿意为国立功?”

“水队长，当然愿意为国立功。”

“副司令，那就好说，你投靠红房子，我派几位同志加入到你的警备大队，和你们一块，加强你的队伍，等时机到来，我们里应外合，一起端掉红房子，怎样？”

“水队长，这个建议很好，可是你们不是来吃掉我的吧？”

“副司令，听你的指挥，一块打鬼子。”

“好。”

两双大手紧紧地握在了一起。

以假对假造日币

潮湿的风从咆哮的江里涌起来，扑在豆鞘滑川的脸上，豆鞘滑川一改军人的装束，身穿一身蓝色西服，短巧的平头暴露在北风里，从一个建筑学家的角度，审视着矗立在水中的刚刚露出半个脑袋的桥墩，他天天在找，找到的就是这样一个建桥计划？

他想不通，“中国人的可恶，到了极点。可以不顾老百姓的死活，炸断公路桥铁路桥？”

“课长，想什么呢？”云子小姐问道。

“我想这座桥墩，要到明年夏季涨水期，修好桥墩，安装好钢梁，不就是一个桥墩，两架钢梁吗？我们天天在寻找，找到了什么？找到了浪费时间的懊恼与后悔。”

“课长，你已经做得非常优秀了，解开了敌人三个箱子的秘密，让我们的军部在占领区，有了应对策略，通胀，开动造币机器，开动绞肉机，虽然吃掉的是下层挣扎的人员，可是不利于我们的统治。”

“云子小姐，现实真是有意思，以前我们炸桥毁桥，中国人修桥保桥，现在是中国人炸桥毁桥，我们修桥保桥，有意思的很呀。”

“课长，你发现没有？现实就是一反一正，一正一反，有意思哟。”

“报告！”宪兵大声喊道。

“什么事情？”

“川畑俊二大佐让您赶回宪兵大队。”

豆鞘滑川和云子小姐急匆匆地赶回宪兵大队部，川畑俊二大佐、樱花少佐以及其他军政要人已经汇集在办公室里，窃窃私语地讨论着。

“浦岛君，你看看这是什么？”

豆鞘滑川拿起了一元、五元、十元的本国钞票，占领区用钞票和军用票，“这不是我们的钱吗？”

“仔细看看，云子小姐、樱花少佐以及其他研究人员，你们也看看。”

“确实是我们的钱呀。”樱花少佐小声私语着。

“这些钱经过登户研究所的检验鉴定，占领区用钞票、军用票，我们的专家也鉴定不出真假来，这可以从另一个角度来说，是真钱，敌人通胀百分之四百，原先以为用他们自己的钱，看来弄不好在用我们的钱，而且在我们的占领区，可怕啊，他们可能已经造出了我们的钱。”

“啊?”帝国的精英们都张开了嘴巴。

“帝国的精英们，这有什么奇怪的。”豆鞘滑川应和着。

“中国人自己的钱都是英国、法国、美国的造币公司造的，自己的钱，他们不会造，我们的钱，他们会造，不是笑话吗。”樱花少佐怀疑着。

“樱花少佐，你谈谈看法。”

“大佐，说明敌人比我们想象的聪明与复杂，严密封锁边界，不许一分钱流入我们的占领区。”

“还有一个问题，我们的本国货币，一元、五元、十元的，我们的专家经过鉴定，是假的?”大佐点了点下颌，翻了翻眼皮，“问题复杂呀。”

“什么?”豆鞘滑川睁大了眼睛，“本来主要在我们本国国土上，流通的货币，中国人也造得出来，我敢拿脑袋打赌，绝不是中国人造的，要是真造的话，也是英国人、法国人、美国人造的。”

“这些可恶的外国人，大佐，立即上书军部，对英国人、法国人、美国人，这些外国人，加大打击力度，居然想出这种下三烂的做法，支援中国人。”

“帝国的精英们，你们看，可恶的外国人是怎么模仿我们本国的货币的。你们每人拿起一张仔细看。”

他们每人拿起一张钱，仔细看着，这些使用过的钱，从哪个地方看出真假呢。

“帝国的精英们，把拿在手里的钱撕开看看吧。”川畑俊二大佐大声嚷着。

豆鞘滑川撕开了一张，仔细看着，也没有看出什么，这不和我们的纸张一样吗。

“还是我们的桑皮纸呀。”樱花少佐说着。

“帝国的精英们，秘密就在这里，表面上是我们的桑皮纸，这些桑皮纸在世界任何一个地方都能弄到，在英国、法国、美国、中国，都能弄到，但是他们忘记了一点，我们的造币专家加入了一种只有我们大日本帝国独有，世界上任何一个国家没有的植物的纤维，这就是天然的防伪标识。”川畑俊二大佐举着双手，侃侃而谈。

“只要我们的本国货币不乱，中国占领区的货币以及军用票，被敌人造假，我们心中不慌，不过从我们发现的货币品种来看，所有货币都被敌人伪造了，下一步我们怎么办?”

“大佐，造假币的目的，无非是想从我们的区域里，套购物资，只要占领区的物资没有被套去，它就失去了意义。”豆鞘滑川一字一顿地说着。

“浦岛君，那我们的占领区里，怎样才能不被套去物资?”

“大佐，云子小姐有办法。”

“云子小姐，你的高见?”

“大佐，这是谁都能想到的一个问题，老百姓手里什么也没有了，敌人有钱，又能套购什么呢?”云子笑着。

“呦西，呦西，我明白了。”

“再一个问题，我们的代号1205计划，进展顺利，一箱箱中国的法币源源不断从我们的机器里吐出来，应该立即交付‘梅机关’、上海华新公司、民华公司、诚达公司以及广东的‘松林党’等。快速套购他们的货物，只要有值钱的东西，都可以收购，甚至一些不值钱的东西，也要广为收购，这就是战争的好处，中国人和我们玩邪的，他们能是我们天皇陛下精英们的对手吗?”

“大佐，他们过高地估计了自己的身份。”豆鞘滑川笑着说。

“浦岛君，马上派出商人进入新疆、重庆这些我们还没有占领的地区，利用当地公司，尤其是官商合办的公司，给他们足够的利润，大量套购他们的物资，不管什么东西，军用物资，或者非军用物资，统统破格上升为军用物资，一律收购。”

“大佐，在外人看来，我们会不会被认为是破烂王呀?”豆鞘滑川小心翼翼地问道。

“浦岛君，战争还没有教会你，收购的物资，即使现在用不到，将来科技发展了，我们的后代也会有用处的。”

“大佐，您为江山社稷考虑，佩服佩服。”

“我们搞了一个代号1205，中国人搞了两个代号1205，真是有意思的很哪，中国人还搞了一个‘对敌作战经济室’，搞通胀，百分之四百，找死。哈哈哈，我们睁眼看着，中国人的假装聪明和中国人的真正失败。”

“大佐，按照经济规律，通胀百分之百就可能失去人心，通胀百分之二百，政府就可能下台，我们等着，中国人自己的失败。”樱花少佐补充着。

“哈哈哈。”一阵狂妄的笑声。

鹤鸣村门口的两只大红灯笼，不再那么难看，在军统张的眼睛里，今天的红灯笼好像狮子的两只眼睛，凸凸的，招人喜欢。

自从莲花在云子面前为他挡了“一箭”，他的心中就不时地浮现着莲花的面容，小巧而且紧凑的五官，恰好的身材，经常露在旗袍下面的那截雪白的小腿，每当想到这里，他的心中就会荡漾起无穷的甜蜜。

他悄悄地走进了大门，院子里的莲花颇有感情地抬头看了看他，“您来了。”

屋内的沙发上，豆鞘滑川和云子小姐在品味着刚刚从外地弄来的红茶。

“坐，坐，军统张。”豆鞘滑川显得很和气。

“你给我们的材料，对我们大日本帝国的帮助，你看像冒着热气的红茶，喝得太急，太烫，喝得太慢，有点凉，谢谢你，军统张。”豆鞘滑川舌尖翘着，乍听起来，有股阴阳怪气的味道。

“课长，怎么解释呀?”

“军统张，你慢慢品吧。”

“课长，你是说我们的价格不合理?”

“军统张，我们的交易你认为合理吗?”云子小姐微微笑着。

“你们只是给了我一些无用的假币，我给了你们些正在使用的消息，还是我吃亏。”

“军统张，我们还搭上了一个莲花呢，她可是我们帝国的美女，无价呀。”豆鞘滑川笑着。

“莲花小姐，你们也把她放在交易行列吗?我可不敢把她放在交易的砝码上。”军统张的眼睛含情脉脉地看着莲花。

莲花的脸上飞起了一朵红霞，豆鞘滑川和云子小姐用眼角扫了一下莲花。

“这个帝国的间谍，怎么接受的间谍的训练，间谍的标准，最忌用情。”豆鞘滑川心里嘀咕了一句，没有表现在他稍黑稍黄的脸上。

“帝国的利益怎么就不如一个男人的温情呢?”云子小姐的心里有点想

不通。

“莲花小姐，你看中国的军统张，怎么样？”豆鞘滑川脸对着莲花。

“课长，说不好。”莲花低着头。

“莲花小姐，是说不好，还是不好说呀？”豆鞘滑川还是不依不饶的。

“课长，有气可不要撒在我的丫鬟身上，这是我从帝国间谍学校挑选出来的才貌兼备的高才生。”云子小姐看着豆鞘滑川。

“哪敢，云子小姐，有您在，我有几个脑袋呀？”

“军统张，你看我的莲花，怎么样呀？”

“如您所说，才貌兼备呀。”

“军统张，知道就好，我把最好的东西给了你，你也要把最好的东西给我。”

“知道，云子小姐。”

“军统张，最近社会上出现了大量我们日本的本国钞票，还有占领区用钞票以及军用票，你怎么解释呀？”云子小姐盯着军统张。

“云子小姐，这件事情，我也不知道。”

“我还告诉你一个秘密，那就是，我们在中国的占领区用钞票以及军用票，连我们大日本帝国的钞票鉴定专家都没有鉴定出真假来。”

“云子小姐，不可能吧，你知道我们中国的印刷技术。”

“军统张，你们的印刷技术发明的最早。”

“云子小姐，可是你是知道的，我们的技术最早，可是应用最晚。”

“军统张，我知道。”

“云子小姐，您怀疑我还有其他秘密？”

“军统张，告诉你，我们大日本帝国的本国用币，也就是日元，社会上流通的一元、五元、十元的，我们发现有假的，尽管做了旧，但是我们的鉴定专家，还是鉴定出来啦。”

“云子小姐，你们大日本帝国的日币，也有假的？”

“对了。”

“军统张，那个一元、五元、十元的日币，为什么是假的？”豆鞘滑川喝了一小口水，看着军统张。

“军统张，你们造钱的，犯了一个常识性的错误，那就是相信了桑皮纸。”

“课长，你说什么？”

“军统张，我们大日本帝国用桑皮纸造钱，不假，可是，你们想不到的是，我们大日本帝国还有一种世界上独一无二的植物，你们想不到吧？”

“课长，你越说我越听不懂。”

“军统张，你听懂了，就不对了。”云子小姐微笑着。

“我们敢于告诉你，就不怕你。”豆鞘滑川依旧喝着水。

“我们大日本帝国在造钱的桑皮纸里加入了那种世界上独一无二的植物，你们想不到吧？尽管你们造的日币，非常逼真，一般人用肉眼看不出真假，可是一鉴定，你们的所谓的日币就暴露无遗了。”

“这些日本鬼子，还挺聪明的。”军统张心里骂着，嘴上腆着笑，“课长，这是谁编的故事，中国人不可能造出日本钱来。”

“军统张，你仔细地想一想，好给我一个解释。”

“课长，我立即调查，尽快给你一个答案，连政府极度保密的通胀计划，我都给你了，还不相信我？”

“军统张，不是我不相信，现在双面人太多了，你不会也是一个吧？你给我们的材料是否也是军统局的授意？”豆鞘滑川阴险地笑着。

“课长，天地良心呀，为了莲花，我也不能那样呀。”

“呦西，希望你继续为‘大东亚共荣’出力。”

“嗨。”

月亮隐藏在浓云后面，一会儿露出笑脸，一会儿又隐藏着，静谧的夜晚，像水一样，没有波澜。

水里浪接到上级的指示，召开游击队重要成员会议，要酝酿一次大的行动。

这次会议的人员有，钻山胡，成功打入红房子，取得敌人基本信任，担任警卫队长，打入敌人警备队的游击队主要成员老吴、大张、小李和小王。

“同志们，敌人要进行大的活动，时间基本定在十二月五号，要清乡扫荡，清除抗日分子，收购抢夺战略物资，我们要面临更严峻的考验，老百姓的苦日子到来了，现在我要说明一件事情。”

“什么事情？”同志们迷惑地看着水里浪。

“钻山胡同志，是经过上级批准打入红房子的，敌人有意识地放他出来，让我们消灭他，经过我们党的慎重考虑，决定将错就错，让他打入红房子，为我们以后成功端掉红房子，打下基础，他已经基本上取得了豆鞘滑川的信任，警卫队以后就是我们的队伍。”

“队长，太好了，你怎么不早说呀。”面目清秀的大张看着队长，“同志们，我们差点冤枉了好人哪，胡子哥，没有意见吧？”

“啥意见，都是为了革命呗。”钻山胡哈哈地笑着。

“同志们，我们又成功地打入了敌人的警备大队，也就是大龙的队伍，成了他们的主力。”

“太好了。”同志们哗哗地鼓起掌来。

追查假日币

等待时机，一场更大的活动在悄悄地酝酿着。

“老百姓前几天刚刚卖掉的粮食，现在价格涨了几十倍，老百姓的粮食没有了，钱也没有了，张大爷整天以野菜充饥，这样下去，也不是办法。”积极分子小王激动地说着。

“你看原先能买一头牛的钱，现在连十斤米也买不了，钱怎么变得这么不值钱了?”老吴巴搭着嘴巴，想不明白怎么回事。

“一包盐的价格涨了几百倍了，老百姓怎么活呀?”小李扑闪着单眼皮，“日子怎么过?”

“同志们，日子怎么过，还是要慢慢地过，我们的百姓是世界上最苦的百姓，也是最能吃苦的百姓，鬼子像兔子的尾巴长不了，同志们，我们目前的任务，就是迎接鬼子的十二月五号的清乡扫荡，你们看，我们怎么办?”

“决不能让鬼子的阴谋得逞，队长，你还是联系一下武工队王队长，以及军统站的张站长，鬼子清乡扫荡，也许是我们联合端掉红房子的最佳时机，路途可以设伏，看看军统站有没有要端掉红房子的意思。”钻山胡看着水里浪。

钻山胡好长时间没有剃胡子了，除了露在外界的眼睛，还忽闪着以外，其余的器官几乎被胡子淹没掉，水里浪看着面前的胡子，胸中一阵酸楚。

“有空刮刮胡子，用不了多长时间。”

“知道了。”

“同志们，敌人清乡扫荡的时间我们搞清楚了，我们一定要利用这次有利时机，狠狠地教训鬼子，我马上就联系武工队，随后找军统站，看看是否联手打一次漂亮的战斗。”

“早就应该教训鬼子了。”小王说着，“让鬼子出来逞能，我们游击队是干什么吃的。”

“同志们，现在布置任务。”水里浪底气十足地喊道。

“是！”游击队员齐声答道，好长时间没有这么精神了。

“钻山胡？”

“到！”

“回去带好你的队伍，监督好鬼子的一言一行，随时报告给游击队。”

“保证完成任务。”

“游击队员老吴、大张、小李、小王？”

“到！”

“你们立刻赶回警备大队，及时探清警备大队的情况，一有风吹草动，赶快向我报告。”

“是。”

游击队员的情绪达到了空前的高涨，一场更大的战斗就要开始了。

月亮隐去了笑脸，灰蒙蒙的空中，透着铅似的凝重。

红房子里灯火通明，进进出出的车辆，繁忙的身影，红房子的一切都透着血红。

豆鞘滑川背着双手，思索着，“也许我们应该换一种思路，中国人耽误我们的时间，看来全是些浮皮潦草的小事，追索中国人的建桥计划，到头来我们却犯了常识性的错误，我心有不甘。”

“提审王处长。”

“嗨。”

王处长依旧西服革履，头戴鸭舌帽，眉目清秀地出现在豆鞘滑川面前。

“王处长，好长时间我们没有对话了，虽然你进了红房子，可是你从来没有进刑讯室，为什么呀？”

“为什么？我也不知道你们为什么会让我这样？一个张着血盆大口的红房子，会有干干净净的中国人存在？”王处长笑了笑。

“为什么？你不清楚，一个怀有崇高理想的日本青年，在日本东京帝国大学建筑系学习，一位中国的青年在美国的著名大学获得博士学位，尤其是他的关于桥梁专业的博士论文，被尊崇为‘王氏定律’，并荣获‘斐济士金质研究奖章’，这是建筑业的奇迹与骄傲，我在上学的时候，发誓要突破他，可是他获奖的年龄，比那个日本青年上大学的年龄还小。”

“噢，那个日本青年为什么不到美国专攻建筑专业呢?”

“他从帝国大学建筑专业毕业后，应家族的影响，他到德国学习了军事专业。”

“噢，他走上了杀人的道路。”

“王处长，由于那个青年的盲目崇拜，这个人才得以区别对待，成了红房子的座上客。”

“按照你们的本性，是不应该把他分开对待的。”

“可是，你们搞了三个箱子，黄色柳条箱、蓝色铁皮箱、黑色牛皮箱，搞得这个青年焦头烂额。”

“你不知道，我们祖先兵法上有‘兵不厌诈’吗?”

“你们的三个箱子，像三根拴着我鼻子的绳子，我随着三根绳子，转呀，转呀，你猜，转到了什么?”

“帝国大学的高才生，你们转晕了头吗?”

“一点没错，转晕了头，好长时间我在转呀，转呀，我迷信呀，以为通过三个箱子，可以找到修建桥梁的诀窍。”

“找到了吗?”

“找到了后悔，找到了悔恨，简单点，不就是一个桥墩，两个桥面吗?”

“为什么后悔呢?”

“浪费了时间，浪费了精力，浪费了军队，也许从这个层面上说，我是帝国的罪人。”

“你是在忏悔吗?”

“这还不说，我又到了香港的中华书局，看了一会儿俄国人的消遣小说《复活》，而且还是两种版本的，你知道《复活》的最后一页写着什么吗?”

“我哪有这么大的神通?”

“最后一页写着，港商务印书馆档案柜十，沪商务印书馆档案柜十，你知道随后我又找到了什么?”

“不会又是消遣小说吧?”

“你猜对了，也是两种版本的《巴黎圣母院》，一本是中文式的，另一本是英式英文的，你猜，我拿着这两种版本的小说，对着你的三个箱子，找到了什么?”

“不会是找到了钞票吧。”

“还真是找到了钞票，你们‘对敌经济作战室’百分之四百的通胀计划，代号是1205，还有一份《钱塘江桥公路铁路建设计划》，代号也是1205，我浪费了时间，学习了本事。”

“这不一举两得吗?”

“还真是。”

“我刚刚到了大桥上，从北头走过来，正好十五个桥墩，南边第二个被炸，从南边数也是第二个，这个好像不是1205，而是1502?”

“你聪明了。”

“我从中国人的身上学乖了。”

“王处长，听到这个故事，有何感想?”

“要向你学习，活到老，学到老。”

“尽管我被你们牵着鼻子，要来要去的，我没有怨言，谁让别人比我聪明呢。”

“你们可以在我身上，解解恨吗?”

“不不不，谁叫你让那个青年崇拜过呢，这座红房子里，只有你还是贵宾待遇。”

“谢谢。”

“回你的房间。”豆鞘滑川的脸红红的，头歪向一边，嘴里慢慢地挤出五个字。

“豆鞘滑川第一次感到自己是这样的无助和无奈，他到中国来，参加神圣的‘大东亚共荣’，为帝国出力，自己不遗余力，一身当先，费了好大的人力物力财力，飞香港，钻上海，下深山，可是得到了什么？得到了敌人的通胀百分之四百，得到了代号1205的所谓机密材料，是否值得？这场战争是否也像我的处境一样，将是一次无谓的长途旅行？人们的心累了？天皇陛下想要的‘大东亚共荣’是否具有实际的意义?”

豆鞘滑川闭上了眼睛，跌坐在椅子上，他的眼里流出了两颗浑浊的泪滴。

“报告课长。”宪兵大声喊着。

“什么事?”

“课长，侦缉队在‘大世界娱乐城’抓住了一名使用假币的人，几百元的日币全是假的。”

“什么，我们的日币？”

“中国人吗？”

“报告课长，是中国的年轻人。”

“严加审讯，不管招与不招，都用大刑。”

“嗨。”

只听见刑讯室里传出撕心裂肺的惨叫声，“我说，我说，我说。”

“再给他灌点辣椒水，让他尝尝花我们日本钱的妙处。”豆鞘滑川慢慢地走了过来，“看来，老虎凳的味道比娱乐城的味道滋润。”

“不敢了，再也不敢了。”

“你敢花我们大日本帝国的钱，你配花？”

“我不敢了，我不配。”

豆鞘滑川端着辣椒水，两位宪兵行刑人员，架着这位刚刚从老虎凳上下来的青年，豆鞘滑川一下子泼到他的脸上，只听惨叫一声，“娘呀，我不敢了。”

“说，谁叫你花的？”宪兵问道。

“我也不知道谁。”

“嗯？”豆鞘滑川没有说话，鼻腔音往上挑着。

“我也不知道她姓什么，是个女的，一米七几的个子，面目清秀，最大的特点是鼻子高高的，身材瘦瘦的。”

“我不要听假话。”

“太君，没有假话，今天晚上她还要到歌厅去唱歌。”

“什么歌厅？”

“在水一方。”

冬天的夜晚来得格外早，“在水一方”前面的大街上，灯火通明。

远远地从大街的一头，走来一个穿着灰白色西装的青年人，头戴鸭舌帽，他慢慢地走到“在水一方”的门口，“咦，往日热闹的歌厅，今天怎么这么冷清？”

“欢迎公子，楼上请。”侍仆微笑着。

怎么今天这里怪怪的，“我来早了吗？”回头看时，两个穿青衣的年轻人，在门口处躲躲闪闪的，进不像进，出不像出，“我被盯梢了。”

他转过身来，走向门口。

“少爷，怎么不上楼呀？”侍仆声音高高的，分明是在提醒别人。

“我有点急事，一会儿回来。”

他刚走到门口，被一群拿着手枪的年轻人堵了回来，他慢慢退着，“你们要干什么?”

“走。”

他被逼上了二楼，进入了“鸳鸯戏水”厅。

“你们要干什么?”

“我们的主人，等你一起唱支歌。”

“你们的主人，想唱什么歌?”

“你想唱什么歌?”豆鞘滑川在房间里看着他，笑着。

“你们是什么人？我们往日无怨，近日无仇，为何逼我?”

“把他的帽子摘下来。”

“噢，原来是个女的，挺美的女生，怪不得这么清丽呢。”

“我们是侦缉队的，跟我们走一趟吧。”

二樱桃跟着豆鞘滑川进入了红房子，二樱桃第一次进入红房子，环视了一周，“这里的布局确实非同一般。”

二樱桃进了豆鞘滑川的办公室，豆鞘滑川像欣赏着一幅娇美的图画。

“可惜栽到我的手里，你是军统站里四个樱桃中的哪一个？我这个人最爱惜香怜玉了，只要你好好配合，我不会为难你的。”

“你怎么知道我是四个樱桃中的一个。”

“谁不知道，戴局长送到外国进修的四个美女樱桃回国了，放在敌占区锻炼，不是看了戴局长的面子，你们军统站的老窝，我们早就给端了，你们的樱桃，我会一颗一颗吞进嘴里，慢慢地消化掉肉，然后把皮和种子吐到垃圾坑里。”

“我是二樱桃，你的口气不小，你想干啥?”

“这就对了嘛。可以继续往下说一说，你给那个男人的钱是怎么回事，你这不害了他?”

“怎么害了?”

“你不知道，他去娱乐城害人，我们侦缉队的人怕他以后继续拿着假钱去娱乐城骗娘们，把他给阉割了。”

“什么，你们把那个小伙子阉割了?”

“这样，他才一了百了。”

“你们怎么这么没有人性?”

“你想想，你给他真钱，他能这样？”

“还有一个办法可以挽救他，如果你说出假钱的背后秘密，我可以给他一笔钱，不愁吃喝地过一辈子。”

“我不知道呀。”

自毁通胀

早晨，街道上除了行色匆匆的行人外，连一向早起的狗也趴在窝里，不敢出门，头蜷缩在尾巴的地方，做着与世隔绝的梦。

军统站里早已炸开了锅，郑副局长在办公室里走来走去的，像热锅上的蚂蚁，一夜没有睡觉，张站长坐在电话机旁，等待着外面报信的电话。

“张站长，戴局长的四个樱桃，高校进了，国外去了，沦陷区来了，如果在你手里去个叶子，揉了皮子，掉了种子，你等着你的脑袋吧。”郑副局长焦急地说着。

“局长，你看，咋办？昨天晚上丢了一个，现在好了，那三个出去找的人，也没有了，我们怎么办？”张站长的脸上现着惊慌。

“张站长，你问我，我问谁？”

“局长，我们现在考虑谁有可能把人弄了去？”

“张站长，在这里，想把他们弄去，也不是一般的人。”

“局长，那就是日本人。”

“张站长，日本人？”

“局长，如果真的是日本人，我们怎么去要人？”

“张站长，如果捅上去，戴局长找到周佛海，那就简单了，可是你我的政治生命就此完了。”

“如果不捅上去，需要我们想办法，向日本人要人，难呀。”

“局长，我去红房子找找日本人，探听一下风声。”

“张站长，只有这样了，千万不要让任何人知道，我们私下和日本人接触。”

“局长，我会小心的。”

张站长急匆匆地刚要外出，外出寻找二樱桃的三个人回来了。

“怎么样了？”

“我到大世界娱乐城去，听说昨天晚上侦缉队逮捕了一个年轻人，是个男的，不会是二姐吧？”三樱桃说着。

“局长，你说二妹吧，说不见，就不见了，这么个大活人，到哪儿不会说声？”大樱桃埋怨着。

“我找的地方，没有找到线索。”四樱桃无奈地说着。

“张站长，我看二樱桃多数被侦缉队弄去了，你去看看吧。”局长耷拉着眼皮，有气无力地说着。

“好吧。”站长小声地应和着。

“局长，要赶快救人呀，日本人的侦缉队不是说去就去的地方。”大樱桃说着。

“日本人的侦缉队就是说不去就不去的地方吗？我们是一个团队，有事出去，互相告诉一声嘛。”

“到现在已经一晚上了，估计二姐的身上去了皮了。”三樱桃快要掉下泪了。

“局长，快想办法救人呀。”四樱桃哀求着局长。

军统张急急忙忙地进了鹤鸣村，看见早起洗漱的莲花。

“今天早晨青山白露的，怎么起来这么早？”

“莲花，问你个事情，昨天晚上，侦缉队活动了吗？”

“不知道。”

“云子小姐在楼上吗？”

“昨天晚上一直没有回来，你找我，还是找云子？”

“找你打听云子。”

军统张知道自己和日本人的联系，只能局限在鹤鸣村，云子和豆鞘滑川肯定在红房子里，自己贸然去红房子，会招来杀身之祸的。

“莲花，你打个电话，给云子小姐或者是豆鞘滑川，我问一下情况。”

“军统张，一般情况都是他们打电话给我，我不能打电话给他们。”

“为什么？”

“你问云子小姐或者豆鞘滑川课长。”

“莲花，要不你就这么说，说军统张有重要事情汇报。”

“好吧。”

云子风驰电掣地赶到鹤鸣村，今天改变了原先的紧身俏丽的旗袍，穿着日本军人标准的军服。

“军统张，有什么重要的事情？”

“云子小姐，有个事情想求你。”

“军统张，搞明白没有？不是你有重要事情要汇报吗？”

“云子小姐，如果要汇报的话，就是我们军统站昨天晚上丢了一个樱桃。”

“丢了一个樱桃，关我什么事情？”

“云子小姐，关系到我。我如果不在这个位子上，你们还能得到更重要的情报吗？”

“军统张，我也不知道军统站的樱桃在哪儿丢的，我们昨天晚上确实逮了一个人，不过是在‘大世界娱乐城’花我们日本假钱的人，是个男的，他已经招了。”

“不是樱桃吗？”

“不是，你们的美女樱桃，我们敢逮？”

“不过，云子小姐，除了你们，谁还有本事和胆量，逮捕我们的美女呢？”

“军统张，话可不能这么说。”

“云子小姐，麻烦你了，我先回去了。”

“好吧。”

军统张马不停蹄地回到军统站，像霜打的茄子，蔫了。

“局长，日本人只承认抓了个年轻人，是个男的，没有女的，怎么办？”

“怎么办？这帮小鬼子，和咱们玩阴的。”

“日本人不承认。”张站长重复着。

“张站长，你马上给我约见最高司令长官川畑俊二大佐，我要向他要人。”

“局长，吉野这个老狐狸，能给咱们这个面子嘛？”

“我和他在东京有一面之缘，我看要个人嘛，应该是没有问题，抓紧时间去联系。”

“好的，局长。”

“张站长，我们现在还有三个樱桃，没有重大的活动，一律在家休息，学习，不准外出。”

“局长，是。”

太阳慢慢地升起来了，大地暖和了起来。

鬼子宪兵大队的操场上，忙碌着练兵，一、二、一的口号声，传到很远很远的地方。

川畑俊二大佐、豆鞘滑川课长、云子小姐、樱花少佐正在召开紧急会议。

“现在形势对我们比较有利，我们国内的钢产量每年生产近百万吨，完全可以支持我们的‘大东亚共荣’，可是我们的粮食产量有限，我们要充分动用‘来福贸易公司’的收购网络，现在全国的近百家分公司，在军队的配合下，继续收购军用物资。”

“樱花少佐，你的钞票准备好了吗？”

“报告大佐，我们昼夜加班，现在手头共有四十多亿法币，马上分发到占领区各个分公司，现在已经做旧的有二十多亿元，还有二十多亿元正在做旧，估计耽误不了我们的公司使用。”

“呦西，樱花少佐的贡献将来在战争史上，是大书特书的一笔。”

“谢谢大佐，为帝国出力，在所不辞。”

“浦岛君、云子小姐，你们的工作怎么样了？”

“大佐，警卫队现在正在训练，牛泰山的警备大队以及周围投降的地主武装共计一万多人，到时清乡扫荡，搜刮净老百姓的物资，我看没有问题。”豆鞘滑川信心十足。

“呦西，呦西，中国人的代号1205通胀计划，通胀百分之四百，就在国民党和共产党的地盘里通胀吧。”川畑俊二嗨嗨地笑着，笑得有些阴森。

哗哗哗的掌声回响在屋子里。

“浦岛君，中国人用自己的法币搞通胀，让钱不值钱，我们也用他们的法币套购货物，中国人自己要通胀百分之四百，我们可以扩大他们的通胀率，你怎么看待这件事情？”

“大佐，我们帮着中国人做好事呗，中国人应该感谢我们才是，连重庆和新疆的人，都在帮助我们套购物资，大佐，中国有句古语，叫作‘得道多助，失道寡助’，我看中国人的国民政府离倒台的日子不远了。”

“呦西，政治经济军事家高瞻远瞩的眼光。”

“谢谢大佐的夸奖。”

“樱花少佐，你的看法呢？”

“大佐，国际上著名的经济定律，通胀百分之二百，货物在没有增加的情况下，国家将多剥夺百姓百分之六十的财产，换句话说，百姓用更多的钱，买到更少的东西。”樱花分析着。

“呦西，我要听你这方面的结果。”

“大佐，结果好说呀，如果中国人用更多的钱买到更少的物资，假若能够维持一个家庭正常运转的话，他们的心里顶多发发牢骚，如果他们用更多的钱，买到的物资，支撑不住一个家庭的正常运转，那么社会矛盾就出现了，偷盗呀，抢劫呀，杀人呀，放火呀，这也就是政治学家讲的人吃人的社会，结果不是很清楚了吗？”

“那么又有一个我们认真思考的问题，中国人为什么要通胀百分之四百？”

“大佐，说明中国人的政府，已经到了山穷水尽的地步，否则谁愿意开动印钞机？”

“樱花少佐，你看，既然中国人的政府已经到了山穷水尽的地步，处于无奈，开动印钞机，那么我们何不加速它的灭亡？”

“大佐，怎么加速？”

“少佐，我们在报纸上发布我们在南洋截获美国商船的事情，说上面装满了英美法等国给蒋政府印制的法币，整整一船，然后再看看中国人的做法。”川畑俊二茫然地看着樱花少佐。

“大佐，您的意思是打乱蒋政府的阵脚？加速它的灭亡？”

“呦西。”

“大佐，我有一个不成熟的建议，那就是我们暂不登报，清乡扫荡时，用四倍五倍甚至十倍的价钱收购老百姓的物资，我们主动地抬高物资的价格，等我们清乡扫荡，得到钵满盆满之后，再登报可否？”

“呦西，还是专业人员。”川畑俊二竖起了大拇指。

深蓝色的天空上融合着一撮两撮棉花似的白云，阴暗的清冷时刻袭击着人们脆弱的内心。

军统张来到和水里浪接头的地方，他的心事有点沉重，二樱桃的失踪，自己丢了位子是小事，很可能弄上个罪名，想到这里，他有点心浮气躁。

“张站长，好长时间没有看见你了，又是来找茬的吧？”

“水队长，也没有这样的，你总得让弟兄们吃上碗饭吧？”

“张站长，怎么吃不上饭了？”

“国民党和共产党抗战时有个约定，给你们划好了地盘，你看你们游击队这里抢，那里占的，弄得我们不好说话，我的工作有些被动，总是挨上面的呲。”

“张站长，蒋总统讲了全民抗战的理论，我们根据蒋总统的抗战理论，总结了六个字的战略战术，你们的地盘我们不占，只占空隙地带，哪和你们抢了？”

“嘴上没说抢，你看现在你们的地盘，扩大了几十倍了，原先很小的几个地方，现在我们忙于打鬼子，一不注意，你们就跑出来了。”

“张站长，我们的六字方针是，插、争、挤、打、统、反。插就是插入日伪军之间、日伪军和国民党之间的空隙地带，争就是广泛发动群众，争取团结一切力量，挤就是挤掉消极抗日甚至不抗日积极反共反人民的顽固势力，打就是打击日军和汉奸武装，统就是同国民党军队，疏通团结，共同对敌，反就是反扫荡反清乡反摩擦。”

“水队长，我不看说的，我只看做的，你看你们的地盘，看着看着，这么大了。”

“张站长，你们不看鬼子，专看我们。”

“水队长，差点忘了，你说看鬼子，这次就是商议一下，怎么打鬼子。鬼子扫荡的时间我们已经得到了，我们商议一下，怎样利用鬼子扫荡的时候，歼灭这股鬼子，端掉红房子。”

“张站长，好呀。”

“水队长，战场有三个地方，一是红房子，主要指挥人员有豆鞘滑川、樱花少佐，一是鬼子的宪兵大队部，主要指挥人员川畑俊二大佐，一是鬼子扫荡清乡外出人员，除了这三处，就是码头，这几个地方，你们打哪里？”

“张站长，我们游击队，你愿意我们打哪里？”

“水队长，我看，你们人少，鬼子出来清乡扫荡的时候，你们在鬼子回去的路上设定伏击，这样不但人员伤亡少，而且还能有效地打击鬼子，还充分地发挥了你们游击队的长处。”

“张站长，你们早给我们考虑好了？”

“水队长，不是，如果你不愿意的话，我们倒过来，我们打击出来扫荡的鬼子，你们端掉红房子，宪兵大队部以及码头和其他地方？”

“张站长，你们明明知道我们的长处是游击战争。”

“水队长，如果你们这次成功地打掉了出来扫荡清乡的鬼子，同时也就摘掉了‘游击队，游而不击’的帽子，让国人看看。”

“张站长，谁说我们游而不击，你看你们的国民党，把国家的地盘越丢越多，丢掉了东北，丢掉了华北，丢掉了华东，现在藏在西南角上，鬼子一般的够不大着。”

“水队长，验证了吧，你们的地盘越占越大。”

“张站长，我们是联合打鬼子，还是来争论的？”

“水队长，联合打鬼子。”

“张站长，口舌官司，等我们打完了鬼子，以后再争。”

“水队长，就这样定了？”

“张站长，就这样定了。”

两双大手握在了一起。

国共联手

寒冷的北风呼啸在空中。

宪兵大队的大院里，两边站满了穿戴整齐的日本宪兵，头戴钢盔，白色的手套里，握着六点五毫米三八式步枪，佩戴三零式刺刀，携带九四式甲水壶，前胸后背挂满弹匣。

川畑俊二大佐站在门口，欢迎中国的朋友。

“欢迎，欢迎。”川畑俊二大佐伸出双手，脸上堆着笑，眼睛眯成了一条缝，不过他的眼睛没有正眼看着郑副局长，而是看着其他的地方，表面上看很热情，但是从迎接的仪式上看不到什么友善。

“大佐，几年没见，还是老样呀。”

“哪里，哪里。”川畑俊二大佐敷衍着。

“大佐，你看你的宪兵分列两旁，穿戴这么整齐，好像不是欢迎贵宾的待客之道。”

“郑局长，何以言之?”

“大佐，你看，三八式步枪，三零式刺刀，前后的弹匣，多少颗来?有这样全副武装的迎宾之道吗?”郑副局长红着脸，心里想着，“求人吗，求人真是下贱。”

“局长，多少颗子弹来?”

“川畑俊二大佐，你把我们的交情都忘了吗? 一百二十颗子弹就能击透我们的感情。”

“郑副局长，我来中国，谈论的是战争，听听你对战争的意见?”

“大佐，没有交情?”

“郑副局长，先谈战争，再谈交情。”

“好，大佐。”

“大佐，你们到另一个国家的土地上谈论战争，不是可笑吗?”

“郑副局长，‘大东亚共荣’共同对付西方列强，同时开化你们中国人先前存有的世纪文明，你明白吗？”

“大佐，我还是不明白，你不在你们的国土上，搞什么‘大东亚共荣’，到我们的国土上搞‘大东亚共荣’，不是世纪笑话？”

“郑副局长，中国有先前的文明，你看现在哪有文明的样子？见利忘义，兄弟相残，痛心哪。”

“大佐，这么说，我们应该欢迎你到我们的国土来？”

“你看看，郑副局长，你们不欢迎，我们能来这里吗？毕竟是开化你们落后的脑袋，这容易吗？弄不好，把自己的一生扔到这里，也可能是正常的。”

“大佐，我们不谈论战争，谈论战争太伤脑筋，我们谈论谈论友情吧？”

“郑副局长，战争和友情有时候是不分家的，佛说，相见便是缘。”

“大佐，你也信佛？”

“郑副局长，只有落后野蛮的民族，才不信佛，比如你们中国人。”

“大佐，我今天来，是来求你的。”

“郑副局长，好说，咱俩谈求？”

“大佐，我们昨天晚上丢了一个人，是个女的，听说是你们侦缉队弄去的。”

“郑副局长，不可能，我怎么没有听说呀。”

“大佐，你是说不可能，还是你没有听说就不可能？”

“郑副局长，你多心了。”

“大佐，有劳您费心了。”

“郑副局长，举手之劳。我打听一下，明天给你一个准信，可以吗？”

“大佐，谢谢你。”

“郑副局长，不用谢，只要在侦缉队，我保证，毫发未伤。”

“谢谢。”

“郑副局长，今天再尝尝我们大和民族的生鱼片？”

“大佐，你们的生鱼片，血腥味太浓，我吃不惯。”

“郑副局长，这就不对了，可以多蘸些醋嘛。”

“谢谢。”

刺骨的北风一个劲地刮着，人们不是蜷缩在房子里，就是在干着填不饱肚子的活计，还得干，家中有个干活的，最起码能喝上碗米汤。

郑副局长坐车往回走，心中这个难受，“我大小是个局长，啥时求人受到过这种礼遇，在我们这里，谁不是笑脸迎着我？川畑俊二这个老狐狸，早晚我要拾掇你。”城里曲里拐弯的道路上，走着走着，前面的一群人挡住了去路。

“张站长，下去看看，什么事情？”

张站长下了车，看见穿着破破烂烂的一群人，指指点点地说着什么，他踮着脚尖，伸着脖子，使劲地往前看着。

“你看，老张家媳妇今天上午拿着一把钱去买大米，嫌贵，没有买，今天下午又拿着那些钱去买，又贵了，还买不到了，米店不卖了，这不，老张有病，不能干，媳妇替大户人家洗衣服，挣了几个钱，一个人都养不活，还有两个孩子，她把孩子支出去以后，她和老张喝了药，唉，可怜两个孩子。”站在一旁的刘大爷说着，“谁能养活这两个孩子，就领去养着吧，我家里还有八个不大不小的孩子，实在没有办法。”

“哎呀，这个该死的物价，怎么变得这么快。”人群中王大叔说。

“爹，饿。”一个领着孩子的父亲站在一边，孩子嚷着。

“集市上扔掉的烂菜叶，也没有呀，被饿疯了的人抢去生吃了。”

“什么时候烂菜烂叶汤能喝饱肚子？”人群中一声叹息。

“你们没有听说过吧，张大婶没有办法，把烧火用的木头研碎了，放在锅里煮着，放上几个米粒，让孩子喝，已经一个多月了，实在没有办法了。”刘大爷掉着眼泪。

“好死不如赖活着。”人群中传出了抽泣的声音。

“弟兄们，有钱的帮个钱忙，没有钱的帮个人忙，把老张夫妻埋了吧。”刘大爷说着。

军统张看到这里，悄悄地返回车上，“局长，有钱吗？”

“张站长，你看，叫你去看人，鼓捣什么便宜货？”

“局长，有钱吗？”

“张站长，快回去，我还有事。”

局长摸索了一会儿，从身上摸出了几元钱，“你看，张站长，你难为我吧，我出来什么时候带过钱？”

“局长，都是别人带着吧。”

“张站长，你这不很明白？”

张站长一把夺过几元钱，又摸摸自己身上，还剩几百元钱，走过去，塞到了刘大爷的手里。

“孩子，快给恩人磕头。”

张站长上了车，对着司机说道，“掉头。”

司机缓缓地掉了头。

“你看看张站长，今天哪根筋扭了，这么别扭，二樱桃的事情，不光你愁，我也愁。”

回到了军统站，局长看看三个樱桃都在，放心了，长吁了一口气。

“姑奶奶，不管怎么着，这几个樱桃别再丢了，到什么地方不好，偏偏来到沦陷区锻炼，你以为那是国统区，都看军统的面子，总有地方的人不看的，我自己还憋着气呢，居然有人不买军统的账。”郑副局长牢骚着。

“局长，我们凑凑堆吧。”

“张站长，我们军统自成立以来，还没有碰到别人抓我们的人，不打招呼的，在我们这一亩三分地上，都是我们绑架、抢劫、枪杀别人的人，从来不打招呼，现在有人竟敢模仿我们，而且找不出是谁，唉，该死的日本人。”

“局长，你说日本人造我们的钱，到处采购物资，我们又造日本人的钱，疯狂地抢购物资，抬高物价，几倍几十倍甚至上百倍的物价疯涨，对谁有利?”

“张站长，你呀，就是个榆木疙瘩，没有吃过死猪肉，还没有见过活猪嘎巴？对谁有利，对我们。”

“你看，局长，下层的穷人把树皮磨碎，掺上几粒米，吃饭哪。”

“张站长，你这个站长，叫我说什么好呢，你不关心怎样打鬼子，你的圈内工作你不干，你干到圈外去了。”

“局长，我和你说的日本本国货币的事情，日本人知道是假的，日本占领区的钞票以及军用票，日本人没有看出真假来，你汇报给重庆了?”

“张站长，这才是正事嘛，不过，等你现在说，黄花菜都凉透了。”

“另外，我要告诉大家的事情，我们的政府为了拖垮鬼子，又造出来新版的法币，只是稍加改变，把水印挪动了地方，挪到了左下角，明天开始，中央银行可能就宣布，原先法币兑换日三天，只能兑换原先的十分之一，目前为止，这是绝密，任何人不准透露，”

“啊?”又要换钱，大樱桃张开了嘴。

“局长，你说这样频繁换钱，谁还敢用钱?打工的，干活的，怎么办?”

“张站长，我们还有多少钱?”

“三樱桃，我们现在还有多少钱?”张站长看着三樱桃。

“报告局长，还有二十箱子。”

“今天全部拉出去，十箱子送给我们的公司，十箱子买成各种物资。”

美女们笑出了声音，“终于可以出去了。”

“张站长，你带领着人去吧，时间三小时，逾期不回，军法处置。”

“好吧。”不太情愿的声音。

“局长，二妹没有回来，将近一天了，怎么办?”大樱桃站起身来。

“怎么办？暂时保密，我们对外人不说，我和张站长，已经找了川畑俊二大佐，如果是日本人的话，很快就要有结果了。”

“局长，这种事情不是日本人，还能有别人?”

“张站长，你说咋办?”局长看着张站长。

“局长，按照正常规律，如果真是侦缉队，弄到红房子的话，折磨不死你，也去了大皮了。”张站长说着，“可是你虽然找了川畑俊二大佐，那个老狐狸不一定真给我们出力，按照一般情况，如果大佐出力，肯定没有问题。”

“张站长，川畑俊二那个老狐狸，如果不出力，怎么办?”

“局长，我看出去买东西的事情，为防不测，全部交给公司吧，我们就把全部精力放在红房子上，三个樱桃也不出去了，全力救人吧。”

“好吧。”局长无奈地说道。

张站长心里有数，幸亏郑局长在这里，真正出了事，上面还有个大官顶着，万一郑局长让自己全部顶着呢，自己就死到临头了。

“局长，我看为安全起见，你在站里听电话，我再去打听一番，大樱桃去游击队找水队长，通过游击队的人了解一下，三樱桃、四樱桃在站里保护站长。”

“各位同仁，按照张站长的安排，分头行动吧，不过，今天下午五点前一定回来。”郑副局长吩咐道。

刚刚出了一会儿太阳，地上洒上了一点阳光，太阳像个十岁的孩子，马上藏起了笑脸，凉飕飕的，有点阴冷。

张站长的心里像这阴冷的天气一样，他不能想象以后的路怎么走，局长放在这里的四个樱桃，一夜之间丢了一个，自己一向标榜为老牌的军统，做事一向以扎实著称，没有想到自己的政治生命就可能葬送在这上面。

他绕着弯弯曲曲的胡同，漫无目的地走着，原先轻快的脚步，今天怎么这么沉重。走着走着，一下子滑倒在地，低头一看，是住户倒掉的洗刷用水，随着路面的高低结了一层薄薄的冰。

“哎呀，真是应了那句古话，人倒霉了，喝口凉水也塞牙。”

这一倒，他冷静了不少，“来点直的，哪里也不去了，就找红房子。”

他来到了红房子的门口，看着里外通红一体的颜色，有点本能的厌恶。

宪兵用刺刀拦住了他的去路。

“麻烦通报，找豆鞘滑川课长。”

豆鞘滑川课长远远地走了出来，这位个子不高的日本男人，穿着一身黑色的西服，配着黄色的稍瘦的面庞。

“怎么一身病快快的感觉？”张站长心里想着。

“军统张，我们的规矩好像没有在红房子里见面吧？”

“课长，没有，我找你有急事，所以顾不得规矩了。”

“走，到对面的茶馆里去。”豆鞘滑川伸出了右手。

他们一前一后走到了对面的“一口香”茶馆。

“军统张，你喝什么茶？”

“课长，您请。”

“我喝乌龙茶，冬天嘛，胃不好，你呢？”

“我的胃也不太好，要点普洱茶吧。”

豆鞘滑川用中指轻轻地拍了拍茶几的桌面，服务生快速跑了过来。

“有上好的乌龙和普洱吗？”

“有，先生。”

“两杯。”

“好的。”服务生轻快地跑了。

这时一缕阳光透过窗子射了进来，多好的阳光呀，身上马上感到了温暖。

“军统张，抬头看，看到了什么？”

“看到了白生生的太阳。”

“这就是我们大日本帝国太阳旗上的太阳，来到哪里，哪里温暖，军统张，感觉到温暖了吗？”

“课长，温暖感觉到了，可是那是天上的太阳。”

“军统张，难道我们太阳旗上的太阳不在天上？”

“噢，课长，我理解错了，现在我知道了，你们太阳旗上的太阳就是天上给我们带来温暖的太阳。”

“呦西，呦西，理解的正确。”

“课长，今天我找你有点重要的事情。”

“军统张，你看过没有，太阳东升西落，走到哪里，哪里就有温暖。”

“课长，感觉到了，以后我在太阳地里，慢慢地感受温暖吧。”

“呦西，你的思想大大地进步。”

“课长，昨天晚上，我们丢了一个人，是个女的，听说侦缉队最近到处抓人，会不会被侦缉队弄到红房子里去了？”

“军统张，不可能，侦缉队的事情，我能不知道？”

“没有？”

“没有。”

“课长，你看，我们的四个樱桃是戴局长放在这里锻炼的，再说，我们军统也没有针对你们日本人，我们是对付共产党游击队，万一丢了一个，我在戴局长面前没法交代，说实话，如果真丢了，我的站长的政治生命就此终结了，课长，能可怜可怜我吗？”

“军统张，不是我们不帮你，我们就没有见这个人呀。你再仔细分析一下，有没有别的什么组织，在这一带活动，绑架了你们的樱桃，或者让山大王掳了去，做了压寨夫人。”

“课长，你说谁能和军统作对？谁敢惹军统？”

“巴格。”

“课长，算我说错话。”

豆鞘滑川和张站长的谈话不欢而散。

伪造解放区货币

冬天的白天短得要命，感觉不到就晌天了。

大樱桃来到了和水里浪接头的地方，周围到处是光秃秃的树木，一派苍凉的景象。

“姐，我们现在遇到了一个比较难办的事，你帮我想办法解决一下吧？”

“妹子，有什么难办的问题，尽管对姐说。”

“二妹昨天晚上没有回来，现在依旧没有回来，我们出去找了一个晚上，听说鬼子的侦缉队逮捕了一个年轻人，是个男的，你通过你的关系，了解一下红房子里是不是关着二妹？”

“你们军统那边，没有通过关系去找吗？”

“我们临时保密，因为二妹和我们姊妹三个是戴局长从中央大学精心挑选的，又到杭州军统特训班进修过，后来又到美国进行训练，回国后，戴局长把我们放到张站长这里，在敌占区锻炼，以后准备委以重任，现在突然少了一个，谁能负起这个责任？是张站长，还是刚刚到来督战的郑副局长？”

“噢，我知道了。”

“姐，你能够动用你们的内线吗？”

“妹子，至于大事的话，我得按照程序逐级汇报，逐级得到批准，不过少了一个人，这也不算什么大事，我们的抗日战士，哪天不在死人？”

“姐，你看，你碰到这种事情，等于帮帮我，你怎么办？”

“妹子，看你说的，你不是和我们一起打鬼子吗？让我想想看。”

“姐，你们投到警卫队的大胡子，可不可以找找他？”

“妹子，对了，走，我们一起找他去。”

水里浪和大樱桃来到了警卫队训练的地方，在路边的茶馆和大胡子碰了头。

大胡子今天剃了剃头，胡子也修理了，整整齐齐的，穿着警卫队的灰不溜秋的衣服，看起来挺有精神的，水里浪的眼睛里放出了慈爱柔和的光。

“兄弟，你昨天没有听说侦缉队逮捕了人吗？”水里浪问道。

“侦缉队，像一群逐臭的苍蝇，天天到处咬人，逮人，逮个人还有什么大惊小怪？”钻山胡看着水里浪，“这帮混蛋早就应该被清理了。”

“可是，这个人不是一般的人，是军统站的二樱桃。”水里浪说着。

“你们军统站最近不是和鬼子走得挺近的吗？”钻山胡看着大樱桃。

“队长，你看看，我们该走的关系都走了，实在没有办法，才来求你的，你有办法，打听打听呗。”大樱桃说着。

“大樱桃，为自己的同胞，这是应该的事情，红房子我可以随便进去，可是要想打听别的事情，恐怕很困难，我也就是能够进入到豆鞘滑川的办公室里，别的地方也是进不去，你们在这里等着，我到豆鞘滑川的办公室里走一趟，听到了信呢，就听到，听不到呢，也别怪我，我的权限就这些。”

“好了，我代表军统站全体姐妹，谢谢你。”

钻山胡一溜烟似的消失在人们的视线里。

他来到红房子，他和其他人的区别，可以不用打招呼，直接进入红房子，但是他去的地方就是一个办公室，他不敢乱走，否则随时都有生命危险。

课长正抱着双臂，欣赏着南天上的太阳。

“大胡子，你来得正好，你看，南天上这颗周而复始，经久不落的太阳，不是有很好的象征意义吗？”

“课长，我是大老粗，没有看出来。”

“对了，你不坚守岗位，到这里来干什么？”

“课长，我来请示一下，我们什么时候清乡扫荡？”

“不用急，时间到了，就告诉你了。”

“课长，听说这几天，抗日分子在城里活动得很厉害，要不我们警卫大队帮着去抓人？”

“你是队长，不要听信谣言，认真练兵，城里的治安，有侦缉队和宪兵队，就足够了。”

“嗨，课长，听说我们昨天晚上抓了个女扮男装的年轻人？”

“巴格，谁造的谣?”

“课长，外面的人造谣。”

“没有，纯属造谣。”

“嗨。”

钻山胡唯唯诺诺地退了出来。

豆鞘滑川回到了办公室，逮人的事情做得这么秘密，怎么还有人知道。

“浦岛君，想什么呢?”云子小姐边说边走了进来。

“云子小姐，我们侦缉队逮捕二樱桃的事情，有人泄了密。”

“课长，不可能，侦缉队的人都是我们从宪兵队里挑选出来的最优秀的士兵，泄密的事情，绝对不可能。”

“云子小姐，有人向我提起逮人的事情。”

“课长，你想呀，谁敢逮军统的人，尤其是戴局长的红人，别人逮了，军统也会赖上我们的，这顶帽子无论如何，我们也摘不掉。”

“课长，那个二樱桃呢，我见见她吧。”

“云子小姐，我也是昨天晚上见了她一面，后来被刑讯室的人带走了。”

“课长，你没有告诉他们小心款待吗?”

“云子小姐，告诉了，可是刑讯室的两个色胆包天的家伙，先奸后杀，最后扔进了化尸池，今天早上，我来一看，人没有了。”

“课长，你看你管的部下，除了强奸犯，就是杀人犯，我们搞‘大东亚共荣’怎么搞?”

“云子小姐，你也别怪他们，红房子的男人，哪有时间接触女人?尤其是漂亮的女人。”

“课长，抓紧时间堵住侦缉队的人的嘴巴。”

“云子小姐，都是我们的人，好说。”

“课长，还有谁知道?”

“云子小姐，刑讯室的两个男人。”

“课长，抓紧时间把这两个男人调到华北驻屯军司令部去，不让他们在这个地方出现，国民党的军统不是随便可以得罪的。”

“云子小姐，还有一个事情，樱花少佐带领的团队还伪造了一批共产党的地盘使用的货币小票，共产党的地盘使用的货币更容易伪造，几乎没有暗记和水印，还伪造了共产党的‘北海银行券’，明天是张庄集市，我们一块到共产党的地盘去看看。”

“课长，很好的思路呀。”

张庄集上，人来人往，熙熙攘攘，人们崭新的面容上，带着微笑。

这时走向集市的人群中有一个不高的男青年身穿长衫，头戴礼帽，旁边的一个女人身穿旗袍，挎着胳膊，挺亲密的一对。

“你看，那边来了一队女兵。”男的拉着女的，马上蹲在卖菜的老头前。

“解放区的天是明朗的天，解放区的人民好喜欢呀。”

“这么轻快的歌曲。”男的哀声叹了一下。

“你看那边是卖粮食的。”女的说。

“走，看看去。”

他们走到了粮食市，有卖小麦的，有卖大米的，有卖花生的，还有卖大豆的。

“张大爷，你也出来卖花生呀?”一个年轻妇女说道。

“可不，卖掉了，割点布，做点衣服，这不快过年了嘛。”张大爷随口说着。

“走，我们到那边去看看。”男的指着前边一群人围着的地方。

原来解放区银行做了大型的宣传横幅，横幅上悬挂着各种正在使用的货币，不过都是假的。

“老乡们，你们看，这上面挂着的有一元的，二元的，五元的，全是假钱，现在我们教你们识别办法。”老乡们哗哗地鼓起掌来。

“你看，人家解放区，搞得像模像样的。”男的对着女的说着。

接着出来两个穿黑色衣服的人，一个拿着白布袋，一个拿着大烟袋，走了进来。

“老乡，你这大米多少钱一斤?”拿白布袋的人问。

“老乡，你便宜点，我们全要了。”拿着大烟袋的人说着。

“老乡们，你们千万仔细看，可能是汉奸，也可能是鬼子，到我们解放区买东西，千万不要卖给他们。”

接着又一阵鼓掌的声音。

这穿着奇特的一男一女早已引起了解放区安保人员的注意，他们在密切注视着他们的一举一动，最后经过领导批准，不管什么人员，只要不是搞破坏活动，不是收购粮食棉花的，就不要动他。

豆鞘滑川和云子小姐回到了红房子，内心久久不能平静。

“云子小姐，什么感受?”

“课长，共产党控制的地盘搞得红红火火的，还真像小孩过家家似的。”

“云子小姐，你看，共产党控制的地盘，人们的脸上有说有笑，物资充沛，还真像那么回事呢。”

“课长，我们两个人打个赌吧，蒋介石的国民党有英法美的支持，部队装备精良，人员配备齐备，机械化程度很高，毛泽东的共产党有苏联人的支持，依靠自力更生，你看，将来的中国将会是谁的天下?”

“云子小姐，很难说，穷弟兄和富弟兄打仗，也不是谁有劲谁就打过谁，也不是谁受支持多谁就打过谁，有很多说不清道不明的事情。”

“课长，简单猜吧，中国的天下将来是谁家的？姓国还是姓共?”

“云子小姐，打赌，要有赌注，你的赌注是什么，可以用你的后半生作为赌注吗?”

“课长，如果你猜对了？说不定我用后半生作为赌注。”

“云子小姐，一言为定。”

“课长，一言为定。”

“云子小姐，如果不出意外情况，稳妥的办法，我还是猜中国的天下姓‘国’。”

“课长，我却相反，你看共产党占领的地盘，人们的人心，物价，集市，井井有条。”

“云子小姐，泥腿子能够管理好大城市？管理好这么大的国家?”

“课长，由小比大嘛。”

“云子小姐，我还是愿意中国姓‘大和’呀。”

“课长，当然，我也是愿意。”

太阳像银色的光盘，挂在东半天上，周围是浓重的云层，树头像大海中的波浪，时而跳跃，时而低垂，路上的叶片纸片尘土卷向空中，掠向远方。

军统站内一片沉寂，死气沉沉。

郑副局长坐在电话旁，等着电话，那根救命稻草始终没有出现。

张站长像做错了事情的小孩子，不敢说话，等待着家长的责骂。

“张站长，走，到密室去。”

“是，局长。”

他们一前一后进了密室，相对无言，互相可以听到喘气的声音。

“张站长，戴局长培养的破译密码专家，在我们站的基层锻炼中丢失了，你说怎么这么怪呢?”

“局长，生不见人，死不见尸的，该怎么办?”

“张站长，我的局长这个官也当到头了，戴局长以凶狠和无情著称，我还是早打谱，找找国防部的关系，调国防部作战室去。”

“局长，您千万别，您如果走了，我就死定了，现在是失踪，还有希望。”

“张站长，难呀，我看活的希望渺茫呀，川畑俊二这个老狐狸没来电话，豆鞘滑川这个杀人狂说没有见，女间谍云子说不知道，大樱桃说游击队没有打听到，你说，还能活吗?”

“局长，您千万不能走，救我呀!”

“张站长，我也是泥菩萨过河，自命难保，怎么救你?”

“局长，我们对外说，执行特殊任务，端掉红房子，快了，内线说鬼子要在十二月五号外出清乡扫荡，就说在和日本著名女间谍云子对垒中，遭到暗害，为国捐躯了。”

“张站长，好是好呀，戴局长心里明白，为什么我们不捐躯，单单他的二樱桃捐躯了，再说，这里还有三个樱桃，怎么封口?”

“局长，就说这是国家机密，任何人不准泄密。”

“张站长，试试吧，现在开会，探探她们的口风。”

军统站的办公桌旁，局长，站长，还有三个樱桃，神情严肃地坐在一起。

“美女们，关于二樱桃的事情，我很难过，我们尽力了，现在没有见到尸体之前，我们就不能确定她的死亡，我想听听你们这些朝夕相处的姐妹们的意见。”

“报告局长，我的看法，向上汇报，请求戴局长向全国军统站发出协查通报，调查二妹失踪的真相。”大樱桃伤心地说着。

“报告局长，二姐的失踪，真是不明不白，生不见人，死不见尸，我也不知道怎么办，以后敌人的密码谁来破译?”三樱桃薄薄的眼皮里滚下了两颗泪珠。

“不要伤心嘛，现在事情不是到了无可收拾的地步，还是有希望的。”郑副局长轻声地说着。

“报告局长，我看二姐就是在红房子里面，不信，我们可以去搜嘛。这么个大活人，说丢就丢了，肯定是红房子搞的鬼。”

“好了，美女们，关于这里的日军，该找的我都豁上这个老脸，去找了，在没有确凿的证据之前，我们不好下这个确定的结论，我们是搞间谍工作的，一定要拿到第一手材料。现在我宣布，在二樱桃的事情没有弄清楚之前，作为绝对机密，任何人不准泄露，更不能向上反映，这是一条铁的纪律。”

“是，局长。”

“二妹的事情作为绝对机密，不准外泄，不准反映，到底为什么？难道这两个人还有什么不可告人的目的。”大樱桃心里想着，这个别扭，“按照正常情况，出了这样的事情，上报是第一位的，然后进行表彰抚恤等一系列的事情。”

夜晚，没有月光，没有星星。

大樱桃袭一身黑衣，戴黑色头套，背着攀缘的工具，悄悄地出发了。

她远远地看见鹤鸣村的门口增加了门哨，她转到了鹤鸣村的后墙，轻快地上了墙，一扔钩子，飞速地爬上了高高的房顶，顺着房顶，压低身体，从后排房子到了西面侧排房子，沿着西面的南北走向的房顶，南折，向云子的办公室悄悄靠近。

她轻轻地拿开一片瓦，掏出放大器，紧紧地贴在房顶上，为了减轻房顶的重量，她躺了起来，耳朵里只是传来吱吱的声音，她判断，“还没有人。”

风慢慢地大了，房顶上异常冻人，不一会儿，大樱桃浑身颤抖，上下牙齿咯咯地打仗，她掏出手帕，咬在嘴里，心里想着，“二妹保佑，千万让我探到你的真实信息，是死是活，给我个准信。”她的眼睛里，止不住地流出了伤心的泪水。

放大器在她的耳朵里一张一弛地活动着，她无法让自己保持安静，“这么冷的天气，唉，二妹呀，鼓励我，我一定把真实消息调查出来。”

她的脚像猫咬一样难受，她用左手把自己鞋子的前头，往上一抬往下一放，不时地变换左右脚，她怕时间长了，脚不听使唤了。

终于她听见了通通的声音，风声像吹着的哨子，声音在她的耳朵里辨别不出来，什么声音，她把放大器变换了耳朵，“这么简单的声音，这不是上楼的声音吗，而且是四个人的。”

从声音上判断，声音有重有轻，有清脆有沉闷，“肯定有男有女，而且一女三男。”

“今天晚上十二点半的火车，我已经给你们联系好了，到石家庄去，你们俩已经不能在这里住了。”是个男人的声音。

“嗨。”

“到了那里之后，自然会有新的工作岗位，我们的交情就到此吧，以后好自为之，如果不是我们两个家族多少年的友好，我完全有权利处置了你们两个，你们两个还有什么意见?”还是男人的声音。

“谢谢课长。”

“昨晚的事情，你们没有经历过，没有碰见过，昨晚在你们的经历上没有这一页，就是做了个梦，梦醒之后，梦里的情节不记得了。”

“嗨。”

“想着梦醒之后，忘记了梦，是保护自己最好的办法。”

“嗨。”

“想着，你们的新身份，你是山本一郎，你是井上一郎，这是你们的档案，拿走吧。”

“嗨。”

“这是侦缉队，不是妓院，这是军统，不是阿菊。”一个女人的声音。

“红房子是我们天皇的财神，你们敢给我惹这样的大祸。”

“如果你们对付的是共产党游击队，也就算了，你们对付军统，那天晚上我怎么和你们说的，好好款待，我们对付国民党的做法，是轰炸恐吓，政治劝降，你们偏偏在这个时候，给我添堵。”

“行了，预备一下，准备上车吧。”

复仇、车战

远处的天空，眨着几个深邃的眼睛，静谧的夜色，隐藏着多少丑恶、悲凉和无奈的悲情。

大樱桃抬起手腕，看着美国出产的夜光表，十点十分，还有两个多小时的时间，一切还来得及，她思索着鹤鸣村的声音，那几个关键的词语，“侦缉队、妓院、军统、阿菊。”

“到底发生了什么？红房子里到底还有多少肮脏的交易？日本人到底培养了多少大陆阿菊？我们中国这块土地上，到底有多少日本美女间谍？”

破旧的铁皮罐子火车爬行在这块古老贫穷的土地上，像一条疲惫的长龙，呼哧呼哧地喘着粗气，偶尔的一声长笛，现出一丝生气。

大樱桃身着西装，头戴鸭舌帽，手提一个皮箱，出现在火车上，她从尾部开始，搜索那两个人，两个日本人，年轻，别的情况什么也没有了，“也许找到那两个人，二妹的失踪就一清二楚了。”

车上除了酸臭、拥挤、破烂外，什么也没有。

“两个年轻的日本人，在哪？”她在人群中艰难地迈着步，一不小心，就会碰着躺在过道里睡觉的人们，从尾部走到前头了，再走，就是餐车了，到处都是人，怎么没有发现她感觉中的日本人呢？

她倚在座位的靠背上，两只眼睛不停地转着，心里不断地否定着。

“听说，从明天开始，法币又换新样子了，旧法币不用了。”一位戴着眼镜的青年人说着。

“年轻的，上面没有兑换日期吗？”一位穿着破烂的老人说着。

“这个月，已经换了好几次了，换来换去的，我们的钱越换越少，已经买不着东西了。”年轻人继续说着。

“你看，我卖了一头牛，钱在家里藏着，还没有花，很可能就不管用了，这头牛是我一年的收成。”

“钱又变了，纸变多了，用途变少了，也许日本人造的法币派不上用途了，可是最受害的还是老百姓。”大樱桃心里想着，“中央信托局这是怎么了，孔祥熙命令成立‘印钞事务处’的目的，就是不断地变换钱币的模样吗？毁谁？毁了日本人，也毁了自己。”

“让开，让开。”突然大声喊叫了起来，一群例行检查的狗子嚷嚷着走了过来。

“这就是我们的同胞。”在自己人面前，趾高气扬，在鬼子面前，低三下四的，她鄙夷地抬起头，望着顶棚。

她悄悄地走进餐车，空荡荡的，除了座位和椅子，什么也没有。

过了餐车就是行李车厢，难道在行李车厢里，出于职业的敏感，作为间谍的她，眼光扫过之后，就能准确地判断出那两个日本人的存在。

她悄悄地摸进行李车厢，行李车厢里，没有灯光，码着高高低低的行李，一片漆黑。

她掏出圆珠笔，打开电门，凭借一小束明亮的光线，用手指尖不时地挡住射出的灯光，或明或暗，慢慢摸索着。

突然，她听到黑暗中说话的声音，马上用手指捏住亮头，屏住呼吸。

“哥，你看那个女的，那个身材，那个脸蛋，可惜了。”

“弟，真是的，不逊于我们日本的阿菊，鼻子、眼睛、眼眉的，那纤细的身材，宽大的臀部，真美。”

“哥，我们俩好长时间没有消受女人了，谁知道她咬舌自尽了，真是少有的烈女。”

“弟，你看女人跟着哪个男人，还不是跟呀，还不是睡觉生孩子。”

“哥，女人不就是陪着男人睡觉吗？”

“弟，现在女人哪有咬舌自尽的呀。”

“哥，世上这不又多了一个光棍吗？”

“弟，她那宽大的臀部，让人销魂。”

大樱桃悄悄地靠过去，还没有等一个人发出声音，就把他的头一扭，那个人的脖子断了。

“想活着，别说话。”

“你是谁？”

“我是你姑奶奶，你们杀掉的那个女人的姐姐。”

“啊？”

“你们怎么杀掉我妹妹的？”

"我们没有。"

"快说，不说杀了你!"

"我们没有杀她。"

"难道她会自己找死?"大樱桃一手捂着他的嘴巴，一脚踏在他的脚脖子上，碾得咯嘣咯嘣响。

"哎呀，我说我说。"

"快说，不说杀了你!"

"我说，我说，在吊环架上，我和我哥给她脱衣服，还没有全部脱完，她就咬断了舌头，死了。"

"她的尸体呢?"

"我们兄弟怕人看见，投到化尸池化掉了。"

"什么?"

"没有尸体?"

"没有。"

"化尸池在哪里?"

"红房子的地下二层。"

大樱桃听到这里，眼泪刷刷地往下流，她把他的嘴巴堵上，双手反绑着，把他的左腿拴在行李车厢内的把手上，双手把他的右腿拎到肩上，用力地往前一拽，左腿右腿劈开了。

"二妹，姐给你报仇了。"说完，倒在了地上，泪水像泉涌一样。

"我的二妹就这样永久地消失了，她还没有来得及享受这个世界的美妙与奇特，就从这个世界上消失了，消失得无影无踪，她与二龙的爱情约定，也随风飘逝了，端掉红房子后，一切将要从头开始。"

"她不知道该怎样和局长、站长汇报这件事情，该不该汇报?汇报以后，局长，站长会怎样处理?她不敢往下想，想到二妹也算为祖国献出了生命，值了吧。"

她想站起来，已经浑身酥软，没有力气了，她的脸上滴着汗水，冒着热气。

她拿出袖珍多用途手灯，照了照身后倚着的方方正正的行李包，全是牛皮纸包着的一捆捆的东西，"这是什么?"她掏出多用途军刀，割开。

"怎么这么多钱?全是半新不旧的法币。"

她又随便割开几包，还是法币，"这是鬼子要运到别的地方去买东西的吧？这些可恶的东西，把法币当作普通货物来运输，也许鬼子用的瞒天过海之计，没有人看守，没有人押送。”

她站起身来，到里面的地方又拿出了一捆，割开一看，“啊，这是什么呀？花花绿绿的，印刷简单，上面清晰地写着‘冀’，这是鬼子在河北使用的货币，还是什么？”

她随便割开一包，还是写着“冀”字，不过颜色是白色的，她断定鬼子运输的东西，肯定没有什么好东西，她忽然想起，说不定是共产党在晋察冀边区使用的“冀币”，想到这里，一定不能让鬼子运走，可是怎么办呢？

“倒上油，把它烧掉？可是车上坐着一车平民百姓，怎么办？扔到车外，鬼子沿途找来怎么办？”

“烧掉这是最简单的办法，也是自己最容易脱身的办法，前面是车头，后面是餐车，接着是旅客车厢，行李厢处在第二节车厢上，把餐车和行李厢脱节，烧掉行李厢，对，就这样。想到这里，她笑了。

这时，听到越来越近的脚步声，她贴在高高的行李后面，屏住呼吸。

一束亮光照了过来，接着听着叽里呱啦的声音。

“鬼子，一定不能让他们过来，鬼子可能看见了地上散落着的法币，嘈杂声越来越大，这个地方最好的位置是行李车厢和餐车车厢相隔的地方，可以给法币点火，可以阻击鬼子，可以容易地把行李车厢和后面的车厢分开，还有利于自己逃生。”

她迅速占领有利位置，朝着跑在前面的鬼子，扣动了扳机，跑在前面的鬼子应声倒地。

鬼子的枪弹不时地传过来，从声音判断，这是南部十四式手枪，她笑了，“臭鬼子，跟姑奶奶玩，今天我不走了，为了二妹，和你们玩一会儿，你们的破手枪弹匣八发，我是你们的两倍，咱们现在是比赛谁换弹匣快。”

狭窄的通道，只容一人冲锋，“俗话说，‘一夫当关，万夫莫开’，今天是姑奶奶当关，鬼子莫进。”

冲上来的鬼子，倒在餐车车厢里，她手握美国柯尔特 M1911A1 型手枪，这种手枪经历过一战考验，一战结束后，在 M1911 的基础上，经精心改进，又研制成功了 M1911A1 型手枪，这种手枪弹匣容量 15 发，有效射程 50 米，她必须弹无虚发，换匣时间三秒，这三秒是她生死的关键。

停了一会儿，鬼子在换弹匣。

鬼子嗷嗷地冲了上来，子弹像密集的雨水，“坏了，鬼子不是换弹匣，而是换了冲锋枪了，听这密集子弹的声音，是南部式弹匣五十发冲锋枪，怎么办？自己根本没有抬头的机会，好处自己占有有利位置，可以把行李车厢和餐车车厢轻易地分开。”

她做了深呼吸，“用你们的南部五十冲锋枪，对付我的 M1911A1 手枪，也太不仗义了，姑奶奶给你们点厉害的。”想到这里，对准捆好的钱币，连击六发子弹，火苗迅速地蔓延开来。

嗷嗷的鬼子声，像狼嚎似的。

她用尽全身力气，撬动车厢接头开关，“怎么纹丝不动？难道今天我要和鬼子同归于尽？她用枪托打碎窗玻璃，“如果不是还有一车我的同胞，我就跳车逃生。”

“这些老铁锈疙瘩，可能要害了我。”

真是天无绝人之路，慢慢地出现一道缝隙，接着后面车厢脱节了，大樱桃站在冒着浓烟的行李车厢的过道处，一股浓烟袭了过来。

“二妹，你一路走好。”她大声喊着，消失在黑夜里。

太阳慢慢地升上了天空，万里无云，暴虐的狂风过后，没有想到今天这么安静沉寂。

川畑俊二大佐、豆鞘滑川课长、云子小姐、樱花少佐正在商议清乡扫荡的事情。

“浦岛君，清乡扫荡的计划搞出来了吗？”

“大佐，搞出来了，还是按照您原先的安排，时间十二月五号，代号 1205，您的宪兵大队部为指挥机关，红房子为实施机关，主要参战部队，您的宪兵大队、侦缉队、警卫队、警备大队等。”

“浦岛君，搞得很好，代号 1205 的目的呢？”

“大佐，代号 1205，当然是清除抗日异己分子，还有更重要的目的，抢购战略物资，沿途百姓，如果愿意卖给我们，很好。如果不愿意，实施抢掠。”

“浦岛君，做得很好，天皇帝国有你这样优秀的人才，何愁‘大东亚共荣’不成？”

“大佐，这次代号 1205 的行动还包括共产党控制的地盘，派出小分队，带着他们地区的货币，抢购他们的物资。”

“浦岛君，说说看，怎么预备的？”

“大佐，我们从共产党控制的地盘，找他们的人，给我们收购粮食、棉花等军用物资，共产党的地盘粮食大大的有，但是查的厉害，只能利用他们的人，给以高额利润，一小份一小份地收购。”

“呦西，呦西，浦岛君，收获不小。”

“大佐，这次代号1205行动，要广泛宣传，针对共产党游击队经常出没的山岭草地，农村偏远地区，这是我们防御的弱点，也是难点，游击队这儿跑，那儿跳的，像蹦在地上的癞蛤蟆，不咬人，恶心人，你说成气候吧，它不是，不成气候吧，整天这儿一枪那儿一枪的，所以，我们拿出气力，一举歼灭。”

“浦岛君，看法别致，天皇的栋梁之材。”

“大佐，代号1205，主要是肃清统治区内残匪，收购军用物资，推行天皇政令，实行大和教育。”

“浦岛君，代号1205不针对国民党，针对军统？”

“大佐，代号1205，放出风去，是为了歼灭共产党及其游击队，名义上不针对国民党，实际上，阻碍者，格杀勿论，这样可以分化瓦解避免国民党和共产党联手，我们不就可以一一击破吗？”

“呦西，浦岛君，真是技高一筹。”

“嗨嗨嗨。”两个男人自得其乐的笑声，会心的笑声。

“云子小姐，你训练的警备大队呢？”

“大佐，一切都朝着我们的方向发展，牛泰山的大龙，辖区内的地主武装都以各村为单位，各村一个小队，五村一个大队，到时浩浩荡荡，漫山遍野的太阳旗，你就瞧好吧。”

“云子小姐，你的工作我是放心的。”

“谢谢大佐，大佐你发现没有，中国人的脊背都是向前弯着的，膝盖也是弯曲的。”

“云子小姐，你的意思？”

“大佐，对于中国人，要么给他足够的武力，要么给他足够的财力，他的脊背会向你弯的，他的膝盖也会向你弯的。”

“哈哈哈。”在场的人都笑了起来。

“呦西，呦西，云子小姐，你的观察真细呀，真正的帝国高手。”

“樱花少佐，就等你了。”

“大佐，我这里按照中国人的话说，叫作‘万事俱备，只欠东风’。”

“樱花少佐，所有的钱，已经发往中国所有的地方了吗?”

“大佐，发了，连我们并未占有的重庆、新疆都发了，还有共产党的地盘也发了。”

“大佐，还有一个问题，就是中国人的法币换得太快了，虽然没有什么技术含量，那些水印和暗记，在纸面上换来换去的，今天藏在这儿，明天藏在那儿。给我们造币厂带来很大的工作量。”

“樱花少佐，你看这样，在我们的统治区，不用管它，我们说流通就是流通，你把主要精力，放在国民党统治区，共产党统治区，只是跟上国民党更换法币的速度即可。”

“嗨。”

“浦岛君，你从非专业的角度，分析一下，国民党为什么这么频繁地更换法币呢?”

“大佐，就是一句话，针对我们。”

“浦岛君，我们?”

“大佐，您想呀，他们是想让我们跟不上他们的速度，让我们造的法币成为一堆废纸。”

“浦岛君，他们想过生活在下层的人吗?”

“大佐，显然没有，他们已经把下层的人们扔掉了。”

“浦岛君，你的意思是国民党自己跳芭蕾舞吗?”

“大佐，正是。”

“樱花少佐，你从专业的角度，分析一下这样的做法。”

“大佐，现在没法分析，因为他们不走正路，不按正常路子出牌。”

“樱花少佐，说明什么呢?”

“大佐，一是财政经济混乱，二是更多地剥夺下层人们的财富，也让更多的人生活在贫困中。”

“樱花少佐，既然敌人的通胀百分之四百，我们的印钞机就得照着百分之八百的钞票印制，敌人的通胀百分之四百，加上最低我们印制的百分之六百，下一步敌人的法币可能通胀百分之一千，是吗?”

“大佐，非常正确。”

“樱花少佐，也就是说，以前能够买一头牛的钱，现在也就是买两盒火柴?”

“大佐，您也是经济学家。”

“樱花少佐，如果是这样，我们也为难呀。”

“大佐，什么？”

“樱花少佐，你看下一步得多浪费我们多少纸张，我们收购军用物资的钱弄不好和军用物资一样重，这也是难题。”

“大佐，您老真是杞人忧天，敌人不怕，我们怕什么？”豆鞘滑川笑着说。

“浦岛君，也是也是，你看，我老了吧？”

“哈哈哈。”又一阵笑声。

国共争夺牛泰山

天空中没有月亮，没有星星，有些沉寂，有些凝重。

军统站内像黑色的夜空，没有语言，没有活气，只有沉闷和憋气。

郑副局长、张站长和围坐在桌旁的三个樱桃，无言以对，二樱桃的座位还在那里空着。

“美女英雄们，我们站出了这么大的事情，我很心痛，我负主要责任，二樱桃是我们军统最优秀的译电员，是我们军统最优秀的密码破译专家，如果真正出事，我难辞其咎，现在我有一个想法，征求你们三位美女的意见，你们毕竟朝夕相处，你们的意见最有说服力。”郑副局长心事重重地说着。

时间像凝固了似的，没有人说话，似乎可以听到每个人的心跳声。

“张站长，你说吧。”

“美女们，郑局长的意思，二樱桃的失踪，我们都很悲痛，是立即汇报给重庆局呢，还是等端掉红房子再汇报给重庆局？假设现在立即回报，二樱桃可能没有很大的功绩，如果端掉了日本人的造币工厂红房子，治好了蒋总统的一块心病，戴局长心里高兴，二樱桃的功绩将无与伦比。”

“美女英雄们，你们怎么看，按照一般常理，希望自己的功绩大一些，将来对二樱桃的父母亲属都有好处，当然，我们是民主会议，集体决定，我虽然说，但不代表我个人意见，希望你们的内心能够做出公正的判断。”郑副局长重复着。

“四樱桃，你的看法？”

“局长，我的看法，不汇报也可以，搞暗杀我有一套，要不我们以牙还牙，杀掉日本人的重量级人物豆鞘滑川课长，或者云子小姐，报复他们？”

“四呀，你的心情我理解，经过精心策划，杀掉他们也并非易事，你知道的，上海银行间的争斗，我们杀了鬼子汉奸的几大银行百十口子人，鬼子汉奸杀了我们几大银行百十口子人，最后经过周佛海调停，各自为了自己利益，互不干涉，相安无事，但是现在我们的主要任务，是总统的心病，伪造我们法币的工厂红房子，忍一忍，切莫再生事端。”郑副局长看着四樱桃。

“三樱桃，说一下你的意见?”

“局长，二姐的失踪我很伤痛，给我一把枪，经过观察，我可以干掉鬼子的任何一个高级人物，你说哪个吧，吉野、浦岛、云子、樱花，只要这些人物有腿，能够在地面上走动，我只需一支枪，一秒钟时间，我就能杀了他们。”

“三樱桃，你和四樱桃犯了同样的毛病，我知道你是军统狙击界的一枝花，可是鬼子的生命和蒋总统的心病相比，天壤之别，就让他们的狗脑袋长在狗脖子上，多活几天吧。”

“大樱桃，你是他们的大姐，你一定不能情绪用事，我们的大是大非和个人恩仇之间，孰重孰轻，你应该比她们掂量得更清楚，说说你的意见?”

“局长，二妹失踪，我很心痛，我没有带好她们，到底是失踪还是已经不在了，我不清楚，我请求局长发布命令，不接受鬼子的投降，格杀勿论。”说着，抽泣起来。

三樱桃、四樱桃也跟着抽泣起来。

郑副局长也从眼里滴下了几颗泪滴。

“美女英雄们，我引用中山先生的话，‘革命尚未成功，同志仍需努力’，作为共勉，现在我提一个方案，假设二樱桃真正为国捐躯，她的英雄事迹是在攻打红房子过程中，遭到日本著名间谍云子小姐的暗算，以身殉职了。”

沉浸在悲痛之中的人们没有任何别的意见。

“这个提议，没有人反对，就算通过了。”

“再一个提议，就是从第三战区军队中挑选敢死队，加入我们的战斗。张站长，敢死队员挑选多少人，能够完成我们的任务?”

“局长，你看，我们乘鬼子出来扫荡城内空虚之际，端掉红房子，进攻红房子需要一支敢死队，如果鬼子宪兵大队前来支援，阻击宪兵大队需要一个支死队，除掉红房子周围二层楼房火力布置需要一支敢死队，码头有鬼子即将运回国内物资的船队，需要一支敢死队，再就是需要一支预备队，总共需要五支敢死队小队，组成一支敢死队大队，每支小队五十人，预备队需要一百人。”

“人员的挑选，关系到战斗的成败，我亲自去挑选。”局长严肃地说着。

“好!”美女们发出了热烈的鼓掌声。

太阳挂在南天上，树木枯草在北风中吱吱地吹着哨子，人们已经很少在户外活动了，低矮的草房里，人们围着火盆取暖，这将是一个没有结束的严冬。

隐藏在树林中的三间茅屋，传出了军统大樱桃和游击队长水里浪的声音。

“姐，鬼子已经宣布了清乡扫荡的时间，你怎么看待这件事情?”

“妹子，这个时间是说给我们游击队听的。”

“姐，为什么这么说?”

“妹子，你想，鬼子清乡扫荡的时间说了，地点没有说，地点还用说吗，不就是山村老百姓居住的地方，他们的目的是清除我们游击队。”

“姐，你怎么看待这件事情?”

“妹子，鬼子之所以没有说地点，就是让我们游击队疲于应付，更容易吃掉我们。”

“姐，你错了，鬼子早晚会宣布地点的，你寻思没有，鬼子怕你们游击队吗？不怕，鬼子如果想把你们游击队一网打尽，宣布了地点，你们在鬼子扫荡的路上，这样不是更容易找到你们吗?”

“妹子，你说的也有道理。”

“姐，有没有道理，你就等着听结果吧。”

“妹子，今天来有什么大事?”

“姐，钻山胡，原先是你们的人，现在是警卫队长，他的人马是姓‘日’还是姓‘共’?”

“妹子，你问这个干什么?”

“姐，我想，等着端掉红房子，让钻山胡姓‘蒋’，成为我们军统的一支特别小队。”

“妹子，你别插手了，那是不可能的。”

“姐，我不信。”

“妹子，不信你就试试。”

"姐，你不阻拦?"

"妹子，看你说的，他要加入你们军统，我能拦得住?"

"姐，谢谢你说了实话，还有一事，端掉鬼子的红房子，牛泰山大龙的警备大队，你就不要插手了，听说你们共产党游击队不但地盘扩大了，而且这儿找找，哪儿看看，不是你的饭你就不要吃了。"

"妹子，不是你和我这么多年的相识，我就不客气，共产党游击队地盘是大了，这是事实，我们是哪里有鬼子，就到哪里打，参加游击队的，都是自愿的，牛泰山大龙的警备大队，我还是不和你争，还是让着你，如果端掉红房子，大龙愿意加入你们军统，我高兴还来不及呢。"

"姐，真的?"

"妹子，真的，因为我们的国土上，还有鬼子，只要打鬼子，在哪个组织上不是打鬼子。"

"姐，一言为定，我相信你。"

"斗争形势更复杂了，"水里浪心里想着，"鬼子要来清乡扫荡，剿灭我们，军统那边要和我们抢夺军队，下一步，我该怎么办? 万一处理不好，军统也有可能借鬼子的手灭了我们。"她的心事从来没有这么重，眉头皱了起来。

"钻山胡的警卫队，我是放心了，可是留在牛泰山我们的几个弟兄，全是游击队的精英，游击队的火种，他们让我担心，这里面不光是他们的生命，还有牛泰山的几百弟兄的出路问题。"想到这里，她一刻也坐不住了，要马上上山。

风越刮越大，光线淡淡地洒在地上，寒冷已经悄悄地降临了。

水里浪来到牛泰山，几天没见，样子变了，门口高高地竖着一块大牌子，"牛泰山警备大队"，门口像模像样安排了执勤的人员。

"副司令在山上吗?"

"副司令在城里上班。"

"现在山上谁说了算?"

"大队长二龙。"

水里浪来到了山前大殿，休息间隙，二龙正在桌旁喝着茶水。

"水队长，这么大的风，不在家里暖和，怎么到山上挨冻?"

"龙大队长，副司令呢?"

"我哥要快黑天时才回来。"

“龙大队长，可以参观一下你们的练兵场吗？”

“水队长，当然可以。”

自从大龙成了副司令，到城里上班，就是不一样，车接车送不说，牛泰山的前面开出了一大片平整的土地，战士跑步、练操、射击、小队配合与对抗，还是练习得挺好的。

她远远地看见了游击队战士，他们的脸上洋溢着笑容，她心里一块石头落了地。

这时，从山那边开来了三辆小车，撩起的尘土刮到了天上，二龙远远地望见了。

“水队长，快走，你看那三辆轿车，肯定是日本人来检查训练了。”

“啊。”

“水队长，你不知道，自从我哥当了那个副司令，日本人就不允许外人上山了。”

“啊。”

“水队长，马上就要清乡扫荡了，这关键时刻，让日本人看见就坏了。”

“大队长，鬼子已经上山了，我们怎么办？”

“水队长，走，到我们的暗道去。”

这条暗道，一人多高，一人多宽，曲里拐弯，通向远处。

“大队长，这条暗道，这么宽敞，你们怎么挖的？”

“水队长，这是我们牛泰山的几千弟兄逃命的通道，你是我带领的知道的第二个人。”

“大队长，第一个是谁？”

“水队长，不告诉你。”说着，二龙的脸红了，偷偷笑着。

“大队长，我知道了，是军统的二樱桃。”

“水队长，你怎么知道？”

“大队长，要想人不知，除非己莫为，脸上写着呗。”

时间过得飞快，暗道里很快看不清了，二龙从暗道里爬了出来，大声喊着“出来吧，鬼子走了。”

水里浪来到大殿，看见大龙一脸兴奋的样子，脸上挂着笑。

“水队长，我听二龙说了，你来了，怎么着，晚上住在我们牛泰山？”

“副司令，事情紧急，贸然上山，切莫怪罪。”

“水队长，哪里的话，有什么吩咐?”

“副司令，我过来核实一下，鬼子马上要清乡扫荡了，你的态度是?”

“水队长，不瞒你说，我是中国人，我们弟兄往前数八辈子都是正儿八经的农民，到我这辈才有了这样的成绩，我可以保证，绝对不祸害老百姓。”

“副司令，你们的队伍是姓‘日’还是姓‘蒋’，或者姓‘共’?”

“水队长，这个我还没有考虑清楚，有一点可以确定，就是不姓‘日’。你也知道，水队长，你看我现在的家业，钢炮有，步枪有，冲锋枪有，重机枪有，我这些家业，有几千口子人，加上各村庄的地主武装有近万口子人吧，你说，这么多人，叫我到山里打游击，哪座山能盛了这么多人，再说，我的轻机枪重机枪，在山里怎么用?”

“副司令，等打完鬼子，你姓什么? 姓‘蒋’还是姓‘共’?”

“水队长，现在谈都太早，到时再定。”

“一言为定，副司令。”

“一言为定，水队长。”

黑色的夜空缀满了亮晶晶的眼睛，没有鸣声，没有犬吠，夜色死气沉沉的静。

军统张冒着朦胧的月夜，深一脚浅一脚地行走在山间小路上。

他只顾往前赶路，他的脚伸进了草丛中吊兔子的圆扣，吊住了左脚，当场甩了个嘴啃泥。

“哎呀，”职业的敏感，他一下子往后一缩，坐在绊倒的地方，脸上的汗珠一下子涌了下来，“这是谁背后使绊子，肯定是不学无术的游击队干的，正好去找水里浪算账。”

他松开了细铁丝，把脚拿出来，站起来一试，没有大碍，单腿蹦跶着往前走。

“水里浪，快出来!”在游击队的三间茅屋外，他大声地吆喝起来，“水里浪，你们这些不学无术之徒，光知道在野地里下扣子。”

“吆喝什么? 你这个黄脸瓢，再吆喝，往回走时，给你把那只爪子吊了。”

“水队长，背后里下扣子，算好汉吗?”

“张站长，你看，谁黑更半夜不走人走的路，偏走兔子走的路呀?”

“水队长，这不是军情紧急吗?”

“张站长，打鬼子？”

“水队长，我来和你商议一下，打鬼子。”

“张站长，那天不是说好了吗？”

“水队长，我还是来落实一下，心里踏实。”

“张站长，我们游击队什么时候说话不算话？”

“水队长，假如这次成功，我们一定在上报蒋总统的材料中，记你们游击队是首功。”

“张站长，不必了，你们只要本着诚意，互相配合，打鬼子就行。”

“水队长，鬼子清乡扫荡的时间我们已经知道，只要鬼子确定了行进路线，你们游击队能够阻击鬼子回城两个小时，我们就能端掉鬼子的所有据点，我们以红房子为主，拿下宪兵大队部，红房子周围楼房二层，码头这几个地方，然后你们撤掉，能不能坚守两个小时？”

“张站长，鬼子到底能出来多少人？”

“水队长，我也不清楚，我们要端掉鬼子的这些据点，能够全身而退，至少需要两小时。”

“张站长，最好把鬼子引诱到山上，这样三转两转，转晕鬼子，等鬼子发现城里的炮火，从集合好队伍到撤回城里，也得好几个小时，你们完成任务不成问题。”

“痛快，水队长，我要的就是这样一个承诺，一定不能把鬼子放回城里，否则鬼子的造币工厂，我们很难把它端掉。”

“张站长，你不放心我们？”

“水队长，不是我不放心你们，而是你们游击队势单力薄，打沙蛋的兔子枪还是好的，要不你们汇报上去，把武工队调上来，一块打鬼子。”

“张站长，那好吧，我汇报一下看看吧。”

“水队长，国共联手共同打鬼子，在将来的历史上，将是浓墨重彩的一笔。”

“张站长，让历史见证我们的奇迹吧。”

“哈哈哈。”张站长喜得合不拢嘴，笑声变了调。

“哈哈哈。”水队长慷慨地笑着，震动山林。

“一言为定，水队长。”

“一言为定，张站长。”

张站长像做了聪明事的小孩，腿也不痛了，身体也轻快了，蹦蹦跳跳地出了门口，消失在夜幕里。

“真是奇怪，平常日刁钻的军统张，今天这是怎么了？”水里浪感到有些奇怪，她想呀，怎么也想不出来哪里不对劲，反正和原先不一样，戏谑有余，严肃不足，一反常态。

张站长心里那个滋味，别提了，这么短时间就搞定了，“游击队，游而不击，一心想着抢占地盘，让你抢，我们的地盘越来越小，鬼子和游击队的地盘越来越大，不打鬼子，抢占地盘，让你抢，让你抢。”

水里浪心里纳闷，“这个军统张。”

军统密令

啾啾的鸟鸣声在空气中跳着，晴朗的天空散射着根根明亮的光线。

“真是一个好天气。”军统张迈着轻快的步子，来到鹤鸣村，探清鬼子的最新消息。

莲花还是像以前一样美丽，血红的嘴唇，富有挑逗性的双乳，娇美的长腿，“真是个尤物。”军统张心里想着，不觉咽下了一口唾沫。

“军统张。”莲花看见军统张，脸上有点放光。

“莲花，豆鞘滑川课长和云子小姐在吗？”

“在楼上。”

军统张径直走到了楼上。

“来来，军统张，快来看看十二月五号的清乡扫荡路线。”豆鞘滑川右手一指，“你看这些沙盘，这次清乡扫荡是向东南进入山区呢，还是向北进入平原地区呢？”

“课长，不管进入哪里，我们这么多人，都会所向无敌。”

“军统张，你看如果你是这次清乡扫荡的总指挥，你会走哪条路线呢？”云子小姐看着军统张。

军统张心里明白，“这是他们两人在考查自己的常识性问题，清乡扫荡进入平原地区，反日分子尤其是共产党游击队或者武工队藏身周旋的范围很小，或者说没有，要想一举消灭共产党游击队或者武工队，肯定要到东南部山区。”

“课长，您的意见呢？”军统张耍了点心眼，轻轻地问道。

“云子小姐，军统张，我看扫荡北部平原，可以一马平川，信马由缰，何愁游击队不灭？”

“军统张，你的看法呢？”

“课长，云子小姐，我的看法正好相反，游击队善于游击，肯定在东南部山区活动，我们到南部山区，游击队或者武工队肯定想办法捣乱，他们凭借地利优势，四处游击，我们的长枪发挥不了作用，可是我们有八九式迫击炮，这是我们的长处，如果使用八九式特制手雷，游击队哪里跑？它的射程达660米，游击队肯定都是肉饼了。”军统张分析着。

“呦西，对帝国大大的忠诚。”豆鞘滑川伸出了大拇指。

“课长，小姐，游击队有我们的卧底，我可以把游击队在山中的部署情况，第一时间汇报给你们，让你们不费吹灰之力，包围他们，全歼他们。”

“呦西，呦西，军统张，你看我们向东南山区清乡扫荡，第一座小山牛泰山，扼住交通要道，右后面是后蹄山，前面是牛嘴山，过了牛嘴山，进入更大的山竹山，游击队在哪座山，便于我们一网打尽？”豆鞘滑川继续说着。

“云子小姐你看呢？”军统张征求着云子小姐的意见。

“课长，从牛泰山过去，最小的山是牛嘴山，说是山，其实就是一座孤峰，游击队如果在这里，我们重兵包围，然后使用迫击炮，游击队将不复存在了。”云子小姐看着豆鞘滑川。

“课长，云子小姐，如果游击队在牛嘴山和竹山之间，我们前后包围，后果会怎样呢？”军统张说着。

“呦西，军统张的忠心，我明白，游击队不可能傻成那样，即使那样，竹山那一支部队，从何而出呢？”豆鞘滑川说着。

“课长，云子小姐，如果你们相信我，我可以组织一支五十人的队伍，藏在那里。”军统张出着主意。

“呦西，很好，游击队不是傻瓜，能够甘心让我们包围？”豆鞘滑川笑着。

“浦岛君，这倒是一个很好的主意。”云子小姐看着沙盘。

“军统张，你让我们怎么相信你的真心呢？”云子小姐疑惑地看着军统张。

“消灭共产党游击队是我们共同的希望。”

“云子小姐，马上发布公告，写明清乡扫荡时间地点路线等等。”

“嗨。”

树木摇摆着寒冷，阴凉的寒风扫荡着每一个角落，真正的冬天到来了。

鬼子出来清乡扫荡的事情，像长了翅膀似的，立刻传遍了这块血与火燃烧的大地，这块贫瘠而又不屈的大地，将要迎来一场严酷的考验。

水里浪找到了武工队的王队长，商讨怎样对付鬼子的清乡扫荡，王队长带来了军分区的最新命令，一定利用好敌人的冬季清乡扫荡，打击鬼子的嚣张气焰。

“鬼子的这次清乡扫荡时间、地点、路线已经出来了，目的是针对我们游击队、武工队以及其他抗日分子，王队长，军统站要借助这次鬼子的行动端掉红房子，你看怎么办?”水里浪说着。

“这是好事，我们扰乱了鬼子的清乡扫荡，军统站端掉了红房子，国共合作，打鬼子，天大的好事。”

“王队长，鬼子出来清乡扫荡，军统站要我们顶住鬼子两个小时，那样他们才有时间端掉红房子，你看，我们在什么地方，能够利用有利地形，阻击鬼子两个小时?”

“你看，鬼子出城往东南山区，需要经过牛泰山和后蹄山的山间公路，往前是牛嘴山，是座孤山，再往前是竹山，牛泰山是警备队的地盘，后蹄山离城最近，没法设伏，牛嘴山是座孤山，鬼子如果包围，用迫击炮攻击，我们也就没有人了，最理想的设伏地点是竹山，山高树茂，绵延数十里，进容易攻，退容易跑，对我们有利，对鬼子不利。”

“王队长，如果等鬼子翻过竹山，从出发到翻过，要用四个小时，军统可能等不及，军统站等我们先打响第一枪，他们才开始。”

“水队长，这次打鬼子，在别的地方设伏，对我们不利，我们的武工队每个小队五十人左右，近战对我们有利，我们的队员，都是双枪，有的是两支短枪，有的是一长一短，短枪基本是德国造盒子炮，长枪也有马枪，也有卸掉枪托的美式汤姆逊冲锋枪，这些装备近战有利，歼灭小规模鬼子有利，如果要进行大的狙击活动，恐怕弊端大于利端。”

“王队长，那怎么办?”

“水队长，我们的武工队，就是武装工作队，组织精干，装备简便，行动灵活，罗瑞卿曾明确地规定武工队的任务，一，开展对敌伪的宣传战，收复人心。二，与地方党政联系开展敌占区群众工作，组织革命两面派村庄，发展敌后秘密武装；三，进行敌伪军的组织工作（主要是下层）；四，铲除汉奸；五，掩护交通及进行经济斗争。水队长，抵抗两个小时的话，鬼子从城里出来越远越好。”

“王队长，鬼子有宪兵队、侦缉队、警卫队、警备队，警卫队和警备队都好说，因为是我们中国人，警卫队长是钻山胡，我们的人，警备队呢，副司令是大龙，我找了他，他说决不打自己人，鬼子的宪兵队和侦缉队怎么对付？”

“水队长，鬼子的宪兵队是鬼子从部队之中挑选出的优秀的士兵，进行各种各样的魔鬼训练，各种枪械会用，都能独立作战，而且英勇无比，而侦缉队呢，是鬼子的间谍机构挑选出来的出色人才，暗杀、逮捕、爆炸应会尽会，我们的武工队可以对抗鬼子的宪兵队，而他们的侦缉队，你们游击队没有能力对抗。”

“王队长，你看鬼子这次清乡扫荡，我们怎么办？”

“水队长，军统的意图是什么？难道只是简单地让我们狙击两个小时？”

“王队长，假设鬼子从城里出来清乡扫荡，出来越远，不是回去越晚吗？”

“是呀。”

“鬼子清乡扫荡的目标不是我们吗？”

“是呀。”

“我们可以拖着鬼子的鼻子跑吗？”

“对。”

“可是这样的话，能否造成我们的工作非常被动。”

“水队长，这样吧，在没有弄清楚军统的真正意图之前，我们暂且定着，在竹山，甚至更远的地方阻击鬼子，拖住鬼子，完成配合军统的任务。”

“王队长，你是不是把我们的任务汇报给军分区领导，争取领导的支持。”

“好的，当然，我们也要防着军统，小心他们借日本人的手消灭我们。”

阴沉沉的夜色没有喧嚣，只有静寂，只有趴在田地里的幢幢黑色的建筑物，只有没有言语的静默的树木，还有默默的黑色带给世界的创伤和难以抚平的怨气。

军统张和游击队水队长商议着如何借鬼子清乡扫荡端掉红房子的事情。

“鬼子已经公布了清乡扫荡的时间地点以及经过路线，你怎么看？”军统张看着水里浪粗大的辫子。

“能怎么看，我们尽量阻击呗，我和武工队王队长商谈了这件事情，王队长表示，只要实心实意打鬼子，愿意积极配合。”

“郑局长和我研究了半天，后蹄山、牛泰山、牛嘴山、竹山，这条路线上，最好你们能在牛嘴山设伏，牛嘴山是座孤峰，易守难攻，往四下里一看，鬼子全在视线以内，可以更好地打击鬼子，让鬼子有来无回。”

“我们是等鬼子越过牛嘴山以后，再打，还是看见鬼子就打？”

“你傻呀，鬼子没有过去，你打，万一他们不追了，往城里窜，怎么办？

“噢，我知道了。”

“等鬼子过去以后，只要你们游击队和武工队顶住两个小时，我们就能成功地端掉红房子，清除鬼子宪兵大队，夺回码头，抢回鬼子轮船上属于我们的战略物资，你看怎么样？”

“你们军统去端红房子，清宪兵，夺轮船，好处你们占了，我们阻击鬼子，成功以后，我们有什么好处？”

“好处是大大的，我们上报蒋总统，你们游击队和武工队的阻击战，打得很好，一是摘掉了‘游击队游而不击’的臭名声，二是获得上峰的奖赏，第三，开创了国共合作的又一良好局面，何乐而不为呢？”

“这样的话，也可以，鬼子是不是出来越远越好？”

“当然，鬼子出来越远，我们回旋的余地越大嘛。”

“那我们在竹山牵着鬼子的鼻子走，不是更好吗？”

“万一鬼子走着走着不走了，咋办？”

“鬼子清乡扫荡，不就是为了清除我们游击队吗？”

“不全是，鬼子为了更多地抢购战略物资。”

“那样，鬼子不走了，能达到目的？”

“水队长，你不了解，鬼子的重中之重是红房子，红房子是他们的造币工厂，首先要保证红房子的安全，其次，才出来抢购战略物资和清除抗日武装，这次是鬼子在占领区的统一活动。”

“那我们采取什么措施？”

“关键是你们的文章做得多透，我们官方的估计，鬼子这次清乡扫荡，我们的老百姓要损失在二百万元左右，但是你想呀，如果端掉了造币工厂，鬼子可是上亿元甚至几十亿元的损失。”

“张站长，你的意思怕鬼子不上钩，我们游击队和武工队引诱着鬼子往前追?”

“水队长，你们为国家利益做出点贡献吧。”

“我们考虑考虑。”

“国家不会忘记做出牺牲的英雄们的功绩。”

北风微微地吹着，树头稍稍地动着，小河里的薄冰轻轻地结着。

川畑俊二大佐、豆鞘滑川课长、云子小姐、樱花少佐站在沙盘前。

“浦岛君，你对本次清乡扫荡的路线，有什么看法?”

“大佐，没有什么看法，大佐英明，我们放出风去，清剿游击队和武工队，游击队和武工队联手，我看，他们能在哪儿阻击我们呢?”

“哪儿?”川畑俊二大佐看着豆鞘滑川，他的眼皮快速地移动着。

“云子小姐，以你的阅历，后蹄山、牛泰山、牛嘴山、竹山，哪里会是游击队的坟墓?”豆鞘滑川灰黄色的脸上，堆着细细的皱纹。

“牛泰山，不可能，那是警备队的地盘，后蹄山离城里太近，游击队那几杆破枪，哼!牛嘴山是座孤峰，易守难攻，可以有效地阻止我们，但是我们的八九小炮，可以把峰顶夷为平地，游击队可以傻到在牛嘴山阻击，但是他们那里还有武工队，武工队可是共产党的精英，他们不会傻到那样。”云子小姐抱着双臂，认真地分析着。

“那哪里会是游击队的坟墓?”川畑俊二大佐疑惑地问道。

“我看是竹山。”樱花少佐笑着，“这是个简单的问题，只要智商一般，就可以想到这里。”

“说说理由。”

“竹山山高林密，方圆无边，进可攻，退可逃，确实是个理想之地。”

“那么，牛嘴山可以是个设伏的好地方，如果放上几个人甚至十几个人的阻击小队，打一枪就跑，好地方，这是游击队惯用的策略。”豆鞘滑川补充着。

“浦岛君，如果游击队或者武工队放一支小队，使用轻机枪，我们怎么办?”川畑俊二问道。

“大佐，好说，就用我们的八九小炮或者八九手雷，踏平牛嘴山，把牛牙给它撕下来。”

“浦岛君，这里我放心了。”

“那竹山呢?”

“樱花少佐，你有什么好的建议？”豆鞘滑川看着樱花洁白庄重的脸颊，轻轻地问着。

“大佐，竹山，山高林密，最好的武器是使用短枪，我们的大正短靶子冲锋枪，就是最好的武器，游击队的几把鸟枪，不在话下，武工队吗，一个字，难。”樱花没有继续往下说，她心里明白，其实都知道的，武工队以短枪为主，近战取胜。

“大佐，我们的侦缉队和武工队相比，有过之而无不及，我们的侦缉队完全可以对抗武工队，短枪、灵活、近战，在人数和枪械配备上也差不多，我们还多出了一个宪兵队，这就是我们的优势。”豆鞘滑川分析着。

“呦西，加上我们的警卫队，警备大队以及其他中国地主武装，我们怕谁？”川畑俊二大佐举着双手，“真正到了为天皇尽忠的时候了，天皇帝国的英雄们，加油。”

“报告大佐，还有一个好消息。”

“什么消息？”

“军统站为了配合我们清乡扫荡，一举歼灭游击队和武工队，准备了五十人的敢死队，要求参战。”

“什么条件？”

“独立参战。”

“什么？不受我们天皇的指挥？”

“不是，他们要求在某个地方隐秘，瞅准机会，一举歼灭游击队和武工队。”

“他们是想借我们的手，除掉游击队和武工队？”

“浦岛君，这是损招，我们天皇陛下的勇士，武士道出身的精英，我一向鄙视这个。”

“大佐，我们只要达到目的，怕什么？这叫殊途同归嘛。”

“浦岛君，他们要使用我们侦缉队或者宪兵队的服装吗？”

“不用。”

“浦岛君，他们需用我们的枪械吗？”

“不用，他们只需要一块能够阻击共产党游击队和武工队的隐蔽地。”

“呦西，浦岛君，你看给他们哪个地方？”

“大佐，我看，根据分析，游击队和武工队出现的地方，可能有两个地方，一是牛嘴山，一是竹山，牛嘴山上可能是武工队的小分队，打一枪就走，竹山山高林密，方圆几百里，是游击队设伏的理想之地，如果再有一支部队插到游击队和武工队的身后，我们两面夹击，到时那里就是游击队和武工队的葬身之地。”

“呦西，浦岛君，按照中国人的说法，这叫‘包饺子战术’。”川畑俊二大佐嗨嗨地笑了起来。

“我们可以不费吹灰之力，吃他们的肉，吸他们的髓，哈哈哈。”豆鞘滑川哈哈地笑着。

“云子小姐，关于这次清乡扫荡，你的看法?”

“报告大佐，准备得很好，我没有什么意见，唯一一点就是，除了天皇帝国勇士外，加上警卫队、警备大队，还有各村地主武装，部队浩浩荡荡，人数众多，不利于灵活机动地处理突发情况。”

“云子小姐，这次清乡扫荡，只是部分山野毛贼，没有什么大气候。”豆鞘滑川看着云子小姐。

“樱花少佐，你呢?”

“大佐，我们的目的除了清剿抗日分子外，就是抢购军用物资，要多多地预备袋子、马车，以便及时地运回军用物资。”

“呦西，我们的军用物资直接运往码头，装船，运回国内，支援我们的大东亚圣战。”

“嗨。”

川畑俊二大佐攥着拳头，伸向了沙盘中的竹山，我们将在这里叙写天皇的徽章。

“耶!”一阵狂欢声。

三更天了，月牙挂在东边的天上，清冷的夜空，刮着阵阵刺骨的北风。

军统站里，灯火通明。

郑副局长一脸严肃，张站长，军统三个樱桃，敢死队队长，神情庄重地站在两旁。

“党国的英雄们，到了我们为国尽忠的时候了，蒋总统在等待着我们，戴局长在注视着我们，军统的其他同仁在关注着我们，现在颁布命令。”

“立正!”张站长喊着，“为国尽忠，不辱使命。”

军统的英雄们齐声喊着，雄心勃勃。

“命令一，颁布任命，军统站张站长。”

“到!”

“任命为代号1205行动副总指挥，具体负责一切行动，有权处置战场一切军务。”

“是。”

“命令二，大樱桃、三樱桃、四樱桃，跟随张站长，协助处理一切军务。”

“是。”

“命令三，敢死队一队队长，敢死队二队队长，敢死队三队队长，敢死队四队队长。”

“到!”

“命令，一队进攻红房子，二队进攻红房子周围二楼，三队进攻宪兵大队，四队进攻码头。”

“为党国，保证完成任务。”

“命令四，敢死队五队队长，你们大队分为两个小分队，一队占据后蹄山，阻止日军北撤撤往城里，一队前往竹山，阻击游击队和武工队南逃。”

“命令五，是戴局长的手令，不准宣读，只准传看，看后就地销毁。”

郑副局长拿出了一张手写的纸条，传给了张站长，张站长笑了一笑，点了点头；传给了大樱桃，大樱桃看后脸上一惊，嘴巴张着；三樱桃看后，木然的神情，四樱桃看后，抬头看了看站长，然后传给了几位敢死队长。

大樱桃回想着纸条上的内容，“代号1205，端掉红房子，震慑日伪军，清除叛军游击队和武工队，为国立新功，不接受任何人的投降。”大樱桃看着郑副局长和张站长严肃的表情，明白了，上峰的意思是把日军和游击队、武工队一块清除。

戴局长的手令传到最后一位敢死队长手里，看过之后，双手团了团，放进嘴里，嚼了起来，然后喊道。

“让戴局长的命令成为我行动的动力吧。”

计取红房子

天刚蒙蒙亮，红房子里一片忙碌。

川畑俊二大佐、豆鞘滑川课长、云子小姐、樱花少佐穿着崭新的军服，出现在队伍前面。

川畑俊二大佐佩戴将校九四式手枪，日本武士军刀，豆鞘滑川课长脖子上挂着望远镜，斜背着地图囊，胸前挂着将校水壶；云子小姐、樱花少佐佩戴南部式特型袖珍手枪，手枪尺寸很小，便于隐蔽携带，发射时噪音低，通常使用剧毒弹头，旁若无人地站在队伍的前列。

侦缉队员全部配备南部式冲锋枪，配备日本南部十四式手枪，配备九七式狙击步枪，一身黑色衣服，看起来庄重、轻便、快捷，典型的便衣侦察部队。

宪兵大队配备南部式特型袖珍手枪，百式冲锋枪，百式冲锋枪连发时射击密集度极高，单发时精度更高，有效射程达 520 米，这是很奇异的，配备被称为法国女郎之吻的九二式重机枪，弹链只要展开就可以一个人持续射击。

警卫大队，警备大队列队站在一边，像后娘生的孩子，灰布服装，土头垢脸的，一看就是一群二鬼子，各类地主武装在城门口外集合，等待出发。

川畑俊二大佐看到大日本帝国的队伍壮大得这么迅速，这么快，薄薄的脸皮上堆起了笑容，不住地自言自语着，“呦西，呦西。”

“大日本帝国的英雄们，我们的队伍可曾到齐？向大佐报告，听从大佐训话。”豆鞘滑川课长拍了拍手。

“报告大佐，宪兵大队到齐。”

“报告大佐，侦缉队到齐。”

“报告大、大佐，警卫队到、到齐。”大胡子挎着王八盒子向前跑着，以前不结巴的他不知道什么原因结结巴巴了起来。

川畑俊二看了看面前的大胡子，没有说话，但是明显地看出，脸上挂着不满。

“大佐，大胡子对皇军大大的忠心。”豆鞘滑川笑着。

“报告大佐，牛泰山警备大队到齐。”

“忠于天皇的勇士们，天皇陛下的‘大东亚共荣’是个非常艰巨的任务，天皇帝国制定的《应如何使用帝国资源圈》中，中国是资源圈的重点，天皇的‘大东亚共荣’，需要钢铁三千万吨，煤炭两亿吨，铝锭六十万吨，石油两千万吨，船舶三千万吨，另外还需要大量的粮食和棉花，日本国内和满洲国共计需要劳工五百万至七百万人，这些资源从哪里出，就是中国，当然绝大部分中国人是热烈欢迎天皇的‘大东亚共荣’的，只有极少部分跳梁小丑反对，我们今天就是针对这一部分跳梁小丑的，部队准备好了吗?”

“准——备——齐——备。”稀稀拉拉的声音。

“出发。”川畑俊二拔出军刀，挥手向前一指。

“大佐，还有一事。”豆鞘滑川说着。

“啥事?”

“云子小姐和樱花少佐留守家里，以防不测。”

“哟西，你安排吧。”

“云子小姐，你坐镇宪兵大队，樱花少佐坚守红房子。”

“嗨。”

大胡子领着警卫队走在队伍的最前面。

“好事是他们的，糙事是我们的，我们在前面给他们挡枪子。”一个士兵说着。

“可不是嘛，我们可要瞪起眼睛，要不然不明不白地死了，可后悔了。”另一个士兵回着。

鬼子的侦缉队排在第二，一看晃晃悠悠的，装备先进，不知道从哪里弄来的特殊部队。

川畑俊二大佐和豆鞘滑川骑着一红一白两头高头大马，走在侦缉队的后面。

第三个出场的是鬼子的宪兵大队，也是鬼子的精锐，川畑俊二和豆鞘滑川走在这里，还是最安全的。

后面是牛泰山的警备大队，紧跟着各村地主武装，配备着三两杆枪的是好的。

一路上，三角旗，太阳旗，旌旗遍地，远远望去，好像赶庙会似的，好不热闹。

阳光懒洋洋地洒在地上，一点儿风也没有，远处的山峦清晰可见，队伍的上空冒着一团一团的热气，孤零零的牛嘴山上，一搂粗的树木到处可见，武工队王队长带领的十人小队潜伏在这里，准备给鬼子一个意外的打击。

“让大胡子的警卫队过去，打后面的黑衣队。”队长命令着。

“咦，鬼子的黑衣队怎么不走了？”一个队员小声地说着。

“狙击手，你看见队伍中间的那两匹马了吗？”王队长轻声地问道。

“看见了。”

“那是鬼子的当官的，可能是川畑俊二和豆鞘滑川这两个老狐狸，看见他们旁边的太阳旗了吗？”

“看见了，给我把他们的太阳旗打下来。”

“队长，有点远。”

“等近了再打。”

“好。”

“王队长拿起望远镜，仔细地搜寻着，鬼子为什么不走了，看见鬼子摆开了迫击炮，可能要轰炸牛嘴山。”

“同志们，快撤。”队长命令着。

“队长，我们什么时候这么窝囊过，鬼子来了，不打了。”

“执行命令，保存力量，到竹山，拿出你的本事打鬼子。”

“好。”

同志们沿着陡峭的小路下了山，听见炮声轰轰隆隆地在身后爆炸，尘土、弹片、炸掉的树枝，活跃在空中。

“队长，我们行军还有送行的爆竹，真是过瘾呀。”

“是呀，同志们，我们到前面等鬼子。”

太阳已经升到了南天上，红房子周围一片金光，暖洋洋的。

“今天的天气这么暖和，对于执行任务不利。”军统张望着红房子周围敌人的兵力部署，叹了口气，“敌人不但增加了岗哨，而且频繁地在红房子周围巡逻。”

“一队队长，你看敌人的岗哨增多了，巡逻加强了，怎么办？要想进攻红房子，先要除掉周围二层楼上鬼子的埋伏。”

“二队长，你们的任务很重，你们的成败关系到红房子能否顺利被端掉，你看你们怎样除掉二楼上的鬼子？”

“站长，化整为零，每个门口两人，迅速蹿上二楼，结果掉鬼子，没有问题。”

“一队长，你们呢？”

“站长，我们采用了大胆的战术，就是拉一车黄色炸药，后面跟着我们装备齐全的队员，鬼子敢硬拼，就炸掉红房子。”

“一队长，你这是干什么？这不是玉石俱损吗？你们都是党国的英雄，百里挑一的精英，你没有权利这么做，重新考虑作战方案。”

“站长，我们想拼，可是鬼子能吗？这是他们的制币工厂。”

“一队长，你考虑的是这一招，但是一定保证我们战士的安全。”

“是，站长。”

“砰、砰、砰。”终于听到了鬼子的炮声，张站长心里明白，是鬼子在牛嘴山和武工队相遇了，脸上露出了少有的微笑，“我们不费吹灰之力，可以歼灭武工队了，心头的一块石头落了地。”

“我命令，二队长，开始战斗，一队长在二队长开始十分钟后，开始进攻。”张站长说着。

敢死队二队队员，经过化装，三三两两地走在大街上，向着自己的目标靠近。

他们走进一个门面房，货架上挂着各种各样的衣服，留着平头的男主人问道：“买衣服吗？”

“别动，我们是侦缉队，敢动就打死你。”

“老总，我们是卖衣服的良民。”男人大声喊着。

“我叫你喊。”一枪托子照着头砸去，随即倒了下去。

楼上的人听到喊声，拿着手枪出现在楼梯口，对准敢死队员，砰砰地扫射了起来。

“坏了，”张站长心里明白，“这下子暴露了。”

一队长开着卡车，卡车的前头，挂着一个大牌子，烈性 TNT 炸药八吨，红房子门口的几名站岗的宪兵，还没有明白怎么回事，已经被飞来的匕首击中，栽倒在地。

“停，停。”红房子的宪兵，大声吆喝着，卡车后面的敢死队员，一拥而上，地面上的宪兵纷纷倒地。

二楼上各个射击点上的宪兵，纷纷端起了冲锋枪，对准着这辆卡车和周围的敢死队员。

“不要开枪。”樱花少佐大声喊着，她想知道，“这是不是真的炸药？别说八吨，一顿TNT炸药，整个红房子也上了天了。”

“快叫二楼上的人员放下枪械，否则，我要开枪了。”车厢里的敢死队员拿着冲锋枪，对准了黄色炸药。

樱花少佐摆了摆手，二层楼上的鬼子宪兵纷纷地放下了枪械。

“让他们到楼下集合。”

樱花少佐摆了摆手，往下一指，楼上的宪兵举起手，慢慢地下了楼。

“你也下来。”敢死队员朝着樱花少佐喊道。

“不要开枪。”樱花少佐朝着宪兵喊道，她心里想着“只要不开枪，总有办法解决的。”

“你们的队长呢，你们要什么条件？”樱花少佐问道。

“在这里。”一个英俊的青年，从驾驶室里跳了下来。

“把你们的人召集到墙角去。”

“听从命令，到墙角去。”樱花少佐说着。

“走，到你们的地下室去看一看。”

地下室里，到处都是钱，一捆一捆的，在墙边放着，有一人多高。

“队长，这里可是真金白银，你不动心？”樱花少佐笑着。

“崭新的法币，直接做新的，你们真是黑了良心。”

“你们的政府没有黑良心，现在的法币换了一茬又一茬，把老百姓的东西都骗净了，我们抓紧时间研究都跟不上趟，这是你们的法币，不带些去用？”

“卫兵，扛几捆走，我倒看看，日本人造我们的钱，还能造出和我们的真钱一样？”

“走。”队长押着樱花少佐，走出了地下室。

“还有一事，打开所有的关押门口，放出关押的所有的人。”

“连共产党吗？”

“弄两捆钱研究研究，不算大事，如果把共产党放在这里，和红房子一块上了天，虽然局长下了密令，可是很多人知道红房子里关着共产党。”队长多了个心眼，给自己多留条路，总不是坏事。

“不管是谁，统统放人。”队长吆喝的声音格外大。

“传我的命令，打开所有的关押门口。”樱花少佐说着。

关押着的男男女女，一下子从各个方向涌了出来，衣衫褴褛，血肉模糊，互相搀扶着，走到红房子的中心。

队长认真地查点着每一个人，他想看见他，但是没有看见。

“樱花少佐，还缺一个人。”

“全部的房门都打开了吗？”樱花少佐问道。

“报告少佐，全部打开了。”

“橘红色西服，蓝衬衣，黑领带，那个人在哪里？难道让鬼子折磨得和一般人看不出来了吗？”队长心里想着。

突然墙角处慢慢走出一个人，橘红色西服，蓝衬衣，黑领带，一个人的手枪指着他，那个人慢慢走出来了，身上裹满了筒形的炸药，原来是鬼子的宪兵，大声喊着。

“不要动，举起手来，动我就打死他。”

敢死队员被这一幕震惊了，临行前，他们每人看了一眼这个人的照片，这就是他们要找的那个人。

樱花少佐随即跑到这个人的身边，左手抱着他的右手，好像很亲昵的样子。

“你不是卜如虹，你是？”

“处长，我是日本陆军少佐樱花秀美。”

“你是潜伏在国民政府的间谍？”

“没想到吧，不过处长，我确实爱上了你，如果不是这场可恶的战争，也许我们可以恋爱结婚甚至生子。”

“如虹，想不到你隐藏得这么深？”

“处长，别怪我，各为其主嘛。”

“你想把我怎么样？”

“让别人都死，唯独你活着，听着，队长，赶快放下枪，召集你们的人，到墙角集合。”

队长和所有敢死队员都傻愣愣地站着，端着枪，没有动。

“快点，不然我就拉响炸药。”

就在这时，远处走来一个人，端着茶盘子，上面的几杯水冒着热气。

“厨师阿健？你来干什么？”樱花说着。

“少佐，你累了，喝杯水吧。”

“谢谢你，阿健。”

阿健小心地向前走着，端着茶盘子的双手颤抖着，他的腿有点不听使唤。

“停，停下。”樱花少佐声嘶力竭地喊着，但是已经来不及了。

枪杀同伴

阿健把茶盘子飞速地向樱花扔去，滚烫的热水泼在樱花的脸上，就在阿健扔出茶盘子的一刹那，阿健迅速地朝着王处长身边的宪兵一跃而起，双手死死地搂住宪兵的双手，筒形的炸药在阿健和宪兵的肚子中间，宪兵的双手没法动弹，但是他的手里还有一支上满弹药的手枪。

几乎同时，敢死队长飞步上前，双手抱住了樱花，她的小巧美丽的身体在他铁钳般的双臂里，显得那么无力。

其他敢死队员一拥而上，有的把王处长抢到一边，有的跑到宪兵和阿健跟前，听到噗的一声，鲜血从阿健的背后流了出来，宪兵扣动了扳机。

"快，攥住宪兵的双手，不要让他动弹。"敢死队长一边抱着樱花，一边大声喊着。

有人死死地摁住阿健，怕宪兵稍一活动，拉响了导火索，两边有人死死地摁住宪兵的左右胳膊，一场凶险终于化解了。

"不怕死的敢死队员们，把所有的鬼子赶到监狱里，锁起来，五分钟时间，我们撤。"

"你们这些畜生，对待俘虏要遵守《日内瓦公约》。"樱花说着。

"不要呀。"鬼子宪兵嚎天哭地地叫着。

敢死队员有的撤到大门口，有的正在撤着，队长押着樱花，在盛满弹药的车旁，那两个一左一右死死攥住捆绑炸药的宪兵的敢死队员，呆呆地看着队长。

"队长，他身上的炸药没法往下卸。"

"把他绑在造币厂的大门上。"

他们两人死死地拖着宪兵往门口走去。

"队长，你这个臭男人，只要不炸红房子，我们可以做一笔交易。"洁白而又俊俏的五官，小巧的耐人寻味的嘴巴，娇小的体型，漂亮的樱花吆喝着。

“什么条件?”队长抱着，左手用劲夹着樱花。

“队长，我知道我们的钱藏在什么地方，还有黄金，白银。”

“好，快走。”队长夹着樱花向门口走去。

“站住，要走，没那么容易。”二层楼上出现了一支冲锋枪，朝着院内的敢死队员疯狂地扫射起来。

“放下课长，你这个流氓。”

敢死队员死的死，伤的伤，鲜血流淌在地上。

一梭子子弹打在绑着炸药的宪兵身上，顿时，火光冲天，三人还有周围的人一起见了阎王。

“帝国的英雄，向我开枪。”樱花少佐喊着。

“少佐。”二楼上的宪兵哽咽着。

“朝我开枪，混蛋。”

“少佐。”宪兵的眼泪流到了下颌，“少佐。”

“向我樱花开枪。”

“少佐。”宪兵跪了下来。

就在宪兵犹豫的时刻，敢死队长右手提起冲锋枪，一梭子子弹，射向了宪兵。

“时间快要到了。”敢死队长想着，“早已超过了十分钟，甚至半个小时了，他喘着粗气，衣服像被雨水浸透一样，他不能再耽搁了。

他双手举起冲锋枪，准备向卡车扫去。

就在他准备抬起左手的一刹那，樱花头一低，右脚用尽力气，狠狠地跺向队长的左脚，然后用胳膊肘狠狠地戳向了他的裆部，只听哎呀一声，队长向后仰了下去。

一梭子子弹射向了空中。

另一个敢死队员，一个箭步冲上来，擒住樱花。

“队长，怎么办?”

“不要为难她，我和她开的玩笑，快扫汽车。”

“不要，不要。”樱花哭喊着。

一梭子子弹扫向了汽车，站长抱起樱花，一瘸一拐地消失在浓烟中。

一个巨大的火球冲向几百米的天空，连环爆炸的响声传到很远很远的地方，天空，聚集着浓烟，火光冲到很高很高的空中。

宪兵大队部里，云子小姐坐在电话机旁，等待着远方胜利的消息，稀稀落落的炮声从远方袭来，她知道是宪兵大队用迫击炮轰击牛嘴山，牛嘴山弹丸之地，武工队要想在那里设立狙击点。

“哈哈哈。”云子笑了起来。

她站起来，围着沙盘转了一圈，嘴角微微地翘着。

“游击队，武工队，你们怎么也想不到军统敢死队会和我们联手消灭你们。”

突然，红房子周围传来稀稀落落的枪声，不是很紧凑。

“难道有人袭击红房子的周围，我们的外围组织呢？那可是红房子的第一道屏障。”

“一中队长！”

“到！”

“带领一小队查看红房子周围情况。”

“嗨。”

紧凑的枪声从红房子周围二层楼上不断地传出来。

“不好，有人要攻打红房子。”云子小姐心里想着，“马上组织所有宪兵支援红房子。”

“二中队长，三中队长，四中队长。”

“到。”

“马上集合，支援红房子。”

云子换上少佐军服，拿出南部式特型袖珍手枪，“走。”

几十名宪兵拿着百式冲锋枪，跟随在云子的身后，朝着红房子的方向跑去，一出门，便遭到了冲锋枪的猛烈回击。

“坏了，这是被称为战壕扫帚的芝加哥打字机，使用五十发四五 ACP 口径子弹，极高的射速和强大的杀伤力，在火舌喷射间足以吞噬一切阻挡在面前的物体，怎么办？”

云子在心里衡量着，“面对这样密集的火力，十人并排使用百式冲锋枪，也许能有一丝出路。”

“一中队长，率领你的人马每十人一排，全部出动。”

“嗨。”

云子看到冲出去的宪兵，像煮熟的饺子，很快地浮出水面，躺下了，这样帝国培养的宪兵，很快就报销了。

“三中队长，四中队长，你们有什么办法？”

“愿意为天皇效忠。”歇斯底里的声音。

“呦西，我为天皇帝国有你们这样的士兵而高兴，但是现在我们不是去拼死，而是找出突破口的办法。”

“报告小姐，可以用我们的89式特制手雷，它的射程可以打到敌人的任何一个地方。”

“可是目标怎么寻找呢?”

一片沉寂，没有声音。

“可以保证打不到红房子里面吗?”

没有人答应，也没有人摇头。

剧烈的枪声，一阵又一阵地响起来。

“哪里来的枪声?”云子小姐惊讶地问道。

“报告小姐，好像码头的方向。”

“什么?码头?那里有我们十艘船的军用物资，准备运回国内支援‘大东亚圣战’的。”

“走，不去红房子，我们到码头去。”

云子小姐率领着几十名宪兵队员，向着码头冲去。

“好家伙，趁我们清乡扫荡的时间，袭击我们，看来码头上人员不多，他们一路上没有受到强烈的抵抗。”

码头上空集聚着铅色的乌云，这是枪战升起的浓烟。

“小姐，怎么没有声音了?”宪兵问道。

“这么静，敌人哪里去了?保卫码头轮船的宪兵哪里去了?”

“怎么办?小姐。”

“三人一组，成掎角之势，慢慢行进。”

“嗨。”

一个小组进去了，后面一个小组也跟着进去了，所有的宪兵三三两两地散在了码头上。

“怎么这么静?”云子心里想着，“不好，有埋伏，快撤。”

还没有喊出“撤”字，周围已经站满了身穿一身黑衣的敢死队员，一杆杆带着怒气的冲锋枪对准了他们。

“你们是什么人?有什么条件，可以商议吗?”云子小姐大声喊道。

“我们是什么人，我们是国军敢死队的。”敢死队四队队长说着。

“你们是国军敢死队的，你们要什么，女人?黄金?白银?法币?”云子小姐说着。

云子小姐拍了拍手，宪兵从码头的仓库里，抬出了一个铁皮箱子。

“这是什么?”

“这是黄金一百斤，如果你们留下船，撤了，这些就算慰问国军兄弟了，说着打开了箱子。”敢死队员都睁大了眼睛。

“我该怎么办？怎么办?”敢死队长心里盘算着。

“好，我答应你。”

“为了让你回去交差，可以烧掉码头边上的仓库。”

“谢谢你，”四队长说着，眼睛看着云子，忽然大声喊着，“弟兄们，杀呀，不接受鬼子的条件，不接受鬼子的投降。”

顿时，激烈的枪声响在了一起，鬼子的宪兵纷纷倒地，敢死队员在交战中，不断地口吐鲜血，倒地而亡。

在混乱的枪战中，云子小姐打了几个滚，悄悄地溜掉了，她气喘吁吁地跑到一片芦苇荡里，脸插在水里，泪流在水里，她不知道该怎么办。

这时她听到地震似的响声，回头看着红房子处在火球之中，浓烟冲向空中。

“帝国经营多年的一切都完了。”

她坐在了水中。

“队长，鬼子全部被我们消灭了。”敢死队员看着黄金，对着队长说着。

“清点一下，我们还有多少人?”

“好，列队，报数。”

“报告队长，为国捐躯了十五人，连你在内，还有三十五人，报数完毕，请指示。”

“英雄的敢死队员，我们没有辜负国军的期望，我们是铁打的，不怕死的，全体注意，向后转。”

敢死队员刷地转身向后，这时一杆装满子弹的冲锋枪对准了他们，一梭子子弹朝他们射来，可惜这些国军的英雄们，不知道自己为什么，就献出了自己的生命。

“你们为了国家，为国捐躯了。”敢死队长掉下了几滴眼泪。

敢死队长脱下衣服，给一个鬼子宪兵换上，然后拿起冲锋枪，对准宪兵的脸部，一梭子子弹打烂了鬼子宪兵的面部，然后朝天大笑，把冲锋枪扔在了一边。

敢死队长穿着宪兵的内衣，把盛满黄金的箱子用绳子捆好，背在身后，胸前挂着百式冲锋枪，顺着沟边，悄悄地消失了。

牛嘴山设伏

牛嘴山的上空升腾着浓烟，尘土散到很远很远的地方。

川畑俊二大佐和豆鞘滑川课长翻过牛嘴山，朝着竹山的方向前进。

“大佐，按照我们的想法，牛嘴山上应该是设伏的好地方，可是游击队和武工队为什么没有在此设伏?”豆鞘滑川咳咳地笑着。

“浦岛君，牛嘴山弹丸之地，是游击队和武工队的肉硬呢，还是我们迫击炮的炮弹硬呢?”大佐薄薄的眼皮下，那双狡黠的眼睛骨碌骨碌地转着。

“大佐，那还用说吗?”

“浦岛君，今天我们不仅要游击队和武工队埋葬在竹山，还要把国民党的敢死队也埋葬在竹山，同时还要从沿途村庄收购战略物资，一举三得，一石三鸟。”

“大佐，高明，马上进入竹山了，你看前面几百米外，进入竹山的必经之道，东面是山，西面也是山，相隔不到五百米，是天然的设伏之地。”

“浦岛君，你是说如果有人在东面山上和西面山上各设一部分狙击人员，可以狙击我们的军队?”

“大佐，正是这样。”

“浦岛君，不不，如果是游击队和武工队，不太可能，游击队枪械不行，武工队人员精干，武器精良，但是人数较少，在这里，打阵地战可以；打阻击战不行，这里虽然是狙击的天然场所，但是狙击以后没有后退的理想通道。”

“大佐英明，属下佩服。”

“浦岛君，命令宪兵队，各向东山、西山排放一百发炮弹，预先领略一下胜利的成果，如何?”

“宪兵队，遵守命令。”

轰隆隆的炮声此起彼伏地响着，腾起的云雾遮天蔽日。

“大佐，你看，到处是升腾的青烟，对于我们的清乡扫荡不利。”

“浦岛君，展示我们的实力嘛！游击队还敢游击吗？早就吓得屁滚尿流了，我命令，全速前进。”

清乡扫荡的队伍跑步前进，首尾相差十几里之远。

砰的一声枪响，川畑俊二大佐身边的旗杆断了，太阳旗掉到了地上。

“卧倒，有狙击手。”

川畑俊二跌倒在地上，慢慢地抬起头，看见前面弯曲的小河，粗壮的树木，枯黄的野草。

豆鞘滑川站在大白马的一边，“这是什么事？狙击手的一发子弹吓成这个样子。”

川畑俊二拿起了望远镜，仔细地搜寻着游击队、武工队可能藏匿的地方。

“如果自己的生命结束在游击队、武工队的狙击手上，岂不是天大的笑话。”

“浦岛君，小心驶得万年船。”

“嗨。”

“我命令，侦缉队，冲锋枪前面开路。”

呼啸而过的枪弹声，回响在竹山的山谷，川畑俊二穿着笨重的皮靴，走在火红马的一边。

豆鞘滑川依旧骑在马上，单手攥住辔头，昂着头，走在队伍的中间。

“砰”，又一声枪响，豆鞘滑川的帽子飞向了一边，豆鞘滑川随即倒了下来。

“大佐，有狙击手。”

“浦岛君，小心，为帝国的事业，稳重。”

“嗨。”

川畑俊二拿出了望远镜，仔细地搜寻着前方的目标，望远镜里是风中的浓烟，一股一股地升腾着。

浓烟在层林中弥散开来，树木在影影绰绰中晃动。

“王队长，鬼子频繁使用迫击炮，对有利地形进行攻击，对我们的隐蔽不利。”

“水队长，不用怕，这说明鬼子的恐惧心理，竹山这一片山区，设伏的地点到处都是，敌人在明处，我们在暗处，我们怕啥？”

“王队长，我们看好的设伏地点，鬼子也看好，你看，前面我们看好的几处设伏地点，都被鬼子用迫击炮轰炸，假如我们的战士真正在那里，不就无谓地牺牲了？”

“水队长，作为真正的军事家，对于地形的看法，基本上是相通的，这也恰好说明川畑俊二和豆鞘滑川不是一般的军人，只有和这样的对手交锋，才能品尝出战斗的韵味。”

“砰砰砰。”几排炮弹又落在了游击队、武工队隐蔽设伏的地点上。

“队长，鬼子的炮弹怎么这么神呢？我们隐蔽在哪里，鬼子就打在哪里？”狙击手老刘擦着汗，上气不接下气地说着。

“老刘，通知下去，改变设伏地点，在容易暴露的地方设伏，三人一小队，成掎角之势，三队一个小组，互为掩护。”

“是，队长。”

“老刘，通知狙击手，川畑俊二大佐和豆鞘滑川课长，你们吓唬他们可以，给我留着，你们的主要精力在侦缉队和宪兵队。”

“是。”

武工队的狙击手散落在竹山的山坡上，面向着鬼子，在草层中静悄悄地看着鬼子向山坡走来。

迫击炮的响声，像新年的爆竹，掠过空中，容易设伏的崖头，容易避让的粗树，没有逃脱过迫击炮弹的袭击。

“鬼子原来这么厉害。”水队长朝着王队长摇了摇头。

“两个高手之间的对决，就是勇气和智谋的对决。”王队长伸出大拇指，自信地点了点头。

“老刘，看见抬着迫击炮的那个宪兵了吗？”

“队长，打哪儿？”

“钢盔太阳穴。”

“队长，看好了。”

话音未落，宪兵倒地了，迫击炮扔在了地上。

“报告大佐，有狙击手。”

“什么？”

川畑俊二大佐张着大口，还没有合上，又一个宪兵倒地了。

“我们的迫击炮手又倒了一个。”

“什么？”

“浦岛君，你看，有敌人狙击手的情况下，我们如何进攻？”

“大佐，看点，敌人射出子弹的地点，就是狙击手藏匿的位置，找出他们活动的规律。”

“浦岛君，聪明的狙击手，互成犄角，运动中作战。”

“大佐，兔子的打法，你知道吗？”

“浦岛君，运动中毙敌。”

“大佐，兔子的运动基本是直线的，而狙击手的跑动联系是折线形的。”

“浦岛君，我们用什么办法，消灭折线上的狙击手？”

“大佐，土办法，我在德国进修的时候，采用的是直线消灭法。”

“浦岛君，什么是直线消灭法？”

“大佐，很简单，迫击炮点在一条直线上，是横线，炮炮累进，不留死角。”

“呦西。”

“只有这样，才能打掉敌人互成犄角的狙击队员。”

“浦岛君，排炮前进。”

“嗨。”

“砰砰砰。”一堆炮弹落在前面的山崖，浓烟挡住了前面的视线。

“第二排炮弹，发！”豆鞘滑川命令着。

“第三排炮弹，发！”

几十排炮弹过去，烟雾缭绕，火光冲天，几步之内，如同黑夜。

“大佐，真正的高手，就是出其不意，不在常规处设兵，炮击可不用，一旦要用，必须符合排兵布炮之规律，否则吓一下游击队可以，对付武工队和他们的狙击手，是招臭棋。”

“浦岛君，排兵布炮之后，怎么办？”

“大佐，侦缉队十人一排，冲锋枪射击，全速前进。”

“浦岛君，没有想到你从德国回来，让人刮目相看。”

“大佐，侦缉队全速前进，迫击炮继续轰炸制高点，帮助侦缉队夺取制高点。”

“呦西。”

侦缉队全速前进。

突然，一阵阵急促的枪声，从山林的远处响起。

“大佐，你听，像新年的鞭炮声，肯定是我们的友军军统敢死队员，从那边打过来了。”

“呦西，浦岛君，游击队、武工队被剿灭的日子，不远了。”

“大佐，好看的戏，在后头呢。”

“浦岛君，什么好戏?”

“大佐，我们拿出宪兵两个中队，绕到军统敢死队的后面，等我们一起合伙消灭游击队、武工队后，我们自己再包军统敢死队的饺子。”

“呦西，浦岛君，我长这么大，还没有吃过人肉馅的饺子呢。”

“大佐，中国的人肉馅饺子，虽然香，可是不太卫生啊。”

“哈哈哈。”

“大佐，发布命令，吃掉游击队、武工队，再包军统的饺子。”

“杀。”川畑俊二拔出军刀，朝前一挥。

喋血断桥

浓烟遮天蔽日，枪声炮声连续不断。

“报告队长，这样黑的浓烟，鬼子看不清我们，我们也看不清鬼子，再往后撤吧。”狙击队员老刘对着王队长说。

“老刘，如果盲目后撤的话，鬼子密集的枪弹，很有可能伤害我们。”

“队长，我们掩护着，让游击队先撤。”

“好。”

“队长，你听好像背面也有声音，冲锋枪的枪声。”

“老刘，枪声密集。”

“队长，枪声短促而清亮，好像不是日本的百式冲锋枪。”

“老刘，难道还有一支队伍？我们被包了饺子？”

“王队长，刚才我去侦察了一番，远远地看见，黑色的衣服，好像鬼子的侦缉队从那边包抄过来了。”水里浪气喘吁吁地跑了过来。

“水队长，从枪声上来判断，不是日本人的冲锋枪，这个声音清亮而短促，日本人百式冲锋枪，就是轻机枪的缩小版，嗒嗒的声音，衣服虽然一样，可能不是一类人。”

“王队长，我们怎么办？”

“水队长，现在我们开个紧急会议，时间不等人，我先说一下意见，鬼子两面包抄我们，现在的处境很危险，让游击队先撤，武工队掩护，我们三个小队九人的狙击手留下，加上我正好十人，我带领狙击手和鬼子周旋。”

“不行，王队长，他们撤退可以，我留下，我的枪法挺准的，也是战场考验出来的老党员。”

“水队长，你们的任务也很重，前后都是鬼子，而且占据了有利地形，能够安全无损地撤出鬼子的包围圈，我们就算胜利了。”

“王队长，不怕，这条路我熟，右拐，山崖边有一条紧贴山涧的小道，只要攥着山崖上的树，攀过危险的十步，那边就安全了，这是猎人躲避鬼子的保护之道，顺着小道往前，就是牛嘴山，牛嘴处的三棵柞树，中间厚厚的艾草中，有一个地道，可以轻松地到达江边。”

“水队长，那更好，同志们的安全就交给你了。”王队长握着水队长的手，“关键时候，我们要给党保护好这支队伍。”

“好。”水队长领着队伍悄悄地后撤了。

“同志们，敌人的精锐部队，从前后两面夹击我们，而且不是同一部分的，你们看，怎么办?”

“队长，两边的火力都挺猛，浓烟滚滚，我们挑起来，让他们两边打起来。”

“这是个好办法。”

“队长，就是视线不好，不然今天让鬼子尝尝我们盐渍的花生米，连香带脆，挺有滋味的。”

“现在我们分两队，十分钟后山崖边会面，一小队二小队阻击背面的鬼子，我领着三小队阻击正面的鬼子，注意尽量不用冲锋枪，用狙击步枪枪杀鬼子，激怒鬼子，引起他们双方的厮杀。”

“走。”王队长招呼一声，消失在浓烟里了。

鬼子的侦缉队一排一排地上来了。

子弹像夏天的暴雨，没有缝隙地扫射过来。

王队长用手比画了一下，他们三人躺在地上，成犄角之势，静静地等着鬼子换弹匣的三秒时间，在这三秒时间里，绝杀不可一世的鬼子侦缉队。

鬼子的侦缉队员在毫无征兆的情况下，倒下了一个又一个，队长滚到一边，静静地寻找着川畑俊二和豆鞘滑川，他拿着狙击步枪，透过前面浮动着的烟雾，寻找着那两匹马，找到了红马或者白马，就可以轻而易举地找到他俩。

他隐隐约约地听见鬼子哇啦哇啦的声音，是激怒后的声音。

“肯定是鬼子的侦缉队被我们的狙击队员敲了灯泡。”

他终于找到了那两匹马，看见两个隐藏在马侧影影绰绰的人，可能就是川畑俊二和豆鞘滑川，“小鬼子，看我的。”

队长举起了枪，“脑袋，脑袋呢?”他要准确命中应该命中的地方，“枪杀鬼子，给狙击队员树立榜样。”

一把军刀伸向了空中。

“要冲锋，我叫你冲锋，先把你的军刀拦腰斩断，给你一个下马威。”王队长自言自语着。

队长向左前方打了一个滚，起身，抬头，瞄准，几乎在同时，川畑俊二的军刀断成了两截。

川畑俊二马上趴在地上，“浦岛君，哪里来的流弹，这么准，打中我的军刀。”

“队长，我看不是流弹，很可能是狙击手。”

“什么？又是狙击手。”

“浦岛君，前面有密集的枪声，莫非是军统的敢死队？”

“大佐，我看我们暂停攻击，用我们的迫击炮，轰击前面的游击队、武工队和军统的敢死队。”

“浦岛君，甚好甚好。”

“大佐命令，停止攻击，就地卧倒。”

正在进攻的士兵纷纷倒地，等待机会。

“我命令，宪兵队，前方，迫击炮弹成排轰炸。”

迫击炮弹像纸片一样，划着火红的弧线，向前方飞去。

“大佐，让中国人滋润这块并不肥沃的土地吧。”

“浦岛君，按照中国人的说法，叫‘落叶归根’。”

“大佐，排炮过后，还有什么狙击手？笑话！”

“浦岛君，什么手也不如大和的迫击炮。”

“大佐，现在到了全线攻击的时候了，下命令吧。”

“杀。”川畑俊二把那半截军刀挥向空中。

侦缉队、宪兵队拿着冲锋枪，二十人一排，横扫着向前冲去了。

浓烟如柱，喊杀声震天。

砰、砰、砰，几声冲天的炮响，从城里红房子的地方升起来。

“大佐，不好了，红房子，红房子。”豆鞘滑川说不出话。

“什么？红房子，帝国的钱厂。”川畑俊二回头望着红房子的方向，坐在了地上。

“大佐，火速回城？”

“火速回城。”

川畑俊二大佐被两个宪兵扶上马去，带着侦缉队、宪兵队和其他杂牌队伍，慌里慌张地回城去了。

密集的子弹呼啸着，从后面追了上来。

“大佐，后面有军统的敢死队。”

“什么？敢死队敢打我们的黑枪，快跑，等回到城里，再跟军统张算账。”

“大佐，我们撤退，留下哪些作为阻击部队？”

“留下警备大队。”

“龙副司令，龙副司令？”

没有听到龙副司令的回音。

“报告课长，警备大队打散了，已经四散跑光了。”

“那，钻山胡的警卫队呢？”

“报告课长，也不见了。”

“这些可恶的中国人。”

“大佐，中国人的队伍统统跑光了，我们只剩了侦缉队和宪兵队，我们大和民族的英雄。”

“呦西，中国人不可靠，统统地上绞刑架。”

“大佐，军统的敢死队追来了，怎么办？”

“回城，保护红房子。”

川畑俊二和豆鞘滑川带着残兵败将，经过牛泰山，到达后蹄山，已经人困马乏，实在走不动了。

“课长，我们休息一下吧？”侦缉队的人说。

“大佐，我们是不是短暂休息？”

“巴格，速回红房子。”

川畑俊二的话音未落，前面的后蹄山上下来了一队人马，身穿黑衣，拿着冲锋枪。

“大佐，你看——”

“浦岛君，哪一部分的？”

“我看不是我们的，不像武工队，肯定是军统的敢死队，大佐，快逃。”

敢死队的冲锋枪对着鬼子扫了起来。

“我让你回城。”

敢死队员排成整齐的队形，枪筒里喷射出愤怒的火焰。

“绝不让一个鬼子活着，枪杀他们。”

“大佐，快呀。”

人数越来越少，川畑俊二左脚踏上马镫子，右脚怎么上，就是上不去马。

“大佐，您怎么了？”豆鞘滑川问道。

豆鞘滑川双手托着大佐的屁股，川畑俊二好不容易跨到了马上。

川畑俊二和豆鞘滑川在部分鬼子宪兵的簇拥下，迅速逃离了现场。

“大佐，城里我们回不去了，红房子，怎么办？”

“浦岛君，帝国的造币厂，我的责任呀，你走吧！”

“大佐，我们一起走吧。”

枪声越来越近，似乎可以听到追击的脚步声了。

“浦岛君，你带着这些人，走吧。”

“大佐！”

“巴格。”川畑俊二抽出了那把断刀。

豆鞘滑川骑着那匹白马，带着伤残的宪兵，回头望了一眼，跑了。

军统的敢死队员渐渐地围了上来，更远的地方，武工队的狙击手静静地看着这里的一切。

川畑俊二站在火红色的马边，双手扶着马头，这只从满洲一直跟随他来到这里的红马，瞪着大眼，望着他，他把帽子扔掉，脸上滴着的汗一样的东西，他把左腮和右腮贴在马鬃上，擦了又擦，拍了拍马头。

然后抽出那把断刀，大声地喊着，“谁打断的？谁打断的？”

没有人回声，像一阵风悄悄地吹过了。

他把断刀放在马头上，擦了又擦，然后，放在自己的腮上，用刀刃刮了刮流着的黏糊糊的东西。

“我吉野家族，几代英明，没有想到会毁在我的手上，天皇，我用我火热的心，为‘大东亚共荣’尽忠。”

说完，双手攥着刀把，刺向自己的胸口，就在断刀抬到最高的时候，一颗子弹横刀穿过，断刀只剩了刀把。

“不能这么便宜地死去，押回去。”敢死队长命令。

敢死队员把川畑俊二双手反绑，押向了回城的路。

阴冷的风吹起江里的层层波浪，远处漂着的帆迎着风行进着。

豆鞘滑川被军统的敢死队一路追击着，逃进了正在修建的断桥上。

他望着远处的朵朵白云，镶嵌在蔚蓝的天空上，江边高耸的树木，隐隐约约地矗立在江边，桥下，滚滚的江水奔涌而下。

豆鞘滑川望着眼前的侦缉队和宪兵队的大部分队员，是他从他的老家阿比古带来的，是想为天皇的‘大东亚共荣’出力的，没有想到却葬送在这个地方，他们的热血却要洒在这里。

“我的乡里乡亲，我的叔伯兄弟，本想光宗耀祖，没有想到我却把他们带向了死亡。”

豆鞘滑川拿起冲锋枪，对准蓝色的天空，扫了一梭子子弹，这种百式冲锋枪，像啄食的小鸡，噔噔噔地啄着铁制的盆底，他没法解释，他愧对兄弟，更愧对阿比古，他没有脸回去。

“兄弟们，我只能带你们出来，不能带你们回去。”

“阿比古，阿比古……”他笑着，哭着，哭着，笑着。

他脱下军装，扔掉军帽，跨过桥栏，纵身跃到了江里。

后面是跪在他跟前的侦缉队和宪兵队的兄弟。

“课长。”撕裂的喊声激荡在江面上。

“英勇的国军敢死队员们，不接受鬼子的投降，杀呀!”

天空回荡着英雄的声音。

分道扬镳

天空浓烟密布，淡青色的云雾里，掺杂着刺鼻的火药味。

军统张拾起桌子上的雪茄，放在鼻子上，用劲地吸着。军统张闭上眼睛，一种从来没有过的馨香穿透脾胃，“吆嘎达（太好了）!”

大樱桃面色一怔：“吆嘎达（太好了），站长，你会日语?”

站长回过神来：“日语，谁不会呀?”

三樱桃笑着：“是呀，大姐，谁不会呀?”

嘈杂的街道，零零星星的枪声，由远及近。

“一代开嘛死（我走了），一代开嘛死（我走了）!”一个日本女人的声音，声嘶力竭地喊着。

军统张竖起耳朵，从未有过的慌张，充斥着紧张的神经。

军统张一愣：“是她?”

“日本人?”四樱桃说着。

大樱桃、三樱桃、四樱桃同时拔出手枪，冲向门口。

军统张一个箭步冲到门口，右手的手枪同时对着天花板，腾腾腾，就是三枪。

“奉戴老板命令，谁冲出此屋，就地枪决。”

“一代开嘛死（我走了）!”女人喊叫着。

敢死队一队队长，夹着樱花秀美，来到门口。樱花秀美一脸颓废，沾满了灰垢。

敢死队队长夹着樱花秀美来到屋内，三个樱桃挥枪，枪口指向了樱花。

“放开她!”军统张说着。

人们的目光一齐射向了军统张，军统张不容置疑的口吻重复着。

“根据日内瓦公约，对于放下枪械的敌人，给予战俘待遇。”

樱花秀美抬起衣袖擦着嘴角上的血渍，哈哈哈地笑着。

“不许笑!”大樱桃拿起枪，对准樱花秀美。

“放下！还需要我重复吗?”军统张低沉地说道。

“为什么?”大樱桃一字一顿地说着。

“没有必要。”军统张的眼睛牢牢地灼住了大樱桃。

樱花秀美低身，飞身起脚，敢死队长应声倒地。

三樱桃、四樱桃退后几步，站立墙角，手枪对着运动中的樱花秀美。

大樱桃出臂相迎，军统张上前，枪托对准大樱桃的脑袋，砸了下去。

三樱桃双手紧紧迎着军统张的右手，大樱桃、三樱桃跌坐在地上，鲤鱼打滚，翻到一边。

四樱桃瞪大眼睛，嘴巴愣愣地张着，看着眼前的一切。

樱花秀美攥住军统张的手枪筒，拇指扣住枪栓圆圈，飞速地转着手握枪把，像陀螺，对准军统张。

“走!”樱花秀美逼着军统张，咬牙切齿。

人们拿着枪，跟在军统张的后面。

“站长!”三樱桃大声喊着。

“快!”樱花秀美指着军统张后退着，退出门口，贴在墙壁上。

“站长!”四樱桃疑惑地喊着。

一阵轻机枪的枪声，掠过街道。

几个樱桃避着枪弹，趴在地上。

大樱桃侧着脑袋，从眼睛的余光里，看见军统张配合着樱花秀美，三瘸两拐地向着墙角隐去，大樱桃双手握枪，对准着军统张。

“完成任务，向戴老板报功。”军统张嘶哑的声音，消失在街道上。

一只脚踩在了大樱桃的手上，大樱桃抬起头，三樱桃摇摇头。

大雾慢慢地铺垫开来，树木笼罩在黑魆魆的夜色之下。

樱花秀美、军统张跌跌撞撞地跨越河沟边，樱花秀美蹲在河边，捧着水，洒在脸上，军统张坐在草地上，望着影影绰绰的远山。

“我们下一步的任务?”军统张自言自语着。

“到上海。”

“能告诉更细一点吗?”

“哈哈哈，我们已经建立了满洲国，华北自治已成定局，下一步就是上海自治，广州自治。”

“你们要鲸吞中国?”

“不是鲸吞，是蚕食。”

“意义不是一样吗？”

“不过，你不用担心，大日本天皇的目的，就是中国人治理中国人。”

“啊？”

“快走吧，上级已经等不及了！”

“为什么？”

“绝密级，你们的一位大人物已经到了越南河内，我们已经派出军舰接应。”

“他要到上海？”

樱花秀美点点头。

“成立所谓的政府？”

“到那时，我们都是有功之臣，我会获得天皇的奖章，你是双面间谍，你会得到重庆的嘉奖。”

“太好了！”军统张附和着。

小雨淅淅沥沥地下着，远处的薄雾弥漫在空气中，沿途的树木笼罩着一层细细的烟雨。

大樱桃、三樱桃、四樱桃簇拥着王处长，来到河边。

四樱桃从兜里摸出信封，几行字跃入眼帘：“无情水，都不管，共西风，只管送归船。”

“撕开吧，”大樱桃看着四妹，“新的任务？”

“什么新的任务？不是宋朝辛弃疾的木兰花慢吗？”三樱桃笑着。

“别闹了，三妹。”大樱桃说着。

“上峰指示，军统局人员四个樱桃，速回渝，组建‘十八女妖’，执行代号‘十八女妖刺汉贼’任务，切记。”

大樱桃擦擦泪：“二妹没有了。”

“为国捐躯了。”四樱桃伸出手。

“男儿有泪不轻弹，巾帼何必谈伤感。”三樱桃走过来，握着四樱桃的手，大樱桃走过来，三双大手紧紧地握在一起。

“大姐，上船，回渝。”四樱桃说着。

“王处长，上船。”大樱桃抱着拳头。

王处长跳上小船，坐在船舱里，雨点击打着船上的篷布，发出噔噔的声响。

“三妹、四妹，见谅了。”大樱桃抱拳，作揖。

“什么？”三樱桃惊讶地说。

“经历了这么多事情，能够替老百姓着想的，就是共产党了。”

四樱桃掏出手枪：“你叛变了？”

“我越来越走向真理了，事实教育与感化了我。”

“人各有志。”三樱桃压低四樱桃的手枪。

“十八女妖刺汉贼，少了大姐，十八女妖怎么凑？”

“船家，时间不早了，起航！”三樱桃喊着。

“大姐？”

“三妹、四妹！”

大樱桃回转身，向着雨雾迈去。

“等等！”王处长从船舷翻转下水，朝着大樱桃跑去，溅起的水花，和着雨点，腾腾腾地响着。

阴雨笼罩着上海虹口区古旧的街道，云子小姐穿着旗袍，走进了土肥原机关。

土肥原穿着木屐，走在碎石铺就的小径上，嗒嗒的声音，回响在空旷的上空。

“你回来了？”土肥原沉闷的声音。

“我回来了，对不起。”

土肥原瞪着眼睛，弓着腰板，皱着眉头，愣愣地看着云子小姐。

“知道这次失利的后果吗？”

“晚辈尽力了。”

“明白吗？”

“对不起。”云子双手侍立两侧。

“你是帝国之花，明白吗？”

“对不起。”

“佛像一樽，即将返回上海，这次希望万无一失，明白吗？”

“明白。”

“我们的军舰已经启程，不日到达河内，中国人，和平运动的领袖，即将到达上海。清除上海敌对势力，是当前的重中之重。”

“嗨。”

尾　声

腾腾腾，几声冲天的炮声从远处腾空而起。

钻山胡望着红房子的方向，浓烟滚滚，遮天蔽日，一声长长的口哨声，从嘴边冲出，警卫队员乱作一团，四散逃开。

川畑俊二拿出指挥刀，架在钻山胡的脖子上："你良心大大的坏。"

"太君，警卫队的胆小，我的找回。"钻山胡右手握着刀尖。

豆鞘滑川满脸笑着，走过来，"大佐，利用中国人，要懂得中国人的秉性，有些人是可以驱使的，警卫队长不是。"

"好，好。"

川畑俊二嘴角露出了从未察觉的一丝微笑，试图抽回指挥刀。指挥刀被钻山胡紧紧地攥住，在钻山胡的脖子上来回拉动着。

豆鞘滑川走过来："来来来，警备队长是大大的良民，大东亚共荣圈的有功人员。"

豆鞘滑川左手握剑，右手拿着钻山胡的手。

"一心为皇军，到头来，刀剑架在脖子上。"钻山胡嘟囔着。

"不要小孩子脾气嘛！快去，召集警卫队，为皇军的大东亚圣战出力。"

"嗨。"

钻山胡挎着盒子枪，顺着山沟，跑掉了，"野鸭坡，野鸭坡。"

野鸭坡上，警卫队员集合完毕，整装待发，钻山胡站在队伍前面。

"弟兄们，按照计划，袭击红房子，然后到九龙沟，参加游击队。"

"队长，我们不是参加游击队，而是归队。"

"好。"排山倒海的声音。

钻山胡带领着警卫队，来到红房子，哪有红房子的影子？

"队长，房子，房子呢？"瘦子大刘喊着。

"地面上的房子，已经夷为平地？"钻山胡思忖着。

“队长，快撤吧！水里浪队长还在等着我们呢！”

“这么快，就平了？”钻山胡歪着脑袋，“不好，还有地下室，鬼子做假币的地下工厂。”

“队长，撤吧！”

“走，到地下室。”钻山胡话刚出口，一颗子弹从角落窜出，钻山胡倒下。警卫队员的子弹，暴风雨般地泻向黑暗的角落，一阵哇啦哇啦的声音，随着风声，停止了。

钻山胡的胳膊，渗出了殷殷的血迹，警卫队员包扎完毕，说：“队长，撤吧！”

“撤？我要亲眼看到地下室造币厂的机器毁了没有？”

钻山胡站起来，朝着地下室跑去。警卫队员抱着枪，跟随着。

钻山胡和警卫队员走进地下室，地下室里一片狼藉。

国军敢死队员枪扔到一边，抢夺假币，有的双手抱着崭新的假法币，有的用绳子捆着，有的捆好，肩膀前后背着。

“发财了！我发财了！”一个敢死队员伸开双手，把钱扔向空中。

一个敢死队员冲上法币堆，趴在假法币上：“一辈子，一辈子！”

钻山胡举着盒子枪，对着顶棚，砰砰砰，就是三枪。

敢死队员们愣愣地站在那里，望着钻山胡，傻傻地笑着。

“队长？”大刘问着。

“炸掉。”钻山胡命令道。

警卫队员在墙壁旁，安放着炸药。

“国军弟兄们，我们是共产党游击队，我们国共合作端掉红房子，就是为了端掉制币厂，弟兄们，这是假币呀！这是祸害我们中国人的假币呀！”

“胡说！有这样的假币吗？”国军敢死队员拿着假法币。

钻山胡顺手拿起一叠假法币，“弟兄们，醒醒吧，我们的钱能在鬼子的红房子里造吗？我们的法币是不是应该在重庆造？”

“我一辈子没有见过钱，这就是真钱。”国军敢死队员哭着。

“弟兄们，想想我们的物价，为什么这么高，就是鬼子害的，这就是根源。”

“钱！钱！钱！我的钱！”一个敢死队员突然发疯，伸着上臂，跑着。

“弟兄们，我给你们五分钟时间，国共合作打鬼子，愿意跟着我们上山，打游击的，欢迎，不愿意的，随便。”

国军敢死队员有的抱着钱，有的背着钱，有的脱掉裤子，装着钱，挂在脖子上。

“弟兄们，别怪我不客气，放下钱！”

“不放！”

“我说十个数，如果谁想带着钱，就出不去这个地下室。”

“队长，炸药放置完毕，请指示！”

“点火！”

游击队员大刘一手拿着导火索，一手拿着秸秆做成的火种。

“十，九，八，七，六……”

大刘的嘴不停地吹着火种，火种吱吱地冒着烟，发着火红的亮光。

国军敢死队员陆续冲出地下室，只有一个人，举着上臂，哭喊着，奔跑着，“钱，钱，钱呀！亲娘！”

“点火！”

一声令下，导火索冒着黑烟，吱吱地响着。

人们撤离完毕，钻山胡突然钻进地下室。

“队长！”人们流着眼泪。

敢死队员跑着，喊着。钻山胡抡起枪托，朝着他的头部砸去，敢死队员倒地。钻山胡夹着他，朝着洞口跑去。

“卧倒，队长！”

红房子的地下室，连环起伏地爆炸着，随着气浪，钻山胡夹着敢死队员，跌倒在地。

天空淅淅沥沥地下着小雨，九龙沟在一片清新之中。

水里浪领导的游击队扛着缴获敌人的钢枪、小炮，聚集到自己建造的简易草棚前。

游击队员赶着老百姓送来的牛羊、肥猪，笑嘻嘻的，磨刀、刷锅，准备庆贺。

蜿蜒的山坡小路上，大龙率领着二龙山警备大队，向着九龙沟前进。

二龙穿着崭新的衣服，和大龙一起走在队伍的最前列。

“哥，我们没有侮辱祖宗，认钱作父。”二龙笑着。

“弟弟，那叫认贼作父，哥哥走了一段弯路，多亏了游击队，多亏了共产党。”

“哥，你看，游击队的女队长，怎么样？”

“什么怎么样？你是说，水里浪？”

“人家和钻山胡那是天造的一对。”

“警卫队的钻山胡？”

“对！”

“他们也是共产党游击队的？”

“你看着不像？”

队伍里传出了哈哈的笑声。

九龙沟里，飘荡着心醉的香味，水里浪站在雷打石上，左手叉腰，长长的辫子变成了齐齐的短发。

“队长，你的长辫子没有了，不习惯呀！”

“队长，待会儿，钻山胡队长来了，怕不认得你吧！”

“去你的！”水里浪笑着。

“报告队长，抓了两个奸细。”

“什么地方？”

“在眺望台下。”

“押过来！”水里浪大声喊着。

游击队员押着大樱桃、王处长走过来。

“大姐！”大樱桃含着热泪。

“大妹！”水里浪迎上去。

水里浪和大樱桃拥抱着。

“大妹，你受得了姐姐这份罪？”

“打鬼子，我认。”

“好！”

“水队长，我们又见面了！”王处长伸出手。

“欢迎，欢迎！”

“我来晚了！”

“共产党打鬼子，缺少各种各样的人才，不管是谁，不管早晚，只要打鬼子，就不算晚。”

“打鬼子！”人群内呐喊着。

钻山胡吊着胳膊，在队员的搀扶下，来到了九龙沟。

“水队长?”

“大胡子?”

两双大手握在了一起，水里浪的眼里泪光闪闪，钻山胡的眼光里流露着坚强。

“你的辫子?”

“你的胡子?”

两人的手握着，笑着，摇晃着。

“什么事，这么热闹呀?”

武工队王队长带领着武工队员，狙击枪手，来到了身后。

水里浪羞涩地低下了头。

“我们的队长害羞了?”

“头一次呀!”

王队长走上雷打石，目光坚定，望着远处。

远处隐隐约约地响着冲锋的集合号声。

“同志们，九龙沟抗日游击大队正式成立了!”

热烈的掌声回荡在九龙沟的沟沟坎坎。

“今天我们喝酒吃肉，庆贺胜利，喝足吃饱，打鬼子!”

“打鬼子!”

“现在跟我学习打鬼子歌曲。”

“大刀向鬼子们的头上砍去!
全国武装的弟兄们!
抗战的一天来到了!
抗战的一天来到了!
前面有东北的义勇军，
后面有全国的老百姓，
咱们中国军队勇敢前进!
看准那敌人，
把它消灭! 把它消灭!
冲啊!
大刀向鬼子们的头上砍去!

杀！

……”

九龙沟漫山遍野跳跃着雄壮的旋律。